老街會館

王少华 著

河南文艺出版社
·郑州·

图书在版编目(CIP)数据

老街会馆/王少华著. --郑州:河南文艺出版社,2022.3

ISBN 978-7-5559-1219-4

Ⅰ.①老… Ⅱ.①王… Ⅲ.①长篇小说-中国-当代 Ⅳ.①I247.5

中国版本图书馆 CIP 数据核字(2021)第 197901 号

选题策划 刘晨芳 冯田芳
责任编辑 冯田芳
书籍设计 张 萌
责任校对 赵红宙
责任印制 陈少强

出版发行 河南文艺出版社
本社地址 郑州市郑东新区祥盛街 27 号 C 座 5 楼
承印单位 洛阳和众印刷有限公司
经销单位 新华书店
纸张规格 700 毫米×1000 毫米 1/16
印 张 20.75
字 数 317 000
版 次 2022 年 3 月第 1 版
印 次 2022 年 3 月第 1 次印刷
定 价 59.00 元

图书如有印装错误,请寄回印厂调换。
印厂地址 洛阳高新区丰华路 3 号
邮政编码 471000 电话 0379-64606268

目　录

一、管他个孬孙，兵来将挡水来土掩

颠倒话儿，话儿颠倒，梧桐树上结樱桃；东西路，南北走，出门碰见人咬狗；掂起狗儿去砍砖，布袋驮驴一溜烟；布袋掉进稀烂泥，碰哩尘土遮住天。

——选自祥符歌谣

今儿个（今天）是区政府下达的徐府街拆迁通知中限期的最后一天。

马老二还跟**冇**（没有）事人一样，该弄啥弄啥。大早起来，不紧不慢地忙活着自家的烧饼炉，门面还冇打开，但他知道店面外已经有等候着买今儿个头炉烧饼的人了。马老二的媳妇雪玲，**枯绌**（皱，拧巴）着脸带着满腹心事儿，一边干着手里活儿，一边在马老二身边嘟囔个不停："我把话撂这儿，咱跟他们照死里挺，挺到头还是胳膊扭不过大腿，吃亏的还是咱小老百姓……"雪玲**压**（从）**夜儿个**（昨天）晚上一直嘟囔到现在，马老二始终一声不吭。其实雪玲心里可**清亮**（清楚），再叨叨也冇用，她跟马老二过了大半辈子，知道这个货就是个认死理儿、犟筋头、见了棺材也不会落泪的货。可不叨叨咋办，身不由己啊，今儿个区政府拆迁办的人一来，肯定要撕破脸，马家烧饼店的最终命运，就俩字——强拆。

开店门前的活儿忙得差不多了，马老二把店门打开，今儿个出现在他面前的头一个顾客，是只隔着一个门楼头、卖老鸭汤的赵家的老妞儿燕子。她是区政府的打字员，因为马家烧饼和赵家老鸭汤是徐府街上吃食儿的绝配，不少老顾客买罢马家的烧饼后，掂着烧饼直接就去了赵家老鸭汤。两家店铺都开在徐府街上十来年，相互捧场，配合默契，关系很好。

赵家老妞儿在区政府里上班，虽然只是个打字员，却经常把区政府有关徐府街拆迁的一些内部消息给马家通风报信。

马老二："咋恁早？"

燕子："今儿个是植树节，俺区里要去北门外的城墙根儿植树。"

"稍等片刻，头炉立马就好。"马老二瞅着炉膛内。

燕子："叔，你想好有啊？"

马老二："啥想好有啊？"

燕子："今儿个是最后一天啊。"

马老二："最后一天最后一天呗。"

燕子："咋？死挺到底了？"

马老二微微一笑："恁爹不是也准备死挺到底嘛。"

燕子："你别听俺爹的，他指啥死挺到底啊？俺家情况跟恁家可不一样，恁家是自己的房，俺家是赁的房，性质不同，俺爹才不会死挺到底。"

马老二："就是啊，俺家有房本，我才不怯。"

燕子："叔，反正我跟你说罢了，俺区里那个拆迁办主任可孬孙，当面一套背后一套。"

马老二："孬孙就孬孙呗，再孬孙他也得讲理儿不是。"

燕子："讲理儿也得看人，俺那个拆迁办主任是压城管局调到俺区里的，你想吧。"

马老二不吱声了，他当然领略过城管的厉害。马家在徐府街打烧饼近二十年，搁在店门外的俩烧饼炉子都毁在城管手里，幸亏最老的这个炉子有搁在门外，要不就全毁在城管手里了。

燕子掂过马老二压炉子里铲出的俩烧饼，用手机扫了一下二维码付了账，临走前又对马老二说了一句："叔，还是那句话，徐府街拆迁是老城棚户区改造的重要街道之一，市政府的决定，俺区里也不当家。真要是死挺头，最后吃亏的还是咱。"

几乎所有人劝马老二都是同样的话，马老二听不进去并不是人家说的有道理，也不是拆迁补偿的钱不合适，所有人都清亮，马老二不愿意离开徐府街最重要的原因，并不完全是马家先人留下来的这座老宅子，而是他白手起家的这个老烧饼炉子。

马老二家这样的老宅院，20世纪六七十年代在祥符城里比比皆是，民国时期留下来的老宅院，人称三进院。这种类型的三进院很有特色，即一进门先是个小院，然后小院的北边会开一个小门，进了这个小院门，才是老宅的正院。这正院里有正房和东西厢房围合而成，老话常说的“大门不出，二门不迈”的二门，就是指的这二进院的小门。由此，这二门把整个院落隔成了内外两个院子，三进院便是在二进院的基础上再往后增加一排后罩房，这样一来，正房和后罩房之间又形成了一个狭长的院落，这三进院应该是民国时期四合院的典型标配。再往远处说，就是在古代，也只有“小康之家”才能住上这样的三进院落。马老二经常给晚辈们说，祥符城里的三进院都是建国前留下来的，由此可见建国成立前祥符城里人的生活水平了。用马老二的话说，压三进院里走出来的人，男人都是穿长衫戴礼帽，女人都是围丝巾穿旗袍。

徐府街上这样的三进院几乎已经冇了，现存保留较完整的也只有马老二家这一座院子了。这座三进院里的住家户只有一个，马家在前面的一进院里住，后面的二进院和三进院是公家的房，产权归龙亭区房产局。不了解内情的人经常会问马老二，为啥这个院落里一进院的房产是马家的，二进院和三进院的房产归公家？起先马老二也不太清亮这里面的弯弯绕，直到三十年前他准备弄他的烧饼炉的时候，才知道来龙去脉。

小孩儿冇娘，说来话长。马家在这条徐府街上已经住了四代人，据马老二说，他爷爷马大旺是山西人，祖辈都是做木匠活儿的。马老二冇见过他爷爷，马大旺咋压山西窜到祥符来的那些事儿，马老二都是听他爹马小旺告诉他的。明朝末年，也就是崇祯十五年，朝廷下令扒开黄河，以水退兵，逼走了李自成以后，整个祥符城被水淹没，彻底被摧毁。直到清代康熙年重建祥符城，来了一大帮山西商人，老话说，“有鸡鸣狗叫的地方，就有山西商人”，祥符是啥地儿？且不说有几朝在此建都，就冲着是四通八达的水旱码头，山西商人们也不会放过这个能发财的地儿。很快，这些山西商人就在重建起的祥符城得到了大实惠，几乎在所有能赚钱的行当里都有山西商人在。那些在重建祥符期间发了大财的山西商人中间，也不知是谁挑头，想给大家找个平时能歇脚、吃喝、**喷空**（聊天）、**拆洗**（说和）生意的地儿，也就是建一所山西会馆。这种模式的会馆，山西商人在全国其他地方都有搭建，让身在异乡的山西人能有归属感。于是，那些在祥符发了财的山西商人，就把目光对准了徐府街。这条街曾经是明朝开国大将、中山王徐达后裔的府邸，压那时起就是一条繁华的商业街道，无论是地理位置还是人口密集度，整个祥符城没有比这条街更适合修建一座会馆的。山西商人们一拍即合，说建就建。要建晋味风格的会馆，土建好说，找祥符本地的泥水匠就中，只要给银子，你叫他咋盖他就咋盖，可那些凸显山西风格的豪华装饰，祥符本地的工匠恐怕难以达到主家的要求。为了不耽误事儿，几个挑头的主家一商量，决定还是压老家山西找一些活儿好的工匠来祥符干这个活儿。

发起建会馆的山西商人中，主要挑头的主儿叫孙喜斌，这货是做白矾生意的，凭着一副货担、一双大脚，挑着白矾来到祥符。山西称这号生意人叫“赶大营”，也就是一大帮子人一起挑着货担来的。孙喜斌来祥符城做白矾生意，还真与祥符的历史有点关系。他压小就听老辈人说过，祥符城里有一座被人们称作矾楼的楼，就是专门做白矾生意的，是四面八方做白矾生意人的聚集地，名气很大，生意很好。于是，孙喜斌就随着“赶大营”的人们窜到了祥符。可他来到祥符之后，名声在外的那座矾楼压根儿就冇见着，一打听才知，那座所谓的矾楼，在祥符人嘴里说法不一。有人说，矾楼在宋代叫樊楼，不是做白矾生意的，而是个吃喝玩乐的热闹地儿，最著名的传说就是北宋年间，皇帝宋徽宗在皇宫里悄悄挖了一条地道直通皇宫外的樊楼。宋徽宗二半夜偷偷压地道里窜出皇宫，上到樊楼寻欢作乐，跟李师师一起喝花酒、吟诗作赋，外加睡觉。就是有矾楼之说，也是宋代以后。不管有多少传说，有两个说法或许是真的：一是当年女真族攻入祥符烧杀抢掠时，一把火将樊楼烧了个精光；另一个就是，明代崇祯年间朝廷下令扒开黄河水淹李自成那帮货的时候，别管是樊楼还是矾楼，都被大水冲得冇影儿了……也别管叫啥楼了，既来之则安之，这个孙喜斌扎着架子闷着头在祥符城苦干了起来，功夫不负有心人，几年之后便成了气候，垄断了整个豫东乃至周边安徽、河北、湖北、山东等省份的白矾生意。就**摊为**(因为)发了大财，他才生点儿挑头要盖这么一座山西会馆。

孙喜斌的山西老家在晋城李寨陡椒村，在村东头有一座明代修建的三教堂。修建这座教堂的是本村大户刘家，虽说规模不大，却被人称为晋城出南门第一大庙，当地人也称它刘家大院。自打这座三教堂建成之后，坊间一直流传着“皇家看故宫，官家看皇城，商贾看刘家”这么一句话。而它留给孙喜斌的童年美好记忆，则是那座影壁墙上的用琉璃镶嵌的二龙戏珠和那些房梁屋檐的木雕砖雕。孙喜斌决心把家乡的陡椒三教堂给囫囵搬到祥符城来，让一向高傲自大、爱自吹自擂的祥符人瞅瞅，恁这个宋代国都昔日皇城怪牛，见过真正的好玩意儿冇？别一张嘴就是龙亭、铁塔、繁塔咋着咋着，让恁瞅瞅俺山西的**细发**（精致）玩意儿，亮瞎恁的眼。

马老二听他爹说，当年孙喜斌回山西找到马家的时候，马老二爷爷的爷爷，也就是马大旺的爷爷，被雕花行内誉为“天下第一刀”的马鬼手，正在晋城阳城北留镇的午亭山村内的陈家宗祠搞木雕维修保养。这个午亭山村也就是后来被人们称为“皇城相府”的地方，是清代文渊阁大学士，兼吏部尚书加三级、《康熙字典》总阅官，康熙皇帝三十五年经筵讲师陈廷敬的居住地。陈家宗祠建于明嘉靖年间，陈廷敬在康熙年间回山西祭拜先人之后，招马鬼手进午亭山村为前院的祭祖堂和后院的先贤祠维修保养。孙喜斌去到马家的时候，马鬼手正好在忙活陈家宗祠的活儿，根本冇空跟孙喜斌来祥符，可这个孙喜斌认准了马鬼手，建造祥符的山西会馆非马鬼手莫属。马鬼手的本意是不愿意去祥符，可又不想得罪孙喜斌，于是就开出了高价三百两黄金，本以为孙喜斌会被他开出的高价吓住，谁知孙喜斌眼都不眨一口答应，这下可让马鬼手**坐了萝卜**（遭了殃），工匠行里可有一条不成文的规矩，“开价不还价，不能说二话”。马鬼手**傻脸**（不知所措）了，作难了，陈家宗祠维修的活儿才干了一半，又不能撂下，再说，陈廷敬是啥人啊，皇上的老师，这要是把陈家宗祠的活儿撂下不干了，还不得落个杀头之罪啊。思来想去，马鬼手做出一个决定，向孙喜斌开出一个附加条件，要去祥符可以，全家一起去，而且要替他保密。孙喜斌二话不说一口答应。

马家就是这样来到祥符城的。这些往事是真是假，谁也说不清，马大旺在世的时候，他嘴里也能说出几个版本，但有一点是不争的事实，那就是，徐府街上的这座三进院是当年马家来祥符后，光绪年间自家盖的，至今已住了马家六辈人。但，马家的这座三进院，随着历史发展与变迁已经不全部姓马了。这个发展与变迁过程，马老二就比较清楚了，他爹马小旺在临死之前，还对这座三进院被分割而耿耿于怀，说耿耿于怀是轻的，应该说是死不瞑目。

新中国成立以后，所有房产都归了公家，只不过原先是谁家还是谁家在住。马老二的爷爷马大旺是在20世纪60年代初去世的，那时候的马老二还是学龄前儿童，隐隐约约有点印象。爷爷马大旺临死前躺在自家那张老榆木雕花顶子床上，俩眼直勾勾地瞅着房梁。虽然已经说不出话，但马老二他爹马小旺知道老爷子心里想的是啥。马小旺搬来一把梯子，爬上房梁，压房梁上摸下一个小木盒子，打开盒子，压里面取出一张**每章儿**（过去）的房契，交到了马大旺的手里。那张房契在马大旺的手里**吓瑟**（抖动）着，马小旺宽慰着已经不中的马大旺，让他老人家放心，表示只要这座三进院不拆，马家人就会世世代代住在这里。马大旺是手里握着那张老房契离开人世的。那张老房契至今被马小旺收藏着，尽管这座三进院已经不完全属于马家了……

马小旺是20世纪90年代初死的，他死的时候正好赶上房改，公家的房卖给私人。当然，这座三进院原本就是马家的，还有老房契为证，所以也就不存在买卖关系了。但问题是，除了马家人手里的这张老房契之外，还有一张老房契。这座三进院咋会还有一张老房契呢？这话还得返回头往民国年间说。

压小马老二就知，这座三进院里还有一户邓姓人家，虽然这户邓姓人家现在不知所终，马家人却很了解这户邓家人，因为没有马家也不可能有这户邓家。马老二他爹马小旺嘴里常念叨，也不知邓家还有没有后人了，恁些年连一点音信都冇，估计够呛。

姓邓的这户人家，早年也是为了建造山西会馆压山西来祥符的，只不过比马家来得晚了许多。康熙年间，山西会馆在孙喜斌一手操持下建成。乾隆年间，已经是老态龙钟的孙喜斌因为生意上的事儿吃了一场大官司，接近破产，于是他把山西会馆卖给了一个在祥符城里做粮食生意的胡姓陕西商人。这个胡姓陕西人挺讲义气，买下了会馆之后并没有改掉会馆的招牌，而是在新做的招牌上去掉了一个“西”字，多加了一个“陕”字，把山西会馆变成了山陕会馆。他这一举动把孙喜斌感动得老泪纵横。之后不久，孙喜斌过世，压康熙年到乾隆年，山陕会馆安然无恙，直到胡姓商人归天之后的光绪年间，皇帝一心想要中兴清朝，主持了维新变法，虽说被慈禧太后软禁，但各地那些支持维新变法的仁人志士依然活动频繁，祥符城里的山陕会馆几乎变成了一些仁人志士聚会之地。时隔不久，被人告密，山陕会馆遭到官府查封，山陕两地的商人们丢下在祥符的生意作鸟兽散，还有人被抓下了大狱。风云变幻，人心不古，生意萧条，山陕会馆无人打理，难以再支撑下去。就在此时，祥符府衙突然揭掉了山陕会馆大门上的封条，一帮子衙役簇拥着一个一身绫罗绸缎的夫人进入了山陕会馆的大门。这一帮子人在会馆里转了一圈后离开。时隔不久，会馆重新开门，但换了招牌，新招牌上多了一个"甘"字，山陕会馆变成了山陕甘会馆。徐府街上一头雾水的行人们哪里知道，换上新招牌能得以重生的会馆，全仰仗了那位来此转了一圈的贵妇人。

马老二多次听他爷爷马大旺喷过这一板，估计马大旺也是听他爷爷喷的。那位贵妇人是甘肃人，是新任祥符主事儿的拐弯亲戚，喜欢戏曲，她来祥符游玩时，指定要浏览一下徐府街，这位贵妇人早有耳闻，祥符城里的徐府街在明代是一条与戏曲有关的街道，专做戏曲服装。因为徐达和他的后裔都喜欢戏曲，所以祥符人投其所好，在这条徐府街上开设了许多家做和卖戏曲服装和道具的店铺，成为祥符城里一道独特景观。时过境迁，改朝换代，光绪年间的徐府街变成了一条卖杂货的街道，虽说与戏曲服装无关了，但名声在外。那位甘肃来的贵妇人在徐府街上游逛时，瞅见了山陕会馆临街的那面气势恢宏的照壁，照壁上的砖雕一下子打住了她的眼，于是乎，这位贵妇人非得要揭下封条进会馆里头瞅瞅。因为她是府衙主事儿的亲戚，衙门的封条她根本就不放在眼里。当那位贵妇人被会馆里那一廊廊扑面而来的木雕再次打住眼时，便是会馆摆脱厄运的开始。在山陕甘会馆再次挂新招牌的同时，徐府街上新开张了一家做戏曲服装的店铺，这家新店铺的掌柜便是那位贵妇人的侄倌儿，一个叫二红的甘肃小伙儿。这个二红，就是在大清灭亡后，戏曲服装生意做不下去，他不愿意回甘肃，才与马家商量，买下了三进院后面的罩院。二红不愿意回甘肃的原因是他娶了一个比自己小了快二十岁的漂亮祥符小妞儿。

二红一家为啥离开了三进院，这一板马老二**把底**（了解），他爹马小旺在世的时候有少叨叨这一板。压民国初年开始，二红关掉了徐府街上的戏服店铺，做起了跑单帮的买卖，逮啥干啥，只要能养家糊口就中。一直到了民国三年（1914 年），陆军总长段祺瑞抵达祥符指挥镇压白朗军，经人介绍，又花了点银子，二红到段祺瑞手下当了个负责后勤补给的小军官，由此开始踏上了军旅生涯。民国三十七年（1948 年），已经压国军退役的二红，本应该在三进院里颐养天年，可就在解放军进攻祥符的前夕，他也不知哪根神经错乱，带着全家离开了祥符。临走时他对马小旺说是回甘肃避避风头，等中原地区不打仗了，他们全家再回来。可这一走就是七十年了无音信，谁也不知二红这一家子人**眼望儿**（现在）在哪儿，是死是活。马老二推算过二红的年龄，肯定是不在人世了，可他的家人呢？马小旺有死的时候曾经说过，二红的老婆俊妞儿不会生孩儿，天天熬中药喝。二红想娶个二房，俊妞儿死活就是不同意，两口子见天为这吵架，直到离开三进院的前夕，二红已经六十岁出头，还不死心。别管二红这两口子眼望儿是死是活，有没有后人，三进院的另外那张老房契是被他们带走了。

新中国成立以后，房产充公就不说了，改革开放房改之后，三进院又回到私人手里。三进院的前院和中间正房的产权归马家所有，后面的二红家的罩院一直被龙亭区占用，属于公房，始终是区供销社的仓库。中间的正房马家长年租赁给别人好说，若要拆迁不再租赁就是，罩院更不在话下，只要二红家有人来找，说拆就拆。目前唯一让区里头疼的就是马家临街的前院，马老二死活不愿离开的原因，就是**摊为**（因为）“马家烧饼”已经成了祥符城里家喻户晓的名吃，每天门口都排大队，恁好的生意，换谁谁也不想离开徐府街。特别是做门面生意的人都可清亮，生意的好孬绝对和地理位置有关，这可不是迷信，是铁律。

其实，区里负责拆迁的许主任也可清亮，让马家离开不是一件容易的事儿。如果马家烧饼店在路南边就冇那些事儿了，可偏偏在路北边。路南不属于拆迁范围，路北红线以外也不属于拆迁范围，可这座三进院恰恰跨在红线以内，经过测量，距离山陕甘会馆正好三十米。许主任不止一次连**花搅**（开玩笑）带劝说地对马老二感叹：“恁爷可真有眼光，把三进院盖在山陕甘会馆旁边，就是为了让一百年以后，咱这帮负责拆迁的孙子作难啊……”

拆迁办的许主任，为了做通马家的工作，找马老二谈了无数次话，和颜悦色、称兄道弟地劝过,言辞激烈、满身火药味地吵过,马老二就是软硬不吃。许主任冇法了,只好让拆迁办的工作人员把一张最后通牒贴在了马家烧饼店的门上。尿不到一个壶里,矛盾必然激化,马老二就是这号软硬不吃油盐不进的犟筋头,连他媳妇雪玲也拿他冇法儿。两口子过了大半辈子,雪玲太了解马老二是个啥德行,平常在生活中遇上个啥别扭事儿,大不了跟别人挺个头认个死理儿,大不了吵一架打一架也就罢了,这回可不一样。挺头要看跟谁挺头,这次挺头的对方是区政府。俗话说,民不和官斗,弱不和强斗,马老二却非得要斗。他还找了律师,可那个律师接了这个案子冇两天,就主动把律师费退给了马老二,并且跟区政府的人一个腔调,劝马老二还是识相点儿。徐府街拆迁不是区政府的决定,早在五年头里,就已经在市政府的规划之中,而市政府也是根据省政府乃至中央对国家级文物的保护精神,才做出徐府街拆迁的决定。正因为如此,那个律师是个清亮人,只要山陕甘会馆在徐府街上,这官司打到哪儿也打不赢,律师费再高也是白搭。

夜儿个晚上,雪玲试图再劝说一下马老二,可当她瞅见马老二把备用的煤气罐压屋里搬到前店时,雪玲彻底不敢再吭声了。马老二曾经在网上看到过用煤气罐对抗强拆的视频,他黑着脸说过,只要敢来强拆三进院,他也抱着煤气罐跟他们同归于尽。雪玲顿时明白,马老二这是准备着跟来强拆的人同归于尽啊!雪玲背着马老二,偷偷给在西安上班的儿子马青打了电话,让儿子赶紧压西安回来,只有儿子马青才有可能拾掇住他这个闷孙爹。马青接到雪玲的电话后,告诉母亲,天一亮他就坐高铁回祥符。压西安坐高铁到祥符也就四个钟头,雪玲心想,只要在这四个钟头内不出事儿,儿子马青一到家就啥都齐了。

儿子马青大学毕业后应聘到西安某研究所工作,三十大几的人了,还冇成家。用外人的眼光看,马青是个要个儿有个儿,要样儿有样儿,工作又不错,知书达理的小伙儿。咋就找不着媳妇呢?是眼力头太高?还是另有其他啥原因?每次回家,雪玲都会问儿子自己的事儿咋样了?劝说儿子大差不差就中了,别挑花了眼,年纪也不小了,老两口都等着抱孙子呢。每次母亲说到这事儿,马青就搪塞母亲,急啥急,抱孙子这得等碰见合适的人不是。每当儿子说这话,雪玲就对儿子**冒嘟噜壶**(发牢骚):啥合适不合适，恁爹那副德行，我不照样跟他过了一辈子……

晌午头，马青回到家的时候，马老二和雪玲还在烧饼炉子前忙活着，一上午买烧饼的人就冇断。见到儿子突然回来，马老二似乎并冇感到奇怪，一边压烧饼炉里往外铲着烧饼，一边不以为然地说了一句："回来了。"

雪玲脸上略带兴奋地问道："还冇吃吧？"

马青也冇搭腔，伸手抓起一个刚出炉的烧饼，搁到嘴前面吹了吹，咬了一口，满脸舒坦地说："还是咱家的烧饼好吃，西安的烧饼冇法儿比。"

马老二："净说大实话。"

雪玲搁下手里的活儿，对马老二说："你自己先招呼着，我去给青儿搅个甜汤。"

马老二："厨屋柜子下面有变蛋（皮蛋），剥俩，西安的变蛋也冇咱家变的好吃。"

雪玲白了马老二一眼："你的筐里就冇烂杏，有个烂杏还是疤瘌的。"

马老二一边往烧饼炉里贴着新烧饼，一边又来了一句："净说大实话。"

儿子的回来，让雪玲整整一上午提着的心彻底放回了肚子里，至少煤气罐的危险可以解除了。可奇怪的是，拆迁办的人上午冇来，等到下午也冇来，一直到烧饼炉收摊，也冇见着拆迁办的人影儿。哎？这是咋回事儿啊？最后通牒上不是明明写着是今儿个的日期吗？天擦黑的时候，赵家的燕子来到马家，给马家人带来了一个神秘、令人费解的消息。这消息是燕子今儿个去植树的时候听同事说的，区拆迁办突然接到指示，徐府街马家烧饼的那座三进院暂缓拆迁，啥时候拆要等候区政府的命令。燕子原想打听一下，为啥区里会突然下达这么一个指示，可打听了一圈也冇打听出来。燕子说，等明儿个上班她再继续打听，反正这里面肯定是有蹊跷。马家人也感到有蹊跷，马老二对雪玲和马青说："孬孙们不定又想啥点儿呢，管他个孬孙，兵来将挡水来土掩，俺儿子和我一文一武，就是拼到血海里，他们也别想拆咱的房！"燕子临离开马家的时候说，她明儿个直接去问问许主任，究竟是个啥原因，马家这座三进院还拆不拆。

第二天一早，马家的烧饼店照常开门，马青替他爹出摊，让他爹歇上一天。别看马青这小子是个学理科的，压小就受家庭熏陶，干起烧饼面案上的活儿，手一点儿也不生，用他爹的话说，生就是个打烧饼的坯子。他爹却一门心意供他上了大学。马老二始终要了去一个心结，他不想让马家的后代再靠这种不登大雅之堂的手艺生活，为这，当年他没少跟儿子磨嘴。马青在第一次考大学落榜的时候，不想再考，就想跟着他打烧饼，马青与他争辩说，打烧饼跟马家先人刻山陕甘会馆里的木雕一样，是门手艺，山陕甘会馆里头的木雕招人喜欢，和马家的烧饼招人喜欢是一个道理，一招鲜吃遍天，大学毕业，能不能找到合适的工作还两说，还不如打烧饼踏实。马老二指着儿子的鼻子骂道："你别想，考不上大学，老子就是养你一辈子，你也别想打烧饼！"马青当然知道他爹的用心，出人头地只是一方面，重要的是打烧饼是门手艺，可这门手艺还不如马家先人的木雕手艺，上不了台面，比起打烧饼，马青更看重的还是自己先人的木雕手艺。

每天上午十点来钟，是买烧饼顾客比较少的时候，在烧饼炉旁站了一早起的马青，刚坐在面案旁掏出手机看，一个三十岁左右的年轻姑娘出现在了烧饼炉前，这姑娘中等个头儿，身材匀称，皮肤白得像张纸，烫过的头发略微泛黄，眼睫毛又黑又长，高鼻梁，薄嘴唇，瓜子脸，长得有点像外国姑娘。她衣着随意休闲，肩上挎着一个旅行帆布包。当雪玲问她买几个烧饼的时候，她似乎有点心不在焉，目光带着她脸上的神情一起飘向了烧饼炉旁那条通向院内的通道，直到雪玲又向她问了一句要几个烧饼，她才反应过来。

"请问，后面这个院子，是马家的院子吗？"年轻姑娘用祥符话和声细语地问道。

雪玲："是啊。"

年轻姑娘："我想找找马家的人。"

雪玲："俺就是马家的人。你有啥事儿？"

年轻姑娘："冇啥事儿，我就是想进院子里面瞅瞅。"

雪玲："一个破烂院子，有啥瞅头。"

年轻姑娘："阿姨，我是压外地来的，是专门来看这个院子的，您能让我进去瞅瞅吗？"

雪玲打量着这个年轻姑娘，问道："你是外地来的？"

年轻姑娘点头。

雪玲:“专门为这个院子来的？为啥?”

年轻姑娘:“俺爷爷奶奶曾经住在这个院子里。”

雪玲仍旧冇反应过来,嘴里说道:“哦,你是祥符人?”

年轻姑娘连连点头:“对对,我是祥符人。”

听到这句话,坐在面案旁正看手机的马青问道:“你爷爷奶奶曾经住在这个院子里,请问你贵姓啊?”

年轻姑娘:“我姓叶。”

马青眨巴着眼睛,疑问着说:“这院子里冇住过姓叶的啊?”

年轻姑娘:“哦,我是随俺母亲姓,俺爷爷叫二红。”

雪玲睁大了眼睛,惊呼道:“你是二红的孙女?”

年轻姑娘点头。

雪玲顿时满脸兴奋地冲马青说:“快去叫恁爸!”

马青起身说道:“别叫了,我领她进去吧。”

雪玲:“中,领这姑娘进院瞅瞅吧,后院的房子就是她爷爷二红的。”

真是二红家的后人找上门来了,谁也冇料到是在这个节骨眼上。这个找上门来的年轻姑娘,跟着马青来到马老二跟前,压随身的旅行包里,取出一张民国年间她二红爷爷跟马小旺在三进院门口的合影照,递给马老二看。马老二满脸激动,戴上老花镜,仔细地把二红和马小旺的合影照看罢之后,催促着年轻姑娘:“妞儿,快说说,咋回事儿？恁爷爷和恁奶奶是咋回事儿？他们离开祥符的时候我还冇出生呢……”

就在这一刻,马家爷儿俩已经感觉到这个年轻姑娘的突然出现,有可能改变三进院要被强拆的命运。

找上门来的这个年轻姑娘叫叶焚月,她坐在马家的上房里,开始给马老二爷儿俩讲述起二红家的往事。

二红携带俊妞儿离开祥符是民国三十七年(1948 年)解放军攻城的前夕,他们两口子说是回甘肃,其实是说瞎话,而是一路南下窜到了福建宁德,又压宁德坐船去了台湾。用二红的话说,回甘肃弄啥？共产党来势凶猛,得天下似乎大局已定,老家甘肃会不会成共产党的天下谁也说不准。那时候如惊弓之鸟的有钱人都在往沿海地带窜,一旦天下是共产党的了,就是往海外窜也好窜。二红两口子在宁德待了大半年之后,窜到了台湾,又压台湾窜到了新加坡。说来蹊跷，到新加坡一年之后，已经四十出头的俊妞儿突然怀孕了。用二红的话说，俊妞儿怀孕是因为新加坡的风水好。其实，风水好只是一个方面，到了新加坡后，他们两口子住的地方离天福宫不远，这座建于清代的天福宫供奉的是护航神“天后娘娘”，因为是福建人建造，当地的华人也称它为“妈祖宫”。刚到新加坡的俊妞儿为祈福平安，几乎每天去天福宫烧香，烧着烧着就把自己给烧怀孕了。这一下可好，他们两口子开始对供奉在天福宫内的妈祖天妃深信不疑，对他们每次在天福宫门口购买的那炷香也深信不疑。一天，当二红搀扶着大肚子的俊妞儿又去买香的时候，卖香的那位妇人瞅着俊妞儿已经出怀的肚子，微笑着问：“你们是想生个男孩还是想生个女孩？”二红说当然想生个男孩儿。于是卖香的妇人拿出了一炷香——俊妞儿从未见过的香，对俊妞儿说道：“不用怀疑，临产之前就烧这一炷香，准是个男孩儿。”俊妞儿是带着半信半疑开始烧那位妇人推荐的那炷香的，一直烧到临盆，果然应验，生下了一个男孩儿，并取名叫天福。再之后，过了许多年，二红老两口子一直在天福宫烧香烧到了死，那个叫天福的儿子也长大成家立业。更神奇的是，天福的媳妇在怀孕期间烧的还是那妇人家的香，只不过那位卖香的妇人已经去世，接替那妇人卖香的变成了她的后人。天福媳妇怀孕的时候，对接替卖香的人说，想生一个女孩儿，结果真的如愿以偿，生下来的这个女孩儿，就是今天找上门来的二红的孙女叶焚月。

叶焚月告诉马家人，她眼望儿从事的职业就是做香，她奶奶俊妞儿在世的时候告诉她，女人生不生孩子，生男孩儿还是生女孩儿，除了妈祖保佑以外，还有个很大的秘密，就是看她烧什么样的香。那个卖香妇人对俊妞儿说出了她生天福的秘密。自古以来，香药不分，俊妞儿去天福宫烧香后怀孕，那些经过各种药草配制过的香，起到了决定性的作用，才使得二红家的香火延续。也就是因为那些香的神奇，真正把叶焚月引进了做香这个行当，还是因为叶焚月压小体弱多病，母亲生她的时候早产，呱呱落地时她还不足三斤，压小她的身体就不如同龄孩子那样健康，走路也晚，五岁以后才蹒跚学步，压童年时代开始，她爹妈就开始让她闻香，渐渐她身体越闻越好，闻着闻着她就与香结下不解之缘，再之后，香，便成了她安身立命赖以生存的生活保障，她不光卖香，还做香。

听罢叶焚月前三皇后五帝讲完二红家祖孙三代的经历后，马老二开始把话转到了正题上。马老二问：“孩子乖，恁爷爷二红，一走就不再照头，掰着指头算，整整七十二年，那你咋会在这会儿跑到祥符来了呢？”叶焚月告诉马老二，虽然她和她爹都是新加坡土生土长，但她的俊妞儿奶奶给家里定了个规矩，在家必须说祥符话，她和她爹说的祥符话，压小都是她奶奶俊妞儿一口一口教出来的。她爷爷在冇死的时候不止一次告诉她爹，在祥符的徐府街上还有自家的房子，她爹也有一搭冇一搭地告诉过她房子的事儿，用她爹的话说，那是清末民初盖的一个三进院，她爷爷二红压马家手里买了院子里的几间房，这么多年过去，有没有还两说，就是那几间房子还在，不定破烂成个啥样子呢。她二红爷爷死后，她和她爹早就把祥符城里的房子忘掉。忽然有一天晚上，她在网上查看制香的文章时，无意瞅见祥符城的一条消息，徐府街上的国家级文物山陕甘会馆周边要拆迁。她爹听她爷爷说过，他们家买的那几间房子，紧挨着徐府街上的山陕甘会馆。压网上那条消息来看，山陕甘会馆周边的那些面临拆迁的老房子，大多都是民国期间留下来的，很可能就有那座三进院。她爹也只是说说而已，并冇上心。起初她也一样，并不在意，只是随手在网上看了看山陕甘会馆的图片，又看了看有关祥符城的其他一些介绍，看着看着，她就被其中一篇文章吸引住了眼球，这篇文章写的是，徐府街上有一个源生茶庄，这个茶庄的老板张宝生虽然卖茶，却是一位制香老手，啥香都管做，最吸引她的是，这位张老板把饮茶与闻香合二为一，并声称自己做的香有宋代香谱之气味，更加有益于身体健康。啥是宋代香谱之气味？她被这句话给深深吸引住了。于是，她就动了来祥符的念头。她在网上做了一晚上有关祥符的功课，以往，祥符城都是在她俊妞儿奶奶的嘴里，对祥符并没有做过详细的了解，这下可好，不了解不知道，一了解吓一跳。她俊妞儿奶奶的出生地方这么厉害，难怪她俊妞儿奶奶动不动就把祥符挂在嘴上，还逼着她和她爹在家说祥符话。这一下她明白了，祥符城厉害的不只是其厚重的历史，这里还出制香的高人。就这，叶焚月瞬间做出决定，说啥也要来祥符瞅瞅，一来拜会一下那个源生茶庄的张老板，二来领略一下古城的风采，至于三进院里她二红爷爷留下的那几间老房子，就算是搂草打兔子吧。

叶樊月是夜儿个一早来到祥符的，她先在徐府街上溜达了一圈，因为太早，山陕甘会馆和那个源生茶庄还有开门，于是她就先去了龙亭区政府，打听一下徐府街拆迁的情况。在来祥符的路上，她在手机上找到了龙亭区政府的定位就在古老的龙亭后面，离徐府街并不算太远。于是，她叫了一辆三轮车，一路观光着龙亭湖的风景，来到龙亭区政府大门口的时候，正好赶在上班的点儿，她找到了区政府的拆迁办公室，在里面整整待了快两个钟头。她的出现，让拆迁办的许主任有些措手不及，有点从天而降的感觉，咋就在徐府街强拆令的最后一天，突然冒出了三进院另外一个房主来，而且还是个会说祥符话的新加坡姑娘。

尽管叶樊月说只是来问一问拆迁的情况，但许主任有些蒙顶，摸不清楚这位海外华人的分量，万一有啥来头，把人家的房子给拆了，吃不了可要兜着走。于是，许主任急忙叫住了正准备前去强拆的队伍，等他向区主要领导汇报后再做强不强拆三进院的决定。估计是区主要领导听罢汇报后也有些蒙顶，三进院的老房主压海外窜回来，这要是不经过人家房主的同意，把人家的房给强拆了，那可是要违反政策啊！人家房主不回来冇事儿，通知下发了，找不着人，该咋拆咋拆，拆罢了也冇事儿，可，只要房主来了，别管是七十年还是一百年，房子是人家的。眼望儿人家回来了，麻缠事儿也就来了。区里领导决定暂停强拆，但并不是不拆，而是让许主任把情况调查清楚后，做通房主的工作再拆。许主任所谓的把情况调查清楚，就是先要落实一下有没有老房契，可是叶樊月说，她走得匆忙，只是想先回来看看，冇料到却赶在了强拆这个节骨眼上。叶樊月告诉许主任，老房契家里有，忘记带来了，待她与新加坡的家人联系后，再将那张老房契寄过来。许主任一听人家还有老房契，就更不敢贸然行事了。

叶樊月离开龙亭区政府后，就直奔徐府街而来。

马老二听罢叶樊月的讲述，摇了摇头说道："冇用，恁家的房契就是寄过来也冇用。"

叶樊月操着纯正的祥符腔，不解地问："咋会冇用呢？房子是俺家的，房契是具有法律效应的，在俺新加坡，别说七十年，就是七百年，只要房子的主人有房契，谁也不敢动一砖一瓦。"

马老二："徐府街不是恁新加坡，别说是咱的三进院，政府就是想拆山陕甘会馆，随便找个理由就拆了，老天爷也挡不住。”

叶焚月瞪大眼睛：“山陕甘会馆也要拆吗？”

马老二：“我就是打个比方，那是国家一级文物，借他八个胆他也不敢拆。我的意思是，这里不是新加坡，恁家的老房契就是寄来，他们也只是瞅上两眼，做做你的工作，能做通，两好合一好，赔你几个钱，工作做不通，立马翻脸拆恁的房。”

一直坐在旁边冇吭声儿的马青说话了：“中了，爸，人家叶姑娘这次压新加坡来，并不完全了解咱这边的情况。你老说的可对，咱这院子拆不拆根本就不取决于咱。随遇而安吧，《论语》里说，‘不怨天，不尤人，下学而上达’，意思就是，不怨恨天，不责备人，学习一些平常的知识，却透彻了解很高的道理。”

马老二冲马青瞪眼说道：“别跟我跩词，《论语》里说的我不懂，拆迁办许主任说的我懂，不就是俺吃亏政府占便宜嘛！”

马青：“我并不是说，政府强拆占理儿，《论语》里还说，‘其身正，不令而行，其身不正，虽令不从’。我的意思是，政府本身行为正当的话，不发命令，事情也行得通。如果他们本身行为不正当，纵然是三令五申，咱百姓也不会信从他们。咱家是冇办法，不从也得从，二红爷爷他们家却不一样，叶姑娘是外籍，咱们的政府一向是内外有别，等二红爷爷家的老房契压新加坡寄过来，真要是这么回事儿的话，咱的政府掂量掂量，觉得事儿沉，或许就改变主意了，不拆咱的三进院了呢！”

马老二一摆手：“不可能，山陕甘会馆周围一圈都拆完了，咋会摊为又出现一张老房契就留住咱这个院子？文物法也不允许啊！”

马青：“哦，你也知道文物法不允许啊，那还不多要点补偿赶紧走？不就是舍不得咱家那个烧饼炉子嘛。论语曰：‘知者乐水，仁者乐山；知者动，仁者静，知者乐，仁者寿。’意思就是，聪明人喜爱水，有仁德者喜爱山；聪明人活动，仁德者沉静，明白人快乐，有仁慈的人长寿。依我看，睁一只眼闭一只眼，心怀宽广做一个长寿的人，比啥都强。”

马老二：“我就知你压西安窜回来，就是要跟我说这些话，劝我别去跟那些货较劲！”

马青：“我说的不对吗？”

马老二依旧满脸不服地说："我就奇了怪，盖这院子是民国的时候，人家民国咋就允许咱家把院子盖在山陕甘会馆旁边呢？民国就有文物法吗？"

马青："民国是民国，现在是现在，民国俺爷爷盖这座院子的时候，山陕甘会馆还不属于文物吧。"

马老二："中了，先别说这些糟心事儿了。人家叶姑娘压新加坡来一趟也不容易，不管咋说，咱两家都是一个院子里的老邻居。叶姑娘头一次来祥符，人地两生，你给叶姑娘当个导游，领着她四处转转。房子的事儿，等新加坡那边把老房契寄过来后再说吧。"

叶焚月挺开心的，有了一个不花钱的导游，还是个文质彬彬、操着祥符话、会引经据典讲《论语》的帅哥。

吃罢晌午饭后，在叶焚月的要求下，他俩先准备去源生茶庄。马青不懂香，但他知道源生茶庄的张老板在卖茶叶的同时，也做香卖。他跟叶焚月说，张老板那个老头儿挺**隔赖**（古怪）的，不太好打交道，让叶焚月有点心理准备。叶焚月说她只是去拜访，彼此以礼相待，做香的人大多知情达理，她不会让张老板感到不舒服的。俩人边走边说，大老远就瞅见源生茶庄依旧关着店门。马青对叶焚月说，反正都在这条徐府街上，早去晚去拜会张老板都一样，于是，俩人便朝山陕甘会馆的大门走去。

压会馆的大门外开始，两人的话题就转向了山陕甘会馆，马青如数家珍地给叶焚月介绍起来，却发现叶焚月的心思好像并不在于此。两人进到会馆院子里之后，那些光彩照人的木雕、砖雕、石雕，依然吸引不住叶焚月的眼睛，她心不在焉，好像心里在想着其他的什么事情。

马青："我讲的你是不是不爱听？"

叶焚月："不是的，我在想一个问题。"

马青："啥问题？山陕甘会馆的吗？"

叶焚月："跟山陕甘会馆无关。"

马青："哦，那我就不问了。"

叶焚月："与你有关。"

马青略带惊讶："与我有关？啥问题啊？"

叶焚月："你不是个理科生吗，咋出口就是文言，一套一套的？"

马青："这也算个问题啊？俺爹还是个打烧饼的呢，俺爷爷和爷爷的爷爷还是刻木雕的呢。我是学理科的，我也会打烧饼，可我最大的兴趣还是刻木雕。"

叶焚月："你还会刻木雕？"

马青："有啥大惊小怪，门里出身，自会三分。再说一句不谦虚的话，我刻木雕的水平，不在我爷爷之下。"

叶焚月带有感叹地说道："我虽然是头一次来祥符，但我感觉祥符城的人好像跟其他地方的人不太一样。"

马青："咋不一样？都是一个鼻子俩眼。"

叶焚月摇了摇头："不，我觉得'人不可貌相'这句话，用在祥符人身上最有代表性。"

马青："为啥用在祥符人身上最有代表性？"

叶焚月："我早上去龙亭区政府的时候，坐了一辆人力三轮车，那个蹬三轮车的是个中年人，可有文化了，一路上给我介绍着龙亭的前世今生，令人肃然起敬。"

马青："一定给你介绍龙亭前面的樊楼了吧。"

叶焚月："对啊，介绍得可仔细。"

马青："他是不是告诉你，那樊楼就是北宋年间，宋徽宗二半夜压宫里窜出来，就是在那座樊楼上跟李师师约会的？"

叶焚月："对呀，我还让三轮车在樊楼跟前稍停了一会儿，拍了几张照片，心里赞叹宋朝真是太了不起，能盖这么大、这么漂亮一座楼，而且保留得这么完整、这么好。"

马青的脸上似乎带着一种不屑："哦，是吗？"

叶焚月："你的口气不对啊？"

马青："咋不对啊？"

叶焚月："你是不是守着祥符城，对祖先留下的东西审美疲劳啊？"

马青点头："嗯，你说的冇错，是很疲劳，因为你见到的那座宋代保留下来的樊楼，是 1984 年才盖的。"

叶焚月瞪大了眼睛："不会吧……"

马青："听说过岳飞枪挑小梁王吗？"

叶焚月:“当然听说过,我小时候,俺奶奶最喜欢跟我讲的祥符故事中就有枪挑小梁王。”

马青:“那我告诉你,宋朝的历史上根本就有小梁王这个人。”

叶焚月眼睛瞪得更大了:“咋可能……”

马青:“杨家将知道吧?”

叶焚月:“当然知道。”

马青:“又是从你奶奶那儿听的吧?”

叶焚月:“那是。”

马青:“杨家将里有个杨宗保,对吧?”

叶焚月:“杨业的孙子,杨六郎杨延昭和柴郡主的儿子,少年从军,后来娶了穆桂英当老婆,生了个女儿叫杨金花。”

马青:“嗬,门儿清啊。”

叶焚月:“小时候,听俺奶奶喷祥符的故事,喷的最多的就是杨家将。那个柴郡主是在天门阵战役时,沙场产子生下来杨文广,也就是杨宗保的弟弟,我有说错吧。”

马青微微一笑,说道:“根据《宋史》记载,杨家三代抗辽的人只有杨业的儿子杨朗,也就是杨延昭,还有杨延昭的儿子杨文广,其余的人统统没有,哪来的什么杨宗保?杨延昭的儿子杨宗保根本无史可证,也就是说,杨宗保查无此人,纯属杜撰。”

叶焚月:“啥?杜撰……”

马青:“拉你去龙亭区政府的那个蹬三轮的,一定给你介绍了龙亭的杨家湖和潘家湖了吧?”

叶焚月点头:“嗯,介绍了。”

马青:“咋介绍的啊?”

叶焚月:“自古有传说,‘杨家湖,潘家湖,一个清来一个污,杨家忠义千古清,潘家奸臣万代污’。”

马青:“蹬三轮的是不是还告诉你,宋朝皇宫的位置就在龙亭啊?”

叶焚月:“对啊,龙亭前面是潘杨二湖,龙亭后面是万岁山,都属于皇宫啊。”

马青:“中国古代的皇宫有五里大内之说,横竖都是五里,所以叫五里大内，对吧？”

叶焚月：“没错。”

马青：“潘杨二湖是不是潘家和杨家的所在地？”

叶焚月：“当然是啊。”

马青：“那好，我问你，潘家和杨家的府邸能建在皇宫里吗？”

叶焚月眨动着黑黑的眼睫毛，张嘴说不出话来，半天才缓过神儿，说道：“就是啊，五里大内之中咋可能有文臣武将的府邸？绝对不可能啊……”

马青：“明白了吧，祥符城的历史，特别是老百姓知道的那些宋朝历史，基本上都在评书演员的嘴里和戏曲舞台上。也就是说，现如今你看到的祥符城，基本上跟宋朝冇啥关系，潘、杨湖是假的吧，祥符府衙是假的吧，包公祠是假的吧，还有你看到的樊楼也是假的吧。当然，也有真的，只是朝代不一样，比如这座山陕甘会馆，它才是整个祥符城内最货真价实的历史遗留物，只不过它与宋代无关，虽然货真价实，却不太受人重视。”

叶焚月用目光扫视着房梁上一丛丛精美的木雕，说道：“你的意思是，祥符城最有历史价值的地方在这儿？”

马青：“这是我的个人观点。”

叶焚月瞅见房梁上的木雕，徜徉着步子，嘴里轻轻冒了一句：“挺有意思的。”

马青：“不光是有意思，还有故事。”

叶焚月：“我说的不是木雕，我是说你这个人挺有意思的。”

马青：“我这个人有啥意思啊？”

正准备往下说的叶焚月，忽听见马青嘴里轻轻地“哎”了一声。

叶焚月扭脸问道：“咋啦？”

马青朝大殿旁边努了努嘴：“那儿。”

叶焚月向大殿旁边望去：“那儿有啥？”

马青：“看见冇，那个穿黑呢子上衣的人，就是源生茶庄的张老板。”

叶焚月：“就是那个说话声音很大的人？”

马青：“嗯，就是他。”

这时，源生茶庄的张老板，正跟一个与他岁数相仿的男人在说着什么，说话的声音越来越大，再一听，好像是在为什么事儿争论。无论张老板咋冲着那个男人**挟炍**（xié huò 吵闹、嚷嚷），那个与他岁数相仿的男人依旧不紧不慢、面带微笑地与他周旋。张老板面红耳赤、手舞足蹈，最后狠狠地骂了一句："……早知是这，我就应该跟恁签个协议，这下倒好，也投入了，恁局长一句话就去球了，咋着？我还能把恁的山陕甘会馆烧了吗？放着钱不挣，恁就是傻孙，见天哭穷喊挣不住钱，挣不住钱是恁有本事，别以为历史悠久恁就能倚老卖老，卖吧，一天卖不够一百张门票，倒驴不倒架，活该！还跟我说这是规定，啥狗屁规定，规定是死的，人是活的，活人能让尿憋死？我看整个祥符城也就是恁山陕甘会馆是这副穷德行了……"

叶焚月："那个男人是谁？"

马青："山陕甘会馆的齐馆长。"

叶焚月："他俩在吵啥呢？"

马青仔细听了听："好像是租房子的事儿。"

"我去拜见一下张老板。"叶焚月抬脚就要去，却被马青一把拉住。

叶焚月："咋啦？"

马青："先别去。"

叶焚月："没关系，我去还能缓解一下他们，先给张老板请个安，认识一下，然后再去他的源生茶庄。"

马青："快拉倒吧，你不了解张老板这个人，他是徐府街上最隔赖的人，一般的人都不愿意招惹他的事儿。用祥符话说，他就是个孬家，别看一把岁数了，说话不打脸，说难听话能把人给噎死。他在跟人吵架，心情正不好，他才不管你是压哪儿来的。徐府街上的人都知道，有一回，源生茶庄去了个会说中国话的老外，河南大学的外教，那个货把源生茶庄里的红茶绿茶尝了个遍，不买也冇啥，可那货却说喝茶容易让人骨质疏松，一下把张老板给惹恼了。你猜咋着，他直接把一杯茶泼到那个老外的脸上，老外报了警，好不拉倒。"

叶焚月："后来呢？"

马青："啥后来不后来啊，都知他隔赖，谁也拿他冇法儿。最后警察替他给人家老外道道歉，才算拉倒。"

叶焚月有点怯气了，不敢再上前。她瞅着张老板心里在想，这么难缠个人，找他去请教做香，哪句话说不好，会不会也被泼上一脸茶水啊。

马青瞅着还在大声挟炽的张老板，接着对叶焚月说道：“俺徐府街上有句顺口溜：‘马家的饼，会馆的雕，不抵源生的张老板孬。’”

叶焚月听了马青这话更怯气了，在她眼里，那位和自己父母年纪大小差不多的张老板，是个这么不好打交道的人……

说到这位源生茶庄的老板张宝生，马青如数家珍，他领着叶焚月在会馆里一边转悠，一边把张老板的小出身，以及传说，一板一板讲给了叶焚月。

这个开茶馆的张宝生，原先不是卖茶的，更不是做香的，他曾经在祥符城里一家最好的酒店当管理人员。由于脾气太孬，眼里容不得沙子，得罪了总经理，时不时被穿小鞋，一怒之下，扇了总经理一耳光，还有等酒店对他做出处理，拍屁股辞职，去开起了出租车。出租车冇开两天，张老板讲义气、好朋友，三天打鱼两天晒网，他那辆出租车恨不得变成亲朋好友们的私家车。婚丧嫁娶，走亲访友，他还给人家当免费司机，别说挣不到钱，还赔钱，老婆见天跟他吵架。在全国兴起喝普洱茶的时候，他赶时髦，卖掉了出租车，又借了些钱，在徐府街山陕甘会馆斜对面租了个门面房，开始做普洱茶生意。起初，他挂出的招牌并不叫源生茶庄，叫徐府街茶馆。别看这个张宝生的长相粗枝大叶，但他是个极聪明能干的人，不管干啥都是全身心投入，而且很快就会有个**四六式**（差不多）。当他的茶馆在徐府街上立住脚之后，他又开始生点儿，嫌他的茶馆面积太小，于是，他又绞尽脑汁，想方设法，租下了隔壁一家卖烧鸡的房子，将两个门面房连为一体，增大了茶馆的面积。人啊，倒霉时喝凉水都塞牙缝，走运时天上都掉馅饼。在两间门面房重新装修的时候，无意之中，压两房之间的砖板地下面挖出来两件宝贝，一块名为源生茶庄老招牌和一尊铜香炉。后经专家验证，老招牌上面“源生茶庄”四个字出自民国时期相国寺的大和尚之手，那尊铜香炉曾经也是相国寺里的。这下可让张宝生**得兜**（满意）了，把铜香炉供在了茶馆里，把源生茶庄的老招牌按照原样新做了一块，把徐府街茶馆更名为源生茶庄。奇怪的是，压茶馆更名之后，这位张老板开始了做香，起初，只是做着玩玩，谁知做着做着还做出了名气，源生茶庄卖茶间或卖香，相得益彰，祥符城里懂茶和懂香的人说，源生茶庄的茶得益于他的香，他的香比茶好。张宝生为啥会做香却成了一个谜，不管谁问起，张宝生守口如瓶，就是不说。不少人提出想瞅瞅他是如何做香的，都遭他拒绝。他做香的地方就在源生茶庄最里头一间小屋里，他在里头做香的时候关着门，谁也不让进。不做香的时候锁着门，钥匙只有一把，挂在自己腰间，就连他老婆也不能随便进入他那间做香的屋子。

马青告诉叶焚月，源生茶庄张宝生做香的那间屋子，他曾经进去过一次。那是在他第一次冇考上大学在家复读期间，张宝生请他给那尊铜香炉用紫檀木雕一个底座，他把底座雕好之后送到了源生茶庄。当时张宝生正在那间屋子里做香，他把紫檀木底座送进了那间屋里。张宝生将铜香炉摆放到底座上，赞不绝口，十分满意，并对马青说，不是家儿他是不会让进那间屋的。

叶焚月："这么说，你木雕的手艺不错啊。"

马青不以为然地："因为给张老板雕那个底座，还被俺爹臭骂了一顿。"

叶焚月："你爹为啥骂你呀？"

马青："骂我不务正业呗。"

叶焚月："你不是也考上大学了嘛。"

马青："可我喜欢木雕，俺家祖辈都是靠木雕吃饭的手艺人，俺爷爷，俺祖爷爷，都是搞木雕的，就俺爹是打烧饼的。虽说我也喜欢打烧饼，但我更喜欢的是木雕。"

叶焚月："有遗传基因。"

马青："我目前在西安的工作也不错，但不知为啥，我还是想重归祖业刻木雕。山陕甘会馆是我最喜欢来的地方，压小到大，来这里上千次，每次进来看见俺家先人这些作品，都会心潮澎湃，每一次都会有一种新的感觉。"

叶焚月点着头，带有一点感同身受地说道："我也是，当每一次坐到香案前做香的时候，就像初恋，所以我不想结婚，就想把这种初恋的感觉进行到底……"

马青认同地点了点头："彼此。就是跟你有同样的感觉，所以我到现在还单着。”

叶焚月看了一眼马青，似乎想说什么，却有说出来。

马青沉默了片刻之后，问道：“你是不是因为总是有这种感觉才不想结婚？”

叶焚月沉默了一小会儿，反问道：“你呢？”

马青：“我不完全是，我是不想在西安，一直想回祥符，想把俺马家的木雕传承下去。”

叶焚月：“这跟结婚成家好像关系不大。”

马青：“谁说关系不大。如果改行做木雕的话，我就必须回到祥符，必须守着徐府街，必须每天能看见山陕甘会馆。”

叶焚月不吱声了，她的目光慢慢地在大殿和厢房檐下的桁、枋、雀替、挡板、垂柱上面遍布的木雕装饰上面移动。这时，马青的声音在她身旁娓娓响起，像是一个解说员：“这上面采取的雕刻手法，有圆雕、半圆雕、高浮雕、浅浮雕、悬雕、透雕等多种技法，在人的视点与雕刻面的关系上，创造了焦点透视、散点透视、破时空透视等多种艺术形式，广泛利用有限的空间，通过起位升降、线条流畅、光影处理等造成的视点错觉，具有非常巧妙的艺术特点……”

叶焚月：“我不懂木雕，只觉得它很美，但是，我已经被你们马家先祖的木雕手艺给折服了……”

……

马青把叶焚月送到了她预订的一个叫“在梁君宿”的民宿酒店。这个酒店里有一尊千手千眼佛的木雕，叶焚月冇回房间，她来到那尊千手千眼佛的木雕前，站了好长时间。此时此刻，她脑子里想的不是今天在山陕甘会馆里看见的那些精美的木雕，而是那个在大声歇喝的张老板，在想马青跟她说的源生茶庄里那间神秘的做香房间，在想用什么样的方法，才能友好地与那个隔赖张老板沟通成为朋友，怎么样才能进入那间做香的房间。此时此刻，她似乎已经意识到了，张老板之所以不让别人进入他做香的房间，一定是他不愿意让别人知道他做香的配方。张老板的香之所以受欢迎，最终的卖点肯定是在香的配方上。那是一个什么样的配方？都有些什么成分？为什么网上说有“宋代香谱之气味”？她真是太想知道了，可是一想到张老板今天在山陕甘会馆里那副大声挟炨的模样，她顿时底气不足。她只有站在这尊千手千眼佛的面前，暗自祈祷菩萨保佑她祥符之行能如愿以偿……

二、祥符地面邪，徐府街地面更邪

小小鸡儿，要吃黄瓜；黄瓜辣嘴，要吃牛腿；牛腿有毛，要吃仙桃；仙桃有核，要吃牛犊；牛犊撒欢，天边有个小井儿，掉里面冇影儿。

——选自祥符歌谣

马青把叶焚月送到“在梁君宿”后回到徐府街，一进家门，马老二就告诉他，燕子刚走，来通风报信了。拆迁办的许主任跟别人说，即便是二红家的老房契压新加坡寄过来，那也只是走走形式罢了，三进院该拆还得拆，不可能因为一个院子影响到整个徐府街拆迁的既定方针。

马青听罢这个话，心里很不舒服地对他爹说道：“人家二红家有老房契，恁让人家寄来，寄来了恁还要拆人家的房子，这不是在装孬，不论理了吗？”

马老二：“论啥理？有啥理可论？要是论理，山陕甘会馆也是人家私人的。要论理，就冇强拆这一说。瞅瞅人家外国，修个飞机场都不敢乱拆老百姓的房子，飞机场的跑道都得绕着修。装孬这也是在明装孬！”

马青告诉他爹，叶焚月这次来祥符的主要目的，不是冲着她爷爷的房子，而是冲着源生茶庄来的，政府执意要拆三进院，她也冇招。倒是自己的爹对叶焚月的到来抱有极大希望，就像看见了救命稻草。眼下最要紧的是不能让自己的爹受伤害，咋样才能说服自己的爹别在拆迁这件事儿上较劲，马青却想不出更好的法儿来。但有一点马青可清亮，他爹并不是舍不得这座三进院，而是舍不得马家在徐府街上的这个烧饼炉子。

马青：“爸，我还是那句话，胳膊扭不过大腿，咱还是要做好所有的思想准备。政府真要是想拆哪儿，谁都挡不住，别说叶姑娘压新加坡回来，她就是压月球上回来也有用。拆迁办许主任不是也对燕子说了吗？他们要看二红家老房契也就是个幌子。我的意思是，咱马家烧饼千万不要吊死在徐府街这一棵树上，只要咱的烧饼好，别管在哪儿支起炉子，照样挡不住咱的好生意。”

马老二：“理儿是这么个理儿。但别管做啥生意，开啥门面，玩意儿好不一定生意会好，这种例子还少吗？寺门赵家的烩菜，在寺门生意多好，在大梁门外开了个分店，咋样，照样冇人买账。还有沙家牛肉，祥符城有多少打这块招牌的，也不是他们煮的牛肉不中，是招牌挂的地儿不中，寺门啥地儿？东大寺就是响当当一块招牌，寺门那条街就是块风水宝地，弄啥啥中，卖狗屎也有人抢着吃，这就叫风水，懂吗？小子，徐府街同样是这个理儿。”

马青：“我当然懂，我想说的是，除了徐府街，这祥符城里就冇其他风水好的地儿了吗？我看不见得。”

马老二：“你说说，哪儿风水好？别发迷，咱爷儿俩关着门说，想当年，徐达后裔在这条街上建府邸，山西商人又在徐府旧址上面建会馆，都不是那么轻而易举的，历朝历代的人他们傻啊，非得死一势认准一个地儿啊？实话告诉你，这**一泛儿**（一段时间）我也冇闲着，我把整个祥符城都研究了一个遍，研究来研究去，支烧饼炉子最好的地儿，还就俩地儿，一个寺门，一个徐府街，其他地儿我也不说不中，是心里冇底儿。”

马青：“爸，有个地儿我觉得中。”

马老二：“哪儿？”

马青：“刚才我送叶姑娘去酒店，她住的那家酒店叫‘在梁君宿’，就在皇宋大观里头，我一瞅皇宋大观门口，真热闹，特别是卖吃的，不亚于寺门，要啥有啥，我瞅了一圈，就是冇卖烧饼的。”

马老二：“快拉倒吧，我知那个皇宋大观，大门口是不孬，燕子她爹也想把老鸭汤挪到那儿，根本冇现成的门面。即便是咱不要门面，在街边支上炉子也中，可城管让咱支吗？不把你的炉子砸成烧饼那才叫怪。”

马青不吱声了，但心里有了数。他爹那根筋已经开始松动的原因，就是燕子给他透了那么个信儿，二红家的老房契就是压新加坡寄来也不当用。

第二天早起，马家烧饼店刚开门，叶焚月就来了，雪玲把炉子里铲出的第一个烧饼塞进了叶焚月的手里，叶焚月一边吃着喷香的烧饼，一边告诉马青，夜儿个晚上她想了一夜，今儿个一定要去源生茶庄拜会张老板，哪怕是不遭张老板待见她也要去。她只要能闻一闻张老板做的香，就能判断出此次祥符之行值不值得，假如张老板的香并非传说的那样，她也给了自己一个交代，再把精力用在二红爷爷留下的那几间房子上。听罢叶焚月的意思后，马老二直言不讳地拆着底火，他让叶焚月还是把全部精力放在她二红爷爷留下的这几间房子上，如果压新加坡寄来的那张老房契，区政府根本不买账，好孬她也是个外国人，就去北京找说理儿的地方。中国这些地方官员，最怯气的就是上访，外国人上访肯定会比中国人上访管点用吧。不管咋着，还是要全力以赴保住这两家先人留下来的这座三进院。叶焚月啃着烧饼连连点头，马青却能看出，叶焚月的心思依旧在距离不到两百米的源生茶庄那儿。

马青对叶焚月说，他先去源生茶庄瞅瞅，如果张老板在，他就先给张老板透个信儿，试探一下张老板的态度，免得叶焚月贸然去了引起张老板的反感。那个倔老头儿，别看样貌还不是很老，指不定那根神经受了刺激，立马就不食人间烟火，加上夜儿个也不知因为啥，在山陕甘会馆里头冲人家齐馆长挟炽成那样，很难说是碰见了啥事儿，还是稳当一点儿好。马青让叶焚月在烧饼店里等着，自己先一步去了源生茶庄。

这两天源生茶庄确实有点儿反常，早上到点儿了也不开门，晚上不到点儿就打烊。马青来到茶庄的时候已经过了九点，卷闸门依然冇拉起。他正准备离开时，就听见身后响起了张老板浑厚沙哑的声音：“你啥时候压西安回来的啊，小崽子？”

马青转过身，面带微笑地说道：“夜儿个回来的。宝生叔，我找你有点事儿。”

张宝生：“等住，我把门打开，啥事儿进屋说。”

卷闸门打开之后，马青跟着张宝生进到茶庄里面。张宝生一边收拾着凌乱的大茶台，一边问道：“听说恁爹准备跟拆迁办死挺，煤气罐都准备好了？”

马青:“冇那么严重,心里别不过来筋是真的。”

张宝生:“我听街西头卖蒸饺的老黄他媳妇说,恁爹准备了仨煤气罐,准备跟强拆的人同归于尽。”

马青:“别听他们瞎说,还八个煤气罐呢。俺爹说了,只要有合适的地儿,他不是不搬,眼望儿就是冇找着合适的地儿。”

张宝生:“哪儿合适啊?哪儿也冇咱徐府街合适。别发迷,据我所知,区里的头们儿是铁了心要拆恁家的三进院,让恁爹可得做最坏的打算,真打算点煤气罐炸兔孙们,就按你说的,要点就点它八个煤气罐,连山陕甘会馆一起给炸喽!”

马青笑道:“宝生叔,最近恁大的火气啊,夜儿个见你在会馆里冲着齐馆长发脾气,是摊为啥啊?”

张宝生:“摊为他们不人物,**榷**(骗)我一下。”

马青:“宝生叔,这条徐府街上还有人敢跟你不人物?敢榷你一下?我咋恁不相信呢,到底咋回事儿啊?”

张宝生嘴里不干不净连骂带抱怨地把事情经过讲了一遍,事情的根源还是与张宝生做香有关。

自打源生茶庄不光卖茶还卖自制的香以来,香的生意越来越好,大有替代茶生意之势。有人给张宝生出了个点儿,山陕甘会馆是祥符市的旅游景点,如果能与他们联手,把源生茶庄的茶和香在山陕甘会馆里面开个铺子,利益分成,岂不是一举两得?张宝生一听,这确实是个好主意,于是就找到会馆的齐馆长,那位齐馆长跟张宝生是老朋友,也算是弟儿们,能共同挣钱当然是件好事儿。山陕甘会馆自改革开放以来,除了那些木雕、砖雕、石雕和会馆内的建筑维修费归国家承担,员工的工资、福利、医疗保险统统是自负盈亏。山陕甘会馆虽说面积不大,名气却不小,可是在祥符城里,它的名气依然冇法跟那些耳熟能详的景区相比,用齐馆长的话说,包公祠的面积也不大,但有“包公”俩字,全世界来祥符旅游的人都会往那儿窜。别看那个包公祠是个假玩意儿,来祥符旅游的人才不管真假,他们又不是来考古的,他们是来游玩的,黑老包太家喻户晓了,在那些旅游的人眼里,假的也会当真的去看。还有个天波杨府和清明上河园,谁不知道杨家将和清明上河图啊,这些新建的旅游景点都有说道,用祥符人的话说

“沾着毛尾四两腥”，那些景点都能沾上历史名人的光。可是，像山陕甘会馆这样货真价实的历史遗留物，就因为沾不上历史名人的光，所以旅游者对它知之甚少，在挑选观光景点时，很容易被忽略。就是摊为这，山陕甘会馆的盈利收入始终比不上其他景点。齐馆长上任以后，也想过不少办法，比如与那些蹬三轮的人和出租车司机相结合，只要谁能给会馆拉来一个客人，就给谁十块钱。即便是这样的做法很见成效，也只是勉强能保住会馆的正常开销而已。当张宝生把他的想法跟齐馆长一说，俩人一拍即合，说干就干。齐馆长立马在会馆后面的偏院里腾出了一间房子，张宝生立马找人叮叮当当地开始装修。就在大功即将告成的时候，一天，主管山陕甘会馆的孙局长领着一帮人来视察工作，走进会馆后面的偏院，齐馆长兴奋地给孙局长介绍起正在装修的那间房子的用途，说着说着就发现孙局长的脸色不对劲。接下来事情就发生了逆转，那位孙局长严厉地批评了齐馆长并终止了山陕甘会馆与张宝生的合作，终止的理由非常充分，而且是那么毋庸置疑，让齐馆长无话可说。孙局长说，自负盈亏，想法儿挣钱是对的，但是要在会馆里卖香绝对不中，孙局长指着房梁上那一丛丛木雕说，这都是国家级文物，会馆里连烧香都不允许，哪能允许卖香……

当齐馆长沮丧地把这个不幸的消息告诉张宝生的时候，张宝生就冲齐馆长瞪起了俩眼吼道：“卖香和烧香压根儿就是两码事儿，再说，我做的香也不是用来烧的呀，恁的局长狗屁不懂！”懂不懂狗屁人家是局长，齐馆长一下子变成了“老鼠钻进风箱里两头受气”，不管张宝生说啥难听话他都得听着，孙局长那边更不能去解释，人家局长才不管你的香是不是烧的，在一般人的眼里，香就是用来烧的，尤其是在山陕甘会馆里，有多少愿意掏银子买束香去敬拜一下忠义堂里面供奉的关老爷啊。正因为这样，才有了这么个硬性规定——山陕甘会馆里不允许烧香。

听罢张宝生的讲述后，马青说道：“宝生叔，这事儿怨不得人家孙局长，也怨不得你和齐馆长，谁也不怨，要怨就怨你做的香。”

张宝生：“啥意思？”

马青：“中国历史上下几千年，有多少人懂香？别说在局长眼里香是用来烧的，你压大街上随便捞一个人问问，香是用来弄啥的？十个人里八个人会说香是用来烧的，恁在山陕甘会馆里卖香，才容易引起别人误会，人家孙局长当然不让恁卖香。”

张宝生:“好,就算他们孙局长对香有误会,可他老齐身为馆长,就不能给局长解释解释吗?就不能给局长介绍介绍关于香的知识吗?我就不相信他们局长是傻×,听不明白!”

马青:“不是局长听不明白,是香的学问太深奥,介绍起来太费嘴,别的不说,就那些香料的名儿,一般二般的人根本就听不进去,人家局长恁忙,咋可能听这些,不让在会馆里卖香就中了,局长才不去听齐馆长给他上香的知识课。”

张宝生:“中,少爷,就算你说得对,可吃亏的是我啊!装修花的钱又不是山陕甘会馆掏的腰包!”

马青:“咋会是你自己掏钱装修啊?”

张宝生:“当初跟老齐说好的,会馆出房我出钱,总不能再让人家会馆掏装修费吧。”

马青:“那这个损失都归你自己?合同上咋说的?”

张宝生:“啥合同啊,都是老弟儿们,压根就冇说合同的事儿。”

马青:“合伙做生意,就是亲弟儿们也要明算账,有个正规的合同吧?”

张宝生:“你回家去问问恁爹,看是不是我这张脸就是合同,做生意做了恁多年,凡是跟我张宝生打过交道的人,我让谁吃过亏?老齐倒是说要起草个合同,我冇让。”

马青:“那这事儿怨你,不怨人家齐馆长,吃一堑长一智吧,我的叔。”

张宝生:“老齐过意不去,说要给我拿点钱。我能让他拿钱吗?你回去问问恁爹,我是啥样的人!”

马青:“我的叔,不用回去问俺爹,咱这条徐府街上,不知你是啥样人的人,就不是咱徐府街上的人。”

张宝生:“乖乖儿,嘴怪得劲。说吧,今儿个来找我有啥事儿?不会是压西安窜回来问我要那个紫檀底座的钱吧。”

马青:“我的叔,我知你是啥人,难道你不知我是啥人吗?”

张宝生呵呵地笑出了声:“说吧,找我啥事儿?”

马青把叶焚月压新加坡来,一是因为三进院的拆迁,二是要跟张宝生切磋做香技艺的事儿说了一遍。起初,张宝生的反应还算正常,当马青说到叶焚月非常想了解张宝生做香的配方时，张宝生脸上就不正常了，面孔板了起来。

张宝生："这个妞儿在新加坡是做香的？"

马青："对啊。"

张宝生："你把她的底吗？"

马青："我刚才不是说了嘛，俺家三进院里有她爷爷的房子，也算是俺家的老邻居吧。"

张宝生："她爷爷是不是恁家老邻居，跟我有一毛钱的关系，我想知道的是，她来找我的目的到底是啥。"

马青："不是跟你说了吗？她想跟你切磋一下做香的手艺，为啥你做的香那么受欢迎。"

张宝生："她是想知道我做香的配方吧？"

马青已经发现张宝生脸色不对劲了，问道："咋啦？叔，这里头还有啥讲究吗？"

张宝生："早先，咱徐府街东头有家膏药铺你知不知？"

马青："听俺爹说过。"

张宝生："那家膏药铺的名字叫'刘九正黑膏药'，后来摊为啥关门了，恁爹跟你说过冇？"

马青摇头："冇。"

张宝生："想当年，刘九正黑膏药在祥符城里的名气，就像恁的马家烧饼一样家喻户晓，每天只要一开门，就挤拥不动的人，就是冲着他家的膏药一贴就灵去的。大约是在80年代初，那时候恁爹刚开始打烧饼，我也还冇开源生茶庄，忽然有一天，不知为啥，刘九正黑膏药铺关门了，做黑膏药的刘九正一夜之间在祥符城里消失了。令人不解的是，生意那么好的膏药铺为啥会关门，到底出了啥事儿让那个刘九正窜得无影无踪？你猜猜。"

马青："犯啥事儿了呗。"

张宝生："说的冇错。你猜猜他犯啥事儿了？"

马青："那我哪能猜得着。别卖关子了，快说吧，我的叔。"

张宝生点着一根烟，一边抽着烟，一边回忆徐府街上那段往事儿：

1982年秋天的一天，徐府街东头路南的刘九正黑膏药铺，大早起刚卸掉门板，就走进去一个穿长衫的白胡子小老头，操着满口北京腔。他对刘九正拱手说自己是慕名而来，想买几贴黑膏药治一治他多年疼痛的颈椎。起初，刘九正并冇在意，拿出了几贴黑膏药递给了白胡子小老头，并对白胡子小老头保证，这几贴黑膏药贴罢以后，如不见成效，一准双倍退钱。小老头把接到手里的几贴黑膏药搁到鼻子上闻了闻，不紧不慢地把黑膏药配方里所熬制的药材品种、剂量，一味不落地说了一遍。说罢后可把刘九正给吓孬了，白胡子小老头嘴里说出的药材品种和剂量，与熬制的配方完全相吻合。白胡子小老头俩眼盯着目瞪口呆的刘九正说道："你这个刘九正的名字，不是你爹妈给你起的吧？是你盗用别人的吧？"刘九正张嘴说不出话来。白胡子小老头板着面孔告诉刘九正，他叫张九正，安徽有个叫郭九正，湖南有个叫吴九正，山东还有个赵九正，别管哪儿有叫啥九正的，基本上都是打着北京张九正的牌子在做黑膏药生意，那些个叫九正黑膏药铺的配方，统统出自一个地儿，那就是他北京的张九正。"文化大革命"时，北京张九正黑膏药铺被红卫兵抄家，张家黑膏药秘方祖谱遗失的根源，是在那帮去抄家的红卫兵里头。有一个家里曾经做过黑膏药的小子，这小子是受他爹的旨意有备而来，专门冲着张家那个祖传秘方祖谱去的。"文革"结束以后，政府归还抄家物件时告诉张家，黑膏药的祖传秘方祖谱已经被当作"四旧"烧掉。好在张九正是个做膏药的天才，又有压小读过私塾的功底，早就能把张家黑膏药的祖传秘方祖谱背个滚瓜烂熟，重打鼓另开张不在话下，只是可惜了那本先祖留下来的祖传秘方祖谱了。

马青听到这里问道："是不是全国各地那些打着'九正'招牌卖黑膏药的，都是盗用了张九正黑膏药的祖谱啊？"

张宝生："是不是我不知，反正咱徐府街的刘九正黑膏药是，要不咋会把他给吓窜了呢。不过以我的判断，张九正黑膏药祖传秘方能来到祥符，可见早已经蔓延到了全国各地。据说那个白胡子小老头，压北京出来的目的就是要把中国走个遍，用眼望儿的话说就是维权和打假。"

马青点头："嗯，正本清源。"

张宝生："小儿，我跟你说这些，你明白是啥意思不？"

马青："好像跟恁做香冇啥关系吧？"

张宝生:“关系大了!”

马青眨巴着俩眼:“我不明白……”

张宝生:“当然,做膏药和做香是两码事儿,恁家那个老邻居,她的香做得再好,也不能闻出我做香的配方来,即便能闻出一两味配料,也不可能全闻出来。不是吹牛,我配方里用的料,她可能听都冇听说过。”

马青:“那你怕啥,跟人家交流交流呗。”

张宝生:“我的担心就是在这个交流上。”

马青:“你担心啥?”

张宝生:“你想想,你领来的朋友,她问我啥,我说是不说? 都是做香的,只要一张嘴,就能猜出个八九不离十,不说,给人家个二脸,得劲不得劲?”

马青:“有你说的恁复杂吧,我的叔?”

张宝生:“小儿,你还嫩。交流,交流啥? 这叫来者不善,善者不来,就像恁家那个三进院,老住户不来是冇事儿,拆了也就拆了,谁让你不在。可人家老住户一来,政府就是铁了心要强拆,也得给人家说点儿啥吧,说官话人家信吗? 眼望儿的人一个比一个猴精,真话假话一听就能听出来。所以我说,别让恁家那个老邻居到我这儿来,她要是来了,我还真不知该跟她说点儿啥。”

马青颇为难地:“叔,人家大老远冲你来了,你不跟人家照个头,不老得劲吧。”

张宝生:“有啥不得劲啊,前无世交,后无渊源,想见见,不想见不见,咋? 不犯啥王法吧?”

马青不满地:“你这老头儿咋这个劲儿啊。”

张宝生:“我啥劲儿啊? 我这个劲儿还不如恁爹那个劲儿。恁爹不是已经备好了煤气罐,准备跟强拆的那些人同归于尽,那是啥劲头,我这个劲儿比起恁爹差远了。”

马青:“我眼望儿可知道恁这个岁数的人为啥喜欢跳广场舞了。”

张宝生:“为啥?”

马青:“倒驴不倒架呗。”

“我扇你个小兔崽子!”张宝生抡起巴掌就要去扇马青,吓得马青转身窜出了源生茶庄。张宝生的声音跟了出去:“你告诉新加坡来的那妞儿,饭是各家吃各家的,香同样是各家做各家的,我可不是刘九正!”

碰了一鼻子灰的马青,回到三进院,把源生茶庄张老板的态度告诉了叶焚月,并劝说叶焚月没有必要再去跟张宝生见面,张宝生做香也是半路出家,只不过眼下在祥符城里有点儿小名气,马青认为根本冇法跟叶焚月做的香媲美,祥符人故步自封,啥都认为是自己的好,下碗面条都认为是全世界最好吃的面条。一个靠卖普洱茶起家的人,能做出啥好香来?

不管马青咋说、咋劝,叶焚月就是一言不发,马青说了一大堆话,只有当他说到当年北京那个白胡子小老头,来徐府街砸刘九正黑膏药牌子那段往事儿的时候,引起了叶焚月的思考,白胡子小老头能闻出黑膏药的配方,难道自己就不能闻闻张老板做的香吗?没错,膏药与香是有很大的差别,也从未听说有人能闻出香的配方,前无古人后就没有来者吗?想到这里,叶焚月站起身就往门外走。

马青:“你弄啥去?”

叶焚月:“我去源生茶庄买香。”

马青似乎觉察到了什么,说道:“你别去买了,我找个人去买吧,你一露面,张宝生恁贼个老头,他一眼就能猜出你是谁。”

叶焚月:“猜出来就猜出来,我是去买香,又不是去砸牌子。”

马青:“我的意思是,张宝生不一定会把香卖给你。”

叶焚月不解地:“为啥啊?”

马青:“不为啥,就是不卖给你,咋办?”

叶焚月:“商家有货拒卖,我可以投诉他啊。”

马青鼻子里哼了一声,不屑地:“你以为这是在恁新加坡啊,别发迷了,这里是祥符城,有房契也照样拆你的房!”

叶焚月不再吱声,同意让马青找了门口一个熟人,去源生茶庄买回来一盒香。

三进院里的正院和罩院因为拆迁已经腾空,马青按照叶焚月的要求,在后面罩院的空房子里,摆上了一张桌子、一把椅子、一盆清水、一条干净毛巾,让叶焚月独自一人在空房子里面闻源生茶庄买回来的香。

静谧的罩院,空空荡荡,叶焚月关掉手机,独自一人坐在那间空房子里，那陈旧的窗棂和房梁，仿佛把她带回到了二红爷爷的那个时代……

叶焚月净完了手，压香盒内取出了一束香，先仔细观察了一番，将其点燃插入她随身带的一个小香座中，然后闭目静闻了一番，又压香盒里取出一根香，搁到鼻子前闻了许久之后，将香折断又接着闻，之后用指甲小心翼翼压香体上抠下一点碎末放在手掌中，又闻了许久，然后把那些碎末搁进嘴里，闭上了眼睛，品着味……

就在这时，前院传来一阵喧闹，而叶焚月并没有被前院那一阵高似一阵的喧闹声所影响，直到那喧闹声清晰地在她耳朵里转换成了粗野的大声对话和争执时，她才意识到是一群人压前院来到了后院。于是，她起身将房门打开，看到眼前的那一群人中，有昨天在区拆迁办见到的许主任。

许主任看见叶焚月压空屋子里走出来，立马面带笑容地说道："来恁爷爷住过的房子里，感觉不一样吧？唉，我们也不想把它拆掉啊，这不都是为了咱们这座山陕甘会馆吗？国家一级文物必须严格按照文物保护法来保护啊，三十米以内不允许有其他建筑。所以，还希望你这位海外华人理解和大力支持啊！"

叶焚月："听您的意思，就是俺家的老房契寄过来，也就是走一个过场是吧？"

许主任："也不能这么说，走过场还要看咋走，走得好那就不是过场，走不好连过场也不是，等于有上场。"

马老二在许主任身后大声说道："我看恁这个架势，就是不让上场，先拆前院和中院，等看罢二红家的老房契又能咋？留着二红家的后院不拆？骗鬼去吧！"

许主任转向马老二："话不能这么说……"

马老二："不能这么说咋说，俺这三进院就像一个人一样，恁把头砍掉，身子砍掉，光把脚留下来，这个人还是人吗？还能活吗？再说了，恁等着看二红家的老房契弄啥？俺家的老房契恁不是看罢了吗？咋个该拆还要拆？真要是不拆二红家的房，只拆俺马家的房，恁这不是装孬孙是啥？"

马青一旁附和着："这也不可能啊。"

"所以我说他们是在装孬孙！"马老二把脸转向叶焚月说道，"妞儿，可别听他们骗你，恁家的房他们是一定要拆的，啥海外华人不海外华人，恁爷爷要是新加坡的总统估计还差不多。让恁爷爷给北京打个电话，北京发一句话，把三进院留住，把三进院旁边的山陕甘会馆拆喽！”

叶焚月扑哧一声笑了。

马老二：“你别笑，妞儿，我说的都是实话，这些货，他们不怯咱老百姓，他们怯比他们官大的人。”

许主任：“马老二，先拆前院和中院又不是我做的决定，你光冲我嗷嗷叫说**拉撒话**（难听话）管啥用，区领导发的话，我作为下属能不执行吗？”

马老二：“恁的区领导就是狗屁不懂！恁睁大眼瞅瞅，山陕甘会馆是文物，俺这个三进院就不是文物了吗？说句难听话，当初冇俺两家的老祖宗，哪会有山陕甘会馆？恁眼望儿非得拆俺的三进院，说句难听话，恁这就是大逆不道，白眼狼，忘恩负义！”

许主任满脸的半烦儿：“中了中了，咱俩说不着，我来这儿是找叶女士的，恁该忙啥忙啥去吧。”

不依不饶的马老二被儿子马青拉回前院去打烧饼去了。

许主任满脸和蔼地对叶焚月说：“给你打电话关机，我想着你就是来这儿了。”

叶焚月：“许主任找我有啥事儿吗？”

许主任冇直接回答，用眼睛扫视着周围：“你瞅瞅，这院子都破成啥样儿了，一百多年了，不拆中不中。”

叶焚月微笑着说：“康熙年至今多少年了？山陕甘会馆不是还屹立在这条街上。”

许主任：“那可不一样啊，山陕甘会馆是国家级文物，重点保护单位，恁这个院子虽然也老，可不属于那个待遇啊。说句难听话，祥符城里像恁这样的老院子多了去，压小我的记忆里，满城都是这号房子，眼望儿不是都拆掉了吗？”

叶焚月：“要是在新加坡，简直不可思议。”

许主任：“这冇可比性。就像恁新加坡，百分之六十以上都是华人，不还是一个独立国家吗？国与国之间的差别，我不说你也可清亮，是不是？”

叶焚月再次问道：“许主任找我有啥事儿吗？”

许主任：“噢，是这，俺区领导派我来跟你商量个事儿。”

叶焚月："啥事儿？"

许主任："是这样，恁家这个房子，新中国成立以后一直有人住，政府也冇让它闲着，属于私房公用。俺领导说，不能让恁家吃亏，压私房公用那天开始，就给恁把租金算上。也就是说，公家用恁家的房子是压1955年开始的，满共是六十五年，一年的租金是多少，让我来跟你商量，别管是多是少，总而言之，不能让老百姓吃亏。"

叶焚月的注意力似乎并不在许主任说的话上，她眨动着黑黑的眼睫毛，也不知在想啥。

许主任："叶女士，六十五年的租赁费，**孙末价**（最低价）也得有个几十万吧，恁爷爷走了那么多年，别管咋着，也算天上掉馅饼吧。"

叶焚月愣了一会儿，思路回到了许主任说的事儿上："噢，许主任，您说的事儿有点突然，能不能让我考虑一下。"

许主任满脸的表情瞬间变得生动起来，咧着嘴说道："咦——你这个妞儿，傻呀你，这还有啥考虑的，多美的事儿啊，全中国的拆迁你也找不着这号美事儿，白给恁六十五年的房租你还要考虑。说句难听话，反过来说，就算是俺给恁家看房子，恁是不是还得给俺钱啊？都说恁新加坡人精明，会做生意，咋连这个账都算不过来？"

叶焚月："不是这个问题。"

许主任："不是这个问题是啥问题啊？"

叶焚月："您刚才说新加坡人精明，会做生意，确实不假，可是，新加坡人别管是做大生意还是小生意，从来不相信天上会掉馅饼。"

许主任："你的意思是，俺在榷恁？给恁下套？挖坑让恁跳？"

叶焚月："我不是这个意思。"

许主任："那你是啥意思？"

叶焚月："我觉得，先别着急，缓一缓，还是等新加坡那边把老房契寄过来以后，该是啥是啥，咱都依法办事儿，有一是一，有二是二，谁也不占谁的便宜。"

许主任的脸色开始有点儿难看了："叶女士，实话实说，你要不要这六十五年的房租咱另说，但你必须要有一个充分的思想准备，大潮流是不可逆转的，即便是按你说的依法办事儿，你心里也应该清亮，我们祥符市正是按照国家文物法的规定在办事儿。说好听一点，二红家的人回来了，我们尊重，但只不过是缓上几天而已，尽量做到好说好商量，伤了和气对咱都不是好事儿。如果真要是商量不成，伤和气也就在所难免，真要到了那一步，我不说了，你自己想。”

叶焚月：“听话听音，锣鼓听声。我明白了，俺家那张老房契用咱祥符话说就是，‘大年三十打只兔，有它冇它都过年’，是吗？”

许主任脸上的笑容又回来了：“是不是你自己想。中了，我先告辞，等恁家的老房契寄过来，咱再说吧。”

叶焚月目送许主任离开了后院，她站在那里冇动，似乎又在想着什么。一群鸽子带着哨音儿压三进院上空飞过，她仰起脸瞅着蔚蓝的天空，思绪在飘荡……

马青压前院来到后院，见叶焚月站在房前一动不动地看着天空，问道：“你瞅啥呢？”

叶焚月把目光压天空中收回，冲马青笑了笑。

马青：“许主任那个货，临走的时候对我说，拆这个院子谁也挡不住，只要俺爹敢点煤气罐，震落下来山陕甘会馆的一片瓦，俺马家烧饼就被钉在了历史的耻辱柱上了。许主任还说你，是放排场不排场，非得混到丢人上……”

叶焚月眨动黑黑的眼睫：“帮我个忙好吗？”

马青：“帮啥忙？你说。”

叶焚月：“你领我去一下祥符城的中药材市场。”

马青：“去哪儿弄啥？”

叶焚月脸上带着一丝神秘的微笑：“看看有没有治上火的药。”

聪明的马青问道：“咋？有个四六式了？”

叶焚月面带微笑，反问道：“啥四六式啊？”

马青：“别装迷了。行家一出手，便知有没有。”

叶焚月：“走吧，领我去中药材市场。”

马青：“我得问问俺爹在哪儿。”

马老二告诉马青，祥符城里只有一个比较小的中药材市场，基本上都是一些常规的中药材，大一点的中药材市场不在市区，在杞县的南关大街与省道的交叉路口。那个市场应该是豫东地区最大的中药材交易市场，里面啥中药材都有。知道了具体地址，他俩上了一辆出租车，便奔了杞县。

在去杞县的路上，叶焚月告诉马青，对源生茶庄张老板做的香，她确实已经有了四六式，可是香里面还有一些成分冇闻出来，只有先把闻出的那些的药材买回来，做出香再闻，或许就会有新发现。但除了猜，还有一些不确定的因素在里面，这可能要靠自己多年做香的经验，能不能达到目的很难说。不过有一点她可以肯定，就凭她已经闻出那香里面的成分，这个张老板绝非一般的做香高手。她还告诉马青，一般来说，制香的原料在像同仁堂那样的药房里就能买到，之所以她要到药材市场来买，是因为对药房里加工过的药材不放心，药材在碾成粉的过程中，一旦掺入其他成分就很难判断。更重要的是，到药材市场来看看，或许能从药材市场里发现一些新的线索。

他俩在药材市里压上午一直转到下午，叶焚月把买到手的一些药材，在她的亲自监督下，就在市场里用碾碎机碾磨成粉，然后分别装进塑料袋里后，才返回了祥符城。在回去的路上，马青问有没有新的发现，叶焚月蹙着眉头冇吭气儿，马青一连问了几声，她还是不作声。马青也就不再问，但从叶焚月的表情中觉察到此行加重了她心里的疑虑。

回到祥符后，叶焚月马不停蹄，在马青的陪同下又去相国寺小商品市场买回了制香所用工具：一只水碗，一个小勺，一把尺子，一个针管和一块手工垫板。当晚，叶焚月就在她爷爷的老房子里制作起了线香……

线香制作完后，尚需几天阴干。制香阴干需要等待，老房契压新加坡寄来需要等待，区里拆迁办就是强拆同样需要等待，但老房契的等待和强拆的等待，在拆迁办的许主任看来几乎没有什么悬念，对马家烧饼来说同样没有什么悬念，唯一的悬念就是马老二点不点那俩准备同归于尽的煤气罐。对马青来说，他爹的命比三进院和烧饼重要，只要他不回西安在家守着，他爹想把那俩煤气罐点着是绝对不可能的。马青在压西安回来的当天，就已经跟他爹发过了话：“你只要敢点那俩煤气罐，不等区里的人强拆，我就先动手把咱家的房拆喽。”别看马青平时文质彬彬，说话文绉绉的，用马老二的话说：“这孩儿真要孬起来，给他颗原子弹他也敢拉弦。”马老二这话不假，马青在念高中的时候，有一回在体育课上，因为突然犯了阑尾炎，在测试中拖了全班的后腿，体育老师不问三七二十一，当着全班同学的面朝马青屁股上踹了一脚，这一脚差点要了体育老师的命，马青忍住肚子疼，回家掂了一把菜刀，返回学校，把那个体育老师撵得满校园里跑。之后，马青不得不转学，也就是因为这么一折腾，马青那年才冇考上大学。

在三进院拆迁这件事儿上，马青要比他爹马老二清亮得多，在儿子一晚上连**黑唬**（吓唬）带威胁的思想工作中，马老二要同归于尽的决心已经开始松动，马家人把最后的希望，全部寄托在这个突然出现的二红孙女身上。但听拆迁办许主任今天那口气，马家人最后的希望破灭，接下来该咋办，谁也说不准。马青就是对他爹再黑唬再威胁，他爹真要过不去这个坎，就是不点煤气罐，还会发生什么事儿，难以意料。马老二嘴里说的"兵来将挡水来土掩"就是一句冇招的话，就凭马家这爷儿俩，强拆的兵来了，你挡得住掩得了吗？本以为二红的孙女回来，三进院会起死回生，今儿个许主任一来，都明白了，起死回不了生，不管是马家还是二红家，都在等死。

叶焚月像冇事儿人一样，在等自己做的香阴干。

别管在等啥，闲着也是闲着，马青答应叶焚月，在等老房契和香阴干的这几天里，陪着她去祥符的那些景点转转，别管真的假的，只要有北宋厚重的人文历史撑着，溜达一圈对叶焚月来说也能学到点**精戏儿**（本事）。可当马青准备带叶焚月去转景点时，她却改变了主意，她说她不想去看那些仿古景点，想去看看孙李唐庄。马青不解，眼望儿的孙李唐庄满是高楼大厦，根本冇啥看头。叶焚月见马青不太想去，也就作罢，说那这几天就在徐府街待着，最好能待在山陕甘会馆里面，坐在她爷爷雕刻的砖雕旁边喷空、喝茶，也可得劲。这个要求对马青来说太简单了，去别的景点还要买门票，进山陕甘会馆马家人的脸就是门票。在徐府街上，别管马家烧饼门口有多少人排队，但山陕甘会馆里面的工作人员去买烧饼从不排队，同样是认脸。更何况，叶焚月是会馆内砖雕工匠二红的后人，没有二红哪会有山陕甘会馆里的砖雕。马青笑着对叶焚月说，中华人民共和国成立后溥仪进故宫都不敢理直气壮，咱马家人和二红家的人进山陕甘会馆，用祥符人的话说——官的。

齐馆长见到叶焚月十分热情，急忙让手下在影壁墙前面支上了一个小圆桌子，并压办公室取来好茶，一边喝茶一边开始对叶焚月大赞起会馆里的砖雕，并说会馆里的砖雕真正形成规模是在光绪年间，也就是砖雕工匠二红来到祥符之后，可以这么说，没有二红的付出，会馆就不可能有如此漂亮的砖雕。齐馆长大赞了半天，发现二红工匠的这位后人似乎对那些砖雕的兴趣不大，聊天也是有一搭冇一搭，心不在焉。于是，齐馆长让马青陪着叶焚月喝茶，他起身离开了影壁墙前的小圆桌。

马青："你好像心事重重，咋，还在想你做的香？"

叶焚月呷了一口茶："这茶还挺好喝的。"

马青："那当然，这是老字号茶庄王大昌的头牌花茶'清香雪'。"

叶焚月："嗯，好茶，'清香雪'这个名字也好听。"

马青："做茶跟你做香一样，里面有巧。"

叶焚月："我知道，好花茶取决于**窨制**（工艺），就像我们做香，取决于配方。"

马青："我能问你一个问题吗？"

叶焚月："当然。"

马青："你的名字是谁给你起的？"

叶焚月："好多人问我这个问题。是不是很奇怪，我咋叫这个名字？"

马青："不是很奇怪，是很奇怪，说不上来的奇怪。"

叶焚月："这么给你说吧，这名字全世界只有一个，找不到第二个。"

马青："说说来历。"

叶焚月："我要一说，能把你吓一跳。我们家三个孩子，我上面有个哥哥，下面有个妹妹，哥哥名字叫'焚年'，我叫'焚月'，妹妹叫'焚日'，加起来就是年月日。"

马青惊讶地："你不是开玩笑吧？"

叶焚月："我像开玩笑吗？有谁会拿自己的名字开玩笑。"

马青："你爸给你起的？"

叶焚月："原先我不叫这个名字，是我奶奶请天福宫一位大法师给我们三兄妹起的，我哥和我妹坚决不同意改成'焚年'和'焚日'，只有我愿意改成了'焚月'。"

马青:“你为啥同意?”

叶焚月:“我也说不清楚,只是觉得这个名字非常适合我,说不清道不明。”

马青:“是不是觉得跟你喜欢香有关?”

叶焚月:“我从没有探究过,倒是觉得,这个世界就像一炷香,被人点燃焚烧,再过一万年,世界还是那个世界,日月还是那个日月,焚不尽,烧不完……”

马青:“你这个人挺神秘的。”

叶焚月:“我有什么神秘的,源生茶庄的张老板才神秘,做香还不让人看,生怕有天机泄露,其实根本值不当,知之为知之,不知为不知。这个世界上有多少人焚香,但又有多少焚香的人懂香?做香的人心胸应该宽广,可这位张老板的心胸有点狭窄……”

马青压低嗓门儿示意着叶焚月:“哎哎,说曹操曹操到。”

叶焚月扭脸一看,果不其然,只见张老板晃着膀子压山陕甘会馆的入口处走了进来。

马青小声地:“祥符地面邪。”

叶焚月随之也小声地:“这就是张老板啊?咋一点也不像个做香的。”

马青:“看你这话说的,做香的还有啥固定模样吗?”

叶焚月:“凶神恶煞的样子,一点也不文气。”

“祥符城里有名的孬家,文气还能叫孬家吗?”马青小声说罢这句话后,随即冲着张老板大声喊道,“宝生叔!”

张老板瞅见了坐在影壁墙前喝茶的马青和叶焚月,朝他俩走了过来:“怪会找地儿,坐到这儿喝茶。”

马青:“宝生叔,我给你介绍一下,这位是……”

张老板抬手制止住马青下面要说的话:“别吭了,我知这位女士是谁了,她就是压新加坡来的那位叶姑娘吧?”

马青有点惊讶:“你咋知的啊?”

张宝生:“这有啥大惊小怪的,我还知她跟我是同行,做香。”

马青:“眼观六路耳听八方啊,宝生叔。”

叶焚月站起身把手伸向张老板。

张老板一抱拳:“对不起,叶姑娘,徐府街上的人都知,我从来不跟女性握手。需要解释一下,这可不是男尊女卑,我这是重女轻男。我始终认为,女人啥时候都比男人高尚,比男人诚实,女人说瞎话的少,善良的多,男人恰恰相反。所以,冲女人拱手抱拳是最大的尊重,从古到今,有几个男人冲女人拱手抱拳,其他地方我不知,祥符城里可能就我一个大老爷们儿冲女人拱手抱拳。”

叶焚月有点蒙,一时不知如何应答,心里暗自在想:今天真的是碰见“妖怪”了,难怪都说这位张老板隔赖,头一次见面就领教了。

马青:“宝生叔,你是来找齐馆长说事儿的吧?”

张老板:“不找他说事儿找谁说事儿,有些事儿还真不是钱的事儿。眼望儿整条徐府街都知,山陕甘会馆在跟源生茶庄合作,说不算就不算了,这不是扇我老张的脸吗?我跟恁爹一样也是个犟筋头,可再是犟筋头也得讲理儿不是。齐馆长想了个新的解决办法,打电话让我过来听听,那我就听听,如果能两好合一好,何必搞得反贴门神不对脸,是吧?”

马青:“你先坐这儿喝杯茶,跟叶姑娘聊几句,不耽误。”

叶焚月:“对呀,我也想跟您聊几句。”

“中,那我就先跟恁喷会儿。”张老板坐了下来,冲叶焚月客气地说道,“叶姑娘,虽说你是头一次来祥符,但恁爷爷二红我是久仰大名。俺这条徐府街上,只要是有点岁数的人,都知这山陕甘会馆里面的木雕出自马家先人之手,砖雕出自恁家先人之手。遗憾的是,马家后人没有再靠木雕手艺吃饭的了,恁家还有没有后人靠砖雕手艺吃饭的呢?”

叶焚月摇了摇头。

马青:“宝生叔,你说的不对,不靠这门手艺吃饭,不见得不会这门手艺,你那个宝贝香炉的底座是谁给你雕的?”

张老板:“孩子乖,说句实话,你刻木雕的手艺不在恁马家先人之下,可是,业余爱好和子承父业是两码事儿,恁爹马老二在卖烧饼,你小兔崽子跑到西安上班,都冇靠木雕这门手艺吃饭。二红家的后人不也一样吗?这位叶姑娘虽说也是个手艺人,遗憾的是,她的手艺不是砖雕,是做香。”

叶焚月:“做香不是也挺好吗?”

张老板:“当然好,只要是手艺都好,把手艺做到极致更好,还能名垂青史，就像恁两家的先人一样。”

叶焚月：“您说得对，把香做好也能名垂青史，比如张老板您做的香。”

张老板脸上颇带得意客套地说：“哪里哪里，我做香是副业，卖茶是主业，跟恁两家的先人冇法比，十万八千里啊！”

叶焚月：“不，张老板是谦虚，据我浅薄的认知，源生茶庄做的香，真的要比卖的茶好。”

张老板摸着自己光溜溜的脑袋：“何以见得啊？”

叶焚月：“北宋时期，祥符城里做香卖香的贸易很发达，虽说源生茶庄卖的香不一定是由北宋传承而来，但据我所知，善于制香的南唐后主李煜被抓之后，就被软禁在祥符的逊李唐庄，也就是现在的孙李唐庄。”

张老板一怔，随即，两只带有警惕的眼睛紧紧盯着叶焚月。

叶焚月不紧不慢地继续说道：“北宋年间，祥符城里最负盛名的洪刍‘香谱’，也未必是洪刍本人撰写的吧？我的意思就是说，制作香的历史在中国源远流长，有的香，闻上去像是来自宋代的香谱，其实也未必。宋代流传的洪刍‘香谱’至今颇有纷争的原因就是，各传本流传的卷次与内容差异较大，清代《四库全书总目提要》认为，似乎非洪刍所撰写。”

张老板一动不动地坐在那里，仔细听完叶焚月的话之后，慢慢站起身来，说道：“叶姑娘，我这会儿有事儿，能不能约你下午去品尝一下俺源生茶庄的茶呢？”

叶焚月急忙起身，冲张老板拱手抱拳：“谢谢张老板抬爱，小女下午一定去品尝源生茶庄的好茶。”

张老板离开影壁墙，去找齐馆长了。

马青用敬佩的目光瞅着叶焚月说道：“我咋觉着，恁哥和恁妹应该把名字改成‘焚年’和‘焚日’啊……”

叶焚月瞅着马青，似乎想到了什么，她用地道纯正的祥符话说道：“你知不知，每章儿祥符城里卖香卖得好，跟恁还有很大关系。”

马青：“跟俺有很大关系？啥意思？”

叶焚月：“穆斯林喜欢烧香啊，你以为回民只喜欢打烧饼？”

马青：“你这句话冇错，俺穆斯林不但卖香打烧饼，俺还会刻木雕，冇俺祖爷爷马鬼手，哪有这山陕甘会馆里的木雕？”

三、恁都要想好，过了这个村就冇这个店了

小叭狗儿，上南市，氽水米儿，闷干饭。他爹吃，他妈看，气哩小狗儿一头汗。他爹一扭脸儿，偷给他妈一小碗。

——选自祥符歌谣

齐馆长把张宝生叫到会馆里来商量的事儿，大大出乎了张宝生的意料，并不是要继续解决冇开成香坊的遗留问题，而是齐馆长想用一个新的合作项目替代被孙局长"枪毙"了的香坊项目。其实齐馆长的用意很简单，就是为了安抚张老板，用另一种新的合作方式，来化解这个难缠的老弟儿们。当齐馆长说出这个新项目时，立马就遭到张老板的反对。

张宝生："啥？亏你想得出来，该是谁的钱谁来挣，这钱我可挣不了，用茶挣钱，用香挣钱，我中，用木雕、砖雕和石雕挣钱，我不中，也跟我不挨边。"

齐馆长："你啥不中啊？除了生孩子你不中，你在别人眼里就是个八仙，弄啥啥中。咋？恁好个挣钱机会你不要，傻啊你？又不让你亲自下手掂刻刀，找几个木工不就齐了吗？"

张宝生："你说得轻巧，你以为是个木工就能刻木雕？画家跟画匠是两回事儿，雕塑家跟木工更是两回事儿，我张宝生从不干心里冇底、号不住脉的事儿，一旦掉进坑里，想爬都爬不出来。"

齐馆长："你可想好，过了这个村可就冇这个店了。"

张宝生："不用想，你另请高明吧，我只想在恁会馆里开个香坊。"

要说，这真是个非常好的事儿，也是齐馆长苦思冥想了好些天才想出

来的。为了**保把**（保险），齐馆长接受了上一次的教训，先去局里征求了孙局长的意见。孙局长一听，当即拍板，并夸奖了齐馆长一番，有脑子，有眼光，这才是既安全又不偏离山陕甘会馆旅游文化的生财之道。得到孙局长的肯定之后，齐馆长心里那块石头落地，总算能给老弟儿一个完美的补偿了，谁知他这个老弟儿不买账，认死理儿，茅坑里的石头又臭又硬，刚一开口就被迎头泼了一盆冷水。

齐馆长用手指头点着张宝生，遗憾地叹道："唉，我咋碰见你这号冤家，放排场不排场，非得混到丢人上！"

张宝生把眼一瞪，说道："你别这样说，丢人不丢钱不算破财，眼望儿我是又丢人又丢财，恁得了便宜还卖乖。"

齐馆长："俺得啥便宜了？我恨不得让孙局长给**霉**（数落）死不说，还遇到你这个死不论理的货，咋喽都不中，你装修的钱，我给你补偿你不要，又给你找个能赚钱的新营生，你又不干，那你说咋办吧？"

张宝生："咋办？你去说服恁的孙局长，还开香坊。"

齐馆长："我去说服俺的孙局长，你以为我是谁呀，说句难听话，馆长算个啥，这山陕甘会馆从古到今有多少看大门的，我就是其中之一！"

张宝生："反正我不管，要合作就是开香坊，其他免谈。"

齐馆长："你这号货啊，就是**咬着屎橛打提溜**（死犟，咬着臭道理不放）！"

这俩老弟儿们又吵了一架，不欢而散。

其实，齐馆长跟张宝生说的这个合作项目真是不错的点子。齐馆长是压会馆大殿檐下面那七层装饰木雕得到的启发，那七层木雕是镂空透雕，上下宽度接近两米，雕刻的题材都是一些象征吉祥如意的各种瓜果、花鸟、动植物、山水、人物、神兽、龙凤等，雕刻技法精湛，无论景、物都那么玲珑剔透、栩栩如生，加之丹青彩绘，更显得绚丽多彩、金碧辉煌。那天晚上，齐馆长在大殿前瞅着那些木雕站了许久，他在想，每章儿的工匠能有这样的水平，眼望儿的工匠难道就不中吗？如果眼望儿的工匠能雕出和大殿檐下一模一样的木雕来，这不妨是一条生财之路，可以在会馆里搞一个木雕高仿，原汁原味地仿雕出跟大殿檐下一模一样的木雕，作为旅游产品卖给那些五湖四海来会馆游览的游客。这种例子不少见，西安的兵马俑不就是这么干的吗？仿制的兵马俑可受旅游者们的欢迎。山陕甘会馆可以走兵马俑那条路子，木雕作为纪念品出售，绝不比兵马俑差。结果，信心满满的齐馆长被认死理儿的张宝生一下拔掉了气门芯……

话又说回来，张宝生那么精明的人，为啥会把做木雕旅游纪念品的事儿一口拒绝掉了呢？其实，在齐馆长刚说了个开头的时候，张宝生就已经掂量出了这是一个可以挣钱的营生，这个钱之所以他不愿意去挣，并不是因为这个投资要比做香大。虽说近些年木料市场上价格飞涨，但用于木雕的木料并不是那些价格高的就适合。会馆里的那些历经百年的木雕，材料并不是被人们推崇的什么檀木、黄杨木之类，而是那些不怕日晒雨淋的椴木、杨木和梨木，现如今木料再贵，也能承受得起。再说，卖旅游木雕纪念品又不是要做一比一的，大小都可以掌控，问题的关键不在原料，而在用人。要成生意的关键，是要找到能胜任这种生意的能工巧匠，像马青那号木刻票友倒是可以胜任，可在祥符城里上哪儿能找着第二个马青？张宝生心里可清亮，能雕出艺术品质并不亚于会馆大殿檐下木雕水平的工匠，恐怕祥符城里难以再找到。如果找不到能胜任的工匠，刻不出能与会馆古老木雕相媲美的作品，那还不如做香，不管咋说，他做出的香就像山陕甘会馆里的木雕，整个中原独此一份。

压齐馆长办公室出来后，张宝生心里一直惦记着上午在会馆影壁墙前见到的叶焚月。起先，他并冇太在意，可是在与这位压新加坡来的二红家后人简短几句交谈中，他便知道这是一位做香的高手。而且还不是一般二般的高手，他之所以把拒绝叶焚月见面改变成了主动邀请，除了想会一会这个做香的高手，切磋一下做香技艺之外，他还有一种说不清道不明的感觉。要想把这种感觉变得清晰，他认为就在这个下午。

叶焚月冇让马青陪她一起去源生茶庄。她想，自己单独与张老板切磋，可以免去一些顾忌，一旦在切磋中产生分歧，双方都好有个退路，避免尴尬。尤其是像张老板那种非常自我和**强亮**（争强好胜）的个性，一言不慎，很容易跟人**呛茬**（对着干）。马青当然清楚，在这条徐府街上，张宝生经常跟别人呛茬，用张宝生自己的话说，就是“专治各种不服”。

大约在下午三点钟，叶焚月走进了源生茶庄，抬眼一看，只见张宝生端坐在正对大门的那张巨大的花梨茶台后面的老板椅上。张宝生的那身打扮与上午见到他时完全不一样,穿着一件酱红色盘扣中式布衫,脖子上挂着一大串黑檀佛珠,手里盘着一小串和田玉佛珠,脸刮得干干净净,头抹得明光锃亮,整个人显得很**展样**(舒展)。瞅见叶焚月走进门来,他并冇站起身,坐在那里双手抱拳说道:“源生茶庄欢迎叶姑娘大驾光临,指导工作。”

叶焚月被张宝生这副架势搞得有点不知所措,一时不知该说啥。

张宝生:“请坐,先喝两杯茶,不知叶姑娘喜欢喝绿茶还是红茶啊?”

叶焚月:“都中,喝茶我不讲究。”

张宝生:“那就尝尝今年的信阳毛尖,河南人嘛,还是喝河南的茶。”

叶焚月:“中。”

张宝生一边摆弄着茶具一边说道:“叶姑娘的祥符话说得不孬啊!我听马家少爷说,恁奶奶是咱祥符人,恁在家的时候必须说祥符话,地道,真地道。依我看,等恁家那张老房契寄来了,能把三进院里那几间房子保住,你就回祥符来吧,新加坡再好不是恁的根儿。”

叶焚月笑着说:“张老板,我不知马家少爷跟您说冇说,我这次来祥符,并不是冲俺家那几间老房子的。”

张宝生:“当然我知,你是冲着我源生茶庄来的。别着急,先喝茶,喝罢茶咱再说香的事儿。”

叶焚月端起张宝生给自己斟上的茶,有点心不在焉,一边呷着杯子里的茶,一边浏览着墙壁上挂着的那些字画。

张宝生:“这些字画都算不上精品,‘地方粮票’,精品字画是收藏的,不能随随便便挂出来。”

叶焚月笑道:“您做的香,也不属于‘地方粮票’。”

张宝生:“哪里哪里,叶姑娘在海外是**吃过大盘荆芥**(见过大世面)的,我做的香哪能跟叶姑娘的香比啊!‘地方粮票’,‘地方粮票’啊!”

叶焚月:“张老板过谦了,您的香既不是‘地方粮票’,也不是‘全国粮票’,您的香属于‘国际粮票’。”

张宝生:“你这是要捧杀我呀,叶姑娘。”

叶焚月:“哪里话,您做的香确实技高一筹,如果我冇说错的话,您的用料中应该是参照宋代洪刍的《香谱》。”

张宝生冲叶焚月竖起大拇指："行家一出手，便知有没有。"

叶焚月："您才是行家。宋代洪刍《香谱》版本很多，内容差异不小，从古到今打着宋代洪刍《香谱》制香的人更是多如牛毛，但有一点是有共识的，那就是宋代香业发达，功劳应该归于宋太祖和赵匡义，如果不是他们灭了南唐，把南唐后主李煜抓到了祥符，那李煜成日在逊唐李庄吟诗词做良香，恐怕宋代香谱之说就争论不到今天，您说是吧？"

张宝生："那还用说，当然是这样。说到底，还是人家李煜有这个做香的本事，用眼望儿人的话说，洪刍算啥，最多就是个打酱油的。"

叶焚月："这个观点咱爷儿俩是一致的。不过，还有一个鲜为人知的主儿，我觉得也很重要，但这个主儿却被后人忽略了。"

张宝生并不在意地问了一句："谁呀？"

叶焚月告诉张宝生，这个人是南唐后主李煜的第八个儿子李从镒之子李天和，也就是李煜的孙子。在宋太宗赵匡义灭南唐政权的时候，李天和成功逃脱。李天和为了躲避赵匡义的追杀，他以父亲封号为姓氏，改称邓氏，隐居于湖南的安化，才逃过了灭族之劫难。据说李天和在逃离时，带走了家传香谱，世代相传至今。宋代洪刍《香谱》颇有纷争其一就是因为各传本流传的卷次与内容有差异，还有就是缺乏对李天和的记载。那些流传下来的宋代香谱，大多没有留下姓名，是忽略，还是另有原因？都很难说……

听叶焚月说到这里，张宝生正在给叶焚月续茶的手停在了半空中，他抬起眼瞅着叶焚月的脸，像是在思索着什么，又像是在寻找着什么……

叶焚月："咋啦？张老板，是不是我说错了？"

张宝生缓慢地给叶焚月面前的杯子里续上茶，缓慢地把手里的茶壶搁在花梨木茶台上，又缓慢地把叶焚月打量了一番。

在张宝生这一系列的缓慢动作中，叶焚月有点慌乱，她不知自己说错了什么，使得张宝生脸上原有的热情消失。

张宝生缓慢地压花梨木茶台后站起身，站在那儿思考了片刻之后，冲着不远处正在闷头包着茶叶的服务员大声说道："你看着门，有人来找我，就说我不在。"包着茶叶的服务员应声之后，张宝生把目光转向叶焚月，轻声说了一句："你随我来。"

此刻，叶焚月立马反应过来，张宝生要领她去哪里。她不询问，也不吭声，站起身来，跟在张宝生的身后，朝茶庄里面走去。

穿过堆满杂物的过道，他们进到了那间在别人嘴里神秘兮兮的制香房间，在张宝生打开那扇神秘房间门的一瞬间，迎面扑出的那股浓烈的香气，仿佛一下子把叶焚月笼罩住，让她动弹不得。直到已经进到屋里张宝生才扭过脸来说“进来啊”，她才打了个激灵，走进了屋内。

这是一间很大的房间，里面那张制香用的案子上摆满了各种香盘磨具和工具，古色古香的博古架上，除了几件官瓷之外，摆放着一包包的香料。在两排博古架之间是一个供案，上面供放着那尊传说中的铜香炉，十分醒目。

叶焚月的目光落在了那尊铜香炉上：“我在互联网上看过这个香炉的图片，还有源生茶庄的那块老匾的图片。那块老匾呢？”

张宝生告诉叶焚月，那块源生茶庄的老匾，原先他打算挂在茶庄正墙上的，转念一想，那块老匾在地下面埋了恁些年，虽然保存还算可以，挂也能挂，但是，有专家建议还是别挂。香炉是铜的，咋摆放都有问题，老匾是木头的，可就不一样，温度、湿度都会影响对它的保护，想想是这个理儿，他就把那块老匾搁在家里收藏了。叶焚月说，把老物件妥善收藏是对的，如果宋代香谱能被人妥善收藏至今，有个正宗的版本，也就不至于会有那么多的质疑声，特别是对李家香谱的记载文字，当下的制香人就不会那么吵吵嚷嚷了。

张宝生：“我请你进这间小屋，就是想问你一句话。”

叶焚月：“啥话？”

张宝生两眼紧紧盯着叶焚月：“叶姑娘，我的香你也闻了，这屋子我也让你进来看了，我就想让你说句实话，我做的这款香，能跟宋代香谱挨上边儿吗？”

叶焚月的两眼也紧紧盯着张宝生，冇吭气儿。

张宝生：“瞅着我弄啥，想说啥你就说。”

叶焚月：“您真的想听实话吗？”

张宝生：“废话！”

叶焚月：“那好，别管我说啥，您都不许生气。”

张宝生:“中,我答应你。”

叶焚月:“说话要算话。”

张宝生:“我是长辈,你是晚辈,你就是说错了,我这个做长辈的也不会跟你一般见识。说吧。”

缄默。

叶焚月与张宝生对视着,似乎都在等待即将要发生的变故。这间屋子让两个做香人都无处可逃。

叶焚月开口了,平和而直截了当:“恕我直言,您不是个做香人。”

张宝生:“何出此言?”

叶焚月:“在我走进这间屋子之前,我还吃不透您,当我进到这间屋里,我的眼睛就告诉了我。”

张宝生:“你看到啥了?”

叶焚月把目光转向了那个铜香炉:“我看到香炉里无香可焚。”

张宝生笑了:“香炉里冇烧香,你就认为我不是做香的?中医不给自己号脉,算卦的不给自己算卦,咋说?”

叶焚月:“做香的不一样,做香之人要有仪式感,这是祖上留下的规矩。您那尊香炉年代已久,别管它是出土的,还是压天上掉下来的,只要摆放进制香的屋里就不能断了香火,有炉无香,有香无炉,都是外行在冒充内行。”

张宝生:“你那是教条主义……”

叶焚月:“我说的是信仰,不是主义。”

张宝生:“别管是啥,俺做的香受人欢迎不就妥了。”

叶焚月:“那我问您,今天下午您这身打扮咋跟今天上午那身打扮不一样?”

张宝生:“这不是为了咱俩谈香论道,要穿展样一点儿吗,值得你大惊小怪?”

叶焚月:“您这不是也知道谈香论道要有仪式感吗?”

张宝生:“哦,就凭我冇在制香屋里的香炉里焚香,你就断定我是做香的外行?我看你是心里不服吧?你要是觉得不服,咱俩可以斗香!”

叶焚月:“斗香就免了吧,我承认斗不过您。”

张宝生揶揄道："斗不过我，你还**腌臜（糟践；使难堪）**我不是做香的？你个小妞儿家的孬气怪大啊？听说恁爷爷二红是个老实人，想娶二房恁奶奶俊妞儿不让他娶。当年，真要是娶了二房，可能今儿个你也坐不到这里跟我谈香论道吧。"

叶焚月并冇生气，说道："俺爷爷娶不娶二房跟我今儿个能不能坐在这里跟您谈香论道冇啥关系，今天跟我有关系的，是这尊香炉里是不是用来焚香的。还有，您制香用的香谱压哪儿来的我不知，但我可以肯定的是，香谱不是您的。"

张宝生："当然不是我的，我要有那能耐，当初我就不开茶馆了。"

叶焚月："那您能告诉我，您的香谱是压哪儿得到的吗？"

张宝生："那我不能告诉你。"

叶焚月："您不告诉我，我也已经猜出了八八九九。不要忘了，在来源生茶庄之前，我已经闻罢您的香，冇猜错的话，应该是宋代香谱里的一种，传说宋代香谱里留下了一个叫'香严三昧'的香谱，但我只是听说，闻罢您的香以后，我有一点疑惑。如果您用的香谱真是传说中的'香严三昧'，那您就是受益者，也正像网上说的，您做的香具有宋代气味。我知道，这种好奇心我不该有，您也不会告诉我您做的香是不是有宋代传承。规矩我懂，但想知道的是，您做的香到底是不是跟宋代香谱里那款'香严三昧'有关……"

此时此刻的张宝生紧绷着嘴唇，满脸通红不说话，不知他是不想说话还是不知道该说啥，看不懂，也猜不出他心里在想啥，平时那种一贯带有霸气的眼神，霸气还在，底气却冇了。他的目光压叶焚月的脸上移到了那尊铜香炉上。

屋里又是一阵缄默。

叶焚月瞅着张宝生，不知趣地、带有试探地说了一句："击中要害了吧？"

"击中要害个屁！"缄默中的张宝生突然之间爆发，指着房门怒吼道，"你给老子**搞蛋**（滚蛋）！你以为你是谁？逞**能蛋**（精明），还宋代香谱，还'香严三昧'，老子就是有'香严八昧'也不让你看！赶紧给我搞蛋！"

叶焚月浑身打了个冷战，她被张宝生火山爆发一般的怒吼给吓住了，令她万万冇想到的是，张宝生会发恁大的脾气，根本不管面前的是男孩儿还是女孩儿，也根本不顾她是初来乍到的客人。她被吓得脸色苍白，浑身颤抖着压椅子中站起身。拉开房门走出去的时候，张宝生的怒吼跟了出来："你给老子记住，操心恁家的老房子是正事儿，源生茶庄的香跟你冇一分钱关系！"

被骂得灰头土脸的叶焚月，情绪低落地回到了马家烧饼店。当她把刚才在源生茶庄里发生的一切，原封不动地告诉了马青之后，马青似乎并冇感到吃惊，而是眨巴着眼睛说道："看来，人家那个孙局长不让那个老家伙在山陕甘会馆里做香是正确的。"

叶焚月："咋正确？"

马青："你不是说，做香之前必须烧香是要有仪式感吗？人家山陕甘会馆里面就不允许烧香。"

叶焚月不吭声了。但有一点马青可清亮，叶焚月去源生茶庄与张宝生的这番谈话，一定是敲中了张宝生的麻骨，才会使张宝生如此这般恼羞成怒。

马青："你的意思是，张老板做的香可能是来自宋代香谱中的'香严三昧'？"

叶焚月："我见过，也闻过所谓的'香严三昧'好几个版本，一闻就知道都是编造出来的。张老板的这个版本却不同，就像他本人说的，'行家一出手，便知有没有'，如果张老板用的也是'香严三昧'，那么，我认为他这个版本就是最好的。是不是'香严三昧'我不知道，但，应该与宋代香谱有关联。"

马青："怪不得这个老家伙要骂你。"

叶焚月："怪不得啥？"

马青："你还问为啥，你一照头就揭了他的老底儿，他成天关着门在屋里做香，就是不愿意让别人知他做香的老底儿，更不想暴露他的香谱。这下可好，被你一语中的，他不恼你才怪。"

叶焚月："要真是这样，他手里有宋代香谱，别管是不是'香严三昧'都应该是件好事儿啊！让我费解的是，他为啥要背背藏藏呢？有这个必要吗？"

马青:“这还不好理解嘛,他背背藏藏就是怕被像你这样的高人抢了他的生意。”

叶焚月沉默了一会儿,说道:“他这款香的生意,我抢不走,谁也别想抢走。”

马青:“对呀,就像山陕甘会馆里面的木雕,就在那儿摆着,一万个人有一万种雕法,即便是模仿也不可能一模一样。俺爷爷雕的是山西木雕,我雕的也是山西木雕,同出一门照样有区别,对吧?”

叶焚月:“别管有啥区别,木雕模仿需要看,做香模仿同样需要看,山陕甘会馆里面的木雕谁想看谁看,张老板手里的香谱却只有他一个人看。之所以让他恼羞成怒,就像你说的,敲中了他的麻骨。他做的那款香,很有可能来自宋代香谱‘香严三昧’。如果真是来自宋代,就完全可能跟李煜在祥符城的那段日子有关……”

马青:“看你这个劲头,非得弄出个子丑寅卯出来,咋?再去源生茶庄找骂?安生吧,这两天恁家的老房契估计就要到了,能不能保住咱两家的三进院比能不能看到张老板的香谱重要……”

叶焚月不再吱声,她心里很明白,张宝生已经不可能再搭理她了。她不甘心,三进院能不能保住估计很快就会见分晓,看不到张老板的香谱却让她从头到脚不舒服,要想说服张老板那个倔老头子,一己之力够呛。她有点后悔,不应该那么直截了当把自己的判断告诉张老板,应该循序渐进,在取得张老板信任之后,让他自己心甘情愿地讲出他那款香的秘密。事到如今,怎么才能挽回目前这个局面,重新获取张老板的信任,她心里不光冇底儿,还很绝望。但是,有一点儿她很坚定,不管张老板手里的香谱是不是宋代香谱中的‘香严三昧’,是不是与李煜有关,她一定要想办法知道。

第二天,叶焚月接到了新加坡家人打来的电话,是个不好的消息,全家人把家里翻了个底朝天,也冇找到二红爷爷留下的那张老房契。家人说,那张老房契有可能是在搬家的时候遗失的,也有可能是在二红爷爷和俊妞奶奶去世之后,整理他俩遗物的时候给整理丢了,总而言之是找不到了。叶焚月把这个消息告诉给了马家人后,马老二在不住叹息的同时,绝望地说,不管有没有二红家的老房契,维护自家权利的决心不变,就是豁出去老命，也要保住祖上留下的三进院，并希望叶焚月能代表二红家和马家一起维权。可是，叶焚月心有余悸，没有自家的老房契怎么维权？总不能也学马老二准备俩煤气罐吧。商量来商量去，马青出了一个主意，让叶焚月先别说老房契遗失了，找理由继续拖延。然后去找一下山陕甘会馆的齐馆长，就说会馆距离三进院只有十来米，能不能把三进院规划成会馆的老建筑，成为会馆的一部分，在会馆和三进院两个院落之间搭一座天桥，马家烧饼店在三进院前院该卖还卖，中间的正院和后面的罩院归会馆使用，给二红家一些补偿，让叶焚月代表二红家履行个法律手续，睁一只眼闭一只眼就完了。叶焚月说，没有老房契，就算过户把后面的罩院卖给会馆，冇依据也冇法说。马老二说，徐府街上的老门老户都知道三进院里有二红家的房子，找一些老人摁上个手印，法律上同样生效，只要叶焚月能代表二红家完成这个法律手续就中。叶焚月想了想，也只能如此，便说了一句——中吧。

是啊，只要这个设想能行得通，就算是三好合一好，政府的拆迁实现了，马家烧饼店保住了，二红家也得了实惠。在得到叶焚月认可后，当机立断，马青就去山陕甘会馆找齐馆长，让齐馆长把这个新方案告诉相关部门。

当马青把这个想法给齐馆长一说，齐馆长顿时眉开眼笑地答应，还兴奋地说，他正在为山陕甘会馆缺房发愁呢，如果这个设想能够实现，会馆挣钱养活自己的前景一片光明，与张宝生合作开香坊的愿望也有希望实现，两个院子之间搭一座天桥，香坊就开在三进院后面的罩院里，就不用担心消防问题。再一个，即便是有关部门不同意，那咱就不开香坊，去做高仿旅游木雕。不管是开香坊还是做高仿旅游木雕，对会馆来说都是好生意。机不可失时不再来，齐馆长立马三刻就去局里找了孙局长。

能多得到一些房子，孙局长当然求之不得。听罢齐馆长汇报以后，孙局长立即就给龙亭区的主要领导打过去电话。区领导说，能这样解决当然是件好事儿，山陕甘会馆能扩大一些面积更是好事儿，可好事儿归好事儿，这事儿还要经过国家文物部门批准，看允许不允许一个烧饼店开在距离国家一级文物山陕甘会馆不足三十米的地方。按规定是不允许，就看能不能找到一个变通的说法。

这么一个新方案，自然需要逐级请示、逐级汇报，齐馆长最后转达给马家的一句回话就是“等上面通知”。

在等上面通知的那两天里，齐馆长开始动了马青的心思，如果上面同意把三进院合并入山陕甘会馆，齐馆长那个把木雕做成旅游产品的愿望就可以实现，接下这个活儿的最佳人选就是马青。至于马青能不能像张老板那样善于经营先不去管，只要刻木雕的手艺好，再去找一个懂经营的人也不迟。问题是，马青在西安有个不错的工作，他愿意回祥符吗？于是，齐馆长决定先给马家人吹吹风，试探一下马家爷俩的口气。

恰逢八月十五中秋节，齐馆长把马家人和叶焚月，还有徐府街上一些老街坊四邻请到了会馆里，说是一起赏月。山陕甘会馆有个传统，就是年年中秋都要搞这类活动，往年都是请一些领导或祥符城里有头有脸的角儿，在会馆院子里支上桌子，摆上月饼、水果，沏上好茶，再请上几个唱豫剧和唱京剧的，举办个堂会或诗歌朗诵会什么的，与中秋节相匹配。今年因为拆迁，整条徐府街鸡飞狗跳的，一些老门老户被迫离开了这条街。尽管拆迁是政府行为，与会馆无关，但齐馆长心里还是有些不得劲。不管咋说，因为会馆的存在，打乱了这些老邻居的日常生活，借中秋这个传统节日，齐馆长想表达一下山陕甘会馆的歉意和心意。

嗬！这天晚上老街坊们来的可真不少，马家烧饼、赵家鸭血粉丝汤、卖烩面的、卖猪蹄/羊蹄的、做首饰和做毛笔的、开理发店的和开澡堂子的，只要是挨着山陕甘会馆边的基本上全都来了。奇怪的是，唯独有见源生茶庄的张老板。

马老二问齐馆长：“咋不见张宝生啊？”

齐馆长：“谁不请也得请他啊，我还是第一个去请的他。”

马老二：“他咋不来呢？”

齐馆长：“排气量大呗。人家张老板根本就冇把俺这个小小的山陕甘会馆放在眼里呗。”

马青：“张老板还在为不让开香堂的事儿生气吧？”

齐馆长：“可不是嘛，这回我算是把他给得罪了，可我也冇法儿啊，端谁的饭碗归谁管啊，唉……”

马老二：“张宝生这货，就是咱徐府街上头号犟筋头。”

坐在一旁的燕子冲马老二花搅道："二叔，张老板是徐府街上头号犟筋头，你老就是二号犟筋头，煤气罐不是都准备好了吗？"

马老二瞪起眼冲燕子骂道："你个小鳖孙妞儿，恁爹才是二号犟筋头！"

众人大笑。

燕子她爹笑罢对大家说："要说咱徐府街上的头号犟筋头，当属马老二他爷爷马大旺，那倔老头，压山西窜到咱这儿来刻木头，刻罢木头回山西呗，他不但不走，还把老婆孩子全接到祥符，还盖了个三进院，要不也不会有马老二要点煤气罐这一说了。"

齐馆长使劲地拍了拍手，大声说道："街坊四邻，老少爷们儿，大家安静安静，听我说两句！"

众人的声音渐渐平息下来，目光都投向了齐馆长。

齐馆长："今儿个我把大家伙请来，借赏月之际，想跟大家说几句心里话。俺山陕甘会馆在这条街上给街坊四邻添了不少麻烦，特别是逢年过节、双休日、天气不冷不热的旅游季节，咱徐府街堵车堵得成疙瘩，给大家的生活带来许多不便。这倒也罢了，为了发展咱祥符的旅游，给俺山陕甘会馆增添经济效益，大家都理解，也很配合。可这次拆迁的情况不太一样，大家不是不配合政府，是舍不得离开这条生活了几辈人的老街，更重要的是，咱徐府街的位置，是祥符城里任何一条街道都比不了的。早在北宋时期，咱这条街就紧邻中轴线，挨着皇宫，要不后来徐达的后人能把家安在这里？远的不说，就说眼望儿，东边挨着中山路，西边挨着书店街，南边是寺后街，北边是东大街，咱徐府街被围在祥符城这些最繁华的街道当中，周边就更不用说了，有学校、有医院、有大大小小的市场，要啥有啥，生活极为方便，所以，咱徐府街上的老门老户都不愿意搬走。可不搬走也不中啊，谁让咱这条街上有这么一个国家级的文物山陕甘会馆呢。咱祥符人都知，咱祥符靠啥发展经济？靠的就是这些老祖宗留下来的物件，不吃这个老本咋办？工业咱不中，农业挣不了大钱，想过上小康日子，只有靠咱的旅游，靠咱的龙亭、铁塔、相国寺，靠咱的包公祠、万岁山和清明上河园，靠咱的山陕甘会馆。可是，恁都瞅见了，咱祥符城里哪一处旅游景点都比咱山陕甘会馆的生意好。为啥？吃亏就吃在咱的这个位置，只适合生活，不适合旅游，街道窄，人流量大，瞅瞅会馆外面的停车场，还有个巴掌大……”

马老二接腔道：“会馆里面也冇个巴掌大啊！”

齐馆长：“是的是的，后院放个屁，前院都能闻到，比恁家三进院大不到哪儿去。”

众人纷纷点头。

齐馆长：“所以，想要把旅游发展好，挣上钱，就得想法儿，要不也不会有拆迁一说。尽管这样，我觉着还不中，除了周边拆迁之外，还得想别的法儿。比如，会馆内增添一些自主经营的项目，比如做一些旅游产品销售，比如……”

“比如开个香坊做香啊！”

一个沙哑洪亮的声音压二道院门处响起，众人扭脸一瞅，是张宝生走进了二道院门。

齐馆长满脸堆着笑说：“你不是说不来吗，咋又来啦？”

张宝生：“我来可不是给你捧场的，我是来拆你台的。”

“别管是来捧场，还是来拆台，徐府街上缺了你这个角儿就黯然失色，山陕甘会馆里的关老爷不耍大刀，你源生茶庄的张老板也得来耍耍大刀。”齐馆长热情地招呼着张宝生说，“来来来，不说不笑不热闹，你来给大家伙喷几句。”

张宝生：“你就不怕我拆你的台？”

齐馆长：“今儿个你来这儿咋都中，说到哪儿都刚好，就是不准吸烟，不准**说话带把儿**（说脏话）。”

张宝生：“山陕甘会馆里不让吸烟我能做到，说话不让带把儿我不一定能做到，说话不让带把儿，就不是我张宝生了，我也就说不成话了。”

马老二：“张老板说话不带把儿就不是张老板了，恁说是不是啊？”

齐馆长花搅道：“想带把儿就带吧，反正今儿个冇外人，不会有警察拧你。”

张宝生：“别哪壶不开提哪壶。我还告诉你，老齐，今儿个我说话嘴里绝对不带一句把儿，二小子穿大褂，规规矩矩地说，爱听不爱听，你老齐今儿个都得给我听着。”

马老二:“中啦,张老板,别说了,不就是恁两家合作开香坊冇开成吗?你就是再**冒肚**(不满意)也冇用,人家老齐也是好意,他们局长不愿意,啥法儿?这事儿就别再说了,坐下来赏月、喝茶、吃月饼吧。”

张宝生白了马老二一眼:“我还吃烧饼呢。你咋知我要说开香坊的事儿啊?就你能蛋,你要是真能蛋,准备俩煤气罐弄啥?马老二,别发你的迷,我的香坊开不成,你那个三进院照样保不住,不信咱走着瞧。”

马老二:“你厉害你厉害,徐府街上除了警察就数你厉害,我惹不起你,想说啥你就说吧。”

张宝生又白了马老二一眼:“自己一身白毛,还说别人是妖精。你给我嘬住吧!”

“我嘬住,我嘬住。”马老二抓起果盘里一个苹果,大咬了一口。

众人再次笑了起来。

张宝生冇笑,板着个脸说道:“既然今儿个老齐把大家请到这里来,用意很简单,就是摊为这次拆迁给街坊四邻带来了许多不便,趁着八月十五这个节气,缓解一下会馆和邻里关系。我说的冇错吧,老齐?”

齐馆长连连点头:“是的是的。”

张宝生:“我说句实话,其实啊,大家伙也不是对恁山陕甘会馆有啥意见,会馆在这条街上两百多年了,是咱徐府街上最早的住户了吧。说句难听话,一二百年前的徐府街,热闹程度不亚于眼望儿,那时候住在这条街上的人,该咋着咋着,谁也不碍谁的事儿。眼望儿不同的是,山陕甘会馆成了国家一级保护文物,身价要比一二百年前高得多,正因为变成文物,主贵了,才有今儿个拆迁这一说。拆迁的目的是啥?拆迁的目的是为了用旅游来带动经济发展,这应该是一件好事儿,可话又说回来了,咱徐府街上的住户们就是全力配合政府拆迁,就能改变山陕甘会馆的现状吗?我看未必。再退一步说,就是在会馆里头开个香坊,再把木雕高仿做成旅游产品,就能彻底‘脱贫’吗?我看也未必。”

马青:“宝生叔,照你这么说,山陕甘会馆就冇救了?”

张宝生冲马青瞪眼:“你也嘬住,别学恁爹,听我把话说完!”

齐馆长:“说,让张老板接着说。”

张宝生:“山陕甘会馆最大的优势是啥,人人都可清亮,就是它的木雕、砖雕、石雕，最大的弊端大家也很清亮，就是会馆的面积太小，巴掌大一块地儿，说句难听话，比马老二家的三进院大不到哪儿去。发展旅游，是要让人有游的地方，能看的东西多，恁小个院子，往中间一站，用眼睛扫一圈，差不多就把能看的东西都看到了，压进会馆大门，到出会馆大门，用不了半个钟头，这能中？俗话说‘内行看门道，外行看热闹’，咱的这些木雕、砖雕、石雕再好，有多少人是来看门道的？说句难听话，百分之九十九的人都是看热闹的，恁小个院子，就是看热闹也热闹不起来。人家‘清明上河园’和‘万岁山’还能搞个实景演出，咱会馆恁小个院子，就是搞实景演出也施展不开，站不了几个游客。说到底一句话，山陕甘会馆地儿太小，看点太少，留不住游客，这是硬伤，恁就是把整条徐府街的房子拆完，也冇个球用。”

齐馆长一拍大腿，站起身说道：“哎，别管你说话带把儿不带把儿，今儿个你算是说到要害处了，咱们是不谋而合，要不俺会想出这个点儿，把马家的三进院融进会馆里，再给游客们多一处看点嘛。如果这个目的能达到，咱们就可以继续合作，你来开香坊，再聘请马青来做木雕，让游客们参与其中，不就一举两得了嘛，你说中不中？”

张宝生：“我说不中。”

齐馆长：“咋不中啊？”

张宝生瞄了一眼坐在马青身边的叶焚月：“我说的是，开香坊我不中，你需要另请高明。”

不等张宝生话音落下，马老二大声吆喝了起来：“老齐，今儿个我把话先给你撂这儿啊，三进院就是合并到恁会馆里，做木雕的事儿，你也别打俺家马青的主意。俺家马青有正式工作，在西安上班，一月能挣万把块，俺才不来凑恁这个热闹！”

齐馆长冲马老二挥了挥手：“这事儿咱俩回头私下里说，等上面批下来咱再说。”

张宝生又瞄了一眼静静坐在那里的叶焚月，然后对齐馆长说道：“别管是开香坊还是做木雕，都别在一棵树上吊死，高手多着呢，请不来中国的，可以去请个外国的嘛。”

齐馆长：“别管请哪儿的，只要上面能批下来，我立马三刻就开干！”

整个晚上，叶焚月都坐在那里一声不吭，她抬头瞅着会馆上空圆圆的月亮，也不知心里在想着什么。她身边的马青，一边嗑着瓜子，一边轻声地说着，一会儿说他在西安上班的单位离市区太远，都快到咸阳了，可不方便；一会儿说祥符跟西安可像，西安的回族食品街卖的食品跟寺门差不多，八大碗还有寺门的好吃；一会儿又说，他在西安跟别人争论豫剧不是来自陕西梆子；一会儿又说到陕西老民居木雕上的“二龙戏珠”就冇山陕甘会馆的“二龙戏珠”有创意，山陕甘会馆的“二龙戏珠”中二龙围绕的是一只蜘蛛……在马青喋喋不休的话语中，叶焚月一直在想的是，为什么山陕甘会馆中二龙戏的是一只蜘蛛？当她听到齐馆长在赏月活动结束前说的那番话时，她心里突然清亮了，明白山陕甘会馆里二龙戏蜘蛛的含义了。蜘蛛最强大的功能，就是它能织起一张大网，用这张大网笼罩住自己的生存环境，也就是比喻，商人经商要学习蜘蛛的本领，去织一张伸向四面八方的大网，让自己在这张大网里游刃有余地去生存发展。

赏月活动结束后，当叶焚月和马青走出山陕甘会馆大门的时候，看见憋了一晚上冇抽烟的张宝生正站在会馆大门外抽烟。他嘴里叼着烟走到他俩跟前，冲马青说道：“小子，我发现个事儿。”

马青：“发现个啥事儿，叔？”

张宝生把脸转向了叶焚月：“叶姑娘，冒昧问一句，你是不是还冇成家啊？”

叶焚月点了点头。

张宝生瞅瞅马青，又瞅瞅叶焚月，说道：“多一句嘴，我觉得恁俩怪般配。”

张宝生说罢转身就走，叶焚月和马青对视了一下，不知说啥是好。

这天夜里，回到“在梁君宿”的叶焚月又睡不着了，她索性压床上爬起来，一个人来到酒店四楼的露台，坐在摇椅上，仰望着夜空，那轮很圆很圆的月亮，不知何时已经被厚厚的云层遮住。此时此刻，她感觉自己的脑袋里升起了一轮明光发亮的圆月，自己的脑袋被圆月的光亮照得一览无余，有无数的线香插满在那里……

“在梁君宿”民宿里的叶焚月在床上辗转的同时，马青也在床上辗转着，索性他也压床上爬起来，走出三进院，又站在了山陕甘会馆的大门前。

他把目光转向了会馆门前照壁上的“圣地”那两个字，那两个黑色的字在他的眼里发出了光亮，而且是越看越亮，亮得让他感觉到了晕眩……

八月十五这天夜里，马青用手机给叶焚月发了一条短信，叶焚月看见后却没有回。没有回是她不知道该咋回，马青短信的内容是“你睡了吗”。

四、马老二说房比命主贵

小大姐，坐压车；压不动，哥哥送；送到家，去纺花；脚蹬蹬，手拧拧，压花车儿上过营生。烙油馍，擀蒜面，吸溜、吸溜两大碗。

——选自祥符歌谣

叶焚月当然明白“你睡了吗”是啥意思，可她不是一个随随便便在二半夜与男人互通短信的女人。

三十大几的叶焚月虽说冇结婚，但她在新加坡有一个开饭馆的男朋友，两人扯了许多年结不了婚的原因，是那个马来男人有家室。新加坡马来族的男人最多可以娶四个老婆，但法律明确规定，在娶了第一个老婆之后再要娶老婆，必须得到第一个老婆的书面同意。可那个男人的第一个老婆死活就不同意，无奈之下，叶焚月提出分手，那个马来男人同样是死活不同意。两人毕竟也有了感情，一刀两断不是那么容易，只有这么疲惫地拖着。

那个马来男人是个香客，是通过常买叶焚月的香两人结识并相爱的，在此之前，从没有男人能走进她的心里，她之所以喜欢上了那个马来男人，貌似香缘却并非是香，而是那个马来男人会打手鼓，那手鼓打出的韵律和节奏能让叶焚月灵魂出窍。马来男人每次在打手鼓之前，都要在面前焚一炷香，自从开始用了叶焚月做的香之后，他打的手鼓已经不再仅仅是手鼓了，变成了一个能使他灵魂出神入化的神物，尤其在打鼓时闭上双眼好似能听见真主的声音……

叶焚月冇给马青回短信其中还有个重要原因，就是马青和那个马来男人同为穆斯林。是巧合,还是命中注定?在与马青几天短暂的相处中,似乎也跟她当年认识那个马来男人一样,有好感,却不是那种一见钟情的好感。她虽然人在国外,但在对男人外貌的审美上偏向华人。压小她就听俊妞儿奶奶说,祥符城里有穆斯林族群,长相跟汉族有区分,因为祖源,他们保留着波斯人、阿拉伯人的特征。当她第一次知道"马家烧饼"是清真食品,她就开始注意起马家人的长相,除了肤色较白以外,并没有明显的祖源特点,尤其是马青细嫩光泽的皮肤,甚至有点像个女孩儿,和她那个会打手鼓的马来男友相比较,会刻木雕的马青似乎显得文气和沉稳。

第二天中午,马青与叶焚月约好去寺门买沙家牛肉吃,可过了约定时间,也冇瞅见马青的影儿,叶焚月发短信询问,也不见回复,于是,叶焚月决定自己去品尝传说中的寺门沙家牛肉。当她在沙家牛肉亭子前正排队的时候,只见马青行色匆匆压远处快步走了过来。

马青:"对不起,来晚了。"

叶焚月:"瞅你的脸色,出啥事儿了?"

马青:"这事儿麻缠了。"

叶焚月:"啥事儿麻缠了啊?"

马青:"拆迁的事儿。"

叶焚月:"咋啦?"

马青把晚来的原因告诉了叶焚月。

上午,拆迁办许主任去了徐府街,带来一个不好的消息。上面的回话来了,三进院虽然紧邻山陕甘会馆,也算是个老建筑,但不足以按国家文物对待,更不在文物的保护之列,会馆面积不容造假,必须实事求是,绝不允许利用文物保护来获得自身利益,任何随意改动或擅自增加保护面积的行为都将受到严惩。马家人在许主任面前据理力争,许主任说他是吃公家饭的,跟他说啥都冇用,他只负责转达区领导的意思。区领导已发话,如果再看不到二红家的老房契,一周之内,强拆势在必行。听罢许主任这话后,马青陪着他爹马老二一起到区里找区长理论,冇说几句话,马老二就在区长办公室里拍起了桌子,一下把区长给惹恼了。区长放出狠话,把一周之内强拆改成了三天之内,不服恁可以去上访,就是上访到北京都奉陪到底。马老二也再放狠话,俩煤气罐,炸死一个够本,炸死俩赚一个。在马青看来，双方已经没有再回旋的余地。

听罢马青的话，叶焚月不知说啥是好，心里清亮，自己也帮不了什么忙，强拆不强拆跟自己的关系也不大了，许主任不是已经流露出了那个意思吗？即便是看到那张新加坡寄来的老房契，也不可能阻挡拆房。

两人情绪黯淡地在寺门吃罢晌午饭回到了徐府街。一进院，他俩就瞅见马老二**骨堆**（蹲）在那里嚓嚓磨着菜刀，雪玲站在一旁抹着眼泪。

马青走到马老二跟前，满脸无奈地摇着头说道："中了，爸，别**带样儿**（做作）了，你以为煤气罐和菜刀就能阻止他们拆？开啥玩笑呢。"

马老二："我可不是开玩笑，我可是真跟他们玩命！"

马青："玩命也是白玩儿，房主贵还是命主贵？"

马老二斩钉截铁地："房主贵！"

马青："命都冇了，要房有啥用？"

马老二："我不能让祖业毁在我的手里！"

雪玲抹着眼泪说："祖业，祖业，这徐府街上拆掉了多少祖业，谁也冇像你这样认死理儿啊。"

马青："俺妈说得对，别说徐府街上被拆掉多少祖业，瞅瞅整个祥符城，鼓楼被拆掉过吧，曹门、北门、宋门、大南门，不是都被拆掉过吗？老街道就更别说了，依我看，冇能力保护还不如拆掉呢！瞅瞅咱家这个院子，破破烂烂的，有啥可心疼的，拆掉就拆掉，眼不见心不烦。"

马老二站起身，抬起握着菜刀的手，指着马青吼道："你就是个败家子！"

马青："咋？老头儿，你还想用菜刀砍我不成？"

雪玲："中啦，恁爷儿俩就别再掐了，死啊活啊的管啥用，民不跟官斗，胳膊啥时候也拧不过大腿……"

马老二冲着雪玲嗷嗷道："总得讲理儿吧！我也不想跟他们斗，是他们找上门来跟咱斗，我知道胳膊是拧不过大腿，那我跟他们鱼死网破总可以吧！"

马青："我可不想死。"

马老二："你以为我想死啊？房子是咱的，咱在这儿卖烧饼活得好好的，他们说拆就要拆，逼得咱走投无路！"

马青:“咋走投无路?拆迁赔偿不是挺高的吗?去新城那边买个小别墅,往里一住,多得劲的事儿,你这叫有福不会享。”

马老二:“说得轻巧,烧饼不打了?”

马青:“不打了,咱家又不缺钱。”

马老二:“你说的那叫屁话,祥符城里多少人爱吃咱家的烧饼,我马老二不打烧饼那就是对不起祥符人民!”

雪玲:“别说的恁好听,祥符人民吃啥不中,非得吃咱家的烧饼?不吃咱家的烧饼,祥符人都得饿死,还是都得上吊?说句难听话,再来一回1960年,啥都吃不上,祥符人不照样也得活。跟你过了一辈子,我还不了解你,说到根儿上,你就是要面子,每天一大早,门外头排大队买烧饼,恁瞅着心里舒坦、得劲儿,你不是经常说嘛,徐府街上第一有名的是山陕甘会馆,第二有名的就是你打的烧饼,别管是会馆还是烧饼,都是恁老马家人做的活儿。”

马老二:“我说错了吗?是不是俺老马家人做的活儿?”

雪玲:“所以啊,你活着是为你的面子。”

马老二:“那也冇错!不是我说难听话,冇俺老马家的人,就冇山陕甘会馆;冇山陕甘会馆,就冇祥符的面子!眼望儿要拆俺家的房子,那就是卸磨杀驴!”

……

一家人吵了老半天,谁也说服不了谁。不过,马老二说的有一句话,叶焚月听着是那个理儿,山陕甘会馆和马家烧饼在徐府街上确实是数一数二。她不由得想,如果张老板不那么小心谨慎、故步自封,愿意与她合作,源生茶庄做的香能不能在全世界数一数二不敢说,至少可以在全中国数一数二。想到这里,叶焚月下定决心,一定要弄清楚张老板做的香是不是来自宋代香谱,是不是与那传说中的“香严三昧”有关。此时此刻,她的这个决心,就像政府要拆这座三进院的决心一样大。

叶焚月听着马家人的吵吵闹闹,心里想着张宝生的香,好像这座三进院已经跟她爷爷二红冇一点关系。直到马青在一旁询问她能不能抓紧时间让新加坡那边儿再找找老房契,她才迷瞪过来。她答应晚上回“在梁君宿”后再打电话问问。

原本，叶焚月与马青说好，在寺门吃罢晌午饭，下午去孙李唐庄瞅瞅，尽管眼望儿的孙李唐庄已经不是一千年前孙李唐庄的模样，甚至连个瓦片都找不到了，可是叶焚月还是想去看看。情况有变，马青又被拖入家里拆迁的头疼事儿中，叶焚月只有自己去了。既然来到了祥符，要不去李后主当年制香的地方瞅瞅，就对不住那首家喻户晓的《虞美人》。

叶焚月坐上一辆出租车，心里一遍又一遍地默默念诵着："春花秋月何时了，往事知多少，小楼昨夜又东风，故国不堪回首月明中……"

到孙李唐庄后，叶焚月下车，她站在孙李唐庄林立大楼下面的马路边上，在现代城市车水马龙的繁华之中，想象着孤灯光影中李煜当年制香的模样，想象着逃离南唐的李天和带着李氏香谱去到湖南安化制香的情景，越想心里越往源生茶庄那间小香坊里靠近，越想越觉得张老板那款香的神秘……手机在提包里一个劲地响，她根本就冇一点儿觉察，直到她想打电话向马青询问一下孙李唐庄周边有没有卖香的店铺时，她掏出提包里的手机才发现有两个马青打给她的未接电话。于是，她把电话打了过去。

马青在电话里告诉叶焚月，情况又有了新变化，三进院的拆迁再一次暂缓……

就在叶焚月来到孙李唐庄的同时，齐馆长领着一拨人去了三进院。这拨人是北京一家较有影响的影视制作公司的拍摄团队，在一位著名导演的带领下来祥符选景。他们要拍摄一部与祥符有关的电视剧，民国题材，其中有部分真实的情节就发生在抗日战争时的山陕甘会馆里。原来在日军占领祥符城的时候，日军谍报机关的头目吉川被山陕甘会馆里面的木雕吸引住了。于是，吉川决定把谍报机关的选址定在山陕甘会馆内。后来他们冇想到会馆被国军发现，便派特工潜入会馆将吉川击毙。这段真实历史在祥符志书里有记载，祥符人也都知道，还曾有剧作家以这段历史为背景创作出舞台剧演出过，在相国寺后面的评书场冇被拆掉之前，从评书演员的嘴里也曾听到过这段评书。现在这段历史又被改编成了电视剧，就这样，导演便带领着主创人员来到山陕甘会馆看景。齐馆长在陪同导演看景的过程中，无意说到了会馆隔壁的三进院，导演立马让齐馆长领着去看看。冇想到的是，导演一进三进院俩眼就放光，当即拍板定下了这个场景，说要剧中地下党的接头地点放在这个三进院里。齐馆长为难地告诉导演，市里已经决定，三进院这个礼拜必须拆迁，恐怕拍不成电视剧了。导演听罢齐馆长的话后，扭脸对身后市委宣传部派来陪同看景的副部长说道："这个院子我至少要用三个月，等我拍完戏你们再拆吧。"就这，著名导演一句话，谁也不敢打别，因为这部电视剧的协拍单位是祥符市委市政府。妥，这下三进院又能多活仨月了。

晚上，"在梁君宿"的露台上，马青和叶焚月喝着茶，叶焚月问："三个月以后咋办？不是还得拆嘛。"

马青："走一步说一步吧，拆不拆咱又不当家。"

叶焚月微微点头："嗯，也只能是这样。"

马青："你呢？咋办？"

叶焚月："我啥咋办？"

马青："啥时候回新加坡？"

叶焚月："你就这么希望我走？"

马青："我才不愿意你走，可是，你来祥符的两个目的一个都冇达到，三进院拍完电视剧后要拆，张老板又把你拒之门外。"

叶焚月淡淡一笑："我也是走一步算一步，仨月以后再说吧，俩目的真要是都泡汤了，我就彻底不走了。反正我一个人，在哪儿都一样过，我祥符话说得又不比你差，不中就在相国寺门口支个香摊，饿不着吧？"

马青："别**打缠**（说没用的话）了，我才不相信你是一个人。"

叶焚月："你以为我相信你也是一个人啊？"

马青停顿了一下，说道："我不是一个人，但跟是一个人也差不多。"

叶焚月："能讲讲你的故事吗？"

马青："你就这么想听？"

叶焚月："爱讲不讲，无非是你把人家甩了，或者是人家把你甩了。"

马青笑了："天下所有的故事都被你讲完了。"

叶焚月不再吱声，瞅着天空那轮圆月，空空荡荡的眼里仿佛什么也没有，只有天上那轮月亮……

马青呷了一口茶，开始给叶焚月讲他的故事。

大学毕业去西安上班之前，马青谈过一次恋爱，与其说是恋爱，不如说是伤害。因为喜欢木雕，他常去安远门外一家叫"一品木雕"的展厅里看那里摆放的各种东阳木雕。虽然那里陈设的东阳木雕以时用家具为主，但他喜欢的是那几扇用沉香木精雕的屏风挂件，每一次去，他都流连忘返。去的次数多了，就认识了展厅里的一个与他年龄相仿的女孩儿。这女孩儿名叫吕鑫，她就是这家“一品木雕”展厅老板的女儿。起初，马青对吕鑫并没有太多感觉，只是觉得她很热情，马青每次去，她都喋喋不休地跟马青介绍东阳木雕上的事儿，马青压吕鑫的介绍中得知，吕鑫父亲也算是东阳木雕的传承人，虽说东阳木雕与山西木雕不一个流派，历史也不比山西木雕悠久，但东阳木雕的那种精致、细腻，似乎更加受人追崇，这也是最吸引马青的地方。就这样，马青把对东阳木雕的喜爱错当了爱情。在之后他和吕鑫的相处中，他越来越感到吕鑫并不是他喜欢的那种女孩儿，吕鑫要强、任性，两人经常为琐碎小事儿一言不合就赌气吵架。马青终于意识到了自己的错误，爱情与木雕不能混为一谈，更不能继续这样下去，于是，他决定与吕鑫好合好散。可好合容易，好散却冇那么简单，吕鑫放出了狠话，只要马青跟她分手，她一定会让马青吃不了兜着走。起先，马青还琢磨不出吃不了兜着走其中的含义，不就是两人恋爱不合适分手嘛，有啥可以让自己兜着走的？直到两人彻底拉倒后冇几天，警察突然把马青当作嫌疑人抓进了局子，这下可把马老二和雪玲给吓得劲了。老两口跑到局子里一问才知，“一品木雕”展厅里的那几扇“清明上河图”屏风挂件，夜里被人用斧头砍毁，最大的嫌疑人就是马青……当然，警方很快就破了案，那个犯罪嫌疑人不是马青，而是监守自毁的吕鑫。对于吕鑫来说，爱的起因是那几扇屏风挂件，恨的来由还是那几扇屏风挂件，不爱则恨，于是，吕鑫就来了个监守自毁，然后嫁祸到马青头上，说马青不愿意和她分手，怀恨在心，伺机报复，二半夜压展厅天窗爬进去，用斧头毁掉了“一品木雕”展厅里的精品……

叶焚月问道：“那姑娘受到法律制裁了吗？”

马青：“冇。”

叶焚月：“为啥？”

马青：“砍毁的是自家的东西，她爹摆上一桌酒，送上几条好烟，跟公安局的头头儿一拆洗，完事儿。”

叶焚月大为不解地：“一拆洗就能完事儿？”

马青不以为然地："咋？你以为这是在恁新加坡？我问你，新加坡有拆迁冇？"

叶焚月："有。"

马青："这不妥了吗，在俺这儿，拆洗比拆迁简单多了。"

叶焚月问马青，大学毕业后选择去西安上班，是不是也有这个原因。马青说也有一点这方面的原因，但最大的原因是，自从出了吕鑫这事儿之后，他爹马老二宁可让他打烧饼也不允许他再刻木雕。马老二警告马青，当年他爹马小旺，也就是马青的爷爷，摊为木雕还出过一档子吓人的事儿，山陕甘会馆差一点儿被人给烧掉。

叶焚月催促着马青："啊？啥事儿啊，快讲讲，是咋回事儿？"

马青一瞅叶焚月上杆子想听，故意**拿糖**（摆架子）说道："冇啥可讲的，'文化大革命'那点破事儿，想你也能想象得到，真的冇啥可讲……"

叶焚月："你讲不讲？"

马青："咋？我不讲你还能吃了我？"

叶焚月："我才不吃你，俺做香的人鼻子好，会闻，一闻就知你是个啥人。"

马青："那你闻闻我是个啥人呗。"

叶焚月："你先把恁爷爷马小旺的事儿讲罢，我再用鼻子闻闻你是个啥人。"

马青："中，你说话可要算数。"

叶焚月："谁说话不算数谁是个鳖孙、赖孙、王八孙。"

马青扑哧一声笑了："你用祥符话骂人真好听。"

叶焚月："快讲吧，讲罢我再骂给你听。"

马青："连闻带骂。"

叶焚月："中！连闻带骂，你等住。"

马青开始给叶焚月讲"文革"期间，他们马家与山陕甘会馆的一段往事儿。

五十年前，马青的爷爷马小旺也就是四十岁左右，在祥符市第一木器厂上班，这个第一木器厂当时是祥符市最大的木器厂，以做家具为主。"文革"那个时期到处"破四旧"，祥符城里很多老式家具和房廊门窗都遭到红卫兵的破坏，特别是那些公共领域，老建筑上那些雕梁画栋的木质装饰被毁坏的尤其多。山陕甘会馆在那股“破四旧”浪潮中自然成了红卫兵们的眼中钉、肉中刺，木雕上表现的内容更是切中“破四旧”的主题，且不说那些历史人物、花卉山水、楼台亭阁、水禽瑞兽，还有三国故事里的“古城会”“长坂坡前救阿斗”“刘备访庞统”，还有什么“孟宗哭竹”“九师戏绳”“放牧八骏”“刘海撒钱”“和合二仙”“樵子遇仙”“帝俊八子”“八仙庆寿”等等，哪一个木雕所表现的内容都在“四旧”之列。马小旺压小就被他爹马大旺扯着手三天两头在会馆里转悠，昂着脖子听他爹马大旺讲木雕上的故事，几乎每一次马大旺都要告诉马小旺，这些木雕全都出自马小旺的爷爷马鬼手之手。在马小旺的认知里，这山陕甘会馆里的木雕就是他们马家的山西木雕，尽管已经属于政府，但马家人对这些木雕的情感就像是对自家的物件，绝不允许外人玷污，更不允许遭人破坏。

在红卫兵要来山陕甘会馆“破四旧”的前一天晚上，马小旺得到了消息。给他传递这个消息的人，是同样喜爱会馆木雕的一个叫朱豫的人。这个朱豫也在徐府街居住，是一个社会闲散人员，冇正式工作，靠收购废品为生，但此人喜欢看书，会画油画，懂诗词格律。早在“文革”之前，这个朱豫就把会馆内的正殿和古戏台以及木雕内容统统画成了油画，在他一个人居住的那间**趴趴屋**（又矮又低的屋子）里，挂满了他画的会馆木雕画。曾经有人出钱要买，他还不卖，还说就是收一辈子废品，也不会卖掉他自己认为的艺术品。那天下午，他在去鼓楼收废品的时候，正赶上一帮红卫兵**小蛋罩**（小男孩）在鼓楼上开会，开会的内容被他听到了一耳朵，那帮红卫兵小蛋罩，要在第二天去山陕甘会馆“破四旧”。得到这个消息的朱豫，当天晚上找到马小旺商量对策，咋样才能阻止这帮红卫兵小蛋罩，不让他们把会馆内的木雕毁掉。两人商量了整整一晚上，商量来商量去，也冇商量出个好办法来。最后，马小旺脖子上暴着青筋发狠地说，不管咋着，也不能眼瞅着让那帮红卫兵小蛋罩把会馆里的木雕毁掉，不中他就跟小蛋罩们玩斜的！朱豫问马小旺准备玩啥斜的？马小旺说到时候你就知了。

第二天上午九点来钟，红卫兵小蛋罩们果真出现在了山陕甘会馆里面。当他们手里掂着家伙什，架上梯子正准备爬上关公大殿的房廊檐儿捣毁上面木雕的时候，突然在他们身后的古戏台上出现了一个**赤脊梁**（光膀子)的男人,这个男人正是马小旺。只见他手里掂着一把唱戏用的关公大刀,大声吼道:“小蛋罩们! 恁这是关公门前耍大刀,胆大包天,自不量力,敢拆俺马家的山西木雕,先问问俺手里这把大刀同意不同意!”马小旺的这一声吼,让那帮小蛋罩红卫兵一起回过身来,目光统统转向了古戏台。小蛋罩们也冇料到,在这个时候会突然冒出这么个不顾死活的人来。这时,小蛋罩红卫兵里一个头头儿模样的小蛋罩,冲着古戏台上的马小旺大声喝问道:“你是个弄啥嘞,在那儿瞎歇喝啥啊?!”

马小旺大声说道:“我说恁这是关公门前耍大刀,瞅见俺手里这把大刀了吗? 俺这把大刀就是关老爷的大刀!”

小蛋罩红卫兵们全都笑了,正当他们一致认为,古戏台上那个乱歇喝的男人肯定是个神经病的时候,只听马小旺继续大声歇喝道:“小蛋罩们,先听恁爷爷给恁讲讲关老爷是个啥人。关将军生前,诛颜良杀文丑,过五关斩六将,人人都服,只有一个人叫周仓的不服,于是这个叫周仓的货找到关公门前,指名道姓要跟关公比武。起先,关公不搭理他,可这个不知天高地厚的周仓却认为关公害怕,不敢跟他较量,便说关公是胆小鬼。这一下把关老爷给惹火啦,顺手掂了一条长枪,以枪代刀和周仓比试起来。周仓哪是关公的对手,被关二爷拨拉了一溜跟头,那货这才知啥叫人外有人,天外有天。压那儿以后,周仓就给关二爷扛大刀了,‘关公门前耍大刀’这句话就是压那儿来的。听明白了冇,小蛋罩们?”

小蛋罩红卫兵们的脸齐刷刷地变了颜色,那个头头儿模样的小蛋罩冲着古戏台上大声喝问:“说了半天,你是个弄啥的?”

马小旺:“小傻孙们,还不知我是弄啥的吗? 我就是那个给关老爷扛大刀的周仓,对付恁这帮小蛋罩根本用不着关老爷显身,俺周仓显身就足够了!”

这一下小蛋罩红卫兵们全明白了,古戏台上那个自称是周仓显身的光脊梁男人,是来阻止他们“破四旧”的。这还了得,他这是要跟“无产阶级文化大革命”唱反调啊,这样的人比“四旧”还可怕,还可恶。于是,小蛋罩红卫兵们把木雕放到一边,必须先解决这个人。

小蛋罩红卫兵们手里掂着家伙什,一窝蜂地扑向了古戏台,可当他们拥到古戏台跟儿一瞅,登上古戏台的两个窄砖楼梯都被破桌子、破板凳和一些杂物给堵上了，想登上古戏台还得花一番工夫。小蛋罩红卫兵们再一瞅，那个“周仓”是有备而来，那股劲头是要决一死战。他除了把俩楼梯堵上之外，还在古戏台上预备了许多砖头，小蛋罩们要是敢强攻古戏台，那些砖头有准会落到谁的头上。这可咋办？决不能让古戏台上这个人如此猖狂。

小蛋罩们见压楼梯去上古戏台有点费劲，于是就把准备去毁大殿木雕的梯子架到了古戏台正面，可是几次架上，几次被马小旺用脚蹬掉。小蛋罩们急眼了，就往古戏台上撂砖头，想把马小旺给砸翻，可是，马小旺居高临下，压戏台撂下的砖头比小蛋罩们撂得更猛。小蛋罩们一瞅，这可不中，决不能让此人占了上风，于是，小蛋罩们向市民兵指挥部请求增援。不一小会儿，来了一帮头戴柳条帽的工人纠察队，这帮货都是成年人，孬点子多，他们准备把堵在楼梯上的桌椅板凳用火点着，火攻古戏台，这样马小旺一准儿架不住。当工人纠察队那些货正准备点火的时候，围观的群众不愿意了。这些围观的群众大多都是徐府街上的住户，这要是把古戏台给点着了，一旦火势控制不了，那可就真是城门失火殃及池鱼了。山陕甘会馆就恁大点地儿，古戏台一点着，火势很有可能蔓延到东西两侧的厢房和钟鼓楼，那要是一着了火，紧临着会馆的住家户肯定遭殃，徐府街上一家挨着一家，一户靠一户，那还不把整条徐府街给点着了啊。头一个站出来反对的人就是朱豫，看热闹的人紧跟着吵吵起来。群众这一吵吵，工人纠察队怯气了。

听到这里，叶焚月说：“就是，山陕甘会馆的面积确实太小，真不比咱的三进院大多少，这要是着火了，太可怕。”

马青：“可不是嘛，要不徐府街上的人心会恁齐，一起跟工人纠察队挺。”

叶焚月：“幸亏保住了古戏台，要不我这次来还看不到了。”

马青：“你眼望儿看到的古戏台，可不是每章儿那个古戏台了。”

叶焚月迷惑不解地：“咋回事儿？眼望儿这个古戏台是赝品吗？”

马青摇了摇头：“也不算是赝品。”

叶焚月：“那是咋回事儿啊？”

马青：“咋回事儿，咋回事儿，你就恁想知道咋回事儿？”

叶焚月："俺家也是徐府街上的人，山陕甘会馆的历史俺当然要了解。"

马青撇了一下嘴："典型的祥符人，好事儿。"

叶焚月："典型不典型，俺就是要好这个事儿。"

马青笑了，又开始接着往下讲他爹告诉他的那段往事儿。

爷爷马小旺在山陕甘会馆保卫木雕那年，马青他爹马老二才十二三岁，那一幕却让他记忆深刻。当朱豫带头反对工人纠察队火攻古戏台的时候，马老二就在朱豫的身边。在马老二眼里，平时见谁都温良恭俭让的朱豫，此时此刻就像变了个人，在他的带领下，徐府街上的老少爷们儿都显得那么奋不顾身。工人纠察队一瞅这个架势，用火攻不成了，就换了个更狠的招儿，恁不是不让放火烧吗？中，咱就完全彻底干净全部解决问题，把古戏台给拆喽！让这人和"四旧"一起彻底灭亡，这恁徐府街上的人可有啥说了吧。很快，工人纠察队就调来了一台推土机和一台挖掘机，前后夹击，压古戏台的底层下手，连挖带推，冇出半个时辰，古戏台的下部就被挖掉了一个大豁口，随之就坍塌了一部分。正当古戏台摇摇欲塌、徐府街上的人们都在为马小旺生死担心的时候，一辆军用吉普车停在了山陕甘会馆的大门外。压车上下来两个男人，其中那个穿军装的是整个祥符城的人都认识的市革委会主任何俊生，另一个年龄偏大穿着军便服的男人很陌生，冇人认识。这两人的到来冇保住古戏台，却保住了马小旺的命。

"文革"那会儿，祥符跟全国一样属于军管，每个城市的革委会主任都是现役军人，其实也别管是不是军人，当时的革委会主任就是一个城市里最大的官，说话牛气，一言九鼎。当何俊生喝止住了挖掘机和推土机之后，让跟随他一起来的那个男人宣布了一个来自北京的决定。内容大概是，"四旧"也要分别对待，有的"四旧"必须彻底铲除，有的"四旧"具有史料价值，要保留下来进行历史研究，经过祥符市革命委员会的分类，山陕甘会馆属于要保留下来进行历史研究的一类。也就这么巧，这个来自北京的决定刚下发到祥符，还冇来得及传达到基层，山陕甘会馆发生的这一幕就让那个穿军便服的人压会馆门前经过时给瞅见了。这个穿军便服的人是市文化局的革委会副主任，他失急慌忙地跑到市革委会，硬把何俊生给拉到了山陕甘会馆，才阻止了一场悲剧的继续发生。真是来得早不如来得巧。

会馆里的木雕被保留下来了，可那个古戏台已经冇法恢复，马小旺刚下来，古戏台就“轰”的一声彻底坍塌了。也可以这样说，虽然古戏台冇保住，但马小旺救了会馆木雕的命，同样会馆木雕也救了他的命。

叶焚月带着疑问瞅着马青说道：“按你这么一说，眼望儿的古戏台就是赝品啊，你咋说不是呢？”

马青：“我说不是，是因为眼望儿的古戏台确实不是新建的，是后来把祥符城东南火神庙，那座建于清代光绪年间的古戏楼，原封不动地搬到了山陕甘会馆。”

叶焚月：“那也不能算是原汁原味吧。”

马青：“这个我不懂，但听老人们说，基本上是一模一样，原来的古戏台和压火神庙迁移过来的古戏台，同建于清代的光绪年间，也都是明清楼式建筑，砖木结构，规模面积一模一样。不管咋说，是个老物件。”

叶焚月沉默着。

马青：“你咋不吭气儿，想啥呢？”

叶焚月：“我在想，古戏台的精彩不在于它是不是老物件，而是你爷爷马小旺的这个故事……”

马青：“后来我听张老板说，在古戏台被挖塌之前，俺爷爷一点儿也不怯气，掂着那把唱戏的关公大刀，还站在古戏台上连唱带比画唱关公戏呢。”

叶焚月：“你爷爷还会唱戏？”

马青：“用俺爹的话说，俺爷爷唱戏比刻木雕还好，尤其是唱关公戏。俺爹压小不愿意跟俺爷爷学刻木雕，却喜欢跟俺爷爷学唱关公戏。俺爹说，拆古戏台那天，俺爷爷唱的那段关公戏把在场所有人都给镇了，就连那帮去拆古戏台的，一边往古戏台上面扔着砖头一边还为俺爷爷叫好。俺爷爷一边往古戏台下面扔着砖头一边全身心地唱着关公戏。后来，俺爹还把俺爷爷唱的那段关公戏教给了我。”

叶焚月好奇地：“你也会唱？”

马青：“会啊。”

叶焚月："那段关公戏咋唱的？你唱给我听听呗。"

马青："快拉倒吧，压小我就五音不全，用俺爹的话说，还不如让我刻木雕呢。"

叶焚月："唱一段呗，咱俩半斤八两，我压小也五音不全，听不出来你唱的全不全。"

马青："那你还听个啥劲儿啊，别听了。"

叶焚月哀求道："可我就是想听听，恁爷爷那天唱的是啥关公戏，唱吧唱吧，唱两句就中。"

马青："好吧，我唱两嗓子给你听，看能不能把你给吓窜。"

叶焚月："放心吧，我有心理准备。"

马青："俺爷爷那天唱的是山西梆子《战长沙》，我唱得不好，你凑合听吧，别吓着你就中。"

叶焚月："山西梆子？"

马青："对呀，山西人不唱山西梆子吗？"

叶焚月："我还以为是唱京剧呢。"

马青："别忘了，山陕甘会馆是山西人盖的。"

叶焚月："你唱吧，山西梆子也中。"

马青直起了腰，清清嗓子，昂起头唱道：

黄忠阵前失了机，
要与某家比高低。
我把老儿好一比，
绵羊见虎把头栖。
将身且坐虎皮椅，
细听探马报端的。
叫人牵来赤兔骑，
要与黄忠比高低。
……

这一段山西梆子《战长沙》让马青给唱跑了调，也把叶焚月给唱无语了。待马青唱完,她仿佛还冇缓过神儿来。

马青瞅着叶焚月的脸说道:“我说不唱吧,你非让我唱,咋样,吓住你了不是?”

叶焚月:“不是。”

马青:“那是啥?”

叶焚月:“我闻到了一股味儿。”

马青:“啥味儿?”

叶焚月:“闻香认香,闻人识人,你我算是闻过了。”

马青:“啥意思?”

叶焚月:“这你还不明白吗?”

马青:“我明白啥?”

叶焚月:“我已经闻出了你爷爷、你爹,还有你,你们马家人相同的味道。”

马青:“啥味道?”

叶焚月:“山陕甘会馆里木雕的木头味儿。”

马青:“张老板也说,俺马家人长得都像木雕。”

叶焚月:“张老板这话说得很准确。”

马青:“俺马家人长得像木雕,张老板长得像啥你看出来冇?”

叶焚月:“张老板长得像啥?”

马青:“他长得像山陕甘会馆里的石雕。”

叶焚月颇认同地点了点头……

整个一晚上,这两人的闲聊虽说都围绕着山陕甘会馆,但他俩彼此心里都清楚,昨天在会馆大门外,张宝生那句话的含义是啥,还有马青深更半夜发的那条“你睡了吗”的短信,虽说叶焚月冇回短信,但回不回已经无关紧要,只是那一层纸捅破不捅破、何时捅破的问题。要说好感,两人彼此都有,越过好感进一步发展,两人也都愿意。可是,为啥都已经到了这一步,两人却都停住了脚步呢?自然是个人有个人一本难念的经,并不是那么简单。就马青而言,表面上看,他和那个叫吕鑫的女人已无任何瓜葛,但他心里十分清楚,吕鑫绝不会轻易善罢甘休,很难说还会给他制造什么麻烦,他大学毕业后选择去西安上班,也有吕鑫的因素在里面。在他三十岁生日那天，母亲雪玲把电话打到西安告诉他，吕鑫一大早就去马家烧饼店买了三十个烧饼，买完烧饼后并没有马上离开徐府街，而是把刚买到手的三十个烧饼全部扔在马家烧饼店门前的地上，使劲地用脚碾碎之后，又压环卫工人手里借来笤帚，把碾碎在地上的烧饼清扫干净倒进垃圾桶后，扬长而去。吕鑫的这一举动说明了啥？不言而喻了吧，是由爱转变成恨。但只有马青心里最清楚，这种恨里依然埋藏着爱，如果不是这样，就冇必要再去买三十个烧饼发泄，而且故意在他的生日那天……

叶焚月这边情况类似，那个马来男人根本不可能把她娶作二房，更别指望大房开恩，那大房已经放出了话，只要她不死，就绝不可能给叶焚月这个机会。叶焚月早就把话给那个马来男人说清楚了，她不可能去做二房，让他断了这个念想，他俩之间不会再有任何瓜葛。可是，那个马来男人仍不死心，还想和叶焚月保持情人关系，遭拒绝之后，理性表达尊重，可过不了几天，却又好了伤疤忘了疼，站在叶焚月的香店外面，隔着玻璃含情脉脉地向店里张望……

不管咋说，有一点马青和叶焚月是一致的，两人的心都太软，不愿意伤害曾经相爱过的人。其实，这也是一句自我安慰的话。张宝生在山陕甘会馆大门外的那句话，虽说在他俩各自内心都引起了波澜，蠢蠢欲动，但，要继续发生什么，他们却都不敢想，也不愿意多想。因为，目前各自心里装着各自的大事儿，马青想的是三进院的拆迁，叶焚月惦记的是张宝生的那个疑似宋代“香严三昧”的香谱。

五、巴不得恁俩有事儿呢

小枣树，弯弯枝儿，上头扒个小妞妞儿；搽胭儿，抹粉儿，咕嘟嘟哩小嘴儿；要吃桃，桃有毛；要吃杏，杏又酸，要吃花红面蛋蛋。

——选自祥符歌谣

三进院要缓拆仨月，不管是啥样的结局，马青和叶焚月都面临一个何去何从的问题，三个月时间是有点长，就在祥符守着吗？还是一个先回西安一个先回新加坡，三个月以后再说？总不能就这么在祥符耗着吧。叶焚月还好说，大不了仨月不做香，在祥符待着，等做通张老板的思想工作，看到香谱后再走。可马青不中啊，回祥符之前只给单位请了一个星期的假，目前已经超过了天数，再续上三个月假？似乎不太可能。回西安仨月后再来？又能起到啥作用呢，瞅目前这个架势，三进院被拆是早晚的事儿。其实，这个问题马青已经早想过了，他这次回祥符的主要目的是安抚他爹，做通他爹的思想工作，不让他爹走极端，至于三进院是否被拆那是第二位的。目前这种状况，给他爹搞得也快冇脾气了，二红家的老房契可以确定是找不着了，三进院合并到山陕甘会馆上面又不批准，即便是强拆还要等到仨月以后。尽管马老二的态度很明确，要与三进院共存亡，可就这一天天耗着总不是个事儿。老伴雪玲还不想让儿子回西安去，担心儿子一走，这边真要有个三长两短那可咋办？说是暂缓仨月强拆，这仨月万一再发生个啥意外，再让儿子请假压西安回来，儿子的单位**挺不挺**（干不干）啊？不好好上班见天窜回家，总不是个事儿啊。

马青压"在梁君宿"与叶焚月喝罢茶回到家已经很晚，见老两口都冇睡，还愁眉苦脸地坐在那儿。

马青："爸，妈，咋还冇睡啊？"

马老二："睡啥睡，睡得着吗？"

雪玲叹了口气："唉，愁死人。真的睡不着啊。"

马青："再愁也要睡觉啊，赶紧睡吧，天也不早了，有啥事儿咱明儿个再说。"

马老二："啥明儿个再说，今儿个说。"

马青："明儿个一早还得出摊卖烧饼，恁起不来咋办啊？"

马老二："咋办？凉拌！"

雪玲："青儿，恁爸俺俩商量罢了，俺俩觉得，咱家的烧饼还是暂时不卖了，等这些**腌里八臜**（乱糟糟）的事儿完了以后，再说卖烧饼的事儿。"

马老二："你坐下，咱一起商量商量，看下面的事儿该咋办。"

马青一瞅老两口这个劲头，也不再说啥，就坐下来。

雪玲："青儿，你说说，你是咋想的啊？"

马青："恁先别问我是咋想的，我好办，咋喽都中，关键是恁俩，我听听恁俩的意思。"

雪玲："俺也不知该咋办……要不，你先回西安去？"

马青："回去可以，但是，再请假回来，恐怕就不那么容易。今儿个俺领导还给我打电话，说单位那边可忙，快到年底了，再请假确实很难。"

马老二："咱先不说拆迁的事儿，也不说你回西安上班的事儿，先说说你跟二红家孙女的事儿。"

马青："俺俩啥事儿？俺俩冇事儿啊。"

马老二瞅了一眼雪玲。

雪玲："恁俩真冇事儿吗？"

马青："恁别瞎猜中不中，俺俩真的冇事儿。"

马老二："真冇事儿，真冇事儿，恁俩要真有事儿就好了！"

马青："啥意思啊？啥叫俺俩真有事儿就好了呀？"

就在马青和叶焚月去"在梁君宿"喝茶的时候，张宝生晃着膀子压马家烧饼门口走过的时候，被马老二给叫住，他让张宝生帮他分析和判断一下，仨月之后会是个啥结果，给他出出主意。张宝生是徐府街上有名的

“上八仙”，在徐府街上被人誉为专治疑难杂症的“老中医”，尤其是在一些前途莫测的事儿上，张宝生还真能掰扯出一些与众不同的道理来。张宝生劝马老二别再为拆迁的事儿伤神了，三进院就是不强拆，马家烧饼的好日子也要到头了。山陕甘会馆是国家重点保护文物，祥符的重要旅游景点，会馆周边三十米内绝对不允许有不经过政府批准的小商小贩设摊，且不说马家烧饼算不算小商小贩，一个卖烧饼的门面紧挨着会馆咋着也不美观吧，再往长远看，政府想方设法也会封恁的门，一旦不让恁卖烧饼了，对恁马家来说，三进院也就冇那么主贵，撑死算个民国的老建筑罢了。把话说回来，祥符城里的民国老街老巷老建筑还少吗？不就是在政府眼里冇啥价值才拆掉的吗？张宝生拍着马老二的肩膀头，半真半假，**连花搅带污搅**（真假难辨）地提醒着说，啥都是假的，能找个好儿媳妇给马家传宗接代才是真的，并话里有话地提醒马老二，三进院真要是被强拆，二红家就是冇老房契，只要有其他人证物证，按照法律规定，照样要给予赔偿，别管赔的钱多钱少，权当是二红家的陪嫁，恁老马家一来一回只赚不赔。马老二问张宝生说这话是啥意思，张宝生最后说了一句：你这个老公公不好当啊，会做香的人都是上八仙……

在马青冇回到家之前，马老二和雪玲就一直把叶焚月当成主要话题在说。用马老二的话说，自己眼睛又不瞎，压叶焚月来到的第一天，马青就有点不对劲。雪玲却说，看不出那个叶焚月有啥好啊，论长相还不如踩三十个烧饼的吕鑫呢。不过两人有一个共识，别管人长得啥模样，也别管是哪儿的人，只要他俩能对上眼就中，如果这事儿真能成，还真是张宝生说的那样，别管是房还是人，只要能得到实惠，也就那么回事儿了……马老二对抗强拆的强硬根基似乎开始有所松动，觉得张宝生那番话有些道理。但张宝生最后提醒的那句话让马老二心里很犯**膈应**（恶心，讨厌），“会做香的人都是上八仙”，这分明又是在提醒，真要是娶了个“上八仙”的儿媳妇回家，会不会是个**大碍噎**（大麻烦）？毕竟那妞儿是新加坡人，吃不到一个锅里不碍事儿，大不了儿子带着她去西安，要不她带着儿子回新加坡。唉，真是老不歇心，走一步算一步吧，一切都取决于儿子马青是咋想的。

雪玲直截了当地对儿子说：“你要是觉得差不多，谈上个两天恋爱就中了，仨月之后恁俩就结婚，这样一来，二红家的房子也就成咱家的了。”

马青极不耐烦地：“妈，你说啥呢，八字有一撇的事儿。”

雪玲：“冇一撇你就不会画上一撇？不是俺等着要抱孙子，我和你爸的意思是，恁俩要是能成事儿，让俺俩省心，就是拆了咱这个三进院，俺也认。”

马青：“恁认我不认，人家叶焚月也不一定认，根本就不是恁想的那回事儿，人家叶焚月根本就不是冲着她爷爷的房子回来的。”

马老二：“不是冲她爷爷房子回来的，是冲啥回来的啊？”

马青：“她是冲着俺宝生叔的源生茶庄来的。”

马老二：“这个我知，恁宝生叔也跟我说罢了，我的意思是，别管她是冲啥回来的，她二红爷爷的房子总是个事儿吧。再说，不是我说难听话，别说她，就是老天爷来，张宝生也不会把香谱拿出来，就像咱家打的烧饼，多少人问为啥咱家的烧饼能打成三层，咱会把打三层烧饼的巧告诉别人吗？”

马青有点半烦儿地：“打烧饼和做香是两码事儿。”

马老二一脸不屑地：“啥两码事儿，在我眼里就是一码事儿，只要是绝门手艺，里面都有巧，哪怕是一层纸，不点破，累死别人也不会知。”

雪玲：“中了，咱也别扯打烧饼做香了，青儿，我就问你一句话，你是不是真愣中二红家的孙女了？”

马青冇吭气儿，但压他脸上的表情已经能看出他心里想的是啥了。

雪玲：“青儿，我再问一句，如果恁宝生叔愿意把那个啥宋代香谱拿出来让她看，恁俩的事儿能不能成？”

马老二白了雪玲一眼：“瞎扯啥，哪儿跟哪儿啊，十三不靠。”

雪玲回了马老二一个白眼：“十三不靠只要能和，那就是大赢家。”

马老二：“你啥意思？”

雪玲：“你别管我啥意思，只要咱青儿能和二红家孙女对上眼，两人愿意结婚，我就能让张宝生把那张啥香谱拿出来让二红家孙女看，你信不信？”

马老二拧着头：“我不信。”

马青抬眼瞅着母亲，将信将疑地：“这好像不太可能吧……”

马老二："根本就不可能，徐府街上谁不知张宝生是个啥劲儿，当年他压源生茶庄地底下明明挖出了三样东西，非说是两样，以为人家都不知，这年头谁是傻子？卖茶叶他就是半路出家，后来又做起香来，恁以为做香是件简单事儿吗？说句难听话，做香比打烧饼复杂得多，他还编出一套瞎话，说是他家祖传的。他家是弄啥的？他爹他爷都是开饭馆的。"

雪玲："话也不能这样说，他爹、他爷开饭馆跟他做香有啥关系，恁爹恁爷还是刻木雕的呢，你眼望儿不是照样打烧饼嘛。"

马老二被雪玲这句话给噎住了，**还不上价钱**（还不上嘴），憋了半天才憋出一句："反正徐府街上冇一个人相信他做香是祖传的。"

雪玲："中了中了，咱也别说恁些了，我的意思是，只要咱家青儿愿意跟二红家孙女成事儿，别管了，我保证想法儿满足那妞儿的心愿，让张宝生把那个啥宋代香谱拿出来给她看。"

马青对他妈说的话将信将疑，压他的内心里来说，他是喜欢叶焚月这类女人的，尽管接触时间不长，但他的直觉告诉自己，这样的女人不好碰，过了这个村难再有那个店。他也清楚叶焚月同样也喜欢自己，他俩之间的缘分远远不止在这座三进院上，拆迁不拆迁好像真的跟他俩冇太大关系。能在这个时间、这个地点、这个年龄相遇在这条徐府街上，是命中注定，就像他妈说的那样，十三不靠真要能和了那就是好牌，而这十三不靠的最后一张牌，完全有可能就是张宝生的那份宋代香谱。

夜里睡不着，马青又给叶焚月发短信，说自己在考虑是不是要辞去西安的工作。如果父母同意，他就把西安的工作辞掉回祥符，打不打烧饼两说，他还可以开一个刻木雕的作坊。这种营生在祥符城里不多，物以稀为贵，他看好这是个能挣钱的营生，另外还有一个重要目的，那就是继承祖业，传承和重振马家木雕。叶焚月在回复的短信中对他表示支持，并用试探的口吻说，若是能说服张老板，看到宋代香谱，她想与源生茶庄合作，在徐府街上开一个制香作坊，把全世界的好香都集中在这里批发销售。明代的徐府街以卖戏曲服装而盛名，眼望儿的徐府街完全能够做到以卖各种名香而繁荣，木雕作坊与制香作坊遥相呼应，衬托这条负有盛名的徐府街和山陕甘会馆，那种前景可想而知……俩人微信聊天聊了大半夜，全是木雕和制香的内容，男女情感的事儿冇聊一个字儿，但俩人心里都可清亮，虽然冇聊一点儿与爱情有关的字眼儿，但能感到每一个字儿都与爱情紧密相关。马青已经强烈地感觉到，张宝生那张不知是否存在的宋代香谱，是能不能实现这一美好前景的关键。

第二天一早，在吃早饭的时候，马青把夜儿个晚上与叶焚月微信聊天的内容告诉了马老二和雪玲。马老二听罢依旧泼着冷水，认为张宝生太难缠，对那张香谱不要抱有太大期望。雪玲却说，再难缠也得缠，这不光关系到儿子的婚姻大事儿，还关系到拆迁对自家的好处。二红孙女不是说了嘛，二红的家人对拆迁都不感兴趣，拆迁补偿多少都中，一切由叶焚月决定，拆迁补偿的钱也归叶焚月所有。所以，还是那句话，只要二红孙女成了咱马家的儿媳妇，那笔钱不又是咱马家的了嘛。马老二依旧不屑一顾地冲雪玲翻白眼，说她这是在做黄粱美梦，如果张宝生真让二红孙女看了那张宋代香谱，他马老二就倒立着走路。雪玲懒得再跟马老二磨嘴，吃罢早饭便去了源生茶庄。

雪玲之所以这么有底气，是因为一个叫肖丽的女人，用祥符话讲，谁能吃住谁是一定的。雪玲觉得，那个叫肖丽的女人能吃住张宝生。

在二十多年前，张宝生的老婆要去日本做生意遭张宝生坚决反对。张宝生冲老婆瞪眼吼道："你只要敢去日本，咱就离婚！"他老婆也不是**瓤茬**（软弱的人），冲张宝生吼道："离婚就离婚，谁离开谁不能活啊！"俩人吵完架之后，他老婆还是一意孤行地去日本了，在他老婆拎着行李出家门的那一刻，张宝生还冲着他老婆吼道："你个傻娘儿们，加减乘除你只会加减不会乘除，你还做生意？人家把你给卖了你还跟着人家查钱呢，不信咱走着瞧！"那年头，全国都在发展经济，几乎全民都在做生意，生活压力太大，谁不想发财啊？国内发财越来越难，都想着窜到国外去发财，他老婆就是在这种情况下去的日本。其实，张宝生也是好意，又不是日子过不下去，自家的日子还是比上不足比下有余的，根本不指望一个娘儿们家窜到恁远去挣钱。他担心的不是他老婆能不能挣着钱，就凭他老婆那个智商，谁说啥都相信，不赔钱那才叫见鬼。说白了，她就是见别人挣钱眼红罢了，结果被人忽悠去了日本。

这世界上的事儿啊，有时候真可**气蛋**（气人），最终的结果是，他老婆"这个傻娘儿们"去了日本不但冇赔钱，反而挣了一兜兜钱，满面红光地压日本回来后，把几百万人民币的存折往张宝生面前一拍，问："还离不离婚了？"张宝生从来活的就是一个面子，哪怕是对自己老婆一时放出的狠话，他也不能输掉面子。更重要的是，他心里明白，这可不只是一个丢面子的问题，老婆挣了钱，整个人的气势也不一样，由此家庭的格局就发生了改变，这对当时年轻气盛的张宝生来说是无法容忍的。大男人家，就是大男子主义，一言九鼎，吐出去的吐沫不能再舔回来，丢啥也不能丢自尊。于是，在他老婆压日本回来的第二天，他就**捞**（拉）住老婆去民政局离婚。他老婆惊讶地说："你还当真要离婚啊？"张宝生却说："谁不离谁是狗！"就这，谁也不愿意当狗，俩人协议离婚，张宝生净身出户，啥也冇要，离婚之后才来到徐府街上开了个源生茶庄。

肖丽那个女人是张宝生开源生茶庄之后认识的。茶庄开张冇多久，有一次雪玲来茶庄买茶，与张宝生闲聊起来，才知这位四十郎当岁、模样长得还可排场的张老板是个离婚茬，至今**单挑**（一个人）。雪玲就好给单挑的人拆洗这事儿，非得给张宝生介绍一个叫肖丽的女人，把肖丽简直夸成了一朵花，这也好，那也好，好得冇法再好了。张宝生问雪玲，既然这也好那也好，她咋还是个单挑呢？雪玲怼了张宝生一句："宋庆龄好不好？不照样是单挑吗？"这话说得冇毛病，婚姻这事儿，还真的跟单不单挑冇啥关系。就这，张宝生同意和那个叫肖丽的女人见面。第二天，雪玲还真把那个肖丽领到了源生茶庄，张宝生搭眼一瞅，这个肖丽谈不上长得漂亮，个子不高，人很文静，不爱说话，坐在那里一问一答显得很拘谨。为了让他俩交谈放松，雪玲借故先离开了茶庄，在这俩人有一搭冇一搭的闲聊中，张宝生说到了山陕甘会馆，这个话题一下子打开了肖丽的话匣子。肖丽说她第一次进山陕甘会馆是1970年，那时候她才刚上小学，她父亲是祥符驻军的一名军人，作为"三支两军"（"文革"用语，"三支"指支左、支农、支工）的军代表进驻祥符市文化局，她父亲出任军代表上任的第一个星期天，就领着全家参观了山陕甘会馆。她父亲告诉全家人，解放战争的时候，解放祥符的最后一战是攻打龙亭，解放军的战地救护所就安在山陕甘会馆内，她父亲解开军装的纽扣，露出了胸前一大块伤疤，还说要不是在这里得到及时救护，就不会有他们全家……

张宝生和肖丽第一次见面，就是因为聊起山陕甘会馆，他才发现这个女人的妩媚之处并不是她的相貌，而是她具有军人家庭的那种单纯和朴实无华，更出乎张宝生意料的是，听他说到源生茶庄因缺资金而无法兑现与云南普洱茶厂的合作后，第二天肖丽就取出自己存折里所有的钱送到了源生茶庄，肖丽这一举动把张宝生吓了一大跳，他问肖丽，就不怕他借钱拖着不还吗？肖丽微笑着说了一句话：“面善的人心不一定善，你正好相反。”也就是这句话一下子打动了张宝生，他觉得肖丽是一个一眼就能把自己看透的女人，这样的女人很难得。也正是因为在源生茶庄起步的当口得到肖丽所助的一臂之力，张宝生真的爱上了这个女人。至于后来为什么冇成为夫妻，其中最重要的一个原因，就是张宝生的前妻反悔了，非得和他复婚，三天两头往源生茶庄里一坐，谈笑风生，接待顾客，俨然还是一副老板娘的模样。肖丽哪儿受得住这啊，无论张宝生咋样解释都解释不通，她啥话不说，只是淡淡一笑。再之后，肖丽很少再去源生茶庄，即便是张宝生单独约她见面，她也会以各种理由推辞。张宝生当然知道船在哪儿弯着，为此还跟前妻大干了一架，他前妻一脸无辜地逢人便说，肖丽那个女人真的可好，张宝生他俩不结婚真的与自己无关……张宝生被搞得冇一点儿脾气，随恁的便吧，大不了这辈子就这么单挑着过。压那以后，张宝生几乎整天窝在源生茶庄后面的屋里做香，谁来也不搭理，但他心里一直觉得对不住肖丽……

因为这事儿，雪玲曾经分别找过张宝生和肖丽，她觉得俩人中间有误会，还想把俩人拆洗到一起，却遭到马老二的一通臭骂：“成天给这个拆洗，给那个拆洗，你咋不给恁儿拆洗个好的，跟着我打烧饼真亏你的材料，你应该去当媒婆！”雪玲被马老二骂得灰头土脸，也不想再去管那些事儿了。但是，这一次关系到自己儿子的终身大事儿，不是去拆洗，而是必须把张宝生拿下。她心里可清亮，这些年过去了，张宝生阅人无数，给他拆洗的人也可多，他却冇愣中一个。有一次他来马家买烧饼的时候，马老二花搅他是挑花了眼，他感叹道：“像肖丽那样的女人怕是碰不着了……”由此可见，肖丽在他心中始终挥之不去。正因为如此，在这个关键时刻，雪玲想到了肖丽。

雪玲也有可长时间冇见过肖丽了，只是听说她已经退休，住在汴西湖边上的一个小区里。雪玲压手机里翻出了肖丽的电话，拨通后，说想请肖丽吃个饭。肖丽却说吃饭就算了吧，都是老朋友，有事儿说事儿，省去客套。肖丽电话里告诉雪玲退休后她可忙，比上班的时候还要忙，每天时间安排得满满当当，学画画，学古琴，还加入了诗歌朗诵团和中老年旗袍队，根本冇时间，让雪玲有啥事儿就在电话里说，雪玲支支吾吾不想在电话里说，于是问她下午在哪儿。肖丽告诉雪玲，老干部活动中心成立了一个“大梁丽人”旗袍队，下午她在包府坑旁边的老干部活动中心练习走秀。

下午，雪玲去了包府坑边上的老干部活动中心。走进排练室，雪玲就瞅见一个五十来岁、身材很好的男人，穿得可花哨，头上还勒着一块花布，正率领着一大群身穿各色旗袍的中老年妇女在练习走秀。那些浓妆艳抹的中老年妇女，个个自我感觉良好，脖颈和手腕上戴着夺目的珠宝和项链，有的手里还拿着精美小折扇，在悠扬的乐曲中，跟随着那个五十来岁的男人舒缓柔情地走着一字步。雪玲在那一大群穿旗袍练走秀的美女中间，瞅见了款款而行的肖丽，一下子被肖丽的优雅和靓丽打住了眼。当肖丽发现了雪玲朝她走过来的时候，雪玲依旧是满眼的恍如隔世。

肖丽微笑着说：“咋？不认识啦？”

雪玲：“乖乖嘞，妹，你把俺给吓住了。”

肖丽：“大惊小怪，你要是参加俺的活动，稍微拾掇拾掇比我还美。”

雪玲：“我要是打扮成你这样，俺家老马敢不让我进家门。”

肖丽：“不至于吧，都啥年代了，恁家老马还那么封建。”

雪玲：“不是封建，我要是穿上你这一身，往俺家的烧饼炉子前一站，敢把买烧饼的人都吓窜。”

肖丽咯咯地笑道：“冇你说的那么恐怖。说吧，姐，找我有啥事儿？”

雪玲朝四周瞅了瞅：“咱俩还是出去说吧，这里说话不太方便。”

肖丽转身走到那个五十来岁的男人跟前说了几句，便和雪玲离开排练室。她们俩人走出老干部活动中心的大门，来到了包府坑边。于是，雪玲把事情的经过原原本本地对肖丽说了一遍，请求肖丽助自己一臂之力，促成张宝生能自愿拿出香谱让叶焚月看。

雪玲说出了此行的目的后，抓着肖丽的胳膊恳求道：“老妹，别人不知我可知，张老板就喜欢你，只要你在他跟儿发句话，比老天爷都管用，你可一定要帮帮恁姐啊……”

肖丽脸上的笑容消失了，眼睛瞅着包府坑岸边的湖水，半晌才问了一句："张宝生还冇找吗？"

雪玲："找啥找，**孤闲张**（单身）心里还想着你呢。"

肖丽："姐，你不知我眼望儿是啥情况吧？"

雪玲："你不也是孤闲张吗？恁俩要是能再谈，那还说啥，多好的事儿啊。"

肖丽微微一笑："姐，我已经有男朋友了。"

雪玲瞪大眼睛："不会吧，我可听说你还是个单挑啊……"

肖丽莞尔一笑："刚谈冇俩月。"

雪玲带着满脸失望，却还将信将疑地瞅着肖丽的脸问："妹，你是不是在蒙我啊？"

肖丽："这还能说瞎话吗，你都瞅见了。"

雪玲："我啥时候瞅见了？冇啊？"

肖丽："俺那个男教练。"

雪玲："哪个男教练？"

肖丽："就是刚才领着俺练习走秀的那个男教练。"

雪玲张大嘴巴瞪大眼："啊？真的假的？你不是**诓**（骗）我吧？就那个男的啊？**二胰子**（形容性格女性化的男性，含贬义）样儿，走起路来比娘儿们还娘儿们，都快把我给恶心死了。"

肖丽白了雪玲一眼："懂啥？你啥都不懂，那叫艺术，那叫国际艺术，你以为跟恁家打烧饼一样啊。"

雪玲长叹一声："唉，狗撵兔，差一步，你知不知，张宝生的前妻又去日本了，据说嫁给了一个日籍华人。当初要不是他前妻搅和，恁俩就成事儿了。"

肖丽："说实话，俺俩成不成事儿跟他前妻有啥关系。"

雪玲："不会吧……"

肖丽："张宝生那个人，是个好人，就是太自我，能降住他的人不多，所以……"

雪玲急忙截住肖丽下面的话："你别所以，反正俺青儿这事儿你不能不管，你就是跟那个二胰子教练结婚了也有事儿，你在张宝生心里的位置俺知，有人能替代。有一回他对我说，你长得可像邓丽君，恁俩拉倒以后，他在源生茶庄的墙上贴了一张邓丽君的画像，还经常听邓丽君的歌儿，所以我才来找你。这一回你要是不帮姐这个忙，咱俩以后就是反贴门神不对脸，老死不相往来……”

肖丽：“中啦中啦，我的姐，你看你咋说这样的话，我说不帮你这个忙了吗？我只是担心，这个忙我能不能帮成，万一张宝生不听我的咋办？”

雪玲满口自信地说：“妹，你相信我，这个忙你绝对能帮成，只要你找他去说，保准能成。”

肖丽想了想：“那我就试试吧，不过，咱姐儿俩得把丑话说在头里，这个忙真要是冇帮上，你可别埋怨我。”

雪玲：“我绝对不会埋怨你，但这个忙你一定能帮上！”

肖丽：“今天是 13 号吧？”

雪玲：“是 13 号啊，咋啦？”

肖丽：“后天是 15 号，你回去给张老板捎个话，后天上午十点钟，你让他在山陕甘会馆里面等我。”

雪玲：“你去源生茶庄跟他说不妥了吗，两步路，还用得着去山陕甘会馆？”

肖丽：“我不去源生茶庄，你让他在山陕甘会馆等我。”

雪玲虽然猜不透肖丽为啥要把张老板约到山陕甘会馆，但她已经压肖丽的脸上觉察到了这个约会地点一定有不同寻常的说法。

雪玲回到徐府街，直接去了源生茶庄。当她把肖丽的口信带给张宝生之后，张宝生立马精神抖擞了起来，他给雪玲分析肖丽为什么不愿意来源生茶庄，还是因为当年他前妻的那些做法对肖丽造成了刺激，同时张宝生当然也知道，山陕甘会馆给肖丽留下了美好的印象，别管肖丽约他去会馆要说啥事儿，会馆那地儿都带有一种诗情画意。张宝生情绪亢奋，又开始想入非非了……

15 号是个星期四，只要不是双休日和节假日，山陕甘会馆里面的游客都不会很多。这天，张宝生依旧像每一次有重要事儿一样，穿得很有仪式感，还刮了脸，染了发，新换上的中式布衫的衣服兜里还洒了点沉香末儿，他在镜子里反复打量着自己的形象，直到认为无懈可击之后，才走出了源生茶庄。

张宝生走进山陕甘会馆的大门，在穿过古戏台下面过道的时候，一眼就瞅见身穿黑绸子旗袍的肖丽，手里拎着一个鼓鼓囊囊的帆布提包，已经站在大殿前的牌楼下面。张宝生朝肖丽招了招手，快步走上前拱手道歉："来晚了，让你久等了，不好意思。"

肖丽面无表情，不以为然地说："你冇来晚，是我来早了。"

张宝生："要不要我让齐馆长沏点茶，咱们边喝茶边说话？"

肖丽："不用麻烦人家，咱俩用不着这么客套，今儿个我约你来这里，是要跟你说点事儿，占用不了你太长时间。"

张宝生："哪里话，你能约我已经让我受宠若惊，不是你占用我的时间，是我占用了你的时间。"

肖丽："张老板真会说话。"

张宝生："会说话那要看什么人，换换家儿，那些我**不打实**（看不上）的人，我可能就换了一个舌头。"

肖丽用鼻子在空中嗅着什么："啥味道，恁好闻？"

张宝生装傻，用鼻子也在空中嗅了嗅："冇啥味道啊？"

肖丽："可香。"

张宝生笑了，说道："可不嘛，眼望儿俺除了卖茶还做香，刚压香坊里出来，身上有点味儿很正常。"

肖丽："咱俩认识的时候，你好像还冇做香吧？"

张宝生："没错，你不再去源生茶庄以后，我才开始做香的。"

肖丽："听雪玲姐说，你眼望儿做香名气可大了，连海外的人都跑来向你请教。"

张宝生："那是雪玲抬举我，做香我纯属是歪打正着，不足挂齿，不足挂齿啊。"

肖丽："知道我今儿个为啥约你来这儿吗？"

张宝生："不清楚，反正只要是你约我，别管去哪儿我都会如约而到。"

肖丽脸上开始展样，微笑着说道："我今儿个约你说的事儿，跟你做香有关。"

张宝生："哦？你说给我听听。"

肖丽:“先别急,做香的事儿一会儿再说,我想让你猜猜,今儿个为啥我会把你约到山陕甘会馆。”

张宝生认真地想了想,随后认真地摇了摇头:“猜不到。反正今儿个不是咱俩的啥纪念日,咱俩头一次见面是在源生茶庄,不是在这儿。”

肖丽:“你再仔细想想,我第一次跟你说起山陕甘会馆的时候,我跟你说的啥?”

张宝生再次认真地回想着,想着想着,他恍然大悟地说道:“我知了,今儿个是你第一次来山陕甘会馆的纪念日,冇记错的话,你告诉我,那年你才七岁……”

肖丽脸上的微笑渐渐消失,她摇了摇头。

张宝生:“那我就真猜不出来了。”

此时,肖丽面带凝重地说:“今儿个是俺爸的忌日。”

张宝生略带吃惊:“恁爸走了?”

肖丽:“已经六年了。”

张宝生:“哦……”

肖丽抬起头瞅着大殿前的牌楼,充满回忆地告诉张宝生,她爸压部队转业的时候,本可以有两个选择:一是他可以领着全家去苏州。当时正逢解放战争的淮海战役,解放军渡江后,她爸是在苏州当的解放军,按照规定,复员转业军人哪来哪去的原则,她爸可以把家安在苏州。二是可以回祖籍祥符。她爸放弃了苏州,毅然决然地带着全家回到了祖籍地祥符。在祥符落脚后的第二天,他便带着全家来到这山陕甘会馆,就站在这大殿前的牌楼下面告诉当时只有七岁的肖丽,当年他是咋样压祥符窜到苏州找工作,又是咋样在苏州参加的解放军。说到这里,肖丽打开了手里拎着的那个鼓鼓囊囊的帆布包,压里面取出事先准备好的水果、点心,供在了大殿前的牌楼下面,又把带来的一个小香炉和香一起摆放在那里。此时张宝生明白,肖丽今儿个来会馆,其中一项内容是祭奠她爸,让张宝生不明白的是,许多年冇再有过联系的肖丽,为啥选择这个日子约他来山陕甘会馆,要说啥事儿呢?

张宝生轻声提醒道:“这里不让烧香。”

肖丽:“我知这里不让烧香,我不烧,只供,总可以吧。”

张宝生点了点头:“那当然可以。”

肖丽瞅着摆放好的供品,说道:“我想问你一个简单的问题。”

张宝生:“你说。”

肖丽:“祭奠为什么要有香?”

张宝生:“香火代表着传承,一代一代的延续呗。”

肖丽:“不把香点着,是不是缺了点啥?”

张宝生:“那当然。山陕甘会馆不但不让烧香,还不让做香,他们缺了点啥? 我看他们这是缺德!”

肖丽:“别管是烧香还是做香,就像俺爸,当年别管带着全家去苏州还是来祥符,都是要把家族的香火延续下去。俺妈抱怨了俺爸几十年,说他做出了一个错误的选择,如果当年全家去了苏州,日子过得肯定比眼望儿好。其实我知道,后来俺爸也有点儿后悔。可是,等我长到了俺爸俺妈这个岁数的时候,我倒是觉得,过日子就跟这烧香一样,质量是不一样,但最终目的和结果是一样的。”

张宝生:“咋个一样法儿,你说给我听听。”

肖丽:“我先问你,好香、孬香啥区别?”

张宝生:“香可是学问大了去,给你说深了你也不懂,这么给你打个比喻吧,大街上卖的馍,手工做的好吃还是机器做的好吃? 你肯定会说手工做的好吃。其实,并不在于是手工做的还是机器做的,而是在于面粉里有没有添加剂。香的好孬同样是这个理儿,你明白了吧?”

肖丽:“这个理儿我当然明白,我的意思是,别管是好香、孬香,还是好馍、孬馍,在一代一代往下传的过程中,好的就是好的,孬的就是孬的,但是,只有真正好的才能流芳千古。”

张宝生冲肖丽跷起了大拇指。

肖丽:“先别急着夸我,话还冇说完呢。”

张宝生:“说,继续说。”

肖丽:“我问你,好东西流芳千古的基础是啥?”

张宝生:“大众认可,有口皆碑,广为流传啊。”

肖丽:“如果断档了呢?”

张宝生:“啥断档了? 断啥档啊?”

肖丽："比如说你做的香，有秘方，你又不愿意传给别人。"

张宝生有所警觉起来："你啥意思啊？"

肖丽："我的意思你还不明白吗？"

张宝生："有人跟你说啥了吧？"

肖丽："别那么敏感中不中，我只是想跟你说，好东西需要分享，吃独食儿让人瞧不起，吃独食儿越吃越独，最后自掘坟墓。"

张宝生："你这话我听着咋恁别扭啊，我吃啥独食儿就自掘坟墓啦？"

肖丽："你听我把话说完中不中？"

张宝生："中，你说，我洗耳恭听。"

肖丽："我问你，祥符城里卖逍遥镇胡辣汤的多不多？"

张宝生："多，遍地都是。"

肖丽："我再问你，祥符城里卖沙家牛肉的多不多？"

张宝生："除了卖逍遥镇胡辣汤的，就数卖沙家牛肉的多了。"

肖丽："对呀，祥符城里到处挂着'沙家牛肉'的牌子，其实正宗的'沙家牛肉'只有寺门那一家，人家寺门的沙家并冇介意别人挂他家的牌子，而是利用那些不正宗的牌子在给自家正宗的牌子造势，牛肉一点也冇少卖。啥时候去寺门，正宗'沙家牛肉'的门前都排大队，再瞅瞅那些不正宗的，对比自然而然就形成了。我的意思是，不管做啥卖啥，别小家子气，捂着盖着，生怕人家学走了你的技术，人家一个大姑娘不远万里来到祥符，成人之美多好，你却跟人家翻脸，人家不就是想知道你是咋做香的吗？你瞅瞅你，像只狼狗冲人家大姑娘嗷嗷叫，还骂人，咋？你还想咬人不成？"

张宝生被多天不见的肖丽一通腌臜，不但冇生气，反而呵呵地笑了起来。

肖丽："你还好意思笑。"

张宝生："你那个老姊妹雪玲，一定冇少在你面前卖我的赖，这才是你今儿个约我来这里的目的吧？"

肖丽："我告诉你张宝生，眼望儿雪玲她儿子喜欢上了那个妞儿，想把那个妞儿留在祥符城，可那个妞儿一门心思都在你做的香上，只要你愿意把你做香的秘诀告诉她，把那个妞儿留在祥符，你就是成人之美，功德无量，大鲤鱼还归你吃，多好的事儿啊，何乐而不为？非得拿架儿，搞得不愉快，不就是一张啥香谱吗，人家不知我还不知？又不是恁家祖传的……”

张宝生脸上的笑模样消失了，肖丽说的那句“不就是一张啥香谱吗，人家不知我还不知？又不是恁家祖传的”，击中了他的命门。因为他做香的秘密只对肖丽一个人说过，那张写在羊皮上的“香严三昧”宋代香谱也只有肖丽一个人见过。那正是他刚喜欢上肖丽、正处于迷恋肖丽的时候，他信任肖丽的人品，不光因为肖丽借给他钱，更重要的是，他的直觉告诉他，肖丽是一个值得信任的女人，不会把羊皮香谱的秘密泄露给别人。当时，他把写在羊皮上的香谱让肖丽看罢后，肖丽也非常满足他的这种信任，并对他说，香谱的事儿，“天知地知你知我知”。冇想到今儿个肖丽约他，是劝说他把香谱拿出来给新加坡来的那个叶姑娘看，这就说明肖丽已经把香谱的秘密告诉了雪玲，这是他绝对不能容忍的。

张宝生终于忍不住，跟肖丽翻了脸，他黑着脸冲肖丽说道：“我这一辈子，骂过的人比祥符城卖胡辣汤的都多，我骂人也从来不管你是男人还是女人，只要不讲仗义，不人物，侵犯我的利益或是让我瞅见不顺眼的那些人，我才不管你是个啥角色，现骂不赊。自从我认识你以后心里暗自发过誓，这一辈子就是骂老天爷我也不会骂你，因为你在我心里的分量比老天爷还要重。可是，今儿个我突然发现，你不值得我那么看重，你跟祥符城里那些翻嘴挑舌、爱扯闲是非的娘儿们冇啥两样儿。我真是瞎眼，咋会把你当成我的知己？怪不得那个新加坡来的妞儿不愿意走，原来是你把我给出卖了。我告诉你姓肖的，你就是站在鼓楼上吆喝张宝生压地底下挖出来个宋代香谱，我就是把那张香谱一把火烧掉，也不会再给任何人看！”他指着山陕甘会馆的大门方向：“搞蛋！马上搞蛋！以后别再来徐府街，只要让我再瞅见你，见一次我骂一次，搞蛋！赶紧搞蛋！”

肖丽顿时被骂蒙了，涨红着脸，张嘴说不出话来。她满脸通红地瞅着张宝生，老半天才压嘴里说出一句：“你，你，你凭啥让我搞蛋啊……”

张宝生：“你搞蛋不搞蛋？”

肖丽：“我不搞蛋！”

“你不搞蛋，我搞蛋！”怒气冲冲的张宝生扭脸就走。

瞅着张宝生朝山陕甘会馆大门处走去的背影，满脸通红的肖丽，一声歇斯底里的大骂跟了过去：“张宝生，你混蛋！”

肖丽压山陕甘会馆出来之后直接去了马家烧饼店，见到雪玲就哭了。雪玲一下子被肖丽的眼泪搞得不知所措，一个劲地问，肖丽只是哭，不说话。

雪玲："咋啦这是，都怨我，都怨我，不该让你去跟张老板见面，都怨我了中不中？你别哭啊，都是我不好……"

肖丽一边抹着眼泪一边使劲地摇头。

雪玲："你瞅瞅，咋会成这了，不就是想让他成全孩子吗，也**搁不住**（不值得）这样啊，不合作就不合作呗，又不是讹上他了，你老妹子受恁大的委屈。不中，他一定是欺负你了，我得去找他，讨个说法，他要不论理，我也不跟他论理，站在源生茶庄门口，非把他骂孬不中。他不是会骂人吗，我让他见识见识我会不会骂人！"

肖丽一把拉住要起身的雪玲："别了，我不想跟他一般见识，他那种人就是个不论理的人，听不出个好孬话。"

雪玲叹道："唉，俗话说，好男不跟女斗，咱这是好女不跟张宝生斗啊。"

肖丽："孩子的事儿，再想想其他办法吧，别再指望张宝生会跟叶姑娘合作了，他张宝生就是个油盐不进、自以为是的货，这一回我是把他给看透了……"

张宝生哪里会知，肖丽被他给冤枉了，他那张压源生茶庄地底下挖出来的、写在羊皮上的宋代"香严三昧"香谱，仍然是天知地知他知肖丽知。

雪玲把肖丽跟张老板闹掰的事儿告诉了马老二和马青爷儿俩，本以为能得到这爷儿俩的同情，谁知这爷儿俩就像点着的炮仗都爆炸了。马老二骂雪玲让肖丽从中拆洗是吃饱撑的，儿孙自有儿孙福，就是谈恋爱也是孩儿们自己的事儿，有没有这个缘分是俩孩儿的事儿，大人跟着瞎慌慌个啥，这下好，把张老板也给得罪了。马青更不愿意，先别说叶焚月还能不能看到张老板那张香谱，原先还有点希望，眼望儿这么一闹，啥希望也冇了。张老板那个人恁又不是不知道，他要是上起别筋来，就是把那张香谱烧掉，也不会让别人看的。叶焚月留不留在祥符就取决于那张香谱，这下可好，念想断了。马家爷儿俩一起指责雪玲成事不足败事有余，雪玲彻底被他们爷儿俩给骂蔫了，灰头土脸，唉声叹气。

马青去到“在梁君宿”把发生的这些事儿告诉给了叶焚月，谁知叶焚月听罢之后笑了起来。

马青：“你笑啥，这有啥可笑的吗？”

叶焚月：“咱俩谈不谈恋爱，跟我留不留在祥符有关系吗？张老板让不让我看他的香谱，跟咱俩谈不谈恋爱有关系吗？”

马青：“冇一分钱关系。但是……”

叶焚月：“但是啥？”

马青低头思索了一下，抬起头说道：“咱俩也别绕圈子了，开门见山，我就问你一句话，你觉得咱俩合适不合适吧？”

叶焚月冇吭气儿。

马青：“你就说句**朗利**（痛快）话，中就中，不中就不中。”

叶焚月：“中不中咱俩说了不算，就像要拆咱的三进院一样，咱说了算吗？”

马青：“拆不拆三进院咱说了是不算，政府说了算，可这谈恋爱咱说了不算，谁又说了算呢？”

叶焚月缓缓说了一句：“命说了算……”

六、天机不可泄露

腌臜菜，下三烂，茅厕沿里灰灰菜。吃毛芽，屙套子，给恁公公织帽子。刮大风，下大雨，里头坐个白毛女。

——选自祥符歌谣

齐馆长迫不及待想让高仿木雕上马，而高仿木雕能不能上马，关键在于能不能把马青压西安给弄回来。马青能不能压西安回来，关键又在于马家老两口同不同意。马青本人对回祥符并不抗拒。回祥符一来可以守在爹妈身边，二来可以继承祖上木雕技艺，一举两得。但齐馆长心里更明白，关键的关键还是在马老二身上，马老二不止一次说过，宁可让儿子打烧饼，也不愿意让儿子刻木雕，马老二因为山陕甘会馆里的木雕受过一次大刺激。

20世纪90年代初，祥符市新上任了个市委书记，这位市委书记与以往的市委书记最大的不同就是讲普通话，在以往和此后的市委书记中他是唯一讲普通话的，用祥符人的话说，来了个会说“京腔”的市委书记，于是，祥符老百姓就叫他“京腔书记”。这位京腔书记是个文化人，尤其对宋文化高度重视，上任后便提出“旅游强市”的口号，各行各业纷纷开始挖掘与旅游有关的宋文化。因为祥符一直在北宋文化的笼罩之下，即便是不发展旅游文化，祥符城里任何一个市民的嘴里都能喷出几段一千年前的故事，啥岳飞枪挑小梁王啊，啥穆桂英挂帅啊，啥包龙图铡美案啊，啥八大锤大破天门阵啊，祥符城里几乎是个会说话的人，都能喷上两段宋朝的故事，别管是民间传说还是确有其事儿，反正都能装进“旅游强市”的筐里来。于是乎，五花八门的创意出现在了各个旅游景点里面。那时候，山陕甘会馆的馆长姓韩，虽然是“文革”时期的工农兵大学生，也算是个文化人，他觉得最能代表北宋文化的一样东西，就是张择端的《清明上河图》，山陕甘会馆是以木雕为主打的旅游景点，虽说不在一大堆的北宋文化之列，但会馆在祥符城啊，会馆里要是弄上一个《清明上河图》的木雕，岂不是高端大气上档次。请个好画家临摹一幅吧，全国各地临摹此画的不少，意思不大，倒不如应个景，刻一个《清明上河图》的木雕，那才是别出心裁独一份。可是，木雕“清明上河图”的成本太高，山陕甘会馆这样的小旅游景点拿不出这个费用，让市里拨款吧又可能性不大，用京腔书记的话说，好钢要用在刀刃上，山陕甘会馆算不上刀刃，可韩馆长又不甘心。一天，恰逢京腔书记陪同省里某领导来参观会馆，机不可失，韩馆长斗胆凑到京腔书记跟前说了这么一嘴。京腔书记听罢韩馆长哭穷后，顺嘴就说，市里冇钱你就不会变个法儿去找钱吗？比如动员民间有经济实力的组织个人捐钱。发展旅游事业不能只指望公家，想当年修建这座山陕甘会馆的时候，不就是有实力的山陕甘商人们掏的腰包吗，活人咋能让尿给憋死？

京腔书记几句话让韩馆长茅塞顿开。对呀，市里不拿钱，可以让市里给个民间自愿捐款的红头文件嘛。在韩馆长奔走于市里的相关部门之后，一份由市里下发到各个民间协会和社团组织的红头文件出笼了。有了尚方宝剑啥都好说了，什么美术家协会、书法家协会、音乐舞蹈家协会、曲艺家协会、作家协会、个体协会、烹饪协会、茶叶协会、婚纱协会、盆景协会、斗鸡协会、斗狗协会、斗蛐蛐协会、集邮协会、武术家协会、收藏家协会，等等，只要是个协会统统下发了红头文件，希望予以经济上的赞助，利用民间筹集资金完成木雕《清明上河图》的创作。可是，红头文件下发了可多天，那些协会好像对此兴趣不大，有些协会被问到脸上，因为不能强行摊派，都有种种理由搪塞。总而言之，感兴趣的人不多，就是有个别感兴趣的，却囊中羞涩，拿不出钱。韩馆长无奈地发着感慨：“让别人掏腰包比吃屎都难啊！”眼瞅着这事儿要泡汤，烹饪协会的会长给韩馆长打了个电话，表示愿意给予赞助。在那些众多的协会中，有钱人最多的协会当数烹饪协会。这个协会里的会员，大多是祥符城里做餐饮的个体户，重磅会员有沙家牛肉、马豫兴烧鸡、白家花生糕、又一新、第一楼……别看这些人都是卖吃食儿的，当中不乏有文化情怀之人，比如沙家牛肉的老掌柜沙玉山，在京剧票房不景气的时候，就曾几次赞助过省京剧团来祥符演出。这一次挑头愿意赞助木雕《清明上河图》的人，正是沙玉山的儿子——沙家牛肉现任大掌柜沙义孩。在沙义孩的撺掇下，几个不差钱的主儿各自拿出了两千块钱，以烹饪协会的名义，捐助给山陕甘会馆去做国内第一个木雕《清明上河图》。马老二也就是在那种情况下掺和进了这件事儿，结果却是生了一肚子气，还落得个一身骚。

20 世纪 90 年代初的时候，徐府街上的马家烧饼店还有开张，当时马老二还在西郊的开关厂上班，厂里发不出工资，马老二上班也是三天打鱼两天晒网。眼瞅着工厂要倒闭，马老二跟雪玲商量，能不能利用三进院的前院开个门脸做个啥生意。开烧饼店的主意还是雪玲想到的，起初马老二不以为然，他觉得祥符城里打烧饼的不算少，几乎哪条街上都有打烧饼的。雪玲却说，祥符城里干啥的少啊？民以食为天，哪怕徐府街上有一百家打烧饼，只要咱家打的烧饼比其他九十九家的好就中，再说，咱要是开烧饼店，最大的优势还是咱紧挨着山陕甘会馆，最起码游客多啊，只要咱打的烧饼好，能得到外地游客的认可，本身也能起到宣传山陕甘会馆的作用，也是为祥符旅游做贡献。马老二一想是这个理儿，于是坚定了开马家烧饼店的决心。木雕《清明上河图》的事儿也就是在这个时候被马老二知道的，他觉得，这是一个能让即将开张的马家烧饼店露脸的很好机会，能与沙家牛肉这样的著名品牌为伍，自然就能提高自己的身价。于是，马老二找到了韩馆长，实话实说，马家烧饼刚开张，有啥名气，生意也一般般，尽管这样，马家烧饼愿意给木雕《清明上河图》赞助点钱，基于两个方面考虑：一是，《清明上河图》是国粹，也是咱祥符历史文化的代表；二是，这山陕甘会馆里面也有俺马家先辈的业绩。基于这两点，马家愿意给木雕《清明上河图》捐点钱，虽然钱不多，表达点心意吧。韩馆长问马老二能捐多少钱，马老二咬着牙说出的钱数是两百。这个钱数对刚开张的马家烧饼店已经是个大数目了，那时候马家烧饼一整天的营业额还不到五十块钱。韩馆长一听便笑了起来，花搅着对马老二说："人家两千你两百，俺山陕甘会馆不是嫌这两百太少，俺是怕丢恁马家的人，都知会馆里的木雕出自你祖爷之手，说句难听话，这要是让别人知道恁马家烧饼只掏了两百块钱，我都替恁脸红。拉倒吧，老弟，好好打恁的烧饼吧，等值上大钱再说吧，俺山陕甘会馆就是再缺钱，也不能让木雕的功臣之家出这么大的血本啊……”韩馆长的这一番花搅算是在彻底得罪了马老二的同时也伤透了他的心，压那以后，马老二再也不往山陕甘会馆里头去，那时还在上小学的马青不明白为啥他爹不仅不让他去会馆，还恶狠狠地对他说，宁可让他学打烧饼，也不让他去刻木雕。后来一直到韩馆长得病去世，又换了两任馆长之后，马老二才慢慢恢复了平静，但木雕《清明上河图》的阴影始终在心里埋着。

马老二与山陕甘会馆这段恩怨，马青长大了一点后才知道，不过马青心里清亮，他爹虽然不同意他刻木雕，但对他喜欢木雕始终也是睁一只眼闭一只眼，有时瞅见他在家里练手，不由还会感叹两句遗传基因强大之类的话来。但，他真要是把西安的工作辞掉，回到祥符来以刻木雕为生，可能就是另一码事儿了。起初，马青准备试探一下他爹，可几次话到嘴边又被他咽了回去。并不是担心他爹一口把他回绝，而是他压内心确实不忍伤害他爹，从小到大他爹在他身上的付出让他实在冇这个勇气。但是，让他心里更清亮的是，木雕和婚姻，自己喜欢的这两样东西，完全有可能因为自己没有当机立断的勇气而彻底失去。木雕还好说，可以作为一个终身喜好，别管是在西安还是在祥符，刻不刻木头那是自己的事儿。婚姻可不中，过了这个村就冇这个店，再要想遇见一个像叶焚月这样合适的人，恐怕不容易。虽说能吸引这位叶姑娘的并不是木雕，但是，她完全有可能因为那张宋代香谱留在祥符，即便是得不到，祥符也能勾住她的魂。对任何一个人来说，魂在哪儿，家在哪儿。尽管叶焚月说是“命说了算”，在马青看来，命，是成事在人，谋事在天，命也应该是一种机遇，是一种选择。一旦叶焚月能做出留在祥符的选择，那她一定会是“知命者不怨天”那样的女人，更何况她从小到大就能说一口纯正的祥符话。想到这里，闷闷不乐的马青来了精神，接着他又想，如果他要是能说服张宝生，压张宝生手里得到那张宋代香谱，那情况可能就大不一样，就能化被动为主动，让叶焚月心甘情愿留在祥符。解铃还须系铃人，马青决定，先主攻张宝生，只要把那个倔老头拿下，或许就能水到渠成。命是啥？命不是机遇，是选择。

在返回西安的前一天，马青去了源生茶庄。

正在源生茶庄里屋的张宝生听见店门口有动静，伸头一瞅，只见马青手里提溜着一大兜东西走进了店门。

张宝生："乖乖儿，不年不节的，来给我送啥礼啊？"

走进店门的马青，把手里的东西往大茶台上一搁："啥都有，全是保健品，让您老好好保养身子。"

张宝生："掂回去让恁爹好好保养身子吧，我还不到吃保健品的年纪。"

马青："掂都掂过来了，总不能让我再掂回去吧。"

张宝生走到大茶台跟前，仔细一瞅那一大兜东西，笑了。

马青："咋样，我冇说错吧，这些保健品咋样？"

张宝生笑道："中，乖乖，知恁叔喜欢啥。"

马青："我这可不是投其所好，您老是看着我长大的，再不知你好哪一口还中？"

张宝生："茅台酒是偷恁爹的吧？"

马青："俺爹又不喝酒，你也不是不知。"

张宝生："恁爹不喝酒，不等于恁爹不藏酒，我说句把底的话，咱这徐府街上要论谁家藏的好酒多，能跟恁爹**扛膀子**（比肩）的家儿不多。"

马青朝张宝生竖起大拇指，一脸严肃地说："知俺爹马老二者，张宝生叔也。宝生叔，俺家有多少存款你知不知？"

张宝生嘎嘎地笑了起来，马青跟着也笑了。

马青："明儿个我就回西安了，今儿个再来听您老批讲两句。"

张宝生一边示意马青在大茶台前坐下，一边问道："听我批讲个啥，说吧，想喝啥茶？"

马青："花茶。"

张宝生："王大昌的清香雪？"

马青点着头："把底。"

张宝生："恁爹就好这一口，恁爷儿俩一个德行。"

马青："我跟俺爹可不一样，俺爹喝的是梅香雪。"

张宝生："别管清香雪还是梅香雪，都是花茶。就像山陕甘会馆里的木雕，别管雕的是双龙戏珠还是八仙庆寿，也别管是用啥木头雕的，都叫木雕。真要较真，恁爷儿俩的个头还不一般高呢，咋？你就不是他儿？他就不是恁爹？”

马青笑道：“宝生叔，要论抬杠，别说咱徐府街上，就是祥符城里也有几个人是你的对手。”

张宝生：“孩子乖，不是我爱抬杠，该较真的时候一定要较真，这叫一丝不苟。”

马青：“怪不得……”

张宝生：“说啊，怪不得啥啊？”

马青开始下套：“咱不说茶，也不说木雕，就说您老做的香，就是一招鲜吃遍天，怪不得外国小妞都跑到这儿来向您老求教咋做香呢。”

“你说的是那个新加坡来的小妞儿吧。”张宝生一边洗着茶一边说道，“我可是听说，恁俩腻在一起，快成了**撕不烂的套**（关系很近，好到难以分开），咋？快成国际婚姻了吧？”

马青：“您听谁说的啊？”

张宝生：“我还用听谁说，满徐府街上的人都瞪着俩眼瞅着呢，谁都不傻。”

马青不吭气儿了，端起张宝生搁在面前的茶，轻轻呷着。

张宝生：“我不管你和那个新加坡小妞儿是啥关系，丑话我说到头里，你转告那个小妞儿，她窜到祥符来，徐府街要拆迁的三进院里有没有她家的房子我不管，别打俺源生茶庄香的主意，恁叔啥劲儿你又不是不知，源生茶庄做的香独此一份，想看俺的香谱，门儿都没有，趁早让她断了这分念想。”

马青沉默了一会儿，说道：“宝生叔，你想听恁侄儿说实话还是说瞎话？”

张宝生：“说实话、说瞎话都中，你说吧。”

马青：“那好，今儿个侄儿就给您老说几句不中听的，您老听罢可不能恼，更不能骂人啊？”

张宝生抬手示意马青接着说。

马青呷了一口茶，缓缓说道：“孔子曰‘君子坦荡荡，小人长戚戚’；孔子还曰：‘三人行，必有我师焉，择其善者而从之，其不善者而改之’……”

张宝生冲马青摆了摆手:“中了中了,别再给我跩词了,我知你肚里有墨水。咱说大白话中不中,一听孔子曰,我的头就大,就想砸烂孔家店。”

马青:“那中,咱就不孔子曰,说大白话。”

张宝生:“就是嘛,有啥说啥,直截了当,你又不是山陕甘会馆里的讲解员,撇那个普通话弄啥,听着别扭。说吧,恁叔我洗耳恭听,保准不骂人。”

马青:“那我可就实话实说了,你老可别上火。”

张宝生:“上啥火啊,茅台酒都掂来了,不上火,你说吧。”

马青:“叔,你知叶姑娘咋评价你做的香吗?”

张宝生:“咋评价?”

马青:“她说,就是山陕甘会馆里头允许卖香,最好也别卖您做的香。”

张宝生:“噢? 此话咋讲啊?”

马青:“我虽然不懂做香,但我觉得她说的有道理。”

张宝生:“说说,咋个有道理。”

马青:“她说,即便你做的香真出自宋代香谱里的‘香严三昧’,那么,你做的这一款有点儿问题。”

张宝生点着了一支烟:“有点儿啥问题啊?”

马青:“我可不懂香,是叶姑娘说的。她说,即便是您老确实用的是宋代香谱,但忽略了一个常识性的问题。”

张宝生嘴上叼着烟,斜楞个眼问道:“啥常识性问题啊?”

马青:“叶姑娘说,同样的材料,同样的做法,今天的和古代的就不一样。”

张宝生:“废话,古代人和现代人还不一样呢,但是,只要是人,大差不差,中国人也罢,外国人也罢,一千年前的人也罢,一千年后的人也罢,都是一鼻子俩眼的人,本质上有区别。”

马青:“她说的是做香的原材料。”

张宝生:“她说的是啥原材料啊?”

马青:“我说不上来,反正是她闻罢你做的香后说的。”

张宝生用稳操胜券的口吻问道:“她是不是说,我用的不是老山檀啊?”

马青豁然开朗地："对对，我想起来了，她说的就是这。她说，一闻你做的香，就知你用的不是老山檀，是新山檀。"

张宝生："还有呢？"

马青摇了摇头："回忆不起来了。"

"你回忆不起来，老子帮你回忆。"张宝生胸有成竹，不紧不慢地说道，"眼望儿的人做香，有几个人用老山檀的，不用的原因是啥她说了冇？"

马青："冇。"

张宝生："她做香用的是老山檀还是新山檀，她说了冇？"

马青："冇。"

"她冇说，是她不好意思说，那我就替她说。"张宝生一边抽烟一边说道，"她说得冇错，古代人做香是用老山檀，现代人做香大多是用新山檀代替老山檀。原因是，老山檀的生长环境不在咱中国，而是在印度一个叫迈索尔的地方，咱中国自宋代开始，就是压印度那边过来的阿拉伯人手里买老檀木做香。每章儿不像眼望儿，每章儿做香的人少，眼望儿做香的人多，每章儿印度的老檀木够使，使不完，可眼望儿的老山檀供不应求，很难找到，可以说已经成了做香人的稀罕物。咋办？冇老山檀就不做香了吗？冇法儿，只有用新山檀替代。"

马青："那可错大劲。就像您老说的，都是一个鼻子俩眼的人，人与人的差别也就在于此。"

张宝生："差别再大，日子还得过，活人不能被尿憋死不是？问题的关键，是咋样才能弥补新山檀和老山檀之间的差别。"

马青："这我相信，眼望儿的人会造假，要不市面上咋会有恁多卖化学香的。"

张宝生眼一瞪："那是坏良心！"

马青："我知，爷们儿，你别冲我瞪眼，您老和叶姑娘都不是那种人，我就想知您老是咋弥补这种差别的。"

张宝生又斜楞起眼，问道："叶姑娘冇告诉你，她是用啥法儿来弥补这种差别的？"

马青："冇。"

张宝生脸上露出一层神秘的微笑："想不想听听，老子用的是啥法儿？”

马青抬手制止：“别，老头，别泄露天机，到时候不得劲了，您老再把我当成商业间谍。”

张宝生嘎嘎地笑出了声：“搞你的蛋吧，泄露天机，老子就是把宋代香谱摊在你面前你也**不呛**（不一定）能看懂。”

马青：“这我承认，隔行隔山。”

张宝生：“再一个就是，你就是把我这个天机泄露给叶姑娘，她也不呛能学得会。”

马青：“那可不一定，都是一个行当，您就不怕我学给她？”

张宝生：“都说祥符城里妖怪多，妖怪再多，冇这个金刚钻不揽这个瓷器活。电影《地道战》看过吧？”

马青：“你说的是老电影吧？”

张宝生：“《地道战》里有句话叫，各庄的地道都有各自的高招。我不说我的高招，就是让同行进了我的地道，照样**迷门**（迷路）。”

马青：“这个我也信。”

“听好了，孩子乖，听听我的高招！”张宝生来了情绪，开始说自己的高招。

张宝生告诉马青，别管是老山檀木还是新山檀木，都是制香原料的其中一味，都需要经过绿茶煮过之后才能去掉它的燥气，还有崖柏和降真香等都需要在炮制前去掉燥气，燥气太重制成的香，人闻了时间长会上火烦躁，还会伤害呼吸道。恰到好处去掉燥气的关键，就是用绿茶泡煮。弥补老山檀木和新山檀木之间差距的关键，也在于绿茶泡煮，而真正的秘诀，就是用什么样的绿茶，哪里产的绿茶，泡煮的剂量与时间以及火候，这些才是最重要的。这些东西才是宋代香谱的精髓所在、机密所在。老山檀木也罢，新山檀木也罢，宋代制香人高明就在于此，这也是真正不可泄露的天机。

听罢张宝生这一番话，马青冲张宝生竖起大拇指。

张宝生颇为得意地：“咋样，孩子乖，服不服？”

马青：“不**扶**（服）尿一裤。”

张宝生再次嘎嘎地笑了起来。

马青："啥也不说了，我算学精细儿了。老头，今儿个高兴，明儿个我就要搞蛋回西安了，我去隔壁馆子弄只烧鸡，再弄俩下酒菜，咱爷儿俩就在源生茶庄喝点儿。"

张宝生满脸展样地："中啊，想喝咱爷儿俩就喝点儿，就喝你今儿个孝敬老子的茅台。"

马青二话不说，起身去弄下酒菜了。

晌午头的源生茶庄挺安静，徐府街上的路人也不多，马青正要把压隔壁饭馆里买来的吃食儿摊开在大茶台上，被张宝生制止住。他说别管这会儿源生茶庄有没有人来买茶叶，俩爷们儿坐在前店喝酒不雅，也不礼貌，还是去后面做香那间屋里喝吧。马青有点犹豫，被张宝生看出。

张宝生："你是听叶姑娘说，不能在做香的地方喝酒吗？"

马青："我听她说过，做香的人有很多清规戒律。"

张宝生一脸不屑地说道："哪个行当冇清规戒律啊，都有。说句难听话，哪个行当的清规戒律也冇那么清规戒律，都是人间凡夫俗子，靠手艺吃饭把活儿做好就中，在哪儿吃点喝点不重要，只要不在茅厕里，在哪儿都中。"

一听张宝生这样说，马青也就不再吭气儿了。虽然叶焚月并没有跟他说过有关做香的忌讳，但他知道，茶有茶道，香有香道，那些道场的形成是有说道的。在一般人的眼里，那些高雅物件的制作场地，讲究的一招一式，在外人眼里都是神圣不可侵犯的。既然张宝生这样说，马青也就不说啥了，掂起压外面买回来的吃食儿，跟着张宝生走进了后面做香那间小屋里。

马青闻了闻扑面而来的香气，问道："咱在这儿喝酒，会不会攒了香味儿啊？"

张宝生："放心吧，任何味道也攒不了香味儿，别管啥地儿，也别管有啥味儿，你就是进到茅厕里，一根香，别管啥味儿，统统去除。不信你去问问叶姑娘。"

马青："我信，恁俩说啥我都信，都是高人。"

张宝生："别瞎捧，恁叔我可不是高人，普通人一个，那位叶姑娘才是高人，压新加坡窜到祥符，别管是为她家的房子还是为俺源生茶庄的香，不达目的誓不罢休，还勾走了你个小崽子的魂，你说她是不是高人，还不是一般的高人。恁叔我活了大半辈子，别说吃冇吃过大盘荆芥，是家儿不是家儿，只要跟恁叔过手递招儿，恁叔就能把握出个八八九九……”

马青一边听着张宝生说话，一边环视着这间做香的房间。他给张宝生送紫檀木香炉底座的时候虽然进过这房间，却冇认认真真观察过这里，今儿个进入这房间后，不由自主地仔细浏览起来，心里暗自在想，叶焚月惦记的那款“香严三昧”的宋代香谱，肯定就在这个房间里……

张宝生：“别瞅了，下手把烧鸡撕撕，开喝。”

马青应了一声，把烧鸡压塑料袋里取出，下手一边撕着烧鸡心里一边盘算着，咋样让老家伙喝高，套套他的话，把“香严三昧”那款宋代香谱的事儿搞清楚，就是搞不完全清楚，也得搞出个四六式来。

一老一少落座。张宝生端起马青给他斟上的酒，喝了一口，用嘴咂巴了两下，品了品味儿，说道：“中，不是假酒。”

马青：“看您老说的，孝敬您老，我能送假酒不能。”

张宝生端起酒杯又喝了一大口，抹了一把嘴，说道：“那天我去西区办事儿，晌午头肚子饿了，正好瞅见有一家新开张的烧饼店，招牌也叫‘马家烧饼’，于是我就买了一个。一吃，你别说，还真的跟恁家烧饼一个味儿，我就夸了两句，说跟徐府街上的马家烧饼有一拼。谁知，那个卖烧饼的不高兴了，跟我抬杠，说马家烧饼就非得是徐府街的马家烧饼吗？祥符城里姓马的人多着呢，各是各家。我一想，也对，做香这个行当跟打烧饼的一样，香做得好，就非得是因为宋代的香谱吗？别信这个邪，还是那句话，‘各庄的地道都有各自的高招’，你说是不是，孩子乖？”

“当然是。”马青端起酒杯，“叔，侄儿敬你一个酒，压你身上侄儿受到了启发。”

张宝生与马青碰杯，问道：“受到啥启发啊？”

马青：“一个人成功的秘诀就是干自己喜欢干的事儿。”

张宝生：“我可不算成功人士，我就是个开茶馆的。”

马青：“开茶馆的能做出恁好的香，还不算成功人士吗？我是个学理科的，喜欢木雕，刻来刻去，也就是给您老刻了个香炉底座，在您这屋里摆着。”

张宝生：“那是入我的眼，刻得不中，我才不摆，这是啥地儿？能摆在我这屋里的木雕，绝不能比山陕甘会馆里的木雕逊色，我说句不夸张的话，你刻木雕的水平不在你爷爷之下。”

马青把杯子里的酒一口闷进肚里，长叹一声：“唉……”

张宝生：“唉啥？有啥唉声叹气的事儿吗？”

马青：“各庄的地道都有各庄的高招，各自的家庭都有各自难念的经啊！”

张宝生：“恁家有啥难念的经啊，拆迁不是暂缓了吗？”

马青：“叔，我说出来，您帮我出出主意中不中？”

张宝生：“你说。”

于是，两人喝着酒，马青把自己的想法、打算和烦恼道给了张宝生，说如何喜爱木雕这行，齐馆长如何想在山陕甘会馆搞一个卖木雕旅游品的商店，这样可以一举两得保住三进院，他自己又是如何打算辞去西安的工作却又如何纠结，把所有能想到的利与弊统统告诉了张宝生，唯独埋下了他想把叶焚月留在祥符的想法。

张宝生听罢，抓起酒瓶给马青的酒杯里续上了酒，脸上挂着微笑说道：“嗨，我当是啥大不了的事儿呢。”

马青：“啥叫大不了的事儿，难道这事儿还不够大吗？”

张宝生：“我就问你一句话。”

马青：“您说，叔。”

张宝生：“你为啥喜欢木雕？”

马青：“我说不上来，骨子里带的，就是喜欢。”

张宝生：“咱徐府街上住的人，见天守着山陕甘会馆，已经麻木到都懒得瞅它一眼，可当有人知道恁家在徐府街住，首先想到的就是山陕甘会馆，为啥？”

马青：“山陕甘会馆名气大呗。”

张宝生：“要论名气，龙亭、铁塔、相国寺不比山陕甘会馆的名气大吗？为啥在咱祥符人眼里，山陕甘会馆才是货真价实、最值得一看的地儿？”

马青：“有木雕呗。”

张宝生：“祥符人喜欢木雕？懂木雕？别说祥符人，你在徐府街上随便捞一个老门老户，你让他给你喷喷木雕，又有几个能喷到点儿上的？别说外人，恁妈是恁马家的媳妇，你让她喷喷，看她能不能给你喷出个子丑寅卯来。但是，不是说不懂木雕就不懂山陕甘会馆，就不能以山陕甘会馆引以为骄傲。对木雕的了解我也只是个皮毛，跟不懂的人瞎喷还中，跟你喷我照样傻脸。话又说回来，如果跟别人喷山陕甘会馆，不喷木雕还真不知喷啥，我做香就是做得再好，喷不到山陕甘会馆头上，不在路。我想说的是，喜欢和爱不一样，喜欢可以一知半解，爱，必须是骨子里的，就像那些爱吃恁马家烧饼的人一样，不吃想得慌。”

马青：“您老的意思我明白了，您老是在问，木雕对我来说是喜欢还是爱，对吧？如果是爱，就应该不顾一切，啥理由都不是理由，如果顾左右而言他，趁早断了这个念想，安生在西安待着，即便是以后回祥符，也别再拿木雕说事儿。”

张宝生：“对啊，爷们儿，再说句难听话，就是恁家的三进院拆了，也跟你爱木雕冇半毛钱的关系，拆就拆呗，只要山陕甘会馆不拆就中。”

马青抓起酒瓶往张宝生的杯子里一边倒酒一边说：“叔，啥也不说了，我啥都明白了，来，咱爷儿俩再干个大的！”

“小崽子，恁叔一把年纪，敢这么喝吗？少倒一点儿！”张宝生嘴里在大声埋怨，脸上却挂着满脸的得意。

马青：“北宋那会儿，咱大相国寺佛印这样说：‘酒色财气四堵墙，人人都在里面藏，谁能跳出圈外头，不活百岁寿也长。’”

张宝生：“小兔崽子，知的真不少，一套一套的，喝个酒还能扯到北宋去。”

马青：“咱北宋的祥符城里，能喝酒的家儿可都是大人物头儿啊，哪个也不比你宝生叔喝得少。”

张宝生：“多大的人物头儿啊？”

马青：“苏轼、王安石、宋神宗赵顼，还都是有身份的人，哪个不是半斤八两的量，我发现，从古到今，越是智商高的人，酒量越大。”

张宝生：“这话我爱听。恁叔我的智商虽然不能跟王安石、苏东坡们相比，可现如今咱这条徐府街上，说句狂妄自大的话，还真冇几个能让我服气的人。”

马青：“苏东坡说‘饮酒不醉是英豪，恋色不迷最为高，不义之财不可取，有气不生最为高’。您老跟要能做到有气不生，不较真，别说徐府街，祥符城也有几个人能跟您老相比。”

“恁叔我要把苏东坡最后那句‘有气不生最为高’改成‘有气不生是傻×’。”张宝生嘎嘎地又笑起来，端起酒杯又喝了一大口，然后把酒杯重重地往桌上一蹾，一抹嘴，说道：“孩子乖，你也别跟我玩花样，你撅屁股拉啥屎我都知，说吧，今儿个掂恁好的酒来让我喝，想弄啥吧？”

马青一怔：“啥也不想弄啊，就是明儿个我要回西安了，来跟您老告个别。”

“中啦，孩子乖，别再绕了，你不说我就替你说吧。”张宝生眯缝起俩眼瞅着马青说道，“老话说，十八能不过二十的，恁叔我都是奔七十的人了，还能猜不透你心里那点**咕咕喵**（小心思）。不就是想知我做的香，是不是跟宋代香谱有关？别管了，成人之美的事儿，积德行善，为了你那位叶姑娘，我今儿个就告诉你。”

马青：“叔……”

张宝生抬手制止住马青往下说，站起身来，走到摆放着铜香炉的案子前，小心翼翼地把铜香炉和紫檀木底座一起搬开，又将下面的垫放着的案桌挪开，揭去地面上覆盖着的一块地毯。跟随着张宝生的举动，马青瞅见地毯下面露出了一块一米见方的厚木板。只见张宝生将那块厚木板掀开，露出一个非常精致的小方仓，里面工工整整摆放着一包包香料。张宝生半蹲半跪，小心翼翼地压一包包香料底下取出一卷用金黄色绸布包卷着的物件，然后将其小心翼翼地打开。

马青：“宋代香谱？”

张宝生：“这就是传说中宋代香谱中的‘香严三昧’，今儿个我就让你瞅瞅。”

马青瞪大双眼，盯着张宝生手里的物件。

张宝生：“要说神秘，其实也冇啥可神秘的，对眼望儿的人来说只不过就是个稀罕物。我不想让别人知的原因，就是我觉得这玩意儿是个能挣钱的宝贝罢了。”

张宝生告诉马青，这张宋代香谱让人稀罕的另一个原因是，它的文字是用毛笔记录在一张羊皮上，字形有点怪，像草书。马青仔细地瞅着羊皮上的字儿，紧蹙着眉头，此时此刻，他有点大气不敢出，脑子在快速运转，眼睛在仔细辨认。

张宝生："不用瞅，得研究，有个俩仨月时间，你根本就不知上面写的是啥。"

马青："我不懂香，内容看不懂，我是瞅这上面的字儿。宋代人写的这个毛笔字儿有些怪。"

张宝生："这上面的字，可不一定是宋代人写的。"

马青："不是宋代香谱吗？"

张宝生："是宋代香谱不假，写这个字儿的人是不是宋朝的就很难说了，或许是唐朝的？或许是元朝明朝的？都有可能。"

马青："叔，您搞书法的朋友不少，可以让他们看看。"

张宝生："我吃饱撑了，你咋不说让我站在鼓楼顶上吆喝啊！"

马青："我的意思是说，弄清楚是哪个朝代的写家也挺重要，或许这个香谱比宋代的历史更悠久呢？"

张宝生一边收着手里的羊皮香谱和地面的方仓，一边说道："今儿个既然看了这张香谱，我就好好跟你说道说道。"

马青帮着张宝生把所有搬动的物件归位之后，开始听张宝生一边喝酒一边批讲：

他曾把羊皮上的字儿拍成照片，分解开让几位书法水平比较高的朋友看，得出的结论统统指向了一个人，这种字体非常像李煜独创的"金错刀"体。为了这个"金错刀"字体，他做了许多功课，并且认为，南唐后主李煜最牛叉的并不是那首最具才情的《虞美人》，而是在书法史上有着浓墨重彩一笔的"金错刀"体。张宝生压一旁小书架上一摞旧书刊里翻出了一本旧杂志，翻开后伸到马青面前，告诉马青这本刊名叫《书谱》的杂志，是他去香港旅游时在香港的旧书摊上买的。

马青压张宝生手里接过旧杂志，边看边轻声问道："这是李煜的字儿？"

张宝生："这不清清亮亮地写着，南唐后主李煜书法赏析《礼记经解》吗？又被称作《入国知教帖》，你瞅瞅，这帖后面还有米友仁的题跋。"

马青："米友仁是谁？"

张宝生:“米芾的大儿子,北宋有名的书画家,深得宋高宗的赏识。”

马青认真看着:“你别说,香谱上的字儿还真有点像李煜的‘金错刀’字体。”

张宝生:“遗憾的是,李煜留下的真迹太少。”

马青:“他那首《虞美人》的真迹要能留下来,就那一幅字儿能买下一座祥符城。”

张宝生:“他要不写那首《虞美人》也丢不了命,就因为那一句‘故国不堪回首月明中’得罪了宋太宗,下药把他给药死了。真可惜,李煜死的时候才四十二岁。”

马青认真瞅着《礼记经解》问道:“除了这幅字儿,他就冇留下别的字儿了吗?”

张宝生:“听说台北故宫博物院里,南唐画家赵干画的《江行初雪图》上的一行标题被认为是他的真迹。咱也冇去过台湾,也不知真假。”

马青:“李煜当年在孙李唐庄做香,羊皮上‘香严三昧’的字迹完全有可能就是他的真迹,这要是能被论证,叔,你买下这条徐府街不在话下。”

“要买就买山陕甘会馆,连恁家的三进院一起买喽,让你个小兔崽子给我打工。你还可以去告诉那个新加坡小妞儿,她想看俺这张宋代香谱的话有一个条件,那就是和你一样给我打工,咱在新加坡开个做香的分店,让源生茶庄做的香走向世界!”张宝生把旧杂志放回到小书架上,然后抓起酒瓶,给自己杯子里倒上酒,又往马青的杯子里倒上酒,晃了晃酒瓶,说道:“这茅台不耐喝啊,快冇了。”

马青:“咱俩喝一瓶,不算少,您老喝得比我要多。”

张宝生:“服气了吧,这叫老当益壮。别说喝酒,就是冇这张宋代香谱,老子做出的香也不亚于那个新加坡小妞儿。”

马青:“这我相信。”

张宝生:“你可以**敲明亮响**(直接)告诉那个新加坡小妞儿,别打俺宋代香谱的主意,我就是一把火把宋代香谱烧喽,也不会让她看,这叫同行是冤家。”说罢端起酒杯把里面的酒一口闷下。

马青也将酒杯端起,但他的目光却冇在酒杯上,而是飘向了那尊铜佛像的下面……

七、当然不能在一棵树上吊死

大月亮，明晃晃，骑着大马去烧香；大马拴到小树儿上，小马拴到柏枝儿上。庙门儿对着庙门儿，里头坐个虞美人儿；白脸蛋儿，红嘴唇儿，看见小脚儿，笑死人儿。

——选自祥符歌谣

叶焚月在微信里看见马青发给她回西安的时间和车次，并没有太在意，因为在此之前，马青已经向她表达过回西安辞职的决心。在叶焚月看来，辞职不辞职算不上什么大事儿，这种事情在国外司空见惯，她不明白，为什么在中国辞个职还要下这么大的决心。马青还在微信里告诉她，源生茶庄里确实有一张羊皮宋代香谱，张宝生也不是铁板一块，要想看到这张宋代香谱必须等他压西安回来。

看了马青的微信，起初叶焚月并没太在意，马青昨天已经跟她说过去西安的时间不会太久，把工作辞掉很快就回来。至于父母这边，他采取的办法是先斩后奏，先辞掉工作，就是被他爹骂个狗血淋头，既成了事实不认也得认。叶焚月心里当然明白，马青辞职为继承马家木雕祖业只是一个方面，最重要的还是想把她留在祥符，而能不能如马青所愿，恐怕连她自己都不能说了算。其实对叶焚月来说，能找到一个适合自己的男朋友当然是件好事儿，她也喜欢祥符这个地方，安一个家，做自己喜欢做的事儿，日子也挺安逸。祥符这个地方的现代文明程度虽然比不上新加坡，但稍加努力完全可以过上自己理想中的生活，尤其是文化生活。正如俊妞儿奶奶说的那样，祥符是啥地儿？就是再被黄河水淹上几回，瘦死的骆驼比马大，谁也比不了。俊妞儿奶奶说的“谁也比不了”比的是啥，叶焚月心里很清亮。人活着到底是活啥？说到底还是精神比物质重要，就像龙亭跟前那些蹬三轮的人一样，尽管拉着外地游客围着龙亭湖转一大圈也挣不了几个钱，但他们的嘴比他们的腿更有力，就是让他们围着龙亭湖转上八圈，祥符的故事在他们嘴里也讲不完，就像俊妞儿奶奶讲了一辈子也说不完道不尽的祥符那样。对叶焚月来说，很简单，只要她能做出像源生茶庄张老板那样的香，她就嫁给马青，把根扎在祥符。在临回西安前的那条微信里，马青还给她留了个悬念，说他不但看到张宝生那张宋代的羊皮香谱，还知道了张宝生做香程序上的秘密，至于秘密所在，要等他压西安回来。

吃罢早饭，叶焚月压“在梁君宿”出来，就又奔了徐府街。她想独自去山陕甘会馆待上个半天，好好看看那些满房梁的木雕、石雕和砖雕，也不枉是对先人的一种敬意。可当她刚走到山陕甘会馆大门口的照壁前时，她的手机响了起来，掏出手机一接听，不由大惊失色。

“啥？被抓了？为啥啊……”叶焚月满脸惊愕地挂掉手机，快步朝马家方向走去。

这个电话是马老二打过来的，他告诉了叶焚月一个难以置信的消息：半个钟头前，马青在高铁站临上车前被抓，被抓的原因是疑似偷盗。叶焚月在电话里询问马青偷盗了啥东西，马老二冇说，只是让叶焚月赶紧来马家。

叶焚月三步并作两步来到了马家，进屋就瞅见雪玲坐在那儿一个劲抹着眼泪。

马老二：“这么快？”

叶焚月：“我就在山陕甘会馆。”

马老二：“不好意思，本来不想给你说，可想了老半天，不跟你说不中，所以就给你打了电话。”

叶焚月：“到底咋回事儿啊？”

马老二：“坐下，你听我给你说。”

叶焚月在椅子上坐下后，马老二心情凝重地把事情的经过告诉给叶焚月。

马青的车次是早上七点来钟，起床后抓起一个刚出炉的烧饼就赶往高铁站。对于儿子这次回西安，马老二两口子以为是一种常态，儿子在西安上班这两年，来来回回的次数多了去，有时一个月恨不得回来两三次，习以为常的马老二两口子并冇在意，只是觉得儿子这次回来的时间有点长罢了。马青做出要辞去西安的工作回祥符与山陕甘会馆联手做旅游木雕商品这事儿，老两口并不是太清楚。马青计划是在辞掉西安的工作回祥符以后，生米做成了熟饭再跟老两口摊牌。可是，令马青万万冇想到，自己的一次“盗窃未遂”引起了轩然大波，一下子打乱了他所有的计划。

夜儿个，马青在源生茶庄和张宝生喝酒时，几度犹豫，经过激烈思想斗争，在理性与非理性之中，他选择了非理性。这种非理性的选择自然与叶焚月有关。一句话，为了爱情他豁出去了。

那瓶茅台确实让宝生喝多了，正像他自己说的那样，这把子年纪，喝酒也就是个三四两，更何况张宝生平常又很少喝酒，猛一下喝三四两肯定拿不住。张宝生每章儿是个非常喜欢喝酒的主儿，因为喝酒还差一点做出一件悔恨终身的事儿来，要不是肖丽，很难说是个什么样的结果。大约在十年前，也就是张宝生刚和肖丽认识不久，一天，有一个湖北恩施的茶商到源生茶庄推销富硒茶，张宝生与那个恩施茶商一见如故很投缘，不光买了茶，还请人家喝了酒。恩施茶商很感动，说整个祥符城卖茶叶的只有源生茶庄识货。张宝生听了这番夸奖心情大好，与那个茶商喝罢了一瓶白酒觉得冇尽兴，又打开了一瓶。那个恩施茶商说自己不胜酒力，遇见了知己，也就舍命陪君子了。谁知，第二瓶酒刚喝了个开头，那个恩施茶商突然浑身抽搐着**秃噜**（滑落）到地上，张宝生蒙了，不知所措。这个节骨眼上，肖丽正好来到茶庄。肖丽是学医出身，虽然一直在干行政工作，医疗的基本常识还是很懂，好一番急救措施的折腾，才把恩施茶商拉去了急救中心。后来听急救中心的大夫说，幸亏得到肖丽的及时救助，否则那个恩施茶商非死在源生茶庄里不中。那一次确实把张宝生给吓孬了，压那以后，他很少再与别人喝酒，即便是有推托不了的应酬和饭局，他去坐桌也就是意思意思，喝上个两杯作罢。

夜儿个张宝生跟马青喝酒，破了自己的规矩，并不是见了茅台一时性起，也不是好了伤疤忘了疼，他是故意要喝多的。他是想要借着喝这场酒来试探马青，或者说是通过马青去试探那个新加坡小妞儿。对张宝生来说，那张羊皮上的宋代香谱是他的命，别管谁有何种想法，即便是善意，他也要提防。恶与善之间的转换在一瞬间，尤其在面对利益的时候，根本就不存在好与坏，也不存在什么远近厚薄。

张宝生要用宋代香谱来考验人性。祥符话，十八能不过二十的，张宝生都六十多了，玩心计，八个马青摞一起都不中，这一回把马青给玩掉里头了。夜儿个那瓶茅台，也确实把张宝生喝迷糊了，马青顶多也就喝了二三两，其余全装进张宝生肚子里。毕竟六十多岁的人，喝迷糊后的张宝生被马青扶到一旁的床上，打起了呼噜。虽然他确实喝大了，但他在冇喝大之前，就已经预料到，他这个侄儿接下来要干啥。

马青这个傻孩儿，就是在张宝生的呼噜声中去做了一件对叶焚月来说是毫无意义的事儿。他以为用手机把羊皮上的香谱拍下来，便是掌握了所有的秘密，可他忘记了在冇喝酒之前张宝生对他说的那番话才是秘密中的机密，那就是用什么样的绿茶，用什么样的手段，对每章儿的老檀木或是眼望儿的新檀木进行泡煮。这才是张宝生敢放心大胆躺在一旁打呼噜的原因。

马青正是在这个时候，再次挪开铜香炉，掀开下面的小方仓，取出那张写在羊皮上的宋代香谱，用手机把羊皮上的“金错刀”字体内容拍摄下来，然后把小方仓和铜香炉还原之后，认为万无一失了，才离开了源生茶庄。他以为这一切都做得神不知鬼不觉，且不知，小方仓里面的布局和摆放是张宝生精心设计的，稍有错位，都逃不过张宝生老辣的眼睛。待呼噜停止一觉睡醒之后，张宝生压床上爬起来，搭眼一瞅，便发现了破绽。

在下午五点来钟，张宝生向警方报了案。当然，他不会直接向警方表露自己的怀疑，他只是在警方的笔录里，说了藏匿宋代香谱的小方仓被人挪动，里面的物件一件冇少，疑似“天机”泄露。起初，警方并没有太重视张宝生所说的“天机”，东西又冇少，要是香谱被盗，还能有个立案的说法，小方仓被人挪动根本构不成刑事案件立案的标准。被警方拒绝立案后的张宝生，随即去找了公安分局一位熟悉的副局长，讲述了宋代香谱的重要性，上纲上线，并夸张地说，一旦宋代香谱内容被中国以外的其他国家窃取，那样的损失不亚于故宫里的《清明上河图》被盗。那位熟悉的公安分局的副局长问张宝生，你咋就知道它的价值不亚于《清明上河图》被盗？有专家鉴定过那张宋代香谱吗？张宝生瞪着俩眼冲公安分局的副局长大声吼道："你是不是觉得，压地底下挖出来的文物，非得经过专家鉴定确认后才叫文物？要是把咱祥符城地底下的所有文物都挖出来，不把专家们累死才怪！"在张宝生反复连黑唬带吓唬把宋代香谱上升到国家机密的高度之后，那个熟悉的公安分局副局长，不得不指示手下立案调查，马青自然而然就成了本案最大的嫌疑人。

马青是在高铁站的检票口被抓的。尽管他在给叶焚月的微信里并没有提到有关香谱的事儿，只是暗示等他压西安回来会给叶焚月一个惊喜，具体啥惊喜冇说。即便是这条微信遭到公安怀疑，但他可以随意解释，并不能作为一个肯定的线索，更不能证明叶焚月参与了此事儿。马青被抓到公安分局后，警方立马就压他的手机里发现了被盗拍的那些宋代香谱的照片，同时也看到了他与叶焚月两人的微信聊天，但找不出任何俩人是同谋的依据，以及可以拔出萝卜带出泥的其他线索。直接把叶焚月也带到局子里来问话吧，人家叶姑娘兜里装的是新加坡护照，随随便便把一个外宾带进局子，恐怕大有不妥。

别看铁证如山，被激怒了的马青也不是瓤茬，他在审讯室里与警察挺起了头。

警察："手机里的照片是你拍的吧？"

马青："不是我拍的，还是你拍的啊？"

警察："在哪儿拍的？"

马青："源生茶庄。"

警察："为啥要拍？谁让你拍的？"

马青："宋代香谱，这么价值连城的文物，我当然要拍。"

警察："盗拍。"

马青："盗啥拍，是张老板让我拍的。"

警察："张老板？哪个张老板？"

马青："源生茶庄有几个张老板？"

警察："是源生茶庄的张老板让你拍的？"

马青："废话，在他的茶庄，他不让我拍我能拍吗？"

警察:“你能确定?”

马青:“当然能确定。”

警察:“那你讲述一下他让你拍的过程。”

马青煞有介事、振振有词地讲述起自己编织的过程。当时张老板酒喝得有点大,兴奋异常,整个喝酒的过程中,话题全在宋代香谱上面,而且是张老板主动把藏匿的香谱拿出来谝(显摆)给他看,他对张老板所说的香谱上的字儿有可能出自李煜之手表示怀疑,还遭到张老板的猛烈抨击。张老板说,你要是不信,可以拍成照片让懂行的书法家去鉴定,香谱上的字儿要不是“金错刀”体,要不是李煜写的,吃啥买啥。就这,他才拍了照片。

审问马青的是个老警察。

老警察:“张老板可不是就这说的啊。”

马青:“他咋说的我管不着,我说的是事实,不中恁把张老板叫来当面对证。”

老警察冷冷一笑:“对证?对啥证,就是张老板报的案,要不你也不可能到这里来。”

马青:“张老板是诬陷我。”

老警察:“他为啥要诬陷你?他既然都让你拍照了,然后再诬陷你,这理儿说不通啊。”

马青:“有啥说不通的,一个人想要陷害另一个人,能有一万条理由。”

老警察:“恁两家的关系不是不错吗,他陷害你弄啥?”

马青:“毛主席和林彪两家的关系也不错,林彪不是照样要陷害毛主席嘛。”

老警察:“小蛋罩,懂得还不少,还毛主席、林彪。”

马青:“咋啦,这不是在论理儿吗?”

老警察:“张老板可不是就这说的啊。”

马青:“张老板咋说的啊?”

老警察:“张老板说,是你用酒把他灌醉以后,你偷拍的。”

马青:“他胡溜八扯!”

老警察依旧不紧不慢地说:“你也别嗷嗷,嗷嗷也冇用,不说清亮你是走不了。”

马青：“走不了不走，我也不能瞎说啊！”

老警察：“那中，既来之则安之，你就在这儿待着吧，好好反省反省，啥时候想清亮了，说清亮了，咱再说下面的事儿。”

就这，马青被关进了局子里。

对马青来说，压把他带到局子里那一刻起，他已经想清亮了，死活也不能说自己是趁张老板喝多酒之机，偷拍的那些照片。这是个性质问题，先别管那张香谱是不是宋代的，是不是李煜写的，也别管张宝生把那张香谱的身价抬得有多高，是不是能成为“国家机密”，就凭偷拍这一项，他就丢不起那个人。别说马家在徐府街的名声，就是自己也不能顶着个“偷拍”的罪名让满徐府街的人在他身后指指点点，就是永远把他关在局子里，他也要当他爹那些京剧票友唱的《红灯记》里头的李玉和。

此时，三进院里的马家人根本就冇心思打烧饼了，临时打烊并在店门上挂了一块暂时停业的牌子，马老二两口子和马家的几个亲戚愁眉苦脸地坐在屋里想对策。想来想去，解铃还须系铃人，别管马青为啥拍张宝生的香谱，他又不做香，偷拍也罢，明拍也罢，不都是为了那个新加坡来的叶姑娘嘛，还得把叶姑娘叫来，让叶姑娘出面去找公安局，叶姑娘的身份毕竟不一样，兜里揣着新加坡护照呢。

马老二弯腰垂头坐在那里，对着坐在一旁的叶焚月，沮丧地说：“虽然你跟着恁奶奶姓叶，但你是二红老伯的孙女，咱马邓两家也可称得上是世交，咱的祖业都在这座三进院里。每章儿，恁家是为了砖雕这门手艺，俺家是为了木雕这门手艺，压外乡来到这条徐府街上，共同为了建造这座山陕甘会馆。尽管俺家眼望儿不刻木雕在打烧饼，恁家眼望儿也不刻砖雕，但是，不是摊为要拆迁咱的三进院，咱也很难再聚到一起。老话说，‘和尚不亲帽子亲’，这不，咱两家又亲到一块儿了……”

雪玲一旁抹着眼泪接腔道：“俺青儿压第一天见到你，我就看出来他喜欢你，要不是这，他也不会去拍张宝生的香谱，这可好，拍到局子里去了……”

马老二：“中了中了，叶姑娘心里清亮亮的，青儿出**岔纰**（意外、失误），叶姑娘跟咱一样着急。这不，接到电话就立马来了嘛。”

叶焚月："您二老先别急，需要我做啥，只管说。即便是马青和我没有情感上的纠葛，就像二伯说的那样，要不是山陕甘会馆，咱两家也落不到祥符来，今天我也不可能坐在这里。咱先把马青和我情感上的事儿搁到一边，您二老就说我能干啥，咋着才能让马青尽快压警察局里面出来。”

马老二和几个亲戚们一起点头。

雪玲："不赶紧把他压局子里弄出来，他不赶紧回西安上班，工作还敢丢了呢，眼望儿找个好工作多不容易……”

马老二一脸半烦地冲雪玲吼道："中啦！你有完冇完，听人家叶姑娘说中不中！”

雪玲噘住不吭声了。

马老二示意叶焚月接着往下说。

叶焚月："我的意思是，虽然我能说一口祥符话，但毕竟不是祥符人，对祥符的人情世故知之甚少，我听您二老的，您说让我咋办，我就咋办。”

马老二和几个亲戚被叶焚月坚定的态度打动，一起点着头，然后七嘴八舌地商量起来，看啥法儿才是把马青压局子里弄出来最好、最有效的法儿。几个人商量来商量去，一致认为，还得走解铃还须系铃人的路子，找熟人去公安局拆洗，最好还是让张宝生主动去局子里说是他自己喝多了，或者是说，这事儿就算了，都是一条街，一个门口，乡里乡亲，搁不住为一张香谱大动干戈。张宝生是当事人，他只要不再缠住不放，人家公安局才不愿意得罪人，咋着也会给马家烧饼一点面子的。

商量得差不多了，马老二把目光转向叶焚月："叶姑娘，你看这个法儿中不中啊？”

叶焚月沉默了片刻，说道："中啊，我去找张老板，不过有些话我要说在前头。”

马老二："你说，你说。”

叶焚月："张老板是个啥样的人，您比我更清亮，跟他能不能说成，我不敢保证，但我会尽我的努力，真要是他把我拒之门外，您也不要埋怨我。”

马老二："走一步说一步吧，你只管去试试，真不中咱再想别的法儿，咱当然不能在一棵树上吊死。”

在众人商量着让叶焚月去做张宝生思想工作的时候，有亲戚提出，不如让马老二自己去找张宝生，不管咋着说，马老二在徐府街上也算是个角儿，每次张宝生来买马家烧饼的时候，从来也冇排过队不说，现来现烤，烧饼上的芝麻还比人家放得多，平时两人别管在哪儿碰见，都互相让烟，有一种惺惺相惜、英雄惜英雄的劲头儿。马老二在张宝生眼里也是个角儿，很受抬举，最起码在彼此眼里，都认为对方是徐府街上的一个**豪豪**（有实力的人）。

马老二不是冇想到自己亲自去找张宝生，而是他在第一时间首先想到的就是自己去找张宝生拆洗，给张宝生掂去两瓶好酒、两条好烟，再弄一幅名人字画投其所好，他知张宝生喜欢这类玩意儿。可转念一想，都知张宝生是个认死理儿难缠的主儿，正在气头上，万一不买账，再用难听话怼他几句，马老二更知自己是个啥德行，压小吃软不吃硬，谁的难听话他也不愿意听，要不是他打的烧饼与众不同的好吃，就他那受不得一点委屈的驴脾气，马家烧饼根本就冇人搭理。有人说，马家烧饼之所以好吃的原因，就是源于他那个驴脾气，会打烧饼会嗷嗷，烧饼打得像他的人一样实在。也就是马老二人实在，说话不会拐弯，才容易得罪人，正因为这样，家里的一些跟社会上打交道需要拆洗的事儿，基本上都是雪玲出面。用雪玲的话说：马老二这货，一辈子**死一势**（认死理），不会说好听话，再好听的话压他嘴里说出来，听着都跟吵架一样儿。在接到马青被抓进公安局的通知后，一开始两口子商量的结果是，一起去找张宝生拆洗，雪玲一想，不中，张宝生和马老二这俩货半斤八两，一照头两句话听着不入耳俩人再**挺上瓤**（叫上板），很容易把事儿搞砸了。为了保险起见，雪玲觉得还是自己去比较保把，不管咋着，自己比马老二能吃话，张宝生就是说再难听的话她也能憋住，说一千道一万，在这件事儿上，主动权在张宝生手里攥着，该低头时则低头，用祥符人的话说，人家搦住你的**嗉子**（脖子）呢。

起初，马老二也同意让雪玲去找张宝生拆洗，可他转念一想，不中，张宝生这货认理儿，让个娘儿们家去，他会认为是看不起他，咋？你马老二多大的派头，多大的排气量，自己不来认怂，派自己老婆来，他再一认死理儿，一较真，反而会把事情搞砸。想到这一层后，马老二还是决定亲自去源生茶庄，无非就是在张宝生面前认个怂，服个软，说几句低三下四的话而已，男子汉大丈夫，能屈能伸才是真大丈夫，再说，为了自己的儿子也冇啥丢人的。

雪玲觉得，马老二说的也在理儿，于是在马老二去源生茶庄之前反复交代，别管张宝生说啥难听话咱都听着，就是骂咱祖宗八辈咱都忍着，只要张宝生能去局子里，说句大事化小、小事化了的话就中，咱的目的也就达到了。马老二是抱着递降表说软话的心态去源生茶庄找张宝生的，可两人见面后，冇说几句话就掰了脸。张宝生开口的第一句话，就恨不得把马老二噎个半死。张宝生冷着脸，瞅着马老二递上的黄金叶烟卷说："你不知啊，我已经戒烟了。"说罢后却压自己兜里掏出中华烟点着叼在了嘴上。张宝生的第二句话更**噎胀**（盛气凌人），当马老二道歉说是自己家教不严才发生这种事情的时候，张宝生斜楞着眼，嘴里吐出一口烟说："恁爹马小旺对你的家教严不严啊？还有恁爷马大旺？看来这刻木雕跟打烧饼是两码事儿啊。"马老二哪里受过这种羞辱，瞬间气得嘴片吓瑟，瞪着俩牛蛋眼大声回击的一句话，更是把张宝生给噎翻肚："俺爹俺爷是刻木雕的，恁爹恁爷是弄啥的？恁爹恁爷是扎社火的！"马老二这句话孬孙就孬孙在他是故意在腌臜人。谁不知张宝生的父辈都是干厨子的，你就是开口骂辈儿，也不能说人家父辈是扎社火的啊！扎社火主要是用这门手艺扎出模拟禽兽类和鬼神类的物件，用于民间庆典和祭祀活动，用眼望儿人的话说，这是生活在社会底层老百姓，对妖魔鬼怪的迷信和敬畏，透过它来体现一种低级的民间娱乐，也是在民间手艺人当中最被人瞧不起和不受人待见的一个行当。

马老二说张宝生祖上是扎社火的，是一句气话。张宝生他爹和他爷都是厨子，跟扎社火根本都挨不上边，在马老二的认知里，扎社火是祥符城所有手艺当中最不上档次的手艺，刻木雕和打烧饼是实实在在的手艺，就是蹬三轮也比扎社火强。张宝生何尝不知马老二这是一句气话，但你马老二就是再生气，再委屈，再被噎，也不能说出这样的话来啊。当张宝生缓了一口气，正准备破口大骂的时候，马老二已经带着满身怒气大步走出了源生茶庄。

马老二可冇把这一板告诉叶焚月，这一板要是让叶焚月知了，更会增加她的心理负担，会不会再去当这个和事佬都两说。就叶焚月来说，她觉得这是再次接触张宝生的机会，虽然这次去源生茶庄和上次去不一样，可压她内心来说，张宝生就是再难缠，她也要缠，为解救马青只是一方面，另一方面还是为了那张写在羊皮上的宋代香谱，虽说马青拍到了照片，但并冇把那些照片转发给她。马青在微信里说的大惊喜应该就是那些照片。现在想想，马青是留了一个心眼，但这个心眼不完全是留在她身上的，而是作为一个爱情的筹码——叶焚月能不能留在祥符的筹码。

叶焚月两手拎着马老二两口送给张宝生的几大袋东西走进了源生茶庄，一进门就瞅见张宝生像尊泥菩萨一样端坐在大茶台后面，满脸横肉冇一丝表情。

叶焚月："张老板您好。"

张宝生："你找谁？"

叶焚月："找您呀，咋，不认识我了？"

"看着眼熟，记不住了。"张宝生的脸上依然冇一点表情，"哦，想起来了，你是那个会说祥符话的外国妞儿。"

叶焚月笑道："我可不是外国妞儿，我是祥符妞儿。"

张宝生："你以为会说祥符话的就是祥符人吗？东大寺门老沙家门口挂着的鹩哥，还会用祥符话骂人呢，骂的再好它也是只鸟。"

有心理准备的叶焚月并冇被噎住，她把手里拎着的东西往大茶台上一放："鸟就鸟吧，当一只祥符鸟也挺幸福的，祥符鸟骂人都能骂出花样。"

张宝生瞅着叶焚月放在大茶台上的东西，高抬起沙哑的嗓门儿："能不能懂点规矩，茶坊如香坊，茶台上只能搁茶叶和茶具，不能搁乱七八糟的东西！"

叶焚月把大茶台上的东西拎一旁，笑着说："自古以来，香坊是净地我知道，茶坊我不太清楚，但我有一个疑问，不知当问不当问。"

张宝生："想问啥就问，谁也冇堵住你的嘴。"

叶焚月："我说出来怕张老板您生气。"

张宝生："生气不生气要看你问的是啥，靠谱不靠谱。"

叶焚月："靠谱不靠谱我不知道，我是就事论事。"

张宝生："就啥事就啥论？你说给我听听。"

叶焚月："那您先答应我，不兴生气，您不生气我就说。"

张宝生一脸半烦儿:“爱说不说。”

叶焚月依旧平和地:“您要就这说,那我就非说不可,您就是生气我也要说。”

张宝生满不在乎地挥了挥手,示意叶焚月说。

叶焚月:“我就想问一句,既然茶坊如香坊,香坊如茶坊,那么您和马青为啥能在香坊里一醉方休?这岂不是坏了制香人的规矩?这做何解释啊?”

张宝生眯缝起双眼,瞅着平静坐在那里的叶焚月,说道:“你是来寻事儿找碴儿的吧?”

叶焚月:“我要是来寻事儿找碴儿的,您张老板也不会把两只脚跷放在茶台上吧。”

张宝生这时才意识到,自己那两只习惯如自然的脚是在大茶台上跷着,他赶紧把两只脚收了回去,带着一丝惭愧地说:“不好意思,一般来说,在熟悉的人面前我才会不讲究,咱俩也不算是陌生人,不是还在一起论过香吗?”

叶焚月笑着说:“张老板把俺当成熟人,用祥符话说,就是不**外气**(客气)了,对吗?”

“我不跟你个小妞儿一般见识。”张宝生说着站起身,开始摆弄起茶具,做沏茶前的准备,“一回生二回熟,你来源生茶庄这是第二回,也算是熟人了吧,别管你这次来是啥目的,喝上源生茶庄一口茶,也算是我张宝生冇失礼数。”

“第一次接触,我就已经知道您张老板是个啥样的人。明人不做暗事,我也不想拐弯抹角,今天来这里的目的很简单,就是希望您能高抬贵手,放马青一马。”叶焚月拎起搁到一边的东西,又搁回到了大茶台上。

张宝生瞟了一眼那些东西,冷冷地说道:“马老二,他不是可**有椽儿**(骨气)吗?不是不抽中华烟吗?不是骂罢我会窜吗?咋派个小妞儿来当说客了?”

叶焚月:“我可不是来当说客的。”

张宝生:“那你是来弄啥的?”

叶焚月:“我还是来跟您论香道的,上一回冇论完您就把我给赶走了,这一回您就是赶，我也不走。”

张宝生搁下手里正准备沏茶的壶，瞅着叶焚月问道：“咋？你还讹上我了？”

叶焚月依旧平静地说：“我就讹上您了。”

张宝生呵呵地笑了起来。

叶焚月：“您笑啥？”

张宝生：“我笑，你这号**热粘皮**（爱套近乎）还真少找，被我骂窜的家儿还少吗，你这号我还是头一回碰见，二返头回来找骂。”

叶焚月：“您就是骂，也得骂我个心服口服，上一回我不服。”

“那好，这一回我就让你服。”张宝生一边继续摆弄着茶具一边问道：“你喝啥茶？”

叶焚月：“王大昌的清香雪。”

张宝生：“王大昌的梅香雪喝过冇？”

叶焚月：“冇。”

“那咱就喝梅香雪，红茶窨制的花茶。”张宝生打开装梅香雪的茶叶盒，打开盒盖，伸到叶焚月面前，“闻闻这味儿，别说中原一带独此一份，就是搁到全国，照样独此一份。”

叶焚月压张宝生手里接过茶叶盒，用鼻子闻了闻，又看了看，说道：“我不懂茶，但我觉得，做茶和做香似乎有许多相似之处。”

张宝生：“有咋个相似之处，你说给我听听。”

叶焚月：“判断香品的时候，虽然根据香品的表面我们能判断出一些数据，就像这个茶，懂茶的人一闻一看，是优是劣就能判断出个八八九九。”

张宝生：“那可不一定，看着入眼，支支棱棱，闻着也入鼻，懂行和不懂行错大劲呢。有的茶叶，形状瞅着不孬，可不一定是天然养分让它长成那样儿；有的茶叶，闻着是那个味儿，可眼望儿的香料可以以假乱真。这跟做香是一个道理。”

叶焚月：“这个我当然明白。就像咱们做香，香的粗细程度并不单纯是个手艺问题，细香粉细，密度高，光洁；粗香粉粗，密度低，粗糙，这都是表面现象。真正的好香就像好茶一样，得点燃去闻，茶好不好，得沏上，去喝。”

张宝生:“这个道理你不说我也知。我说句不中听的话,我就是把宋代香谱登在《人民日报》上,让全中国做香的人手一份,咋?他们就能做出和宋代一模一样的香来吗?”

叶焚月:“那当然不可能,宋代香谱也是需要研究的,宋代香的原料,宋代的地理气候,宋代的制作工艺都可能跟现在不一样,绝不是持有宋代香谱就能做出宋代的味道。”

张宝生:“这是内行说的话,给你点个赞。”

叶焚月:“您现在给我点赞是不是有点早,宋代香谱长得啥样我还冇瞅见呢。”

张宝生:“不可能吧?”

叶焚月反问:“啥叫不可能吧?您的意思是说,我已经看过了马青盗拍的照片?”

张宝生:“你看冇看我不知,我也不想知,但是我可以这么说,那个小兔崽子干出这种事儿,目的非常明确,就是为了讨好你来砸我的牌子!”

叶焚月:“张老板,他干这种事儿,是不是为了讨好我,暂且不说,但,我今天来这里也不完全是为了他。”

张宝生:“一石双鸟是吧?”

叶焚月:“不是一石双鸟,是一举两得,双赢。”

张宝生:“咋个双赢啊?让我把我的研究成果与你共享?还是你花银子压我这儿买走那张宋代香谱,然后走向世界?”

叶焚月:“都不是。”

张宝生:“那是啥?”

叶焚月低着头,沉默不语。

张宝生:“你说呀,让我听听,你说的是实话还是瞎话。”

叶焚月:“说实话说瞎话又能咋样?”

张宝生:“别管实话还是瞎话,只要能说到我心里,哪怕是瞎话,只要能打动我,我张宝生这把年纪了,不是油盐不进和不通情达理的人。”

沉默中的叶焚月慢慢抬起头,用真诚的目光瞅着张宝生,轻声说道:“为了爱情。”

……

八、大事儿能化小，小事儿也能变大

孩儿娘你慢点走，小心俺家那条狗；孩儿娘你绷住嘴，小心我会流嘴水；孩儿娘你跟我飞，咱俩去看黄河水；孩儿娘你蹦一蹦，都说咱俩有一腿。

——选自祥符歌谣

好事不出门，孬事传得快。就在叶焚月坐在源生茶庄内跟张宝生拆洗这会儿工夫，齐馆长来到了马家，一进门就拱手向马老二道歉，说马青被抓的事儿他已经听说了，都怨他，不应该挖墙脚，鼓动马青回来与山陕甘会馆合作搞什么木雕旅游产品，要不是这样，也不至于出这样的事儿。马老二一头雾水，说这事儿跟山陕甘会馆不挨边啊，你跑来道哪门子歉啊？齐馆长说咋不挨边，若不是山陕甘会馆想开发旅游木雕，也想不到跟马家一起来保住三进院；若不是想把叶姑娘留在祥符，马青也不会去源生茶庄偷拍张宝生那张宋代香谱。这下可好，鸡飞蛋打，还要吃官司。

马老二虚蒙起俩眼瞅着齐馆长："你知的怪多啊，我还不知的事儿你都知了。"

齐馆长不解地问："啥事儿你不知啊？"

马老二："开发啥旅游木雕啊？恁开发旅游木雕跟俺马家和三进院有啥关系？"

齐馆长："你是真迷瞪还是装迷瞪？山陕甘会馆不开发旅游木雕，咋能把恁儿压西安吸引回来？恁儿不压西安回来，新加坡那个做香的小妞儿咋会落到祥符来？那个小妞儿为啥要来祥符？还发迷呢？不就是惦记着张宝生源生茶庄里的那张宋代香谱嘛。”

马老二虽然有点蒙，还是听明白了齐馆长的意思，说道：“弄了半天，船在恁山陕甘会馆那儿弯着啊。”

齐馆长：“我这还不是为恁马家好，帮恁保住恁马家三进院嘛。”

马老二大为不屑地吼道：“搞蛋吧，说的比唱的好听，帮俺马家保住三进院，恁山陕甘会馆日子不好过跟俺马家有啥关系？开发旅游产品木雕？恁就是开发威虎山的座山雕跟俺马家也冇半毛钱关系！”

齐馆长的脸色有点变：“马老二，你不论理了不是？”

马老二：“谁不论理了？是恁不论理还是俺不论理？俺儿在西安上班上得好好的，恁榷他回来开发啥旅游木雕！再说句难听话，你敢不敢给我立个字据，恁开发旅游木雕就能保住俺家的三进院，就能让新加坡的小妞儿留在祥符跟俺儿结婚，你敢吗？”

齐馆长真上火了，用手指着马老二的鼻子：“你这号货，简直就不可理喻，狗屁不懂！”

马老二的火气更大，抬手也指着齐馆长的鼻子：“你懂狗屁？你要是懂狗屁，也不会出这种馊主意！”

齐馆长咬着牙说了一句“不识好人心”，转身就走，差点撞上正往屋里进的叶焚月。

马家人见叶焚月回来了，再一瞅，叶焚月手里还拎着那些东西，似乎都明白是咋回事儿了。

雪玲上前问道：“咋啦，乖，张老板这是不买账？”

马老二冲着雪玲说：“咋样，你以为事情都像你想的那么简单？老话咋说的，‘阎王好见，小鬼难缠’，在咱祥符，阎王跟小鬼一样都难缠。”

叶焚月坐了下来，把去见张宝生的前前后后细说了一遍，最后无能为力地做了一个表态：“不管咱的三进院强拆不强拆，也不管我为爱情能不能在祥符待下去或能待多长时间，有一点我必须做到，马青安然无恙，我才能离开祥符……”

马青尽快压局子里出来，是当下最急需解决的问题。要说这事儿也不算个啥事儿，说大大，说小小，大事儿能化小，小事儿也能变大，最终解决问题的还是人，只有找对解决问题的人才中。正如齐馆长对马家人和叶焚月说的那样：祥符这地儿，别管公事儿还是私事儿都得找人，交警大马路上开个罚单你不找人还不中呢。对此，马老二深有体会，在这条徐府街上，城管贴过多少占道经营的罚单，为啥马家的烧饼炉就冇被贴过一张罚单，还不是因为负责这条街的城管啥时候想吃烧饼啥时候能吃。山陕甘会馆门楼大，牌子硬，又是公家的生意，照样得买城管的账。齐馆长刚上任的时候，会馆外大照壁的护栏占道多出一米，被城管贴了违反规定的罚单，起先，齐馆长并不买账，公家的生意，能咋着，你城管还敢把护栏给没收？城管见会馆冇动静，连个招呼也不打，直接开来一辆卡车，就把照壁前的那一溜护栏给拆走。要不是文旅局的头头儿亲自给城管局的头头儿打电话，不罚你个千把块钱才怪。可话又说回来，虽然祥符这地儿，你认识仨穿红的，我认识仨穿绿的，你认识局长，我认识处长，找不对人照样不中。马老二、雪玲、齐馆长、叶焚月商量来商量去，还是那句话，解铃还须系铃人，这事儿还得去找张宝生。只要他拉倒，这事儿就拉倒；他不拉倒，马青在局子里关多长时间就很难说了。

正当几个人苦思冥想的时候，叶焚月无意中的一句话，让齐馆长灵光一现。叶焚月说，虽然张宝生拒绝了她，但能看出，她那句"为了爱情"的表白，还是让张宝生的内心起了波澜，也似乎动摇了一下，从这一点她能感觉到，那老头也不是一个油盐不进、铁板一块的人。

齐馆长："依我看，真要想说服那货，得找一个那货喜欢的娘儿们去拆洗，英雄难过美人关。"

马老二："说的有道理，那货眼望儿还是个孤闲章，找一个他喜欢的娘儿们去拆洗，一拆洗一个准。可是，谁知哪个娘儿们对他的胃口呢？"

雪玲嘟噜个脸说："我知。"

马老二："你知？谁呀？"

雪玲："冇用。"

马老二："啥叫冇用啊，你说说，谁呀？"

雪玲："谁呀谁呀，你不知是谁呀？摊为那个娘儿们，我还被恁爷儿俩骂了一顿。"

马老二恍然大悟："你说的张宝生原来那个相好吧？你给他俩冇拆洗成的那个娘儿们吧？"

雪玲："还是算了吧，别再找她了，冇用，上一回张宝生差点冇把人家给气死。"

齐馆长在一旁催促道："说说，说说，哪个娘儿们冇拆洗成啊？咋回事儿？"

于是，雪玲把张宝生和肖丽的那一板说了一遍，并且说，肖丽为此伤透了心，就是再去找她，人家肖丽肯定不会再去。在人家肖丽眼里，张宝生已经变成了一个六亲不认、不食人间烟火的男人，根本不值得再搭理。齐馆长却说不一定，可以去做做肖丽的工作，这里头还是有空间的。

马老二默默地点着头："也只有她了。"

雪玲："拉倒吧，谁想去谁去，反正我是不去。上一回我还冇让恁爷儿俩给埋怨死……"

马老二："上一回是上一回，上一回咱青儿平安无事，这一回咱青儿进了局子，能一样吗？"

雪玲还是嘟噜个脸："上一回肖丽哭得跟个泪人一样，这一回我还咋好意思跟人家开口啊……"

马老二瞪眼说道："咋不好开口啊，你又不是为别人，是为咱儿！你要是不愿意去找她，我去！"

雪玲更是半烦儿地："你去？你是'磕个头放仨屁，行善没有作恶多'，快拉倒吧，你除了会打烧饼还会啥？去找了一趟张宝生，还冇听两句难听话，你像个炮仗一样，一点就着，你以为肖丽是瓤茬？让你去还不够耽误事儿的。"

齐馆长："别管恁俩谁去，只要把张宝生拿下就中，多大个事儿啊，赶紧吧，孩儿还给里头蹲着呢。"

当然，雪玲肯定不会让马老二去找肖丽，还是自己硬着头皮去了老干部活动中心。

正在老干部活动中心练习旗袍走秀的肖丽，见雪玲来找她好像并冇感到意外，当雪玲把事情的前前后后讲完，肖丽这样说道："正好，我还有事儿找他，顺带着说说吧。"

雪玲有些意外，问道："恁俩还有来往？"

肖丽："有事儿就来往，冇事儿就不来往，这不，有事儿了嘛，捎带着一起说吧。”

肖丽的态度让雪玲真的有点蒙，咋也冇想到雪玲会这么平静地答应去找张宝生，总觉得有些蹊跷，但又不好追着问，再把肖丽给问恼了反而坏事儿。肖丽让雪玲等她的电话，说成说不成她都会给雪玲回个话的。

自打上回在山陕甘会馆两人闹蹬之后，肖丽就发誓再也不搭理张宝生，可令她冇想到，时隔不久，张宝生突然给她打了个电话，说有重要的事情要跟她说，而且电话里不能说，必须见个面。尽管肖丽在电话里对张宝生冇带一点好气儿，甚至挂断电话拒绝见面，可是让她冇想到的是，张宝生居然出现在了老干部活动中心的大梁丽人旗袍走秀现场。更让肖丽冇想到的是，张宝生还跟那个穿得可花哨、头上还勒着一块花布的男教练相互热情问候，表现出两人是一种非常熟悉的状态。如此一来，肖丽不得不把张宝生领到包府坑边，听张宝生讲明来意。

在包府坑边，张宝生一脸真诚地向肖丽做出深刻检讨，反复道歉，上一回在山陕甘会馆不该用那种态度对待肖丽，请求肖丽给他一次改正错误的机会。肖丽对张宝生的检讨、道歉和表态并不上心，让她大为不解也急于想弄明白的是，张宝生咋会跟大梁丽人旗袍队的教练认识，她可从来冇听他俩当中任何一个人说过他俩是熟人啊！他俩要真的是熟人或是朋友的话，她和教练结婚的谎言不就被揭穿了吗？张宝生似乎看出了她的心思，直奔主题微笑着对她说出了今儿个主动来找她的真实目的，是想与她重归于好，这么多年了，也见过不少孤闲张，见得越多，越觉得还是肖丽最靠谱、最合适。张宝生还劝她说，也别再挑肥拣瘦了，到这把年纪就是个搭帮过日子，只要两人**对把**（性格相投），在一起过日子舒服就中。

那天，肖丽几乎冇说啥话，就听张宝生一个人在叨叨，在这个过程中，她心里逐渐清亮了张宝生主动来找她的目的，就是在摸清她还是单身一人之后，向她表明自己的态度，就想吊死在她这一棵树上，如果不能和她结婚，就准备打一辈子光棍。待张宝生对她表达完之后，她冇做出任何反应。在张宝生催促她表态的时候，她只说了一句："你还冇说，你跟俺教练是咋认识的。"张宝生避而不谈，面带微笑地说道："祥符城里俺想认识个人，打听个事儿，冇那么难吧。丢掉幻想吧，实话对你说，恁那个二胰子教练对女人不感兴趣。"

那天跟张宝生见罢面以后，肖丽心里有种说不出来的滋味，倒不是因为自己的谎言，她压心里确实喜欢过那个被张宝生称为“二胰子”的教练，当她压张宝生嘴里知道那个教练只喜欢男人不喜欢女人的时候，让她不安的并不是她的男教练是个同性恋，而是那个冲她一脸神秘坏笑的张宝生，他咋啥都知道啊？尤其是冲她最后的表态：“只要你在祥符，我就是如来佛，你逃不出我的手心……”在此之后，张宝生给她打过几次电话，她都冇接，她不接电话的原因并不是她已经对张宝生产生了反感，而是她觉得确实要认认真真地思考一下，能不能让这个强势的男人融入自己的生活。俗话说，女人结婚就是第二次投胎，再婚同样是第二次投胎，一旦投错了胎，会是个啥样的结果，不言而喻。

雪玲来请肖丽帮忙，也正好是在肖丽思考是否跟张宝生重归于好的节骨眼上，通过几天缜密和细致的考虑，肖丽在想，是不是要找张宝生敞开心扉好好谈一次，中就中，不中就不中，朗朗利利。正好，这个机会来了，可以借着给雪玲儿子帮忙的理由，让张宝生这个冤家把话挑明。

肖丽答应雪玲去找张宝生拆洗马青的事儿，她给张宝生打了个电话，把两人见面的地点还是约在了山陕甘会馆里面。

下午两点，肖丽走进了会馆，透过古戏台下面的过道，她就瞅见张宝生抄着手已经等候在了正殿的牌坊下面。

肖丽朝已经瞅见她的张宝生走了过去。

张宝生迎上前来，满脸堆着笑，把肖丽上下打量了一番，说道：“今儿个穿得蛮展样啊。”

肖丽正着脸：“冇你穿得展样。”

张宝生嬉皮笑脸地：“咋，瞅你这个劲头，是永远不想进俺源生茶庄的门了？”

肖丽依旧正着脸，口气平静地：“想不想进恁源生茶庄的门，不在我，在你。”

张宝生：“中啦，杀人不过头点地，总不能冇完冇了吧。”

肖丽：“我这不是主动约你了嘛。”

张宝生：“接到你约我的电话，当然可高兴，心里跟吃个蜜枣似的。可我又一琢磨，感觉太阳有点压西边出来的感觉。”

肖丽："你说这话是啥意思啊？"

张宝生笑道："恁别敏感中不中。"

肖丽："跟你这号人说话得**招呼**（当心）点儿，一不招呼就掉坑里了。"

张宝生笑出了声："我就恁恐怖吗？"

肖丽："你当你是啥好人啊，别人不了解你，我还不了解你，心眼比你的头发都多。"

张宝生笑着抬手摸着自己的脑袋："说吧，美女，你就是不说，我也知今儿个你找我弄啥。"

肖丽："我找你弄啥？"

张宝生："总不是要告诉我，你和恁那个教练又结婚了吧？"

肖丽："滚。"

张宝生嘎嘎嘎地放声大笑了起来。

肖丽："中了，你别笑了，咱俩说点正事儿。"

张宝生："啥正事儿啊，那对我来说就不是正事儿。小屁孩儿，乳臭未干，还跟我玩花样，他以为偷拍了几张照片，宋代香谱就是他的了，他马家的人还找你来说情，别发迷，冇门。"

肖丽惊讶地瞅着张宝生："……"

张宝生："别用这眼神瞅我，打盆说盆打罐说罐，咱俩说咱俩的事儿，别把马家的事儿扯进来，中不？"

肖丽万万冇想到，丝毫也冇一点思想准备，自己还冇开口说马青的事儿，就被张宝生给猜着了，并且被他一口堵死。肖丽站在那儿，一时半会儿不知该说啥好了。

张宝生一瞅肖丽窘迫的样子，话锋一转，轻松地跟肖丽扯起了东西两边房廊上面的木雕。前两天来了个省里的大头头儿，由市里的头头儿陪同来这里参观。省里的头头儿问讲解员，东西两边房廊上的木雕是啥内容。在讲解员的解说词里，只有对会馆内木雕的整体介绍和正殿主题木雕的介绍，冇东西两边房廊木雕内容的介绍。讲解员卡壳，陪同的市里头头儿急忙询问一旁的齐馆长，虽说齐馆长在会馆有些日子，但他也一嘴说不出那些木雕的内容。场面一时很尴尬，省里头头儿微笑着告诫解说员要加强业务学习，对木雕这样传统文化的解说词可不能像开封府和天波杨府那些景点里的解说员一样，指着包公的三口铡刀和佘老太君的龙头拐杖咋胡说都中，那些都是故事演绎中的道具，不是正史。而山陕甘会馆里面的木雕可来不得半点马虎，这是真实的历史实物而不是道具，不考证清楚，说不出个小鸡叨米来是不行的。这番话让市里头头儿和齐馆长的脸上有点挂不住。事后，市里头头儿在听齐馆长汇报准备开发木雕旅游产品的时候，给齐馆长下了死命令，不管是现有的老木雕还是准备开发的旅游产品木雕，只要跟木雕有关，都必须做到让外人无可挑剔，滴水不漏。

听到这里，肖丽叹了一口气："唉——"

张宝生："咋啦又？"

肖丽："咋也不咋。"

张宝生："咋也不咋你叹个啥气啊？"

肖丽："对不起朋友呗。"

张宝生收起了脸上的微笑，十分严肃地说道："肖丽，我可是郑重地对你说，咱俩的事儿就是咱俩的事儿，跟任何人都不挨边，跟木雕和宋代香谱就更八竿子打不着。我承认我喜欢你，想跟你成一家人，我也相信你同样喜欢我，也想跟我过一家人，咱俩的条件也非常适合一起过日子。都这把子年纪了，啥最重要？把日子过好最重要。你要是认为我说得对，咱就朗朗利利，明儿个就去民政局把手续一办，把证一领，守住咱的源生茶庄，卖茶做香好好过咱自己的日子，你看咋样？我说的中不中，就等你一句话！"

此时此刻，肖丽瞅着张宝生不知该说啥是好，来之前她想好的一肚子话，此时此刻一句也说不出来了。立场鲜明的张宝生，还有他那毋庸置疑的态度，就像一把拉下的闸刀，顿时让肖丽断了电。

其实，除了马家人着急，还有个人更着急，这个人就是齐馆长。会馆要做木雕旅游品的计划，在他向孙局长做了汇报后，有想到立马得到了孙局长的首肯。文旅局这个孙局长，自打上任以后，对山陕甘会馆的关注度比历届局长都要高，曾不止一次在局里的会议上把山陕甘会馆上升到祥符旅游文化品牌的高度。在齐馆长把租用马家三进院想法说出来后，这位局长冲齐馆长竖起了大拇指，并说，马家人来做旅游木雕更有说服力，山陕甘会馆木雕的根儿就在马家。这位孙局长似乎比齐馆长还着急，第二天在全局旅游工作会议上，就把山陕甘会馆准备做旅游木雕的事儿撂炮给撂了出去。这下可好，齐馆长骑在老虎背上下不来了，马家那边要有个啥变故，自己咋向孙局长交代啊。

当齐馆长得知，张宝生这个犟筋头连自己喜欢的女人的账都不买，他真坐不住了，马青这要是撒手不干，压局子里放出来后回到西安不再回来，那可咋办？上哪儿再去找这么合适的人啊，且不说他名正言顺是马家木雕的后人，就是论手艺，别说祥符城，就是整个河南也难再找到这么个主儿。想到这儿，齐馆长狠劲一拍自己的大腿，决心拿下张宝生。

齐馆长带着一副刀枪不入的劲头，压山陕甘会馆里出来，朝源生茶庄走去，可他一进到源生茶庄的门里，瞅见坐在大茶台后面的张宝生时，进门前那股子刀枪不入的劲头顿时烟消云散，笑容满面地拱手问候道："给张老板请安。"

张宝生："有话就说，有屁就放，少来这一套。"

齐馆长依旧满脸堆笑："你瞅你这个人，说话咋恁噎人，还不知我要说啥，你就像只斗鸡奓开了膀儿。"

张宝生："你老齐撅屁股我就知你要屙啥屎。坐吧，想喝啥茶，说。"

齐馆长："啥茶也不想喝，冇胃口。"

张宝生笑了："喝茶还需要有胃口冇胃口，这一听就像外星球人说的话。"

齐馆长："老哥哥，你说句实话，我对你咋样？"

张宝生："啥意思，我不明白。"

齐馆长："你不明白，我今儿个就跟你说明白，咱俩得好好念叨念叨。"

张宝生："瞅你这个架势，今儿个是来找我算总账的吧？"

齐馆长："别管算啥账，俺山陕甘会馆对你源生茶庄不薄吧？"

张宝生："啥远近厚薄的，你把话讲清楚。"

"讲清楚就讲清楚，亲兄弟明算账。"齐馆长自己下手洗杯子倒茶。

张宝生："瞅你这个苦大仇深的劲头，有点像还乡团啊。中，咱今儿个有苦诉苦，有冤申冤，开始吧。"

齐馆长连喝罢两杯自己给自己倒的茶，把茶杯往大茶案上一蹾，说道："远的不说，我不知，咱就说我到山陕甘会馆之后，我齐某人对你咋样?”

张宝生伸出大拇指:“对我好得很。”

齐馆长:“我来山陕甘会馆上任的第一天,就跟负责把大门的员工交代,只要是你张老板介绍的人进会馆,一律不准收门票,这是真的假的?”

张宝生:“真的。”

齐馆长:“别管是几个人,哪怕就是组个团进俺的门,照样是一张票钱也不收,真的假的?”

张宝生:“真的。”

齐馆长:“不但不收门票钱,就是在俺会馆里买一瓶矿泉水,只要是你张老板介绍的人,俺给的都是成本价。有一回,我正好遇见恁家一个外地来的亲戚,口渴了,要买一瓶矿泉水,兜里冇零钱,还是我压兜里掏出一块钱替他付的。”

张宝生:“这都是真的。”

齐馆长:“不说别的,这些年俺山陕甘会馆就算是替你省门票钱,也够买你做的百十盒好香了吧?”

张宝生点着头:“远远不止。”

齐馆长:“还有,这条徐府街上开茶馆的也不止恁源生茶庄一家吧?”

张宝生:“那还用说,肯定是。压街西头查到街东头,冇个十来家也有个七八家。”

齐馆长:“为啥恁源生茶庄的生意比别人家都好?”

张宝生拱手:“那还不是仰仗恁的导游对俺的关照嘛。”

齐馆长:“江湖上的事儿,啥你都可清亮。有些事儿,你还是应该聪明不了糊涂了才对。”

张宝生:“啥事儿啊?你把我给说蒙了,你老弟能不能照直说,别绕恁大的弯子。”

齐馆长:“那中,我也就不绕圈了,咱弟儿俩今儿个就是澡堂里赤肚说话,坦诚相见。”

张宝生:“对嘛,绕来绕去,你把我都给绕蒙了,咱俩谁跟谁啊,啥时候都是两好合一好,恁山陕甘会馆对我是不薄,可俺源生茶庄对恁也够意思啊。你刚来上任那一年,在会馆门口的大照壁上支了个大喇叭,从早到晚呜里哇啦,又是豫剧又是山西梆子。街坊四邻说恁扰民,非得让恁把大喇叭摘掉,你不愿意,搞得街坊四邻见天堵恁的门。要不是我替恁圆场,别的不说,你老齐就是请街坊四邻吃八回桌子,你看有人搭理你冇。"

齐馆长:"这个不用说,大喇叭的事儿,你老哥哥功不可没。"

张宝生:"何止大喇叭的事儿。还有那年冬天,下大雪,一个货喝多了,骑着自行车在恁大门口摔了一跤,讹上恁了,非得说是恁的人在大门口扫雪的时候把指示牌挪了位置,撞到了他。那货闹事儿,恁打了110,警察来了说是民事纠纷,让恁自己协商解决。那货是八府仓一片的孬家,蹲过两回监狱,恁根本就孬不住他,最后是谁帮恁把这事儿给摆平的?"

齐馆长:"说这就冇意思了吧,几百年前的事儿了。"

张宝生:"那中,咱就不说几百年前的事儿。前不久,恁会馆西隔壁老黄家的院子里老是渗水,一开始找不到原因,后来挖开一检查,不是人家老黄家的下水管道漏水,是恁会馆通向院子外面的排水管道漏水,一直压恁会馆渗到了人家老黄家的院子里。可恁非不承认是恁的责任,人家老黄冇法,把恁告到了街道办事处,街道办事处判恁冇理儿,勒令恁赔偿人家老黄家修渗水的所有费用,老黄家狮子大张口,非得要恁赔八千块。恁去找街道办事处,街道办事处还是让协商解决。你老弟不想掏这个钱,哭丧个脸来找我,要不是我去做人家老黄家的工作,就人家老黄家讹恁那八千块钱的精神损失费,都能把恁给讹哭。还有……"

齐馆长连连摆着手:"中啦中啦,别再说了,俺山陕甘会馆领你的情中了吧。"

张宝生:"不是领情不领情的事儿,是两好合一好的事儿。今儿个你来找我,有啥事儿说啥事儿,都是老的不能再老的关系,一扯到谁领谁的情就显得外气了不是?"

齐馆长点头:"是是是。"

张宝生:"说吧,今儿个找我啥事儿?其实,你就是不说我也能猜到,我不是说了吗,你一撅屁股我就知你要屙啥屎。"

齐馆长:"我要屙啥屎啊?"

张宝生:"屙老马他儿的屎。"

齐馆长张嘴说不出话来,他冇想到张宝生号脉这么准。

张宝生:“别愣着了,说吧。”

齐馆长又停顿了片刻,说道:“既然把话都说到这一步,咱俩也别绕着弯说话了,我今儿个来,就要你给个痛快话。”

张宝生冇吭气儿,听齐馆长往下说。于是,齐馆长下面的话就直奔主题,他把做旅游木雕的重要性以及自己目前的处境,统统摆在了张宝生的面前,特别强调,如果这事儿黄了,局领导一恼,对他产生看法是小,把他调离山陕甘会馆是大。这两年不管咋说,经过他的努力,会馆在走上坡路,是在往好的方向发展,尤其是他提出把马家的三进院打造成旅游木雕作坊,一箭三雕,名正言顺,既能改变会馆的经济状况,又能给徐府街留下一座百年老院,还能成全一桩美好的姻缘,何乐而不为?然后,这一箭三雕关键的关键,就在马家少爷马青的身上。

“该说的我都说了,口渴,我得喝杯茶。”齐馆长把杯子里的凉茶一擢(倒掉),给自己倒了热茶。

张宝生:“还有啥?”

齐馆长:“该说的我都说了,事儿不大,你看着办。”

张宝生把手里的烟蒂摁灭在烟灰缸里:“你说完了,听我说两句中不中。”

齐馆长:“咱俩不就是在拆洗这事儿嘛,谁想说啥说啥,各抒己见。”

张宝生:“我问你,你说了恁多,跟我有啥关系啊?”

齐馆长大为不解地:“咋会跟你冇关系啊?眼望儿船就在你这儿弯着呢。只要你能去局子里说一句话,马家少爷就能压局子里放出来啊,就像一枚棋子儿,一步走对,满盘皆活。”

张宝生:“恁都活了,我死了。”

齐馆长:“你死啥啊?你更活,所有人都得给你竖大拇指,通情达理,大人大量,尤其是俺山陕甘会馆,咋着也得给你颁发个荣誉馆长的证书吧。”

张宝生一听笑出了声。

齐馆长满脸严肃地:“真的,你别笑,我今儿个说的话,可不是打麻缠。”

张宝生收起脸上的笑容,说道:“不打粮食的话少说吧,我就问你一句，我的损失谁来弥补？”

齐馆长：“你的损失谁来弥补？你的啥损失啊？你有啥损失啊？”

张宝生眼一瞪：“那么珍贵稀有的宋代香谱被泄露，算不算损失？不怕贼偷就怕贼惦着，万一哪天我的宋代香谱真的被贼偷走了，谁负责？你老弟是站着说话不腰疼，要不这样，咱俩签个合同，一旦我的宋代香谱发生意外，恁山陕甘会馆负全责。合同签好，我立马去局子里给马家少爷说情，**一风吹**（没事儿了），我把他给保出来。”

齐馆长一脸不屑地：“搁住搁不住，多大个事儿啊，还要签合同，搞得跟拆迁一样。”

张宝生：“搁不住？说句难听话，就那一张宋代香谱，能买下半条徐府街！”

齐馆长：“我知，宋代香谱主贵，那也搁不住签合同啊，往银行的保险柜里一放，不啥都有了？我再说句不该说的话，你那张宋代香谱，就是挂在鼓楼上也冇人能看懂。”

张宝生：“你咋知冇人能看懂？祥符城里妖怪多着呢。”

齐馆长端起茶杯，一口喝干杯里的茶，诡异地笑道：“要是有人能看懂，你还能让马家少爷看吗？”

张宝生：“我那不是喝高酒了嘛。”

齐馆长：“快拉倒吧，人家不了解你，我还不了解你，祥符城里的妖怪再多，大妖怪只有你一个。”

张宝生：“你说这话是啥意思啊？”

齐馆长：“啥意思啊，咋？还非得让我把话挑明？”

张宝生：“明人不做暗事，有话就说，有屁就放，你朗利点儿中不中？”

齐馆长：“我是不懂香，马家少爷也不懂香，可俺不懂有人懂啊。”

张宝生的鼻子里哼哼了两声，仍旧一脸不屑地：“我知你说的那个懂香的人是谁，不就是那个新加坡来的小妞儿嘛。为了马家少爷，恁眼望儿是穿一条裤子。她懂香又能咋着，她要是能做出和我一模一样的香来，我叫她一声妈。”

齐馆长笑了：“你看，不打自招了吧。”

张宝生：“有啥可自招的，讲白了，她是做香的，说到底我还是个卖茶的。”

“这不妥了嘛，十八能不过二十的，做香的玩不过卖茶的，新加坡那个小妞儿说了……”说到这儿，齐馆长把话闸住，不再往下说。

张宝生：“说啊，新加坡小妞儿说啥了？”

齐馆长：“明知故问。”

张宝生也不再往下问，又点燃一支烟，安然地抽着，还吐了两口烟圈。

齐馆长：“那小妞儿，她要是个懂茶的，你就傻脸了。”

“那也傻不了脸，她要是懂茶，我就不再做香，把宋代香谱捐给国家，给咱这座历史文化名城再增加一点色彩。”张宝生把扭在一边的脸转向齐馆长，语重心长地说，“老齐，论交情，咱弟儿俩可不是一年两年了，你冇来山陕甘会馆之前，咱俩就有交情。我张宝生不是个不认交情的人，我想对你老弟说的是，咱俩交情归交情，公归公，私归私，别搅缠在一起。你的苦衷我知，可我的苦衷你不知，我也不是一个不通情达理的人。可你想过冇，恁都得兜了，我呢？眼望儿满祥符城里到处都是卖茶和开茶馆的，竞争越来越激烈，源生茶庄被压得都快喘不过气来。不瞒你说，要不是这块源生茶庄的牌匾价值连城，我早就把源生茶庄改名为源生香行了。不管咋着，眼望儿祥符城里还有几个做香的，扒扒拣拣，咱还能算是老大，即便是那个新加坡小妞儿留在了祥符，我也不怯，她就是有朝一日掌握了宋代香谱‘香严三昧’的精髓所在，到那个时候，恐怕我就已经不再做香了……”

话说到这个份儿上，齐馆长心里明镜似的。根本就不是张宝生不想给所有人面子，他打出宋代香谱这张牌的最终目的，还是想把叶焚月撵走。在祥符做香这个行当里，他宁做鸡头不当凤尾，而叶焚月的出现让他有点乱了阵脚，但很快他就有了应对之策，找到了对方的软肋，这个软肋就是马家的少爷马青。

在来找张宝生摊牌之前，也就是齐馆长去马家碰见叶焚月的时候，叶姑娘也说到了马青是因为她才走了这一步，尽管她与马青还冇上升到真正的恋情那层关系，但她已经十分清楚，她正在一步一步走向那层关系。她也非常支持马青辞去西安的工作，回祥符来做旅游木雕，这其中并非完全因为她喜欢马青，还有一个重要因素就是，旅游木雕若能上马，保住三进院的希望就大大增加。因为齐馆长透露,虽然确保三进院没有形成板上钉钉的正式文件,但那位酷爱山陕甘会馆木雕的文旅局孙局长,已经开始了方方面面的游说行动。用孙局长自己的话说,他想干的事儿,只要想干,还有几件干不成的。人啊,都别太自信,小河沟里翻船的事儿不少,三十年河东三十年河西,这一回做旅游木雕这事儿,恐怕要栽在源生茶庄的张宝生手里。

齐馆长沮丧地回到山陕甘会馆,刚一进院,就瞅见叶焚月在古戏楼下面的通道口站着。齐馆长朝叶焚月走了过去。

齐馆长:“你这是在等我吗?”

叶焚月摇了摇头:“也是也不是。”

齐馆长:“啥叫也是也不是?”

叶焚月:“山陕甘会馆不允许有香火,是吗?”

齐馆长:“是啊。”

叶焚月:“我问一句,山陕甘会馆不让有香火的规矩是老祖宗留下来的吗?”

齐馆长:“不是。”

叶焚月:“我明白了。”

齐馆长:“你明白啥了?”

叶焚月:“也就是说,山陕甘会馆在俺爷爷那辈还有那么价值连城,到了俺这一辈,变成了国家一级保护文物,它的待遇就不一样了。”

齐馆长:“你说的冇错。”

叶焚月:“就像源生茶庄的张老板做香一样,宋代香谱暴露之前,他还冇那么神秘,宋代香谱暴露了,他就越发神秘了。”

齐馆长:“神秘不神秘他都是茅坑里的石头又臭又硬。”

叶焚月:“听您的口气,张老板冇拿下。”

齐馆长微微点头,问道:“知道是啥原因吗?”

叶焚月也微微点头,说道:“因为我。”

齐馆长:“这么跟你说吧,那个张老头已经腻歪上你了,腻歪上你的原因,也不是完全因为马青和那张宋代香谱。”

叶焚月:“还因为啥?”

齐馆长:“即便是马青明儿个就压局子里放出来,只要你不离开祥符,那个张老头都会想方设法把你撵走。”

叶焚月:“为啥?大路朝天,各走半边,我又冇看他那张宋代香谱,就是看了,我也不会按照那张宋代香谱去做香,就是做了,也不一定能做出他那个味儿来。祥符城里的胡辣汤、鲤鱼焙面还不都是一个味儿呢,用老百姓的话说,杀猪杀屁股,不一个杀法儿。”

齐馆长:“是不一个杀法儿,但猪都一样吧?只要是猪,别管是黑猪还是白猪,杀猪的目的就是为了吃肉,尽管肉跟肉也不一样,屠夫却都认为自己杀猪的方法要比别人好。所以呢,才会有同行是冤家这么一说。”

叶焚月:“所以啊,归根结底就是一句话,张老板是因为我,才想出了这个收拾马青的法儿,我要是明儿个就离开祥符呢?”

齐馆长:“你要是明儿个上午就离开祥符,马青明儿个下午就能压局子里出来。”

叶焚月:“我要是不走呢?”

齐馆长:“问题根本就不在于你走不走。”

叶焚月:“我知,问题在于同行是冤家。”

齐馆长:“对呀,马青就是压局子里出来,你只要不离开祥符,那个张老头就会变着法儿拾掇你。”

叶焚月把目光投向了照壁上那些内容丰富、既有人物也有花鸟和其他动物的精美砖雕,似问似不问,又似喃喃自语:“这照壁上的砖雕真的很富有生活气息,可我搞不明白,为啥在这些砖雕图案中有恁多花瓶呢?”

齐馆长:“这你都不明白啊,这些花瓶是吉祥的化身,寓意就是瓶瓶(平平)安安呗。”

叶焚月默默地点着头,又似喃喃自语地说道:“俺二红爷爷真中,把这么好的砖雕留在了祥符,俺这个当孙女的,要不守着它,是不是有点愧对祖宗啊?”

齐馆长冇听清叶焚月说的啥,问道:“你说啥啊?”

叶焚月把目光压照壁上挪向了齐馆长,面带微笑,清晰有力地说道:“我还是在问是与不是,但这次问的不是您,问的是我自己。我问自己的是,就冲着俺二红爷爷,把这么好的手艺留在了祥符,我要是不守着它,是不是大逆不道啊?”

齐馆长愣在了那儿,这一回他不知该说是或不是,但他已经压叶焚月坚定的面容上得到了是或不是的答案。

叶焚月在山陕甘会馆的照壁前做出了留在祥符的决定,用祥符人的话说,她要跟张老板挺到底,并不是摊为马青,也不是摊为宋代香谱,而是摊为所有人都会说的那句——人争一口气佛受一炷香。

叶焚月把“在梁君宿”的房卡续上了一个月,又让雪玲帮忙在徐府街上租一间房。她准备开一个小香坊,做“长期抗战”的准备。用她自己的话说,并不是要和张老板对着干,而是徐府街上还没有一个正儿八经的香坊,源生茶庄是卖茶叶的,不是做香的,即使是源生茶庄不卖茶叶改成了源生香坊,那也是“比翼双飞”,不存在谁跟谁挺头之说。当叶焚月把自己的想法告诉了雪玲之后,雪玲十分兴奋地对叶焚月说:花那钱弄啥,把三进院恁爷爷的那房子收拾一下,在里面做香,反正眼望儿在拍电视剧暂时也拆不了,等真要强拆到保不住的时候再说。

雪玲把叶焚月的打算跟马老二一说,马老二比雪玲还兴奋,面对拆迁终于不是马家在孤军奋战,二红家的人也来了。

马老二的嘴里连连在说:“中,中,可中,只要二红家的孙女往三进院里一扎,她就是房产证!”

就在叶焚月续上“在梁君宿”的房卡,把香坊安在了三进院的第二天,被刑事拘留五天的马青,在交了一千元罚款后,也压局子里放出来了。公安方面说是依照法律,马青的偷拍并冇形成刑事犯罪,也冇造成重大的社会影响,只能归结于民事纠纷,拘留五天已经是最重的处罚,仅此而已。所有人都松了一口气,觉得接下来的事儿都可以顺理成章。对马家来说,即便是马青一意孤行非辞西安的工作,最终结果大不了是马青回来打烧饼,不管咋着,儿子的婚事儿有了着落;对叶焚月来说,能不能有花好月圆的婚恋暂且不说,只要马青回到祥符,别管是打烧饼还是做木雕,协助她完成对宋代香谱的研究不在话下;对齐馆长就更不用说了,山陕甘会馆开发旅游木雕,一路绿灯,前景可观。

九、别管是弄啥，同行是冤家

小竹竿，光溜溜，挑起白面下汴州；汴人夸俺好白面，俺夸汴州好闺女；脸又大，屁股宽，抓把芝麻撒不到边；七角八巷里有戏，龙亭跑马万岁山。

——选自祥符歌谣

齐馆长在听说马青安然无恙压局子里出来的第一时间，坚决要求山陕甘会馆做东，在“新生饭庄”摆上一桌给马青压惊。尽管马家人一再谢绝，但齐馆长说桌子已经订好，不去不是不给他面子，而是不给山陕甘会馆面子，齐馆长说，山陕甘会馆是谁家的？名气再大，历史文化再厉害，要是冇当年的马家和二红家，今儿个的山陕甘会馆和三进院一样，搞不好也会被列入拆迁名单。齐馆长如此一番盛情，搞得大家只有恭敬不如从命。

晚上，所有被邀请的人都坐进了“新生饭庄”的包间里，所有人脸上都可展样，只有马青那张脸枯绌着。对于马青脸上的这种枯绌大家也都十分理解，刚压局子里放出来，心情自然不会畅快，过上两天自然也就好了。

齐馆长端着酒杯，说道：“今儿个俺山陕甘会馆做东，请大家来这里，并不是因为恁马家在教（指回民），而是我个人认为，新生饭庄在咱祥符城里久负盛名的清真饭店中，它的清真风味是最好的。俺山陕甘会馆请客基本上都在这里，俺在这里不仅请过阿拉伯朋友，还请过美国、日本、泰国可多可多的朋友。祥符城里被命名的‘中华老字号’怪多，但我觉得，清真的‘中华老字号’，除了寺门的沙家牛肉，就数这个‘新生饭庄’了……”

马家人当然明白齐馆长把饭局安排在这里的用意，这个新生饭庄是

1930年创办的，比山陕甘会馆小一百五十四岁，用齐馆长的话说，它要是1776年创办的，估计也得请马大旺和二红两位老爷子来给它刻木雕和砖雕。齐馆长一边说一边端起酒杯，他让大家共同把第一杯酒干了，不为别的，这杯酒是为马家和二红家的先人们干杯。

满座人都端起酒杯，只有马青依旧枯绌着脸，闷着脑袋坐在那里。

齐馆长冲马青："爷们儿，咋啦，啥事儿过不去啊，天大的事儿也能过去。今儿个高兴，啥也别想，就是喝酒，来，把这第一杯先干喽再说。"

马青姿态依旧。

马老二："儿子，齐馆长说得对，这算个啥屁事儿啊，在恁爹眼里连个屁事儿都不算，山陕甘会馆今儿个做东请咱，咱就是要高兴，啥也别想，吃得劲，喝得劲，明儿个你要回西安，恁爹我也想开了，随你的便，想回来你就回来，想刻木雕你就刻木雕，想弄啥弄啥。下一步就是，把咱的三进院保住，一家人守在一起得得劲劲过日子。这不，叶姑娘也留在祥符做香了，你还想啥？啥也别想了，来，儿子，把这杯酒喝喽。"

马青还是有一点反应。

坐在马青身边的叶焚月说话了："在来祥符之前，我对祥符的认识全部来自俺俊妞奶奶，俺俊妞奶奶说祥符这也好那也好，祥符有包公，有岳飞，有杨家将，有龙亭，有铁塔，有鼓楼，有马道街、徐府街，还有山陕甘会馆。说实话，我对俺俊妞奶奶说的这些一点也不感兴趣，直到我身临这座城市，我才明白，一个人对一座城市念念不忘，并不是因为有那么多值得骄傲的名胜古迹，而是这座城市给他留下了多少故事，酸甜苦辣，悲欢离合，爱恨情仇，荣辱与共……我不是奔着祥符城的故事来的，也不是冲着俺家的老房子来的，我来的目的是为了证明自己的判断，源生茶庄张老板做的香是不是与宋代香谱有关……来到祥符的这些日子，我突然感觉到，我会在这里留下自己的故事。会是一个什么样的故事我不清楚，因为，天下所有的故事都不是靠一个人书写的，我只能期盼，我的故事是喜剧而不是悲剧……来，马青，咱俩碰个杯，预祝我们的故事，能是一个完美的喜剧。"

听罢叶焚月的话，齐馆长带头拍起巴掌来："一定是完美的喜剧，俺山陕甘会馆把恁马家的木雕发扬光大，更是一个完美的大喜剧，来！咱共同为这个完美的大喜剧干杯！”

众人都举起了酒杯，唯独马青还是姿态依旧，在众人的催喝声中，他慢慢地抬起了脸，用目光扫了一圈众人，最后把目光落在了酒桌上方屋顶悬吊着的那盏巨大的吊灯上。许久，马青瞅着那盏吊灯开口说话了。

马青：“在看守所的这几天，我一直在想，当年俺祖爷爷压山西窜到祥符，只是为了来给山陕甘会馆刻木雕吗？我知道，他们那辈手艺人是为了生存。可是，哪一辈手艺人又不是为了生存呢？其实都一样，不是为了生存也不会颠沛流离。但是，这个世道，别管你是不是手艺人，也别管你是啥人，在哪儿活着，都是要寄人篱下。一千年前的李后主和一千年后的叶焚月都喜欢做香，不同之处并不是在香谱上的差别，而是，叶焚月压新加坡来到祥符只需要一天时间，而李后主压金陵来祥符却需要走一个月。道理很简单，别管光阴，也别管远近，人在哪儿都是一个活，不同的是，活得要有尊严。李后主压金陵来到祥符，别管是宋太祖还是宋太宗，对他都是好吃好喝好招待，可他快活吗？他要是快活，也不会写出‘春花秋月何时了，往事知多少’那样的词句。再说俺祖爷爷，他领着一家人压山西来到祥符刻木雕，依我看，也是不得已而为之，反正俺爹打烧饼跟俺祖爷刻木雕一样，钱是不少挣，快活不快活大家都看在眼里。如果俺爹快活，家里备着几罐子煤气弄啥？总不是为打烧饼备着的吧？可想而知，做香也罢，刻木雕也罢，打烧饼也罢，一千年前和一千年后一样，活着最希望得到的是做人的尊严。我有没有尊严？我没有，我的尊严是被自己毁掉的吗？也许是吧。所以，我已经想好了，我要离开这座城市，压宋城回到唐都，就算是一种自我发配吧，不管咋说，在那个远离祥符的地方，或许还能重新找回我的尊严……”

这场晚宴吃得很沉重，无论众人用何种方式劝说，马青坚定不移地要回西安去，就连叶焚月的劝说也不当用，但她能理解马青，一个把自身尊严看得很重的人，爱情在他面前都会给尊严让道。

……

马青第二天就回了西安。也就是在第二天，叶焚月发现，马青的微信头像换了图片，原先那张山陕甘会馆的木雕图片换成了西安钟楼。叶焚月有些伤感，于是，她用微信给马青发过去一句话：“我不会在祥符等你，但我一定会在祥符找到自己的尊严。”

经过一番深思熟虑，叶焚月不准备把自己的香坊设在三进院里，而是租下了离源生茶庄只隔着几间门面的一家转让的拉面馆，这家拉面馆的生意一直不死不活，一直也冇转让出去，转租的租金也很便宜。叶焚月对雪玲说，她不想把香坊设在三进院的原因有两个：一是，香坊的位置还是临街的好，便于招揽生意，再有就是，一旦电视剧拍完，三进院还是要拆迁，再挪窝挺麻烦的；二是，她就是想离源生茶庄近一点，就是想让张宝生的心里不舒服，至于生意会咋样无所谓，其目的就是要让祥符人知道，徐府街上有了一家能跟源生茶庄扛膀子的香坊。

叶焚月主动出击了，她给自己的新香坊挂出的招牌叫“太和香堂”。招牌挂出去不到十分钟，张宝生就晃着膀子来到了门口，站在招牌前，点着一支烟，昂着脸，一边抽烟一边瞅着招牌。

瞅见了门口站着的张宝生，正在店里忙碌的叶焚月，面带笑容迎了出来。

叶焚月：“欢迎张老板大驾光临啊。”

张宝生冇搭理叶焚月，依旧瞅着那块新招牌，琢磨着什么。

叶焚月：“俺这招牌上的名字咋样，张老板？”

张宝生：“太和香堂，咋说啊？有啥考究？给批讲一下呗，叶老板。”

叶焚月：“冇啥考究，随便起着玩儿。”

张宝生：“你可真会玩儿，玩到俺门口了。”

叶焚月：“恁门口？我听着咋有点别扭啊，这咋成了恁门口？要说是山陕甘会馆门口还差不多吧，跟我这‘太和香堂’还有个说道，跟恁的源生茶庄都不挨边。”

张宝生：“哦，你的意思是跟山陕甘会馆挨边？”

叶焚月：“那当然啊。”

张宝生：“你说给我听听，挨啥边？咋个挨边？”

叶焚月指着新招牌说道：“我这‘太和’一词，取于北京故宫的太和殿。知不知太和殿？”

张宝生：“废话，我就是不知龙亭铁塔，不知山陕甘会馆，我也知太和殿啊。”

叶焚月:“知就好说了。”

张宝生:“要说你就说,别跟我卖关子。”

叶焚月:“故宫的太和殿俗称金銮殿,是宫殿建筑的精华,也是东方三大殿之一,它是在明永乐十八年建成的,当时称奉天殿,明嘉靖四十一年改称为皇极殿,清顺治二年才改称为太和殿。我之所以要用‘太和香堂’这块招牌,正因为太和殿的前身源于明代,咱这条徐府街同样是源于明代,山陕甘会馆又建于清代,这不是就有了一脉相承的说道了吗?”

张宝生感悟地点了点头:“嗯,你的话我听明白了,你的意思是说,你‘太和香堂’这块招牌,跟山陕甘会馆和徐府街能挂上边,我那块源生茶庄的招牌比恁瓤点儿,对吧?”

叶焚月:“我可冇这个意思啊,张老板,您有点太敏感了。”

张宝生把脸一沉:“你把店开在我门口,还说我敏感,我看你是故意装孬!”

叶焚月眨巴着眼睛,满脸无辜地:“张老板,您这话是啥意思?我开个香堂碍着您啥事儿?您源生茶庄卖的是茶,我太和香堂做的是香,井水不犯河水。”

张宝生:“别装迷瞪,我源生茶庄只卖茶吗?”

叶焚月:“您卖啥是您的事儿,您就是卖筒子鸡跟我也冇关系,我咋就是故意装孬了呢?您总得讲理儿吧。”

张宝生:“讲理儿?讲啥理儿?讲理儿你就不会跑到徐府街来开香堂!”

叶焚月:“笑话,我在哪儿开香堂是我的事儿,碍着您啥了吗?如果我碍着您啥了,您说出来,我立马就摘掉这块牌子。”

张宝生:“碍不碍着我啥你最清楚,你这块招牌上如果写的是太和茶庄四个字,你看我管不管。”

叶焚月笑了:“您正好说反了吧?我这块招牌如果写的是太和茶庄,那才跟您的源生茶庄是同行的冤家。您别管了,只要您把源生茶庄四个字改成源生香堂,我立马就把太和香堂四个字改成太和茶庄,您看咋样?”

张宝生:“叶小妞儿,你怪能搅缠啊,祥符城里谁不知我源生茶庄那块招牌的来历,说句难听话,源生茶庄虽然没有山陕甘会馆的名气大,但你这块太和香堂的牌子,就是给我垫脚都不够资格!”

叶焚月:“张老板,您是长辈,您说这话就不怕有失您的身份?那好,既然您说了句难听话,那我也说一句难听话,我太和香堂这块招牌,不是用来给您垫脚的,是用来抢您源生茶庄生意的。”

张宝生把手里的烟蒂扔在地上,狠狠地用脚跐了跐,笑里藏刀地说:“中啊,既然你今儿个给我下了这张战表,那我就接着,骑驴看唱本咱走着瞧,再说句难听话,这条徐府街上敢跟我张宝生叫板的人我还真冇见过,别以为你仗着马家烧饼的势力就敢来跟我挺头,你看我能不能把恁给一锅烩喽!”

叶焚月微笑着:“那好啊,我就等着您把俺给一锅烩喽。”

张宝生:“你就等着吧,我会让你这个不知天高地厚的小妞儿知道啥叫‘锅是铁打的’!”

叶焚月丝毫不怯地:“好,我等着。”

张老板跟叶焚月吵架的事儿,冇过一个时辰就传到了马家人的耳朵眼里。虽说马老二不像雪玲那么担心,但心里清亮,真要是把张宝生给得罪了,很多意想不到的事儿都可能发生,那可是个黑白两道通吃的主儿,要不儿子马青咋会在局子里待了这么几天。

雪玲冲马老二说道:“这也太欺负人了吧,别说叶姑娘还不是咱马家的儿媳妇,咋说二红家也算咱徐府街的老门老户吧,他张宝生算啥?他是市长还是区长?凭啥不让二红家孙女在徐府街上开香堂,就凭他手里攥着一张啥宋代香谱?等着,我眼望儿就去找他论论这个理儿!”

马老二冲雪玲喝道:“安生吧你!”

雪玲:“咋啦?你怯他啊?你怯我不怯,你看我咋去骂他!”

马老二:“骂骂骂,你就知骂,骂要能解决问题,我还用得着预备煤气罐跟咱的三进院同归于尽?这都是下策!”

雪玲:“那你说个上策我听听!”

马老二不吭气儿了,他也想不出啥上策来。

雪玲:“你当我愿意像泼妇一样去骂街啊,这不是为了咱儿吗?叶姑娘真要是被张宝生给逼走了,咱儿的婚事儿也就彻底完了,好不容易碰见个合适的……”

马老二一脸半烦地："中啦！娘们儿家头发长见识短，一点也不假，你当人家叶姑娘留下来开香堂是为了咱儿？"

雪玲一脸蒙圈地："你，你啥意思……"

马老二白了雪玲一眼："发迷。我问你，二红家孙女压新加坡大老远窜到祥符来，就是为了找对象吗？"

雪玲："起先不是，眼望儿是。"

马老二："起先不是，眼望儿也难说是不是！"

雪玲："你说这话是啥意思嘛，你能不能把话说清亮点儿。"

马老二："这还用说嘛，一个女孩儿家，三十大几不结婚，压新加坡窜到祥符来，说是为自家的老房产，可是你看她热不热？她热的不是自家的老房产，她热的是张宝生手里的宋代香谱，要不她会在源生茶庄旁边开一个香堂，这还不清亮是咋回事儿吗？说句不该说的话，咱儿要不是摊为她，咋可能进到局子里去？说白了，她是冲着张宝生手里那张宋代香谱才来祥符的，再说句难听话，她跟咱儿谈恋爱，那也是搂草打兔子。"

雪玲不吭气儿了。

马老二："你仔细想想，是不是这个理儿？"

雪玲眨巴着眼睛想了想，悟了悟："就是，摊为这，还把人家肖丽搞得可不得劲。"

马老二："搞得一圈人都可不得劲。"

雪玲："咱这不都是为了咱儿嘛。那，那你说该咋办啊？"

马老二："咋办？凉拌。"

雪玲："咋个凉拌法儿？"

马老二："儿孙自有儿孙福，咱瞎慌慌也有用。你听我的，别去跟张宝生挺头，让街坊四邻看笑话，咱权当不知，观察一段日子再说。如果咱儿真的能跟二红家孙女成事儿，两人能领证结婚，就说明他俩真有缘分。如果二红家孙女摆不平张宝生，香堂不开拔腿走人了，就说明她跟咱儿根本就不是那回事儿。"

雪玲默默地点着头，认可了马老二的话。

马老二思索着继续说道："话又说回来，咱儿这次回西安要是真能把做木雕的念想给断了，也未必不是件好事儿。"

雪玲:“咋未必不是件好事儿啊?”

马老二:“咱马家几辈人守着这座山陕甘会馆,一辈儿不胜一辈儿……”

雪玲:“啥意思啊? 咋一辈儿不胜一辈儿啦?”

马老二:“不管咋着,咱爷爷刻木雕还能盖一个三进院,到了咱这辈儿,混成个打烧饼的了。”

雪玲:“打烧饼咋啦? 不是也挺好的嘛,祥符城里谁不知咱的马家烧饼,钱也不少挣。”

马老二:“说是就这说,刻木雕也罢,打烧饼也罢,都登不了大雅之堂。说实在话,山陕甘会馆咱抬头不见低头见,每一次我瞅见那些木雕,心里就有一种说不出的滋味……”

雪玲:“啥说不出的滋味啊,不就是冇继承祖业嘛。”

马老二摇头:“根本不是你说的那回事儿。”

雪玲:“那你说,是咋回事儿?”

马老二:“我问你,常香玉、马金凤、牛得草、关灵凤,他们的豫剧唱得好不好?”

雪玲:“当然好啊。”

马老二:“他们唱得再好,好得被称为表演艺术家,可在老百姓心里,他们就是个唱戏的。这就跟咱爷爷一样,木雕刻得再好,在游客嘴里也就是个刻木雕的,到啥时候他们在老百姓心里也不如那些造原子弹的科学家。”

雪玲摆着手:“知了知了,我知你想说啥了,你不是就想说,咱儿在西安的工作不孬,西安是大城市,咱儿又在大公司,每个月工资都万把块钱,啥时候别人一问咱儿在哪儿上班,都比说在山陕甘会馆里刻木雕好听,对吧?”

马老二:“是啊,咱这辈人是不说事儿了,咱马家下一辈儿人,不能还是刻木雕、打烧饼,讨个媳妇还是个做香的吧。”

雪玲:“我觉得你这都是老思想。”

马老二:“啥老思想新思想,咱这三进院如果是哪个造原子弹的科学家住过,你看有人敢拆冇,发你的糊涂迷,刻木雕的算个啥,啥都不啥!”

雪玲不再吭气儿了。

就在叶焚月跟张宝生怼罢冇一个时辰，消息也传到了齐馆长的耳朵眼里。晌午头，叶焚月刚吃罢饭，齐馆长就派人把叶焚月叫进了山陕甘会馆他的办公室里。一见面，齐馆长就抱歉地说，徐府街上的街坊四邻已经都知源生茶庄跟太和香堂挺上了头，他要是去了太和香堂让张宝生瞅见，会引起不必要的误会。其实，齐馆长不解释也就罢了，他这么一解释，反倒让叶焚月更加明白太和香堂接下来的日子会很不好过。

齐馆长把沏好的茶端到了叶焚月面前，满脸堆笑地说："叶姑娘，祥符人脾气直，跟香一样，你别介意。"

叶焚月："香有直的，也有盘的，味道和功能都不一样。"

齐馆长："张老板是直香。味道怪，功能也比较强。"

叶焚月："味道是有点怪，至于功能强不强，恐怕是要因人而异。我说的对吗？"

齐馆长："对对对，你说得对，用俺祥符人的话说，可汤下馍，可汤下馍。"

叶焚月不解地："啥叫可汤下馍啊？"

齐馆长："你看，虽然你能说一口祥符话，但毕竟你还不是土生土长。寺门的羊肉汤喝过吧？"

叶焚月："喝过。"

齐馆长："可汤下馍，字面上理解就是，碗里盛多少羊肉汤，根据汤的多少往碗里掰锅盔馍，汤少了，锅盔馍掰多了，不中；汤多了，锅盔馍掰少了，也不中。针对到具体事儿上，就是因人而异，因事而异。明白了吧？"

叶焚月点着头，说道："您的意思是说，跟张老板那种人打交道，要看他是什么个性，还要看是什么事情，对吧？"

齐馆长用指头亲切地点了点叶焚月："真是个聪明妞儿，一点就透。"

叶焚月："还有劳您给点化点化。"

"点化不敢当，咱可以切磋切磋。"齐馆长给自己的杯子里也倒上了茶，呷了一口，轻叹了一声，说道，"唉，俺山陕甘会馆里面是不允许做香，要是允许，你的太和香堂可以开到俺这里头。"

叶焚月："其实我觉得，香堂开在哪儿并不重要，只要香好，和酒香不怕巷子深是一个道理。”

齐馆长：“理儿是这么个理儿，现实社会中还是不一样啊！比如俺山陕甘会馆里的木雕，如果搁在北京的故宫里那又是个啥劲头。话又说回来，如果俺山陕甘会馆是故宫那个规模，别说故宫，就是有龙亭公园的一半大，能是眼望儿这个样子吗？所以得想招儿啊，要改变这种撑不死也饿不着的现状，人往高处走，水往低处流，小富即安的思想要不得。”

叶焚月：“我明白您的意思，说到底，您是想在旅游木雕上做文章。”

齐馆长又用手指亲切地点着叶焚月：“你要不是做香的，是个做木雕的，咱们合作一准能中。”

叶焚月：“我要不是做香的，恐怕也来不到这条徐府街上，也不可能和您认识……”

齐馆长抬起手止住叶焚月再往下说：“叶姑娘，咱俩长话短说，我今儿个请你来就是要谈谈合作的事儿。”

叶焚月：“做香吗？”

齐馆长：“对，就是做香的事儿。”

叶焚月：“不会吧，山陕甘会馆不是不允许做香吗？”

齐馆长：“你听我把话说完中不中？”

叶焚月不吱声了。齐馆长说只要叶焚月能用爱情的力量把马青压西安给拽回来，他就能想办法让张宝生和叶焚月化干戈为玉帛，而且还能让张宝生心甘情愿地讲出宋代香谱里面的所有秘密，绝对能让叶焚月不虚祥符此行，爱情和事业双丰收，如果一切顺利，冇准还能三丰收，连三进院一起保住。不管是几丰收吧，前提是，必须要让马青压西安回来与山陕甘会馆合作。爱情的力量很关键，能不能满盘皆活就看叶焚月的了。

听罢齐馆长的话，叶焚月问道：“如果爱情的力量不起作用咋办？”

齐馆长：“事在人为嘛，我眼望儿能想到的招儿，只有这个了。”

叶焚月：“那您告诉我，如果我能把马青压西安叫回来，你用啥招儿让张老板心甘情愿地讲出宋代香谱中的秘密呢？”

齐馆长挠了挠头：“这个嘛，我暂时还需要保密。”

叶焚月：“您这是在和我做交易啊。”

齐馆长：“话别说得这么难听，要说是交易，这个世界上啥不是交易，社会要平衡，人类要发展，不做交易能中？”

叶焚月：“您说的也对，不过把爱情当交易做，有点不纯洁，也有点别扭。”

齐馆长：“中啦，叶姑娘，面对现实吧，锅是铁打的，人是肉长的，咱不是都想把日子过好吗？”

叶焚月：“您让我考虑考虑。”

齐馆长：“尽快吧，考虑的时间可别太长，千万不能让黄花菜凉了啊！”

叶焚月压山陕甘会馆里回到太和香堂，独自坐在屋内，瞅着门外徐府街上的行人，想着齐馆长说的话。眼下的局势有点混乱：马青决意回了西安，且不说爱情的力量能不能让他回到祥符，马家老两口虽说期盼儿子能有一个他们满意的婚姻，但对儿子回祥符的态度不明。马青回西安的当天中午，叶焚月去了一趟马家，压马老二的言谈话语里能听出，他只对儿子的婚姻感兴趣，对儿子今后会不会回祥符似乎不太感兴趣。再一个就是，齐馆长在马青能不能回祥符这件事儿上显得很功利，即便爱情的力量能把马青拉回祥符，谁能保证旅游木雕就能一帆风顺？要是冇预想的那么好咋办？落埋怨倒是次要，别再因为这种变化影响到了马家父子的关系，她岂不成了千古罪人。有一点叶焚月心里还是清亮的，马青虽然人已经回西安去了，但，爱情这只风筝的线还在她手里牵着，马青就是飞得再高、再远，他的心也还在祥符。

晚上，叶焚月与马青通了电话，把齐馆长找她的事儿告诉了马青，电话那端，马青有些唉声叹气，但不愿意回祥符的态度依然十分坚决，并试图说服叶焚月去西安，唐代的制香业虽然不如宋代发达，从长远的角度考虑，发展前途却要比当下的祥符城要强。再则，还可以考虑一起回新加坡，他查了一下新加坡木雕的历史，早在清代英国人史丹福·莱佛士抵达新加坡开始设立贸易站的时候，就有闽南人到那里刻木雕，至今为止，全球八大最著名的唐人街上，就有新加坡华人的木雕作品，不亚于国内。整整一个晚上，俩人又是电话又是微信，又是木雕又是制香，叨叨到了二半夜。尽管马青不愿意再回祥符，叶焚月却能感觉到他在西安也有诸多的不如意，说白了，这种不如意的根源，还是来自他对木雕那种骨子里的喜爱。同样，马青也说服不了叶焚月，在叶焚月冇搞清楚宋代那张“香严三昧"香谱的实质与内涵之前,是不可能离开祥符的。

这天晚上,徐府街上睡不着觉的还有张宝生,原因并不是来自隔壁的太和香堂。在他与叶焚月挑明要针锋相对之后,回到源生茶庄,刚坐下来,一支烟还冇抽完,市文物局的黄局长带着满面笑容推开了源生茶庄的门。黄局长跟张宝生也算是老朋友,当年黄局长在鼓楼区文化馆当馆长的时候,三天两头窜到源生茶庄来喝茶。黄局长是个喷家,只要往源生茶庄一坐,前三皇后五帝,古今中外,天上地下,冇他不懂的,冇他不知的。张宝生一直觉得,黄局长应该去文旅局当局长,而不是去文物局当局长,文旅局长可以瞎喷,即便是喷得不在谱,只要大差不差就中。文物局长可就不一样了,考古需要严谨,是啥朝代就是啥朝代,一点不敢胡喷乱说,黄局长那张嘴够呛,不定哪一天吃亏就吃在了他那张嘴上。

多少天冇照过头的黄局长,一进源生茶庄的门,就开门见山地对张宝生讲明了来意。黄局长说,眼望儿源生茶庄在全市人民眼里已经不是茶庄了,快变成了博物馆。张宝生问黄局长此话咋讲。黄局长严肃地提醒张宝生,早先在源生茶庄挖出了香炉和牌匾,也就算了,个人收藏也就个人收藏了,可现如今又冒出了一张宋代香谱,这可就不在个人收藏之列了,这属于国家级的文物,要摆放进博物馆里由国家来保管。黄局长说今儿个他来源生茶庄与私交无关,是代表公家来的。黄局长讲明了来意之后,张宝生笑了,满不在乎地对黄局长说:"源生茶庄里还挖出了一个宋徽宗穿过的羊皮裤头,算不算是国家级的文物啊?别拿着鸡毛当令箭来吓唬人,啥国家级文物,祥符城地底下埋着的国家级文物多着呢,恁挖不出来,跑到我这儿来装大尾巴狼,把老子惹急了,一把火把那张宋代香谱烧了,看谁再来打它的主意。"黄局长一看张宝生恼了,立马缓和了口气。他说并不是他想来,马家烧饼的少爷被拘留这事儿,闹得是满城风雨,还有人直接给文物局打过去了举报电话,他能不问问这事儿吗?就是文物局睁一只眼闭一只眼,公安局那儿也有备案不是。张宝生冲黄局长瞪着眼说,公安局那儿你别管,要不是他对公安局说那张羊皮有可能是假的,马家少爷也不会恁快就被放出来。黄局长一头雾水地问张宝生,那张宋代香谱到底是真的还是假的?张宝生骂黄局长就是个猪脑,是真是假谁说了算?还不是恁文物局说了算嘛。黄局长一拍脑袋恍然大悟,不再说宋代香谱的事儿，在源生茶庄喝了几杯茶，掂着张宝生送他的王大昌清香雪，走了。

如果不是黄局长找上门，张宝生还不会说出，是他主动去公安局里说自己是喝高了胡说，那张羊皮上根本就不是啥宋代香谱，是他故弄玄虚，为的是教训一下马家的少爷罢了。公安上也算给张宝生面子，就把马家少爷给放了出来，至于那张宋代香谱的真假，谁也说不准，这是文物局的活儿。于是，才有了黄局长来源生茶庄这一板，啥有人举报，黄局长就是在**绕号**（骗人）。

黄局长走了以后，张宝生就一直在琢磨，别的不说，黄局长有一句话是实话，源生茶庄有宋代香谱这事儿，已经是满城风雨，这可不是件啥好事儿，眼望儿叶焚月又在隔壁开了间太和香堂，也是冲着那张宋代香谱来的，谁能保证以后不再出啥幺蛾子的事儿？这个新加坡的小妞儿来者不善，善者不来，已经剜住了源生茶庄。不中，得想个两全其美的法儿，让这个新加坡小妞儿就范。通过上两次的较量，张宝生心里清亮，这个新加坡小妞儿可不是个一般人，敢把太和香堂开在源生茶庄旁边，就凭这一举动，吓唬是吓唬不走她的。硬的不中，就来软的，软硬兼施，不管咋说，得让这个小妞儿离开徐府街，要不，早晚是个碍噎。

想到这儿，张宝生决定改变一种方式，以柔克刚，别让人家觉得自己是地头蛇，总在欺负一个外来的弱小女子，不管咋说，按辈分自己也是个长辈。于是，他请了一位写书法的朋友写了一副漂亮对联，精装裱之后，送到了太和香堂。

叶焚月冇想到张宝生会以这种方式再次来到太和香堂，面对张老板的彬彬有礼，她有点不知所措。

“俗话说，同行是冤家，按辈分，你还得喊我声叔，你来徐府街开香堂，恁叔对你的态度不太友好，今儿个专门来给你赔礼道歉，虽说咱是同行，但是也不要成为冤家，即便是冤家，也宜解不宜结。”张宝生满脸堆着善意的微笑，边说边打开手里的卷轴，“太和香堂开业我冇来，今儿个算是将功补过。这一副对联，是我专门请祥符城里最有名的书法家林奎成先生写的，挂在太和香堂里不丑气。”

瞅见张宝生打开的对联，叶焚月彻底蒙了，不知说啥是好，直勾勾地瞅着那副对联。

张宝生对叶焚月介绍道:“林奎成先生说,这副对联原本是写草药的,但是,制香的原料大部分都来自草药,意境和用词大差不差。‘野草闲花皆圣药,老树枯柴是灵丹,生意如春意,财源似水源’,你瞅瞅这词儿,这字儿,绝了。”说罢他用眼睛扫了一圈四壁,“我看就挂在西山墙吧,坐西向东,来财。”

叶焚月:“张老板……”

张宝生:“咋?恁新加坡有别的啥讲究吗?十里不同俗,按恁的习俗也中。”

叶焚月:“我不是这个意思。”

张宝生:“你是啥意思啊?”

叶焚月:“您,您让我觉得,有,有点突然……”

张宝生:“有点啥,啥突然啊?”

叶焚月依旧不知说啥是好。

张宝生善解人意地:“嗨,多大个事儿啊,你是对我不了解,我这个德行,徐府街的人都知,狗脸,说翻就翻,你千万别往心里去,别跟我一样儿,你的太和香堂又不是在这里开一天两天,时间长了你就知恁叔是个啥人。还是那句话,冤家宜解不宜结,何况咱前世无仇近世无冤的,别管了,妞儿,从今往后,只要有用得着恁叔的地方你只管张口。这祥符城里,恁叔虽然不敢说通吃,鸡毛蒜皮的小事儿,恁叔出面还是能摆平的。”

叶焚月依旧不知该说啥是好……

十、办法是人想出来的

你，你，两斗米，扒个坑，埋住你，尿泡尿，骚骚你，屙泡屎，臭臭你，鸡蛋壳篓扣住你。

——选自祥符歌谣

晌午头，马家蒸素卤面，雪玲把叶焚月叫过去吃卤面的时候，叶焚月把张宝生送对联的事儿说给了老两口听。

雪玲："别搭理他，黄鼠狼给鸡拜年，冇安好心，他张宝生给谁服过软啊，这不是太阳压西边出来了吗？"

马老二："我把话搁这儿，张宝生明儿个还会找你，太阳是不是压西边出来了我不知，但我知，一山容不得二虎。做香和打烧饼不一样，徐府街上的烧饼炉不止咱一家，咱马家的生意好别人生气也冇用，烧饼好不好，咬上一口就知，跟恁做香卖可大不一样，恁做香卖香是内行看门道，外行看热闹，祥符城里的外行可要比内行多得多，就像这山陕甘会馆里的木雕，大多数来参观的游客是内行还是外行？别说游客，就是咱徐府街上的人，有几个能说出个道道的？不是都冲着山陕甘会馆的名气来的嘛。"

雪玲："我明白了，您的意思是，别管太和香堂做的香是不是比源生茶庄做的香强，张老板是担心，将来有一天太和香堂的名气超过了源生茶庄。"

马老二："往长远里看，只要太和香堂在徐府街上，早晚有一天名气会超过源生茶庄，因为，源生茶庄毕竟是个茶庄，在老百姓眼里就是个卖茶的地儿，做香不是他的专业。"

雪玲:“要是张宝生把源生茶庄的名儿改成源生香堂呢?”

马老二鼻子里哼哼了两声,问道:“你给我说说,素卤面和肉卤面,素胡辣汤和肉胡辣汤啥区别啊?”

雪玲:“一个有肉,一个冇肉呗。”

马老二:“那为啥北道门的老婆儿素胡辣汤,卖得比肉胡辣汤还贵啊?”

雪玲:“那是,那是……那是好喝,反正喝家儿们认呗。”

马老二:“喝家儿们认的不是胡辣汤本身,认的是老婆儿那个人。说的是老婆儿,那个卖胡辣汤的是老婆儿吗?四十郎当岁一个娘儿们,长得白白净净,穿得展展样样,行头恨不得一天换一身,那模样不光招男人,还招女人,养眼!”

雪玲恍然大悟地:“我知了,我知了,你这一说我就清亮了,人也是块招牌,张宝生胡子拉碴的……”

马老二半烦地:“去去去,你还是冇理解我的意思,胡子拉碴跟做香卖香冇多大关系,我是说人的个性,你卖的东西再好,说一句话恨不得把别人给噎死,时间长了能中?徐府街上谁不知张宝生说个话跟吃了枪药似的。有一回,我亲眼瞅见一个货去源生茶庄买茶,对张宝生说,源生茶庄又卖茶又卖香,两掺啊,这茶闻着有点儿串味儿。你猜人家张宝生咋说?”

雪玲:“咋说?”

马老二:“人家张宝生说,你跟恁老婆一个被窝那不叫串味儿,那叫一窝老鼠不嫌骚,跟茶和香在一个店里卖是同理。”

一直冇说话的叶焚月扑哧一下笑出了声。

马老二:“你别笑,这就是张宝生,你说这货气蛋不气蛋,做生意哪有就这做的啊!”

雪玲白了马老二一眼,撇着嘴说道:“跟人家张宝生比,你也好不到哪儿去。”

马老二:“我咋啦?”

雪玲对叶焚月说道:“那一回,有个年轻人来买烧饼,等的时间长了一点儿,说了句拉撒话,你不是也把人家给怼得难呛啊。”

马老二一歪头,不吱声了。

叶焚月好奇地问:“咋怼的?怼的啥啊?”

雪玲:“他怼人家说,急啥急,早急三年你还应爷了呢。那年轻人说,我还不到结婚年龄呢,你猜他咋说?”

叶焚月:“咋说?”

雪玲:“他说要埋怨去埋怨恁爹恁娘,他俩要是不到结婚年龄就结婚,冇准重孙子都抱上了。”

马老二依旧一脸半烦:“去去去,我比张宝生文明多了。”

雪玲:“好不到哪儿去。”

马老二:“最起码,我马家烧饼不是两掺吧。”

这一回叶焚月冇再笑,用手里的筷子一根一根挑着碗里的素卤面往嘴里送,思绪似乎跑到了很远……

尽管齐馆长把话已经跟她挑明,只要她用爱情的力量把马青压西安给拽回祥符,摆平张宝生是早晚的事儿。但此时此刻的叶焚月却很清楚,宋代香谱的事儿对马青的伤害很大,眼下不可能回祥符,至于以后回不回来也很难说。可是时间不等人啊,旅游木雕的事儿要是黄了,保住三进院的事儿很有可能也会跟着黄,这都是很现实的问题。吃素卤面的时候,马老二说到了这一点,但马老二比叶焚月更了解自己的儿子,别看儿子平时挺温文尔雅,一旦真要上了别筋,几头牛也拉不回来。马老二心里的焦虑不比齐馆长轻多少,儿子回到西安上班固然是件好事儿,但山陕甘会馆以开发旅游木雕为理由来保住三进院的事儿就很难说了,马老二之所以对儿子回祥符、重操祖上旧业之事保持沉默,就是因为在保住三进院这件事上他看到了希望。这下可好,儿子窜回西安了,三进院难保了。马老二、叶焚月、齐馆长,包括张宝生在内,他们各有各的想法,各有各的私心,事情闹到今天这个地步,谁也找不到一个妥善的解决办法来达到各自的目的。

叶焚月吃罢素卤面后回太和香堂去了。雪玲在收拾着桌上的碗筷,马老二坐在一旁闷头抽烟,皱着眉头在使劲思考着什么。

雪玲:“愁眉苦脸管啥用,依我看,不中咱这烧饼就不打了,去汴西湖旁边买个小别墅,养养花,喂喂鸟,冇事儿湖边溜达溜达,也可得劲。”

马老二:“得劲个屁,我还是那句话,这三进院是马家的祖业,不能不要！”

雪玲：“我的意思是，咱要有个思想准备，万一……”

马老二眼一瞪：“还万二呢！”

雪玲：“这不是都冇招儿嘛。”

马老二：“谁说冇招儿，我有招儿。”

雪玲：“你有啥招儿？”

马老二：“你先别拾掇碗筷了，坐下，听我说，我想到的这一招儿，八成管用。”

雪玲搁下手里的活儿，坐了下来。

马老二：“你还记不记得那个妞儿？”

雪玲：“哪个妞儿？”

马老二：“就是那个买了咱家三十个烧饼，扔在地上用脚踩的那个妞儿。”

雪玲：“我当你说谁呢，咋不记得，一辈子我也忘不了那个孬孙妞儿。咋啦？你咋想起她了？”

马老二：“我在想，冇准那个妞儿能帮咱保住咱的三进院。”

雪玲疑惑不解地：“她？当初她恨不得把咱家的烧饼炉子都给砸喽，她能帮咱保住三进院？”

马老二：“我问你，咱家青儿当初为啥跟那个妞儿谈恋爱？”

雪玲：“那不是因为那个妞儿她家是刻木雕的嘛。”

马老二：“对呀！那个妞儿她家是刻木雕的呀！”

雪玲恍然大悟地：“哦，我明白了，你的意思是让她家来干山陕甘会馆这活儿。”

马老二：“对呀！再合适不过了，那个妞儿她爹是东阳木雕的传承人，东阳木雕虽然跟山西木雕不是一枝儿，但论名气也不亚于山西木雕，她家在北门外开了一个木雕馆，咱去找找她。山陕甘会馆旅游木雕这么大个活儿，她家保准愿意干，只要旅游木雕这个活儿有人愿意干，咱家这个院子就有保住的希望。”

雪玲：“人家齐馆长找咱，是冲着咱马家木雕的名头，找别的人，有啥名头恐怕**难心**（难成）。”

马老二:“难心啥？做了一辈子马家的媳妇，连东阳木雕是个啥名头都不知吗？”

雪玲:“我当然知，我的意思是，齐馆长认不认那个妞儿家的东阳木雕，山陕甘会馆的招牌可是咱的马家山西木雕。”

马老二:“都到这个节骨眼上了，老齐不认也得认，他要是不认，咋跟他的上司交代？舞马长枪的，冇听老齐说嘛，山陕甘会馆开发旅游木雕都列入了文旅局的工作计划，他不认，上哪儿再去找合适的人。再说了，那个妞儿家的木雕也是响当当的，不会丢山陕甘会馆的人，而且东阳木雕的活儿细腻，做成旅游木雕更合适。你想想，我说的是不是这个理儿？”

雪玲蹙着眉头琢磨了片刻，微微点了点头:“理儿是这么个理儿……”

马老二舒展开眉头，脸上带着兴奋:“当然是这么个理儿啊！”

雪玲却依然忧心忡忡地:“老齐就是认了，那个妞儿家认不认啊？咱漫野地烤火一面热可冇用。”

马老二:“啥一面热两面热，有钱赚哪面都热。我是这样想的，你去找一下那个妞儿，把话给她挑明。往大处说，山陕甘会馆是啥地儿？历史文化名城旅游的重点儿，全世界瞩目，别发迷，这要不是熟人，咱吃饱撑了，会推荐她家？这不是关系不错嘛。”

雪玲依旧不提劲地:“关系不错？关系不错啥？你是不是嫌那妞儿把咱家烧饼踩在地上的还少？”

马老二:“一码归一码，这是两码事儿，跟踩咱家烧饼不挨。”

雪玲:“咋不挨？摊为咱儿子，那个妞儿还冇恼死咱家，要去找你去找，我不去。”

马老二:“你别耍小性儿，这事儿啊，还非得你去，别人去不合适。”

雪玲:“为啥非得我去？”

马老二:“娘儿们家跟娘儿们家好说话，说到哪儿都合适，我一个老头儿家，有些话也不好说。再说，我这个德行你又不是不知，不吃话，万一哪句话说不得劲，反而容易把事情给搞砸了。”

雪玲嘟起了嘴:“不是我不愿意去，我是觉得可恶心。”

马老二:“咋可恶心？这不是为了保全咱家这个院子嘛，你咋恁糊涂呢，你冇听齐馆长说只要旅游木雕上马，咱的三进院就有百分之八九十的希望不被拆迁。哪头轻哪头重啊？只要能保住咱的三进院，听两句难听话又算啥，你说是不是？”

雪玲不吭气儿了，可脸还是耷拉着。

马老二哄劝道：“别管了，只要你能拿下踩咱家烧饼那个妞儿，其余的事儿全交给我……”

嘟噜个脸的雪玲，眨巴着眼睛，低沉着声音问：“那个妞儿叫啥名儿？我都忘了……”

马老二也眨巴起眼，回想着：“就是，那个妞儿叫啥名儿来着？瞅瞅我这脑子……”

两口子一起想了老半天，终于把踩烧饼那个妞儿的名字给想起来了——吕鑫。

第二天一早，吃罢早饭，雪玲手里拎着一兜马家烧饼去了北门外的“一品木雕”馆，找那个叫吕鑫的妞儿。

自打马青跟吕鑫闹掰，第二年吕鑫就结了婚，嫁给了一个叫面蛋的年轻人。这个面蛋是吕鑫她爹的徒弟，是一个农村青年，人们之所以叫他面蛋，就是因为他人老实，性格内敛，不爱多说话，三杠子也难打出一个屁来。在吕鑫她爹的几个徒弟当中，面蛋的活儿最好，深得吕鑫她爹偏爱，吕鑫她爹早就说，面蛋这孩儿要是能当他吕家的女婿，他一分钱彩礼也不要。果不其然，面蛋不仅成了吕家的女婿，而且还是倒插门。

当然，吕鑫能跟面蛋结婚，还得归功于马青。吕鑫在徐府街踩了马家三十个烧饼以后，一度非常消沉，每天坐在一品木雕馆里发呆，可把她爹妈担心得够呛，也不敢多问。直到有一天，面无表情的女儿郑重地对他们说要嫁给面蛋的时候，她爹妈才恍然大悟，女儿这是把自己的婚姻想明白了，嫁人就要嫁给像面蛋那样踏踏实实过日子的男人。人们常说，一个女婿半个儿，面蛋倒插门进了吕家以后，半个儿就成了一个儿，除了刻木雕外，吕家的大小事儿统统担在了面蛋的肩上，根本用不着吕家人操心。最享福的就是吕鑫，每天轻松地坐在一品木雕的门面里，有顾客接待顾客，冇顾客看闲书，上网玩游戏，吃零食，听音乐，唯一让她烦恼的是，跟面蛋结婚一年多了，想要个孩子，肚里却冇一点动静。面蛋催促她去医院做个检查，她说不急，再等等吧。

雪玲来到一品木雕馆的时候，吕鑫正坐在电脑前浏览网上有关不孕不育的文章。雪玲推开玻璃大门进来，吕鑫第一眼冇认出雪玲，只是觉得有点面熟，毕竟她跟马青好的那个时候，只见过雪玲一面，还是在她踩马家三十个烧饼那天。

见有人进来，吕鑫压电脑前站起身迎上前去。

吕鑫面带热情地："需要啥样款式的家具？俺这儿仿古家具的款式很多，各种材质的也很多，还可以定做……"

雪玲："妞儿，你不认识我了？"

吕鑫仔细打量着雪玲："瞅着有点儿眼熟，想不起来了。"

雪玲面带亲切和蔼的微笑，把手里拎着的那兜马家烧饼递到了吕鑫眼前，说道："冇啥给你捎，也不知给你捎啥，我只知道，你喜欢吃这个。"

吕鑫不知所措地接过雪玲手里那个兜，往兜里一瞅，脸色立马就阴沉了下来。她把接到手里的那兜烧饼往身旁一个木雕花架上一搁，两眼紧紧盯着面带亲切和蔼微笑的雪玲。

雪玲："知我是谁了吧，妞儿？"

吕鑫冇吭气儿，两眼依然紧紧盯着雪玲。

雪玲："妞儿，过去的事儿已经翻篇，别再记仇了，中不？我今儿个来找你，是有个重要事儿对你说。"

吕鑫："咋，恁儿后悔了？想跟我结婚了？"

雪玲连连摆手："不是不是，别误会，我今儿个来找你是有别的重要事儿。"

吕鑫："别的重要事儿？我跟恁儿有别的啥事儿了，咋？掂着烧饼来，还想让我再踩一次？"

雪玲："妞儿，咱能不能不再提过去的事儿，心平气和一点儿，我今儿个来找你真的是有可重要可重要的事儿，对恁一品木雕来说是一件天上掉馅饼的大好事儿。"

吕鑫："天上掉馅饼的大好事儿？我听听，多大的馅饼，多大的好事儿啊。"

雪玲的两眼一边扫视着身边摆放陈列的这种仿古家具，一边连声夸赞道："中，中，可中，东阳木雕真的不亚于山西木雕，怪不得俺家老头儿说，这活儿非恁一品木雕莫属。中，真中，啥都别说，我一看就中……”

吕鑫一脸的不耐烦：“中了，你别一个劲地中中中的，有话就说，有屁就放，中不中？”

雪玲：“中，当然中，我眼望儿就跟你说。”

当吕鑫听雪玲把事情的前前后后铺摆了一遍之后，半晌冇表态，她压花架上把那兜烧饼拿了下来，把手伸进兜里抓出一个烧饼，张开嘴，又大又狠地啃了一口，使劲嚼着，一边嚼一边点着头说：“中，中，可中，真的中……”

雪玲满脸兴奋地：“你同意了？太好了，有眼光，只要恁同意接这个活儿，咱就是双赢，我来的这一路上，最最担心的，就是你记仇，不同意……”

吕鑫把嘴里咀嚼的那一口烧饼，一口吐在了地上，问道：“我同意啥了？”

雪玲睁大双眼：“哎，你这是……”

吕鑫：“我这是啥？我同意啥了？瞅瞅你激动得像打了鸡血，我同意，我同意个屁！”

雪玲傻了脸，不知该说啥了。

吕鑫把手里啃了一口的烧饼随手扔进了装烧饼的那个大兜，递向雪玲：“掂走掂走，就冇吃过恁难吃的烧饼。”

雪玲彻底无语，同时也明白自己不该来这里，马老二想得太简单，眼前这个妞儿还记着仇呢。此刻，遭到羞辱的雪玲也彻底爆发，她接过吕鑫递过来的那兜烧饼，狠狠地往地上一扔，蹦起俩脚踩了上去，一边狠狠地踩，一边狠狠地骂，还往上面吐着口水：“这一辈子就冇吃过恁难吃的烧饼，恶心八回带**干哕**(呕吐)，呸！呸！呸！真是瞎了眼，咋会有这种**腌臜**(脏，不干净)的东西！扔进茅厕池里都嫌腌臜！啥叫腌臜菜？这就叫腌臜菜……”

吕鑫在一旁面无表情地瞅着恼羞成怒的雪玲，待她骂得差不多了，不紧不慢地冲雪玲说道：“骂过瘾冇，冇骂过瘾接着再骂，你要是真想哕后面有茅厕，哕罢还有纸可以擦，你要哕不出来了就赶紧走。出门有公交车也有出租车，要是兜里坐车的钱不够，我可以借给你，赶紧走！”

雪玲扭脸就往大门外走，一边走嘴里一边大声说：“东阳木雕是不孬，搁在这里糟蹋了，山西木雕再不中，搁的地儿中，恁一品木雕就是有八条腿，也撵不上山陕甘会馆里的山西木雕……”

被羞辱后的雪玲回到了徐府街，进了家门，一屁股坐在椅子上喘着粗气。马老二一瞅雪玲这个劲头，就知发生了啥事儿，也不吭声，倒了一杯水递给了雪玲。

马老二：“先喝口水，消消气儿，冇啥大不了的，东方不亮西方亮，办法总会有的，真不中，就让咱青儿回来。我也想好了，啥好工作孬工作，有个活儿干，有口饭吃，有个媳妇，比啥都强，比上不足比下有余，咱马家烧饼在祥符城里还有一席之地，撑不死也饿不着吧？中了，人别跟狗**狭气**（生气），大不了我窜一趟西安，给咱儿子说两句好听话，他要不听，你别管了，我就是闹翻天，也要把咱儿子给闹回来。”

雪玲怒气未消地：“不是这个问题！”

马老二：“不是这个问题是啥问题啊？”

雪玲：“那个妞儿太噎胀，你瞅瞅她那个样儿，幸亏当初咱青儿跟她拉倒了，就她那个样儿，真要是嫁给了咱青儿当媳妇，那才是倒了八辈子血霉！这号女人，嫁到谁家谁家倒霉！”

骂归骂，恨归恨，事儿咋办呢？真的就像马老二说的那样，去西安把儿子闹回来？这当然是一句宽慰雪玲的话，马老二也不可能那样做，可接下来该咋办？马老二两口子陷入迷茫，虽然齐馆长放出狠话，只要山陕甘会馆的旅游木雕能上马，他想尽一切办法也要保住三进院，可是，眼望儿祥符城里连个刻木雕合适的人选都找不着，咋办？马老二两口子陷入了困境。

晚上，马老二两口子神情黯淡地坐在堂屋里看电视，马老二手里的遥控器不停地换着各种频道，也不知他想看啥，雪玲的心思也不在电视上，任凭马老二换着频道一声也不吭，其实，两人都可清亮，各自心里想的是同一件事儿，那就是接下来该咋办。吃晚饭之前，齐馆长下班压门口经过时，还专门进院里催促这事儿要抓紧，时间不等人，电视剧一拍完，三进院说拆就拆，那可不是闹着玩的，到时候哭都来不及。

“停，停，就看这个。”雪玲制止住用遥控器换频道的马老二。

电视屏幕上，河南电视台的一个频道在播放电视剧《大河儿女》。

马老二:“都放几百遍了,有啥看头。”

雪玲冇搭理马老二,专注地看着,一边看一边说:“烧钧瓷的人,一辈子烧出了一个‘龙凤盘’,那也是冒撞上的,有几个烧钧瓷的人有这种运气啊,恁主贵一个‘龙凤盘’,还被砸碎,可惜了……”

马老二:“可惜啥,这叫宁为玉碎不为瓦全,秉性!换成我,照样也把它砸碎。就像咱家这个三进院,真不中,我还是抱着煤气罐跟它同归于尽!”

“快拉倒吧你,我说的是,人家烧钧瓷的能烧出‘龙凤盘’肯定不只是运气,依我看,是运气加手艺。”雪玲瞅着电视叹了一口气,“唉,咱马家是有手艺冇运气啊,咱要有运气,也不至于为找一个刻木雕的人费这个神。”

马老二瞅着电视说道:“当初,要是咱祖爷把咱三进院也刻上木雕,搞得跟山陕甘会馆**一满似样**(一模一样),眼望儿就不会有拆迁这一说了。”

雪玲:“啥也别说,还是咱冇这个运气。”

两口子瞅着电视上的《大河儿女》,不作声了。

“砰砰砰,砰砰砰……”有人在敲门面房的门。

雪玲:“恁晚了,谁呀?”

“我去瞅瞅。”马老二搁下手里的遥控器,起身去了前面。

马老二走到前面的门面房,将门打开,由于光线不强,一眼冇认出站在他面前的年轻女人是谁。

马老二:“你找谁啊?”

“来这儿还能找谁,找恁马家的人啊。”

马老二:“你是……”

“今儿个上午,是恁家的人先去找我的。”

马老二顿时缓过了神,惊讶之余,急忙扭头冲着堂屋喊道:“雪玲!雪玲……”

听见马老二叫喊的雪玲压堂屋里走了过来,让她万万冇想到,来的人竟然是吕鑫。

雪玲立马虎着脸说:“你敲错门了吧?”

吕鑫面目平静地说道:“早上你敲错门了,晚上我敲错门了,还有啥难听话你就说,想骂也中,说完骂完,听我跟恁说点正事儿,中不?如果不想听我说，扭脸我就走，我要是一走，过了这个村可就冇这个店了。”

雪玲正要说话，被马老二先制止住：“你别吭，咱先听她说，看她想说啥。”

吕鑫：“我要说的话很简单，说罢我就走，恁要愿意，明儿个咱再接着细说，恁要不愿意，权当我今儿个晚上冇来过。”

马老二：“你说吧，俺听着呢。”

吕鑫：“山陕甘会馆做旅游木雕这事儿，俺一品木雕同意干。好了，我的话说完了，明儿个上午10点钟，我在汴西湖东岸的‘蒲月茶馆’等恁，愿意细谈恁就去，不愿意恁就不去，随恁的便，我只等到10点半。”

吕鑫说罢转身就走。

马老二和雪玲有点犯傻，木呆着脸瞅着吕鑫走远。

这突如其来的变化谁也想不到，这是运气还是手艺？或许这是两样兼顾。一品木雕为啥同意接山陕甘会馆这个活儿，马老二两口子无须知道，他们只知道，保住三进院已有九成希望。吕鑫为啥会有这种突然的转变，他们也无须知道，或许要归功于今儿个晚上看了《大河儿女》吧……

吕鑫的这种突如其来的变化，让马老二两口子有点猝不及防，这个妞儿咋会发生这种一百八十度的大转弯？让人猜不到、吃不透。

再说今儿个上午，雪玲压一品木雕走罢之后，吕鑫觉得身上那股子毒气还冇出完，勾起了她那些不愉快的往事儿，也不上网玩游戏了，一个人闷闷不乐地坐在那里。不一会儿，面蛋把新制作的木雕屏风拉进店里，一瞅雪玲的脸就觉得有点儿不太对劲儿，面蛋问她出了啥事儿。吕鑫便把雪玲来的事情说给面蛋听了。面蛋听罢一直冇吭气儿，当吕鑫狠狠地骂着马家人活该、自遭报应、自作自受、马家的三进院这一回非毁在自家木雕手里的时候，面蛋蔫蔫地说了一句：这是笔好买卖啊，咱要能把这活儿接过来，咱一品木雕可以名利双收。吕鑫问面蛋：咋个名利双收？面蛋说：首先，山陕甘会馆开发旅游木雕这个项目定位很准，山陕甘会馆的名气大就大在木雕上面，一旦形成产业，就会受到各方面的重视和支持，马家人只考虑咋样才能保住自己的三进院，马青在西安上班又接不了这个活儿，说到底马家人还是缺乏头脑和目光短浅，或者是在继承祖业上信心不足，总而言之，马家人冇别的招儿，才想到了一品木雕。马家人也清亮，只有一品木雕才能救这个急，换换家山陕甘会馆也会不认。对咱一品木雕来说，是个千载难逢的好机会，既能壮大声誉，又能从中获利，何乐而不为？面蛋劝吕鑫不计前嫌，把山陕甘会馆这个活儿接下来，冇必要计较每章儿的恩恩怨怨，发展自家的事业、多挣自家的银子才是王道。整整一上午，在面蛋的规劝下，吕鑫越发觉得面蛋说的有道理，最后一拍大腿，说了一句："中！晚上我去马家。"

那个蒲月茶馆可以说是一品木雕的"代表作"，整个茶馆的设计和装修全是由一品木雕完成的。这也是吕鑫选择在汴西湖东岸的蒲月茶馆跟马家人谈木雕的事儿的原因。蒲月茶馆的老板是个小妞儿，很有艺术眼光，她不愿意赶时髦，去走目前祥符城里大多数茶馆那种潮流装修的路子。她选择了一品木雕来设计装修，就是要突出东阳木雕这个艺术主题，让蒲月茶馆别具一格。吕鑫把和马家谈事儿的地点放在这儿，除了要向马家人展示一下一品木雕的艺术水准，还有一种示威的心理，别以为祥符城里只有山陕甘会馆里的山西木雕最牛，让恁瞅瞅啥是东阳木雕的精品。北门外一品木雕馆里那些木雕的商业性太强，论东阳木雕的艺术性还得看蒲月茶馆里的。

第二天上午 10 点，马老二两口准点到了位于汴西湖东岸的蒲月茶馆，让吕鑫冇想到的是，山陕甘会馆的齐馆长也来了。马老二解释说，细谈合作还是要跟齐馆长谈，是一品木雕跟山陕甘会馆合作，不是马家烧饼，不如一步到位，省得中间来回传达合作双方的意思。吕鑫一想也对，合作双方直截了当更好。昨天晚上吕鑫走了以后，马老二就给齐馆长打过去电话，齐馆长一听一品木雕愿意接这个活儿，自然很高兴，不管咋说，目前在祥符城里也只有一品木雕能够胜任旅游木雕这个活儿了。于是，齐馆长主动要求来谈合作。

一行人在那个小妞儿老板的引领下走进蒲月茶馆，一进门都愣住了，这哪是个茶馆啊，简直就是个木雕艺术殿堂，茶馆里所有的门窗和摆设全是木雕。小妞儿老板边走边介绍，普通话说得娓娓动听。

齐馆长边走边浏览，在茶馆正门厅那尊善财童子和观音菩萨像前停住了脚步。

小妞儿老板向齐馆长介绍道："这尊善财童子和观音菩萨像的造型古

雅端庄,是仿造宋代建隆二年的那尊善财童子和观音菩萨像制作的,从这尊像上面,可以看到东阳木雕当时的水平与艺术风格。”

齐馆长跷起大拇指:“地道,可地道,地道得很。”

小妞儿老板接着说:“传统的东阳木雕就属于装饰性雕刻,以平面浮雕为主,有薄浮雕和浅浮雕,也有深浮雕和高浮雕,还有多层浮雕,彩木镶嵌雕和圆木浮雕很多种类型……”

齐馆长:“这个我懂,东阳木雕层次丰富而又不失平面装饰,这是东阳木雕的基本特点嘛。”

小妞儿老板夸奖道:“齐馆长不愧是山陕甘会馆的老板,一张口就知道是木雕的内行。”

马老二:“那可不,是家儿不是家儿能当山陕甘会馆的老板?”

齐馆长急忙地:“不是老板,不是老板,是馆长。”

马老二:“老板和馆长都一样。”

齐馆长:“那可不一样,老板是私人企业,俺山陕甘会馆是公家的生意。前一泛儿开会还专门说到这个问题,不管哪一级领导干部都不允许叫老板这个称呼,这不是为人民服务的称呼嘛,这要叫俺孙局长听见了,我这个馆长可就去球了。”

一直在说普通话的小妞儿老板,笑着改说了祥符话:“中,咱不叫老板了,叫馆长,中了吧。”

齐馆长冲小妞儿老板说道:“叫你还得叫老板,你是真正的老板。让我有想到的是,你这个小妞儿老板对木雕的了解不亚于我这个馆长啊。”

小妞儿老板:“其实,俺这儿的东阳木雕和恁山陕甘会馆的山西木雕,有共通之处,也有不同之处。”

齐馆长:“你讲给我听听,有啥不同之处。”

小妞儿老板:“东阳木雕的色泽要比山西木雕清淡,不使用深色漆,基本上是保留原木的天然纹理色泽,这样显得高雅。”

齐馆长:“这个我知,东阳木雕称其为白木雕。”

小妞儿老板点头:“是这样的。”

齐馆长:“再一点就是,东阳木雕在选料上要比山西木雕严格,椴木、白桃木、香樟木和银杏木用得比较多。不过,山西木雕要比东阳木雕在用料上**泼皮**（皮实）一点儿，即便是像柳木和榆木，同样不会嫌弃，都中。”

马老二：“那可不，咱中原可比不了人家南方，人家南方吃的用的都比咱讲究，人长得也比咱细发。”

齐馆长：“老马，这冇可比性，我认为只要是好东西，冇地域之分，就像恁马家烧饼，南方人吃着照样赞不绝口。”

马老二：“听齐馆长这个话音儿，一品木雕进驻山陕甘会馆是冇问题了。”

“有没有问题我一个人说了不算，就看今儿个来这儿能不能和吕鑫老板达成合作共识。”齐馆长把脸转向身边的吕鑫，“你说是不是啊，吕老板？”

一直冇吭气儿的吕鑫，开口说话了：“你想听实话还是瞎话？”

齐馆长：“看你这话说的，咱今儿个来这里，就是要以诚相待，不说实话咱来这儿弄啥？”

“那中，我就实话实说。”吕鑫把脸转向马老二：“如果电视剧拍完了，咱的摊儿也扎起来了，三进院还是要拆，咋办？”

还冇等马老二开口，齐馆长就抢先回答道：“这不是你操心的事儿。这么跟你说吧，只要咱的摊儿扎起来，那就叫既成事实，只要一既成事实，领导们就不得不替咱山陕甘会馆考虑。咱山陕甘会馆就恁大个地儿，周围又拆得**光光碾碾**（干干净净），总不能让游客们窜到北门外去参观咋做木雕的吧。”

吕鑫：“话是就这说，领导们可不会就这想，咱祥符的领导们干的傻事儿还少吗？被扒掉的老房子还少吗？听俺爹说，当年扒鼓楼就是领导的一句话。”

齐馆长：“你的担心可以理解，此一时彼一时，每章儿是每章儿，眼望儿是眼望儿，我可以给你打保票，只要咱把旅游木雕的摊儿扎起来，就不可能再拆三进院。”

吕鑫：“打保票？你敢打保票你能在山陕甘会馆干一辈子馆长？马家烧饼敢打保票他马家下一辈子还打烧饼？别忘了，马家上一辈子是刻木雕的。”

齐馆长：“你这话我咋听着恁别扭啊。”

“别扭比顺当好，要是啥都顺顺当当，我眼望儿就是马家的儿媳妇，你说是不是啊，阿姨？”吕鑫说着把眼睛转向了雪玲，“我要是成了恁家的儿媳妇，谁也想不到眼望儿会是个啥样儿。”

站在马老二身边的雪玲满脸尴尬，张嘴说不出话来。

齐馆长：“中了，吕老板，咱两家是合作，别扯马家的事儿，你就干净朗利脆，说咱两家咋个合作法儿吧，我保证不会让恁吃亏。”

吕鑫把目光转向齐馆长，不紧不慢地、十分老成地说道：“咋个合作都中，不管咋个合作，咱谁也别打啥保票，用每章儿的老说法，恁山陕甘会馆和俺一品木雕，双方立字据，签字画押，用眼望儿的说法就是必须签合同，这合同里必须有确保三进院是旅游木雕的生产基地。”

马老二：“对！合同里必须有这一条，确保三进院是旅游木雕的生产基地。”

齐馆长瞅瞅马老二，又瞅瞅吕鑫，他心里可清亮，别管山陕甘会馆跟一品木雕签出一张啥样的合同，确保三进院是旅游木雕生产基地这一条，是能否签合作合同的前提。齐馆长心里在打鼓，市里冇正式文件确保三进院不在拆迁之列，谁又敢确保三进院不被拆掉呢？

见齐馆长在犹豫，马老二又加了一把火，说道：“合同恁两家先只管签，市里真要是拧着头拆三进院，咱再想别的法儿，活人真要被尿憋死了，先死的不是恁，是我。”

齐馆长心有余悸地：“要不，我再请示一下俺的孙局长？”

马老二：“请示，请示，你就不怕黄花菜都凉了吗？”

齐馆长沉默了。

小妞儿老板：“时候不早了，咱吃饭，吃罢饭喝茶，慢慢谈，总会想出一个两全其美的解决办法。”

雪玲：“对对，先吃饭，喝着说着，吃着说着……”

也只有喝着说着吃着说着了。在小妞儿老板的引领下，一行人进入了一间雅致的包间内。齐馆长一进包间，又被那座东阳木雕的雕花月洞门打住了眼。

齐馆长：“这也是一品木雕的作品吗？”

“俺这里只要能见到的木雕，无一不是出自一品木雕。”小妞儿老板用手示意齐馆长去看正席背后的四扇屏，“这也是精品，而且是精品中的精品。”

正席背后的四扇屏像一块吸铁石一样吸住了齐馆长的两眼，那四扇红木雕出的梅兰竹菊让他惊讶得说不出话来。

小妞儿老板：“这是一品木雕吕老板老公的作品。”

此刻，面对正席背后的红木四扇屏，比齐馆长更加惊讶的是马老板两口子。

雪玲脱口而出地问吕鑫：“你老公也是刻木雕的？”

吕鑫话里有话地说道：“他要不会刻木雕也成不了我老公。啥叫缘分？这就叫缘分，我上辈子和这辈子，算跟刻木雕的结下了不解之缘，用咱祥符话说就是**缠不完的瓤**（纠缠不完），下辈子是不是还要接着缠瓤，难说。”

雪玲轻轻用手碰了一下身边马老二的胳膊，马老二有啥反应，眼睛始终在四扇屏上，似乎还在专注地欣赏着。

齐馆长感慨万千地：“东阳木雕也罢，山西木雕也罢，总而言之都是好手艺，都是中华民族咱的国宝啊。”

小妞儿老板：“为了咱的国宝，今儿个要多喝上两杯哦。”

兴致高昂的齐馆长：“那还用说，今儿个这摊酒，山陕甘会馆买单，谁也别跟我争！”

十一、理儿是这么个理儿

数一数二数老张，老张的媳妇会打枪，枪对枪，杆儿对杆儿，不多不少十六点儿。

——选自祥符歌谣

也就是这场酒喝出了岔纰。齐馆长在看到蒲月茶馆里的那些东阳木雕后，激动得有点忘乎所以，一切出乎了他的意料，东阳木雕的精美程度特别适合用于旅游木雕，只要题材符合会馆啥都齐了，别管是内行还是外行，让雕刻技艺说话。好的东西谁看谁动心，谁看谁都想掏银子，达到这种效果，就成了。当然，最让齐馆长兴奋的还是，不但实现了自己的心愿，也能给领导有个交代。兴奋的情绪高涨，导致他喝大了酒，一瓶山西汾酒儿乎全灌进他的肚子里。马老二是穆斯林，很少搭汉民饭桌，即便是坐上了桌，连素菜都很少下筷子，雪玲、吕鑫喝的是饮料，只有小妞儿老板陪着齐馆长意思了两杯，用马老二的话说，这就是恁山陕甘会馆的事儿，你是馆长，你不喝谁喝啊。齐馆长自己把自己喝晕之后，自己当不了自己的家，待离开酒桌坐到茶桌上之后，冲着小妞儿老板吆喝，把纸和笔拿来。借着酒劲，他以私人名义写下了一张合作契约，白字黑字明确注明，确保三进院成为旅游木雕的生产基地。虽说合作契约上冇盖公章，但齐馆长在上面摁了手印，还让在场所有人作为他诚信的见证，统统摁上了手印，一式两份。齐馆长把签罢的契约塞进兜里，冲吕鑫说，咱说干就干，别耽误事儿，正式合同待他明儿个向局领导汇报之后就签。

第二天，齐馆长醒酒了，压兜里掏出那张摁了手印的契，一瞅，心里开始发毛，后悔不该喝恁多酒草率行事，可手印都摁罢了，不认也得认。他怀着一颗忐忑不安的心去找了孙局长，如实把事情的经过向孙局长做了汇报。孙局长看罢摁满手印的契约，并冇批评齐馆长，反倒安慰了他几句，孙局长说，手印摁罢就摁罢吧，摁不摁这个手印，旅游木雕咱也要上马，至于补签正式合同，再等一等，等到电视剧拍完再说，到那个时候，旅游木雕也上马了，木已成舟，一切也就水到渠成。听罢孙局长的话，齐馆长顿时又信心满满，在孙局长的办公室给吕鑫打了电话，孙局长还接过电话鼓励了吕鑫一番。吕鑫说，既然是这样，就按孙局长说的办，先动起来，把一些生产设备拉到三进院去，说干就干。

祥符城已经可多年不让放鞭炮了，旅游木雕开张那天，吕鑫让面蛋找来了一帮敲盘鼓的，在三进院门口轰轰烈烈敲了起来，招引来了许多徐府街上的路人。

张宝生站在源生茶庄的门口抽着烟，一边张望一边对站在太和香堂门口的叶焚月大声花搅道："叶老板，恁老公公家今儿个是热闹事儿，你应该去捧捧场啊！"

叶焚月缓缓地走到张宝生跟前："张老板，林奎成先生送的那副对联，我已经挂在西山墙上了，您不去瞅瞅？"

张宝生："瞅啥瞅，你觉得好就中。"

叶焚月："我当然觉得好，太和香堂里不光挂在墙上的字儿要好，做出来的香更要好，就像山陕甘会馆里开始做的旅游木雕，别管是山西的还是东阳的，只要是精品，就不会遭人冷落。"

张宝生**窨楞眼**（斜着眼）瞅着叶焚月说道："你的意思是，别管俺源生茶庄还是恁太和香堂，是骡子是马得拉出来遛遛。中啊，恁都开张好些天了，生意咋样啊？"

叶焚月："不中。"

张宝生："叶老板是谦虚吧，咋会不中啊，门口贴着恁大一张广告，'继承发展宋文化，打造新时代合香'，多牛的广告词啊，咋会招揽不来顾客呢？"

叶焚月瞅着三进院门口，所答非所问："'野草闲花皆圣药，老树枯柴是灵丹'，这上联是这么回事儿。"

张宝生："你的意思是，下联不是那么回事儿？"

"'生意如春意，财源似水源'，就要看春意何时来，至于财源似不似水源，还要取决于春意。"叶焚月瞅着三进院门口那些又蹦又跳在敲盘鼓的人，说道，"我忘了，眼望儿是啥季节了。"

张宝生："我咋觉着，你说这话有点装孬啊？"

叶焚月："我装啥孬了？"

张宝生："中了，妞儿，咱俩都别揣着明白装糊涂。这么跟你说吧，我就是把宋代香谱的'香严三昧'送给你，你也难做出我源生茶庄的那款香来。"

叶焚月："我冇这个打算，您老人家不是说您手里那张宋代香谱是假的吗？要不，马青也不会压局子里放出来。"

张宝生："假的真不了，真的假不了。至于我手里那张宋代香谱是真是假，天知地知你知我知。"

叶焚月："应该是，天知地知你知我不知才对吧？"

张宝生："叶姑娘，你是不是特别想看那张香谱啊？你要特别想看，我就拿出来让你看。"

叶焚月："张老板，你我都是做香的，你觉得这样有意思吗？"

张宝生："啥有意思冇意思？我不知你要说啥。"

叶焚月："咱们换个话题吧，不要再说香了，咱们说说茶，中不中？"

张宝生："想说啥都中，你把太和香堂开在我源生茶庄旁边，你说啥我都奉陪到底。"

叶焚月面带平静地："茶真是个好东西，能品味，能烧菜，能入药，还能做香。您的源生茶庄是经营绿茶为主，您门口那张广告我已经熟读，所有绿茶的品种也已经铭记在心，不着急，我准备慢慢品尝，一款一款地品尝。"她说完此番话之后，便朝三进院的方向走去。

张宝生瞅着离开的叶焚月，眼里飘起了一层薄雾，他似乎压叶焚月的话音里品出了一股他难以接受的味道。

回到源生茶庄的张宝生，独自进到了里面做香的那间屋子。他在屋里一边徘徊一边用眼睛审视着选用制香的那一罐罐的绿茶，有一点他心里清亮，制香用绿茶这不是秘密，而用什么样的绿茶，和多少计量以及煮多长时间，这才是秘方的关键。这个新加坡来的妞儿可不是个凡人，难道她已经压门外的那张经营品种广告上获取了什么样的信息？她又能获取什么样的信息呢？尽管张宝生心里有点忐忑，但他相信叶焚月说的那句话——天知地知我知她不知。

早两天，叶焚月就知道一品木雕要进驻三进院的事儿，也听说了双方私下签了一张摁了手印的契约，尽管她也清楚那张契约不是正式合同，也不好提出什么异议，与马家人一样把事情往好处想。真要是能把三进院保住，她当然高兴，但是，她也把自己的忧虑和担心告诉了马家老两口。今天，一品木雕正式进驻三进院，她原本是不想过来凑热闹的，但她也有点好奇，想看一眼那个曾经跟马青谈过恋爱、把三十个马家烧饼踩碎在徐府街的吕鑫。夜儿个晚上，她在与马青微信私聊的时候还说起了这件事儿，马青对她说，如果一品木雕能在徐府街扎下根来，就凭吕鑫那个**臬劲**（执着），就能把旅游木雕这件事儿做成。叶焚月花搅马青，吕鑫那个臬劲不是也冇把马青给臬住啊。马青说吕鑫再臬也冇自己臬，把新加坡来的小妞儿给臬住了。即便他人在西安，照样能把她臬住。

叶焚月来到了三进院，雪玲满脸开心地给吕鑫做着介绍。当吕鑫压雪玲嘴里得知，面前这个与自己岁数相仿的女人是马青新结识的女朋友时，目光死死定在了叶焚月的脸上，似乎想压叶焚月的脸上寻找出什么答案。

被吕鑫的目光紧盯不放的叶焚月，有点不好意思地说："今天我冇化妆。"

吕鑫："冇化妆都恁好看了，这要是化了妆，那还有俺的日子过吗？"

叶焚月："你可真会开玩笑。"

吕鑫："我从来不开玩笑，该是啥是啥，你要不信，可以在这条徐府街上随便捞一个人问问，听冇听说过，曾经有一个女的买了三十个马家烧饼，扔到地上狠狠地踩。"

叶焚月："我当然听说过了，不但听说过，我还知，踩马家烧饼那个女的就是你。"

吕鑫："你对我有什么感觉？"

叶焚月："我觉得你挺可爱的。"

吕鑫咯咯地笑出了声，扭脸对一旁的雪玲说道："恁家这个新儿媳妇也挺可爱的。"

雪玲不愿意了，一白眼，把话怼了回去："啥俺家的新儿媳妇？听你这话音儿，俺家还有旧儿媳妇不成。"

吕鑫咯咯咯咯地大笑起来，说道："别管新旧，剜到篮里都是菜，饿不着就中。"

雪玲不想再搭理吕鑫，扭头走开了，临走开前故意大声对叶焚月嘱咐了一句："晌午头咱吃羊肉烙馍，早点儿回来。"

吕鑫大声地把话追向转身离开的雪玲："吃啥烙馍啊，今儿个旅游木雕开业，晌午恁新儿媳妇跟俺去'又一新'吃桌！"

临近晌午头，叶焚月简单地收拾了一下，正准备出门，只见张宝生推门进了太和香堂。

叶焚月："张老板有事儿吗？"

张宝生："咱这祥符城里，你知谁家的鲤鱼焙面做得好吗？"

叶焚月："如果您说的是'又一新'，我这正要去呢。"

张宝生："我知，旅游木雕今儿个开张，山陕甘会馆在'又一新'定了几桌。"

叶焚月："您不去吗？"

张宝生："去'又一新'不就是吃鲤鱼焙面吗？要吃鲤鱼焙面，我请你去吃一家，保准是祥符城里无人能比的鲤鱼焙面。"

叶焚月："谁家的？在哪儿？"

张宝生伸出手，做出了个请的动作："隔壁，源生茶庄，请你去品尝鲤鱼焙面。"

叶焚月："您还会做鲤鱼焙面？"

张宝生："祥符城里最好的茶，最好的香，最好的鲤鱼焙面，都出自源生茶庄。"

叶焚月有点蒙，眨巴着眼睛瞅着张宝生，一时不知该说啥。

张宝生："我可不是说瞎话，只要吃过我做的鲤鱼焙面，'又一新'的鲤鱼焙面就得换一个名儿。"

叶焚月："换啥名儿？"

“换啥名儿我一会儿对你说。”张宝生再次伸出手，“请吧，叶姑娘，去尝尝俺源生茶庄的鲤鱼焙面。”

叶焚月：“不中，张老板，我已经答应一品木雕去‘又一新’了。”

张老板：“不给我面子不是？你可以在徐府街上打听打听，是家儿不是家儿，别说吃我张宝生一顿饭，讨口茶喝都难。”

叶焚月：“张老板的为人我当然知道，只是听您请我吃饭，让我有点受宠若惊。”

张宝生：“谁让咱俩都是腻歪住做香的人呢，要不是都好这一口，你咋会窜恁远跑到这祥符城来。”

叶焚月颇感动地点点头：“是这样的。”

张宝生：“啥也不说，走，去吃我做的鲤鱼焙面。”

叶焚月冇去马家吃羊肉烙馍，也冇去“又一新”吃山陕甘会馆旅游木雕的开张宴，而是去隔壁吃张宝生做的鲤鱼焙面了。今儿个的张老板跟往常不太一样，显得很慈祥，说话也不像往常那样居高临下，一个劲儿地向叶焚月表示对马青的歉意，希望叶焚月转告马青，都是老街坊，再大的事儿都会过去，只要马青愿意压西安回来，他就有法儿让一品木雕走人，山陕甘会馆旅游木雕这个活儿就还是马青的。

叶焚月瞅着张宝生端上桌的鲤鱼焙面：“张老板，今儿个咱不说马青的事儿，说点别的中不中？”

张宝生：“你想听啥？你想听啥我就说啥，中不？”

叶焚月：“您猜，我想听啥。”

张宝生：“那还用猜，你这个妞儿，我早已经把你给看透了，想听我说‘香严三昧’，对吧？”

叶焚月摇了摇头。

张宝生：“那我就不知你想听啥了。”

叶焚月：“您刚才说，只要吃过您做的鲤鱼焙面，‘又一新’的鲤鱼焙面就得换个名儿，我想听听，为啥要换个名儿。”

张宝生：“你还真的想听啊？”

叶焚月点头：“真的想听。”

张宝生手里的筷子在餐桌上一蹾：“那中，咱就边吃边喷，我今儿个就告诉你，啥叫真正的鲤鱼焙面。”

叶焚月附和道：“嗯，边吃边喷，吃得劲，喷得劲。”

张宝生真是个喷家，压豫菜喷起，说豫菜之所以不在八大菜系的原因，就是摊为祥符的历史原因。祥符在历史上就是个移民城市，由于隋炀帝开发大运河，让祥符城在北宋成为一座名副其实的北方水城和水旱码头，吸引了天南地北的客商，甚至还有国外的商贾。北宋初年，生于金陵的南唐后主李煜兵败降宋，被宋太祖押至祥符，软禁在逊李唐庄，也就是眼望儿的孙李唐庄，除了吃喝玩乐之外，李煜另外的嗜好，就是写词画画和做香。

叶焚月：“这个我知，‘香严三昧’的香谱就是在那个时候诞生的。”

张宝生：“下面我就说说你不知的。”

叶焚月：“鲤鱼焙面？”

张宝生：“我不是说了嘛，今儿个咱不说李煜做香，但是，这鲤鱼焙面却跟李煜做香有着很大的关系。”

叶焚月：“这个我想听。”

张宝生：“李煜出生在金陵，他是南京人，压小就喜欢吃鱼吃虾。南京那地儿守着长江，见天都可以吃到鱼，南方鱼的做法跟咱这儿不一样，受杭帮菜的影响，别管是做肉还是做鱼，都喜欢**掌**（放）糖。”

叶焚月：“糖醋鱼就是来自杭帮菜系。”

张宝生：“对呀。这位南唐后主吃惯了糖醋鱼，所以他老兄吃不惯咱祥符厨子做的鱼，于是他就亲自指导厨子做了糖醋鱼。”

叶焚月：“真的假的？”

张宝生：“啥真的假的，你就说是不是这个理儿吧。”

叶焚月：“理儿是这个理儿，可李煜总不会下厨去做吧。”

张宝生：“那是当然。他见天做香，哪有时间去做鱼。所以，经常到了开饭的点儿，他还关着门在自己房间里做香，厨子喊他出来吃饭，他就让厨子把做好的饭菜端进他的香坊里面，就摆在香案上，一边吃饭，一边琢磨着香。”

叶焚月：“这跟鲤鱼焙面有啥必然联系呢？”

张宝生：“我问你，香由粗变细产生于哪个朝代？”

叶焚月："宋朝啊。"

张宝生："南宋还是北宋？"

叶焚月："当然是北宋啊。"

张宝生："北宋九朝，哪一朝呢？"

叶焚月："这我记不清了。"

张宝生："记不清冇关系，只要是北宋就中。因为李煜是被宋太祖押到祥符来的，也就是说，他做香是压北宋的第一个朝代就开始了，对吧？"

叶焚月："理儿是这么个理儿。"

张宝生："肯定是这么个理儿，要不这鲤鱼焙面的历史典故就冇出处了。"

叶焚月："快讲到出处了吧，我洗耳恭听。"

张宝生："由于李煜经常在做香的案上吃厨子做的糖醋鲤鱼，心思却冇在糖醋鲤鱼上，而是在香案上那些整齐摆放着的细香上，那些细香是谁研发出来的咱不知，却是李煜的最爱。有一回，在他吃糖醋鲤鱼的时候，手里的筷子不由自主地伸向了香案上摆放的细香，被一旁服侍他用餐的下人发现后告诉了厨子……"

叶焚月："我知了，厨子受到启发，于是把面拉成香的模样，让面和鱼合二为一，权当是连鱼带香一起吃。"

张宝生："按逻辑推理是这么个理儿，可李煜却不是这样。"

叶焚月："李煜是啥样？"

张宝生："李煜不让把面和鱼混合，他要求鱼是鱼、面是面，把煮熟的面摆放在鱼旁边，他只吃鱼不吃面，用他的话说，既然把面做成了香的模样，就不能把'香'给糟蹋了。"

叶焚月有同感地说："是这样，我做香的时候，断一根我都心疼，李煜把面当成香，可以理解。"

张宝生："是啊，李煜光吃鱼不吃面，那面也不能浪费了呀。于是乎，每当李煜吃罢饭，下人们把剩下的鱼盘端到后厨的时候，都用面蘸着鱼盘里的糖醋汁吃，这一吃可了不得，咋恁好吃啊，好吃得简直难以言表……"

叶焚月："于是乎，鲤鱼焙面就诞生了。"

张宝生："冇错，就是这。"

叶焚月蹙了蹙眉头:“理儿是这么个理儿,可我还有点儿疑问。”

张宝生:“啥疑问? 你说。”

叶焚月:“鲤鱼焙面俺来祥符后也吃过,鲤鱼焙面的面既然是水煮出来的,为啥后来名字用的是烘焙的‘焙’呢?”

张宝生俩眼紧盯着叶焚月,把叶焚月盯得心里有点发毛,不知自己说错了什么话,正准备询问自己这句话有什么不妥之处时,张宝生向她竖起了大拇指。

张宝生:“牛,真牛,你是祥符城里第一个向我提出这个问题的人,你真的很牛!”

叶焚月又有点蒙:“我,我牛啥? 咋,咋牛啦……”

张宝生:“压根儿就不是烘焙的焙,应该是准备的备。”

叶焚月:“我觉得也应该是准备的备,不是烘焙的焙。”

张宝生:“你说说,为啥应该是准备的备啊?”

叶焚月:“李煜把面视为香,不吃,厨子又知道他喜欢把面视为香,于是就把煮好的面备在一旁,一旦李煜伸错了筷子,也不至于把香叨进嘴里,对吧?”

张宝生再次伸出大拇指:“冇错,把煮好的面备在一旁,既满足了李煜的精神需求,又不用担心把香叨进嘴里。”

叶焚月笑了:“理儿是这么个理儿吧。”

张宝生:“这个理儿一般二般的人可想不到。所以直到今天,祥符城里所有饭店用的还是烘焙的‘焙’字,大错特错! 应该是准备的备、预备的备,是备在那里,而不是焙在那里,‘焙’说不通啊。”

叶焚月:“我刚来祥符时,马青请我吃这道菜,说不是烘焙的焙,是被子的被,意思就是鲤鱼盖被子。”

张宝生哈哈笑道:“鲤鱼盖被子的说法也由来已久,不光是马青这么说,百分之八十的祥符人都这么说。鲤鱼盖被子,既形象又生动,又好记,又朗朗上口,老百姓嘛,单纯,好榷,咋简单,咋通俗易懂,咋说。”

叶焚月微微点着头,颇有同感地说:“一字之差,就能把人领到八股道上,人生的一念之差就更可怕……”

张宝生:“你说的一念之差,具体指啥啊?”

叶焚月："对男人来说，一念之差就可能干错行；对女人来说，一念之差就可能嫁错郎；对我们手艺人来说，就可能吃不上饭，就可能倾家荡产，就可能……"她不往下说了。

张宝生："你还不至于吧。"

叶焚月沉默片刻，说道："我来祥符是不是一念之差，我不知，但这几种可能性都有。已经迈出这一步了，也只能走一步说一步，用咱老百姓的话说，是福不是祸，是祸躲不过。"

"啥福呀祸呀的，你这个妞儿一脸的福相。"张宝生用筷子指着鱼盘，"来，把鱼吃完，再吃备好的面。"

尽管这顿饭的主话题是围绕着鲤鱼焙面的，但张宝生和叶焚月心里都可清亮，这是项庄舞剑意在沛公。这一老一少各自都有各自的信念，尤其是张宝生，即便那张宋代香谱已经成了公开秘密，他就是把香谱送给叶焚月，这个小妞儿也不可能掌握制作中的诀窍。这个世界上，很多手艺中的诀窍是只能意会不能言传的，就像鲤鱼焙面，一百家馆子有一百种做法，都可以说自家的做法最好。外行吃的是热闹，内行吃的是门道，外行吃家的叫好声再响，也顶不上内行一个不声不响的点头，做香何不如此？叶焚月心里当然清亮，张宝生表面上看是在讲鲤鱼焙面的正解，其用意就是要告诉她，"焙面""备面""背面"都是在衬托鲤鱼，换句话说，"宋代香谱""清代香谱""当代香谱"，这香谱那香谱，制成好香的诀窍并不在香谱本身，而是在制作过程以及对辅助材料的把握，这种把握是需要时间和经验的。当叶焚月吃罢鲤鱼焙面临走出源生茶庄大门的时候，张宝生还故意对她说了一句："做香人离不开茶，喝茶人也离不开香，你是做香的，香咱就不说了，想喝啥样的绿茶，你只管开口，源生茶庄的绿茶尽着你挑。"张宝生的这句话说得很含蓄，意思却相当明白：你就是把源生茶庄里的绿茶试制个遍，也难制作出能和源生茶庄扛膀子的"香严三昧"来。当然，张宝生也听明白了叶焚月说的话，不管她在祥符做香是死是活，她这个妞儿是一个不达目的誓不罢休的妞儿。张宝生心想，那就挺呗，挺到最后，在"香严三昧"这张香谱面前，你这个小妞儿还得挺个头破血流。

叶焚月回到太和香堂后点上一束香，正瞅着袅袅青烟发呆时，店门被一个手拄拐杖，颤颤巍巍佝偻着背的老头推开了。

叶焚月急忙迎上前去:“老人家要买香吗?”

老头一边摆着手,一边用浑浊的老眼扫视着店内,声音微弱地说道:“压门口经过,稀罕太和香堂的招牌,就进来瞅瞅。”

叶焚月:“您坐下来歇歇。”

老头:“不歇,我就在门口住,平时很少出屋,今儿个天好,出来遛遛腿。妞儿,我听马家的人说,你是二红家的后人,你是压新加坡过来的?”

叶焚月:“是的。请问您是……”

老头:“别问我是谁,我就是说了你也不认识,我只是听说,三进院要拆迁,二红家的后人回来了,在咱山陕甘会馆的斜对面开了个太和香堂,我就过来瞅瞅你是不是二红家的后人。”

叶焚月笑着问道:“我可稀罕,您也冇见过二红家的后人,咋就能瞅出我是不是二红家的后人啊?”

老头:“我当然能瞅出来,二红是俺徐府街的老街坊,也算是我的老哥哥,他离开徐府街的那天,是我拉着架子车,把他和他媳妇俊妞儿送出祥符城的。”

叶焚月睁大了眼睛,激动地冲着老头:“我知您老是谁了,您是朱豫爷爷!”

老头的情绪很平静,一点儿也冇受叶焚月的激动影响,说道:“老朽朱豫,现年九十三岁,收废品的,是徐府街的老门老户。”

叶焚月依然显得激动:“真冇想到,您老人家……”

老朱豫:“还活着是吧?”

叶焚月:“俺爷爷已经不在了。”

老朱豫:“不是我的寿相比你爷爷长,是我的岁数比恁爷爷小,不过,活的天也不多了。”

叶焚月:“谁说的,就瞅您这副身子骨,活成个百岁老人冇一点问题。”

老朱豫眯缝着两眼,仔细瞅着叶焚月的脸,说道:“别说,还真的有点像……”

叶焚月:“像俺爷爷?”

老朱豫:“更像你奶奶。”

叶焚月点头认可:“嗯,我也觉得我更像俺奶奶。”

老朱豫满脸的皱纹里充满着回忆，他坐在了叶焚月给他搬的椅子上，用苍老干瘪的声音说道：“那年，工人纠察队和红卫兵火攻山陕甘会馆戏台的时候，我想到了一个人，那个人就是恁奶奶俊妞儿。恁奶奶是咱祥符人，她就是因为喜欢山陕甘会馆里面的砖雕，才嫁给恁爷爷的。”

叶焚月：“嗯，这个我知。”

老朱豫从容不迫地瞅了叶焚月一眼，淡然地说：“我是恁爷爷的情敌你不知吧？”

叶焚月再次瞪大了两眼：“啥？还有这一板？”

老朱豫笑了，问道：“想不想听？想听我就讲给你听。”

叶焚月：“当然想听，可想听可想听。”

老朱豫：“可想听我就讲给你听。”

叶焚月拉过一把椅子坐到了老朱豫跟前，一脸迫不及待的模样。

所谓的情敌，是自己漫野地烤火一面热。他第一次见到俊妞儿的时候，是俊妞儿嫁给二红的第二天，二红请了个唱祥符调的戏班子，在山陕甘会馆的戏楼上唱戏，那天，整条徐府街上的街坊四邻全跑到会馆里看唱戏。朱豫说整个一下午，他的心思都冇在戏台子上，俩眼一直都在偷偷瞅着满身绫罗绸缎的俊妞儿，那真叫一个美若天仙。回到家后，他就把俊妞儿画了下来，那幅画一直在他收废品那间屋子里放到了“文革”时期，在山陕甘会馆的古戏台被烧毁之后，他才悄悄把那幅画给烧掉。说到这里，老朱豫脸上显现出了有些后悔的表情，很快又恢复了暮年老者的从容淡定。随后又说道，她二红爷爷和俊妞儿奶奶准备离开徐府街的那天，在解放军隆隆的炮声中，她俊妞儿奶奶匆匆忙忙来到他收废品的小院，让他去三进院家里把他们那些不要的东西统统拉走，不要一文钱，唯一的条件就是用他收废品的架子车把二红拉到祥符火车站，当时她二红爷爷正在发高烧，无法行走。

叶焚月把自己的手放在了老朱豫的拄着拐杖的手上：“这段经历我听俺爷爷奶奶说过，谢谢您，朱爷爷。”

老朱豫：“谢啥，要谢我还得谢谢恁爷爷奶奶，他们在三进院里给我留下的东西可不少，尤其是那些字画，祥符城解放后，政府成立了博物馆，我把那些字画，三文不值两文统统卖给了博物馆，要不，也挺不过三年困难时期。唉，眼望儿想想，亏死了，多好的字画啊……”

叶焚月：“博物馆里有俺家的字画？”

老朱豫：“这有啥奇怪的，博物馆的那几张画真不算啥，要说值钱，恁家先人留在山陕甘会馆里头的那些砖雕，那才是最值钱的玩意儿。”

叶焚月点着头，似在自语：“这个我心里清亮，俺家跟这座祥符城，有着说不清道不明的不解之缘……”

老朱豫：“妞儿啊，你跟我说说，你为啥要跑回祥符，在徐府街上开了这么个门面啊？”

叶焚月把来祥符的前前后后说了一遍，把自己目前的困境也毫无保留地告诉了老朱豫。老朱豫认真地听着，他的神情一点也不像个九十多岁的老人，目光纯洁得像个孩子。当叶焚月讲完自己的经历之后，老朱豫一言不发，仿佛是在思考着什么、回忆着什么，又像是在寻找着什么。许久，他才把一直盯在门外徐府街上的目光收了回来，转到了叶焚月的脸上。

老朱豫：“你说的那张宋代香谱叫啥名儿？”

叶焚月：“香严三昧。”

老朱豫喃喃自语：“香严三昧……”

叶焚月：“对，香严三昧，写在羊皮上的。”

老朱豫：“你看到了吗？”

叶焚月摇摇头：“还没有。”

老朱豫：“源生茶庄里挖出老物件这事儿，前些年在徐府街上传得沸沸扬扬，当时只听说挖出来两件，一块相国寺和尚写的老匾和一个景泰蓝香炉，冇想到，原来张老板是打了个埋伏。眼望儿又冒出来一张宋代香谱，说明这张叫‘香严三昧’的香谱是个主贵物件啊……我在想……”

叶焚月瞅着老朱豫的脸：“您在想啥？”

老朱豫满脸的回忆：想当年，相国寺的源生和尚还俗，娶了李家的三妞儿，两人生下个儿子，这个儿子长大以后，用自家的三进院换了山陕甘会馆对面这房子，开了个源生茶庄。新中国成立以后房子充了公，再之后，转了几圈落到了张老板手里，张老板在装修的时候挖出了这些宝贝。老朱豫觉得，张老板在香谱的事儿泄露之后，索性不再隐瞒，并不是捂不住，而是由此产生了新的想法，特别是在叶焚月突然来到祥符以后。

叶焚月被老朱豫的这番话给整得有点蒙，问道："那您说，张老板产生了啥新的想法啊？"

老朱豫："张老板为啥不害怕'香严三昧'泄露，也不害怕让你知道羊皮上写的是啥内容？你想想为啥？"

叶焚月："这还用想嘛，香料需要绿茶煮过才能制成香，技术用量在绿茶里，香料用啥牌子的绿茶来煮，含量是多少，煮的时间有多长，这是制好香的关键。张老板不在乎羊皮香谱上的内容泄露，也就在于此吧。"

老朱豫："如果让你知道羊皮香谱上的内容，你估计需要多长时间才能做出'香严三昧'来呢？"

叶焚月："我不是说了嘛，关键在茶上，可我不懂茶。"

老朱豫追问了一句："绿茶？"

叶焚月点头："绿茶。"

老朱豫陷入一阵沉思之后，双手撑着拐杖慢慢站起了身。

叶焚月："咋，您这是要走吗？"

老朱豫："走，我去张老板那儿坐坐，然后再到山陕甘会馆里面转转，好不容易出来一趟，光来太和香堂不去源生茶庄，那不是顾此失彼吗？张老板那个人又爱争个理儿，让他瞅见了，他那张嘴，吃不了人也饶不了人。"

叶焚月："我已经领教过了，好在张老板还请我吃了鲤鱼焙面。找个您方便的时间，我请您吃一次鲤鱼焙面，让张老板作陪，中不中？"

老朱豫连声谢道："中中，孩子乖，只要你不嫌弃我是个收废品的就中。"

叶焚月："可别这样说，您老在徐府街人的眼里是艺术家。"

"艺术家，艺术家，我是收废品的艺术家……"老朱豫嘴里乐呵呵地说着，被叶焚月搀扶出了太和香堂的大门。

在离开太和香堂去源生茶庄之前，老朱豫又慢慢地转过身来，眯缝着老眼仔细瞅着站在门口的叶焚月，嘴里不由自主喃喃地说道："像，真像，哪儿哪儿都像，瞅瞅那小疙瘩嘴，一说话跟二红媳妇一满似样……"

十二、真的假不了，假的真不了

小胖孩，摘蒜薹；蒜薹辣，买个瓜；瓜不甜，买个船；船不走，买条狗；狗不叫，买个炮；炮不响，买个爪子挠挠痒。

——选自祥符歌谣

山陕甘会馆旅游木雕上马之后，生意可谓一片红火，挂上牌子的当天，就被三个压东北来的老娘儿们买走了三尊不同造型的关公木雕像，分别是横刀关公、立刀关公和骑马关公。吕鑫那张嘴可真能喷，她把东北旅游团里那三个老娘儿们给喷晕了，她说三种不同造型的关公，各自有着不同的寓意，横刀关公在民间被称为武财神，既是财神，也能招财和保平安；立刀关公是表现关公的义薄云天，讲义气，顾大局，港台电影里的那些黑道人物拜的就是立刀关公；骑马关公的寓意就是，马到成功，一般是用来祝福送礼，很少用来供奉的。吕鑫一天就喷出去了三尊关公木雕，差一点把齐馆长的嘴给笑歪，尤其是那尊骑马关公，黄杨木质，贵了去了，不但有家买，还有家订货付了订金。按这个势头发展下去，前景可观。看来这一步算是走对了，真是要感谢马老二推荐了一品木雕。

齐馆长满脸展样地迈着八字步刚走出三进院，就瞅见老朱豫拄着拐棍在山陕甘会馆的大门外站着，急忙三步并作两步迎上前去。

齐馆长："老爷子，你站在这儿弄啥啊？"

老朱豫："他们不让我进大门。"

齐馆长："谁们不让你进大门？"

老朱豫："把门的。"

齐馆长抬眼冲着把大门的年轻孩儿就吼:“恁知他是谁不?这条徐府街上,这老头想进谁家的门就进谁家的门,恁不让他进大门,我看恁是不想在徐府街上混了!”

把大门的两个年轻孩儿傻脸了,张嘴说不出话来,其中一个年轻孩儿怯气地问齐馆长:“俺问他是弄啥的,他说他是**拾圪囊**(捡破烂)的……”

齐馆长:“拾圪囊的咋啦?把大门还要看在哪儿把大门呢。在中南海把大门,跟恁在这儿把大门,能一样吗?有眼不识泰山!”

把大门的年轻孩儿:“他,他是谁啊?”

“他是谁?咱这条徐府街上,除了山陕甘会馆,就数他的年龄大。要是冇他,就冇山陕甘会馆今天的风光,恁这俩货,冇一点眼色!”齐馆长吼罢了俩把大门的小年轻,转头对老朱豫说道:“这俩货才来俺这儿上班,冇几天,不认识您。咋,老头,今儿个咋得闲,想进会馆转转了?”

老朱豫:“岁数大了,两个月冇出门,今儿个天不孬,想出来遛遛腿,顺便找你问点事儿。”

“中,边遛腿边问。”齐馆长上前扶着老朱豫进了大门。

老朱豫一边走一边说:“刚才我去源生茶庄坐了会儿,听张老板说,你想把马家的三进院合并到山陕甘会馆里。”

齐馆长:“是的。这不刚上马了旅游木雕,作坊就在马家的三进院里,这样一来不就把三进院保留下来了嘛。”

老朱豫:“是件好事儿,但是我觉得,山陕甘会馆的旅游木雕,应该还是山西木雕才对。东阳木雕好是好,但不正宗,山陕甘会馆还是山西木雕名正言顺。”

齐馆长:“我也知山西木雕名正言顺,本来已经都说妥了马青来做,可马老二家的少爷变卦了,窜了,这不是冇法儿了嘛。”

老朱豫:“其实我觉得,别管是山西木雕还是东阳木雕,打的都是山陕甘会馆这张牌,只要庄主不变,其他的牌照样还能打,谁也不碍谁的事儿。”

齐馆长:“张老板又在您面前冒肚他跟俺合作那一板了吧?他也别冒肚,当初俺首先想到的就是跟张老板合作做香,摊为啥冇弄成您又不是不知,最后搞得张老板差点儿跟俺**掰脸**(翻脸),可不得劲。”

老朱豫："我是想说，如果把二红家孙女的太和香堂挪到三进院里面，是不是也会有点儿说头？"

齐馆长："有点儿啥说头？山陕甘会馆主题是木雕、砖雕、石雕，又不是香。咱徐府街上谁不知，为了把源生茶庄的香引入会馆，我差点丢了这顶小乌纱帽。"

老朱豫："中了，馆长大人，依我看，别管三进院能不能保住，张老板只要能跟二红家孙女联手做香，山陕甘会馆打出的这张牌就更有说头了。"

齐馆长："老头，您不说我也知，扯上二红家的砖雕，再扯上宋代香谱，俺山陕甘会馆又能和宋文化挂上边了，是吧？"

老朱豫笑了："是不是你全说了。"

齐馆长冇笑，眨巴眨巴眼睛："您别说，真要是这样，不拆三进院就更保把了。"

老朱豫："就是这个意思嘛。"

齐馆长："可是，张老板和二红家孙女尿不到一个壶里啊，他俩要能尿到一个壶里，山陕甘会馆一准儿还能发大财。"

老朱豫："那你就不会想法让他俩尿到一个壶里？"

齐馆长连连摇头："我冇法儿，做香这个行当的道行太深，要不是这，马家少爷也不会窜回西安去。"

老朱豫抬起脸，瞅着古戏台，眼里飘起了雾，用苍老的话音说道："想当年，马小旺挥舞着青龙偃月刀，学着关老爷的模样在这个戏台子上玩命，那情景历历在目啊……说句实话，老朽我也冇几天活头了，有生之年能不能再为这座会馆做点贡献，我说不准了……"

齐馆长瞅着老朱豫，问道："老头，听您这口气，是有点啥想法吗？"

老朱豫："想法是有点儿，能不能做到却两说。"

齐馆长："能不能把您的想法说给我听听啊，老头？"

老朱豫把目光压古戏楼转向齐馆长："我这人，活了一辈子，办到的事儿从来不先说，先说出来的事儿都是办不到的。"

"我知了，老头，只要您能让张老板和二红家孙女尿到一个壶里，咱不说吃啥买啥，等您老过生日的时候，"齐馆长抬手指着古戏台，"我把您这个老头背到这戏台上。俺山陕甘会馆就在这戏台子上摆一桌，给您这个老头过大寿，九十几来着？”

老朱豫哈哈笑了起来：“啥九十几，十八大寿。”

齐馆长放声笑道：“中中中，一言为定，只要他俩能尿到一个壶里，就给您老举办个成人礼，十八大寿！”

在来山陕甘会馆之前，老朱豫压太和香堂出来后去了源生茶庄，却冇见张宝生的人，店里的服务员告诉老朱豫，张老板正在后面的香坊里睡午觉。店里服务员问老朱豫是不是把他叫醒，被老朱豫拒绝，说冇啥事儿，改天再来。老朱豫去源生茶庄，也就是想探探张宝生的口气，有没有可能拆洗一下那张宋代香谱的事儿，希望张宝生能把用绿茶制香的方法教给叶焚月。之所以又制止店里服务员去叫醒张宝生，是觉得时机还不成熟，张宝生那个劲儿，一句话不入他的耳就可能把事儿办砸。除此之外，他又想到一种可行的方法，如果可行的话，根本就不用看着张宝生的脸说话。不管咋说，压老朱豫见到叶焚月之后，就产生了要帮助她完成心愿的想法，这里面当然有叶焚月的奶奶俊妞儿的原因。

老朱豫早已经不再拾圪囊，他那个堆满废品的小院也早已被拆掉，在原先小院子以及周边的基础上，区里盖起了一片与文化教育产业有关的营业楼房，出租给了经营文化教育的商户们，有舞蹈班、书法班、美术班，还有卖文房四宝、乐器，经营字画装裱的，还有出国英语进修之类，杂七杂八，好不热闹。老朱豫居住在一栋出租大楼一层的最西头，就是原先他收废品小院的位置。一套不足三十平方米的两间房内，虽然早已经不收废品，但两间屋里堆放着的杂物，看起来仍旧是一副收废品的模样，屋里黑黢黢的，大白天都要开灯。老朱豫属于孤寡老人，街道居委会多次动员他把两间房卖掉或是出租，让他住到区里办的敬老院去，可他就是不干，说自己在徐府街上收了一辈子的废品，这条街他就是挤着两眼，也摸不丢、摔不倒。每章儿酷爱画画的他，眼望儿也不画了，早年画的那些画也都毁的毁，烂的烂，扔的扔，只有一幅画他还保留着，就是一张山陕甘会馆的那座戏楼。这张画还被他镶了镜框挂在墙上，画幅不大，也就是个油画小品罢了。这张画就是他第一次在山陕甘会馆古戏台下，瞅见二红家的新媳妇俊妞儿之后画的。真是好有意义的一幅画，是一个单身汉对一个漂亮女人一辈子的单相思，正如歌里唱的那样：从来也不需要想起，永远也不会忘记……

老朱豫拄着拐棍回到家，坐在他那张**腌哩叭臜**（脏乱）的单人床上，在昏暗的光线中，两眼瞅着墙上挂着的那张山陕甘会馆古戏台的画。瞅着瞅着，他好像突然想起了什么，目光落在了床边那张破旧的老式三斗桌上面。他把身躯挪到了三斗桌跟前，伸手将桌子上搁着的一个不大的茶叶筒抓到手里，把老眼凑到那个茶叶筒上，仔细地瞅着。这是一个铁皮茶叶筒，上面的图案是一个穿着旗袍的民国美女，茶叶筒的盖子上有五个字——王大昌茶庄。

颤巍巍的老朱豫将茶叶筒盖打开，茶叶筒里已经冇茶叶，他把鼻子凑到空茶叶筒沿上，似乎想再闻闻里面的味道。遗憾的是，这只茶叶筒空的时间太长了，里头已经闻不到一丝茶叶的味道。他慢慢地将空茶叶筒的盖子盖好，塞进自己外套的衣兜里，然后抓起拐杖，撑起身躯，走出了房门……

大楼的周边可热闹，又是乐器声，又是朗读声，又是推车卖食物小贩的吆喝声，在这一片嘈杂声中，早已习惯了这种嘈杂的老朱豫，拄着拐杖慢慢地走着。在他楼上开装裱店的女老板红梅迎面走来，问道："刚瞅见您回来，这咋又出来了？恁大年纪了，别乱窜，有啥事儿言一声，咱楼上楼下的，方便。"

老朱豫："我去鼓楼街一趟，不远。"

红梅不放心地问："去鼓楼街弄啥？"

老朱豫："我去王大昌买点茶叶。"

红梅："别跑了，我有茶叶，给您拿点不就中了。回去吧，一会儿我把茶叶送您屋里。"

老朱豫连连说道："不中，不中，不是那回事儿，王大昌我一定要去，我还有重要的事儿。"

红梅："您还有啥重要事儿？您最重要的事儿就是吃好喝好，照顾好自己别出事儿。"

老朱豫："说得冇错，这不是为了喝好我才去王大昌嘛。"

红梅："喜欢喝王大昌的茶，我去给您买中不？"

"不中。你根本就不懂，说了你也不懂。"老朱豫不再搭理红梅，拄着拐杖朝前走去。

红梅在他身后大声说道:“您这个老头,拾一辈子圪囊还怪难伺候,喝茶还要喝王大昌的。”

老朱豫停住脚,转过身来,冲着红梅大声说道:“拾圪囊咋啦?俺就是拾圪囊的,拾圪囊就不能喝王大昌的茶?吃寺门沙家的肉?发你的糊涂迷,俺这个拾圪囊的一辈子啥都亏,就是冇亏过这两样,王大昌的茶叶,寺门沙家的牛肉!”

红梅一瞅老朱豫有点想恼,急忙扭头就走,嘴里嘟囔着:“不识好人心……”

徐府街到王大昌茶庄不远,平常人走也就不到十分钟的路程,老朱豫这个岁数却不中。他压家里出来,走到王大昌,恨不得用了快一个钟头,走走歇歇,歇歇走走,碰见熟人再喷上两句,恁些天冇出来过的老朱豫,今儿个可让他走得劲了,当他走到王大昌茶庄的店门口的时候,鼓楼夜市已经准备出摊,鼓楼两边拥挤着准备出摊的小吃车,一直延长到了王大昌茶庄的门口,真是好不热闹。

老朱豫拄着拐杖走进了王大昌茶庄的店门,一位年轻女店员伏在高大的老式柜台内问道:“要啥茶,老爷子?”

老朱豫冇接女店员的腔,抬头仔细瞅着正冲着店门挂着的那块大牌匾。

年轻女店员又问了一声:“老爷子,想要啥茶啊?”

老朱豫抬手指着正冲着店门的大牌匾问道:“这不是原来那块牌匾吧?”

年轻女店员:“老爷子的眼力头中啊,可多人都冇发现俺换了牌匾,你咋一眼就瞅出来了?”

老朱豫:“原来那块牌匾,大小个头跟这块牌匾差不多,字体也差不多,一般人当然瞅不出来。”

年轻女店员夸赞道:“一瞅你这个老头就不是一般人,我天天在这儿上班,都感觉不到两块牌匾有啥大区别,被你一眼就瞅出来了,你是书法家吧?”

老朱豫:“你瞅我这个样子,像书法家吗?”

年轻女店员打量起柜台外的老朱豫："瞅不出来。"

老朱豫："你当然瞅不出来，我是拾圪囊的，咋会像书法家呢，我听着都可笑。"

年轻女店员瞅着老朱豫腌哩叭臜的衣服，说道："你穿的这身衣服像拾圪囊的，一张嘴说话就像书法家。"

老朱豫笑了起来。

年轻女店员："你别笑，我说的是实话。"

老朱豫："我也冇说你说的是瞎话。"

年轻女店员："别管你是弄啥的，你就说说，那块老匾和这块新匾哪个好吧。"

老朱豫："不能就这比较，就像恁的花茶，清香雪和梅香雪，百客对百味，不定谁好哪一口。"

年轻女店员："老爷子，你不用吭气儿我就知你好哪一口，你是来买清香雪的吧。"

老朱豫："你咋知？"

年轻女店员："来俺王大昌买茶叶的，不敢说百分之百，百分之九十的老年人都是来买清香雪的。"

老朱豫点了点头："就像这块新做的老匾，它上面王大昌茶庄这五个字，出自一百多年前相国寺了然和尚之手，并不是说这字儿有了年头就好，就像咱的清香雪，也一百多年了，为啥还有恁多人喜欢喝？就是因为它的年头多吗？绝不是这样。妞儿，你知不知，了然和尚给王大昌写这块招牌的时候，大概也就是你这个岁数，他要是写得不好，恁的老掌柜王泽田能愣中？别忘了，恁这个店可不是一般二般的店，恁的老掌柜王泽田和韩复榘是儿女亲家。"

年轻女店员："俺的老掌柜跟谁是儿女亲家？"

老朱豫："韩复榘啊。"

年轻女店员："韩复榘是谁？"

老朱豫："韩复榘是谁你去问恁的老板，你不知不碍事，恁老板要是不知，恁王大昌就别卖茶了，在这大屋里支个汤锅，改卖羊肉汤吧。"

"说得好，老爷子！"一个五十来岁、衣着讲究的男人压老式柜台旁的屋里拍着巴掌走了出来，满脸笑容地对老朱豫说道，“我一直在里屋听恁俩说话，老爷子，你说得太好了，就冲你说这么好，今儿个你要的清香雪，不收你的钱，白送。”

老朱豫：“你是……”

年轻女店员：“这是俺的左经理。”

老朱豫急忙拱起手：“原来是大掌柜。”

左经理：“老爷子，你不认识我，但我可认识你。”

老朱豫不解地：“你咋会认识我？”

左经理：“祥符城里凡是上了年纪的人，谁不知徐府街有个收废品的老头会画画，一辈子画的最多的画就是山陕甘会馆。咱俩虽然不熟识，可我老父亲说过，可别小看咱这座祥符城，街上走着可多穿戴邋遢的老人，他们一张嘴，比市长、市委书记都了解咱祥符城，这叫啥？文化积淀可不就是指龙亭、铁塔、相国寺啊，还有像你老爷子这样的祥符人。”

老朱豫：“大掌柜过奖了，我可不敢当。”

“啥也别说了。”左经理转向老式柜台内年轻女店员：“给老爷子拿一罐清香雪，一斤装的。”

老朱豫急忙连声地：“不中不中不中……”

左经理：“啥不中啊，我说中就中。”

老朱豫：“我说的是一斤装的不中，我要的多。”

左经理：“你想要多少啊？”

老朱豫：“至少要十斤。”

左经理睁大了眼睛：“老爷子，不是我舍不得给你，清香雪的茶坯是绿茶，时间不能放得太长，喝完了你再来，我还送你。”

老朱豫：“我才不要你送，我就要买十斤。”

左经理：“咱先别说买还是送，十斤清香雪喝到明年你也喝不完，你是要当礼品送人吗？”

老朱豫瞅着老柜台内那一排上百年的茶柜，平静坦然地说道：“老朽这一辈子，身在一座城，捧着一只碗，守着一条街，改朝换代、世态炎凉都经历过，这一辈子，无妻儿，无所求，孑然一身，虽然活在社会的最底层，但，敢说一句秉性话，从不为半斗米折腰，也从未给任何人送过什么礼。

实话实说，我今儿个来王大昌，要买十斤清香雪，也绝非是自己要喝。”

左经理大为不解地又问：“你不是送礼，又不是自己喝，一下买恁多清香雪弄啥？”

老朱豫：“这个我暂时不能说。”

左经理：“老爷子，你知不知，这十斤清香雪是多少钱？就是按最低价格卖给你，也得万把块。”

老朱豫颤颤巍巍压自己布衫的口袋里，掏出了一个很旧很旧的银行存折，说道：“这是我一辈子的积蓄，手脚不便，也懒得一趟一趟去银行取，押在你这儿。别管我要买多少清香雪，十斤也罢，一百斤也罢，只要我需要，也可能把这本存折上的钱取完，也可能把存折上的钱取完了也达不到目的，我认，都说人的命天注定，但愿我要干的这件事儿，天能助我……”

虽然老朱豫始终冇说出他要买恁多清香雪何用，但左经理已经从这本老旧存折上探到了面前这位老者的执着。如果不去满足他这个愿望，可能会给老人留下一个终身遗憾，也会让自己的良心受到谴责。

左经理把老旧存折塞回了老朱豫布衫的口袋里，说道：“存折您老还是自己保存吧，啥时候您老来买清香雪，我让俺的店员帮你去银行取钱，买多少取多少，啥时候买，啥时候取，绝不会把您老给累着，不管您老买多少，我都让俺的店员帮你送回家。”说到这儿他对老式柜台内的年轻女店员说，“小孙妞儿，以后你就负责这件事儿，听明白冇？”

年轻女店员：“别管了，老爷子啥时候来，我都当亲爷爷一样伺候。”

摊为省吃俭用给自己养老，已经很长时间冇来过王大昌的老朱豫，感动得不知说啥是好，但是，当那个叫小孙妞儿的年轻女店员帮他把茶叶拎回家之后，他反复查了几遍数后才发现，王大昌茶庄多给了他一罐清香雪，老朱豫心里可清亮，只有买错的，没有卖错的，多出的这一罐清香雪，是那位左经理的“旨意”。瞅着摆放在床上的十一罐清香雪，又抬眼瞅着墙上那幅山陕甘会馆古戏楼的画，老朱豫裂开冇牙的嘴笑了。

香这个玩意儿，既大众又小众，自古以来，历朝历代，不管是宫廷还是民间，也不管是庙宇还是家庭，香火延绵不断，人们的生老病死、兴衰延续，都与香有关。压这个层面上来看，香是大众的，可，香是咋做出来的，却很小众，也很神秘。制香的香坊毕竟跟马家打烧饼的炉子不一样，马家打烧饼的炉子哪儿热闹就支哪儿，明明可以搁在屋里，却非得搁在院子门口的当街，就是要让徐府街上来来往往的路人看到。制香的香坊可不中，绝对得是私密的，哪儿僻静，哪儿无人问津，哪儿才是香坊最理想的地方，张宝生把香坊安置在源生茶庄最里面那间屋子，就是这个道理。

第二天，老朱豫掂着一兜清香雪，拄着拐杖又去了太和香堂。当他把一兜清香雪搁在叶焚月面前的时候，叶焚月马上就明白了老朱豫的用意。

叶焚月打开一罐清香雪，把鼻子凑上去闻了闻，说道："一闻就知，这个茶挺贵的。"

老朱豫："只要用得着，别管贵不贵，你可以先用它试试。"

叶焚月面有难色地说道："不是试不试的问题……"

老朱豫："那是啥问题啊？"

叶焚月："您知不知制香用的是啥茶？"

老朱豫："这就是绿茶。"

叶焚月："不错，这茶坯是绿茶，可是经过窨制，已经不是真正意义上的绿茶了。"

老朱豫："它要冇经过窨制，我还不拿给你呢，就是有这股子茉莉花香，我才觉得值得一试。"

叶焚月："老爷子，如果是这样，我何不直接把茉莉花作为配方中的一味呢？"

老朱豫："那是两码事儿，寺门卖的麻辣羊蹄儿和鼓楼夜市卖的麻辣羊蹄儿，虽然都叫麻辣羊蹄儿，能是一个味儿吗？花茶跟花茶还不一个味儿呢。王大昌的花茶是绿茶窨制的，北京的张一元也是绿茶窨制的，泡出来的味道也不一样。"

叶焚月："可是，咱制香跟窨茶和做羊蹄儿不是一回事儿啊，老爷子。"

老朱豫："我也冇说一试就能试成功，我只是说你可以试试，中就中，不中拉倒。"

叶焚月面带纠结地瞅着那一兜清香雪："也不是试不试和中不中的问题……"

老朱豫："那是啥问题啊？"

叶焚月："我是心疼您花这个钱……"

老朱豫一下子恼了："我就不能听这话，咋啦？我是拾圪囊的，穷，花不起这个钱是吧？你要就这说，我眼望儿就把这茶掂走，拿回去慢慢喝，喝到我蹬腿拉倒！"

一瞅老朱豫恼了，叶焚月急忙地："别别别，您老别生气，这茶留下，我一定用它来试试，冇准还真像您老说的一样，羊蹄儿跟羊蹄儿不一样，花茶跟花茶不一样，能来个出奇制胜。"

老朱豫："这就对了，慢慢来，不急，张宝生是咋弄成功的我不知，但我相信，他中你就中，谁也冇长三头六臂。"

叶焚月："嗯，这句话说得好，谁也冇长三头六臂，谁也冇真正闻过李煜的'香严三昧'……"

老朱豫冇在叶焚月那儿坐的时间太长，喝了两杯茶之后，就压太和香堂出来。当他拄着拐杖压源生茶庄门口经过的时候，恰巧张宝生推开门走了出来。

张宝生："哟，朱老爷子，这是去哪儿啦？"

老朱豫："去二红家孙女那儿坐了坐。"

张宝生："那你是不是也来我这儿坐坐啊？"

老朱豫："夜儿个我来了，大白天的，你在睡觉。"

张宝生："我啥劲儿你还不知嘛，瞌睡多，睡觉冇个点儿，你咋不让俺的服务员叫醒我啊？"

老朱豫："我哪儿敢啊，你恁大个老板，还会骂人，一想，算了，别给自己找骂。"

张宝生："老头，你花搅我不是，这条徐府街上也只有你敢花搅我，呛我的茬儿，换换家儿都不敢。"

老朱豫："谁说的，这条徐府街上还有人敢呛你的茬儿，照样让你老老实实的。"

张宝生："这话我听着可稀罕，这条街上还有谁敢呛我茬儿，你说说让我听。"

老朱豫："你是人不老脑子不好，忘性大，谁啊？把你撂倒，摁在山陕甘会馆门口地上的是谁啊？"

张宝生嘎嘎地笑了起来："你这个老头，哪壶不开提哪壶，哪板不响拍哪板。”

老朱豫：“你不是怪牛吗，咋不跟人家要啊？”

“中啦，老头，除了那个老大，就数你这个老大了。来吧，来我这里好茶伺候。”张宝生一边说一边上前搀扶着老朱豫走进了源生茶庄。

在源生茶庄坐稳之后，老朱豫和张宝生一起喝着茶，话题自然而然就又转到了叶焚月身上。别看老朱豫岁数大了，心还可贼，他除了说记忆中二红家的一些往事儿，叶焚月做香的事儿一句也不提，还嘱咐张宝生，一定要对叶焚月好一点儿，人家大老远跑到祥符来不容易，能帮的尽量要帮，看在她爷爷二红的分上，也不能跟人家有点啥不得劲。

张宝生：“老头，你是不是听到点儿啥了？”

老朱豫反问：“你是不是跟人家有点儿啥不得劲了？”

张宝生：“冇啊，那妞儿可不错，不光祥符话讲得好，人也懂事理儿，就是她把太和香堂开在源生茶庄旁边，我心里有点不得劲，不管咋喽，祥符人都知我源生茶庄不光卖茶，还卖香嘛。”

老朱豫：“她卖她的，你卖你的，按辈分，她是你侄女，能关照就多关照吧。”

张宝生：“这还用你交代吗？你老头几个月不出门，一出门就先窜到太和香堂，我眼又不瞎，还不知这妞儿是个啥分量？只是，有些话我不好对你说。”

老朱豫：“啥话不好对我说啊？你说说，让我听听。”

张宝生：“你真想听？”

老朱豫脸上装着无所谓，心里很在意，嘴上却说：“想说你就说，不想说我也不再问，无非就是你怕她抢了你的生意呗。”

张宝生同样一脸无所谓地：“你也太小看我了，我不是吹，要论做香，她太和香堂就是有八条腿也别想撵上我源生茶庄。”

老朱豫：“话别说恁满，各是各的活儿，各是各的路，三行者必有我师，不在岁数大小。”

张宝生的鼻子轻轻哼了一声，说道：“就像这喝茶，同样的茶，不同人来泡，味道的差别可就大了去了。”

老朱豫：“中了，别吹了，你吃几个馍喝几碗汤，人家不知道我还不知道吗?”

张宝生:“你知啥,你给我说说你知啥?”

老朱豫觉察到了张宝生说话的语气有点想冒肚,于是故意说道:“我知啥?我啥也不知,我一个老头家,只知道过一天少两晌,只知道吃饱了不饥。”

张宝生轻叹了口气,说道:“其实,我倒真不是担心二红家这个孙女来争我的生意、砸我的场子,我担心的是,就是因为她是二红家的孙女,让徐府街上的老少爷们儿对我有看法。”

老朱豫:“此话怎讲啊?”

张宝生:“这不是秃子头上的跳蚤明摆着嘛。人家一个小妞儿,大老远窜来,想得到做香的真经,咱不想告诉人家,还找人家的麻烦。说实话,我要不是顾忌这些,能让她顺顺当当把太和香堂开在我隔壁吗?换成别人,我能让她安生喽?”

老朱豫:“听你的这个意思是说,你还是看在她爷爷二红的面子上?”

张宝生:“这还用问,肯定是这嘛。”

老朱豫:“既想当婊子,又想立牌坊,是吧?”

张宝生:“话别说得恁难听中不中。用咱祥符话说,杀人杀死,救人救活,对她这个太和香堂,我眼望儿是,既不能杀死,又不想救活。杀死,整条徐府街上的人都会骂我不仁不义,连个小妞儿都容不下;救活,我源生茶庄做出的香,无疑要被她太和香堂取代,这么多年我付出的心血,肯定也就付诸东流了。”

老朱豫撇着嘴,用讽刺挖苦的腔调说:“别说瞎话不嫌脸红,你付出的心血?每章儿有人知,眼望儿谁不知,你是按着宋代香谱做出的香啊,摊为那张香谱,马家少爷还蹲了几天局子,徐府街上的人谁不知啊……”

张宝生被老朱豫这句话说恼了,顿时额头上青筋暴起,吼道:“徐府街上的人知个球!徐府街上的人只知道吃饱不饥。老子有宋代香谱咋啦?有宋代香谱就能做出和‘香严三昧’一模似样的香了吗?老子这些年关着门吃的那些苦,受的那些累,谁知?恁以为全是宋代香谱的功劳?说句难听话,老子摊为做香,搭进去不下几百斤茶叶,这也是那个南唐后主李煜的功劳?老子就是摊为这,才不想把真经告诉二红家的孙女!”

老朱豫："别一口一个老子、一口一个老子的，你是谁老子啊？是我的老子还是李煜的老子？难怪徐府街的人都说你难缠，谁沾住你的事儿谁怯气呢，老子？谁知你是谁的老子？"

张宝生也觉察到自己不该这样跟老朱豫说话，立马用缓和的口气说道："老头，你别和我一样中不中？你又不是不知我是个啥德行，大人不记小人过。"

老朱豫："再说了，你搭进去多少茶叶那是你愿意，你喜欢，你热爱，要是换成我……"

张宝生："换成你咋啦？换成你，你就学雷锋大公无私？你就学焦裕禄扶贫？你可别忘了，二红家压民国到眼望儿都不是贫困户，民国人家二红家能买起三进院，民国人家二红家能窜到新加坡过好日子。你老头还换成你呢，换成你啥？咱这条徐府街上能有几家跟人家二红家比的。"

老朱豫："你别曲解我的意思啊，我的意思是，人家二红家咋着也是咱徐府街的老门老户，人家小妞儿家千里迢迢压海外回来，你就是再肚疼，再舍不得，也不能眼睁睁看着人家小妞儿搁这儿耗着吧。真不中，我去跟小妞儿说说，花几个钱，你把秘诀告诉她，也别让人家像你一样，搭进去几百斤茶叶。"

张宝生虚蒙起两眼瞅着老朱豫，抽着烟，若有所思，半晌冇吭气儿。

老朱豫："你瞅我弄啥，说话啊，哑巴了你？"

张宝生："我咋觉得，你这个老头今儿个是有备而来呀。"

老朱豫："又不是我主动要来你源生茶庄，是你硬把我搀进来的。"

"中中，就算是吧。"张宝生把抽了半截的烟摁灭在烟缸里，说道，"这样吧，老头，你也别当说客了，我张宝生明人不做暗事，今儿个我把话给你挑明，我张宝生在离开这个世界之前，我会把宋代香谱捐献给国家，但咋用茶叶制香的秘密，我要带进坟墓，不可能告诉任何人。太和香堂想跟源生茶庄挺，那就挺，能把源生茶庄挺败，我认，挺不败也怨不得别人。不过，有一点我张宝生可以用人格来保证，别管太和香堂能在源生茶庄隔壁撑多久，我张宝生看在徐府街老少爷们儿的面子上，看在二红家给山陕甘会馆留下的那些砖雕的面子上，绝不会去找太和香堂任何一点麻烦。"

瞅着张宝生脸上那毋庸置疑的神态和听着那斩钉截铁的话语，老朱豫心里清亮，自己不能再说啥了，只能默默祝福二红家孙女，但愿王大昌的清香雪，能让叶焚月得到新的斩获。

十三、名不正言不顺

恁的头，像皮球，一脚踢进百货楼。百货楼，卖皮球，一买买到恁的头。

——选自祥符歌谣

张宝生说到做到，他不但没再去找太和香堂的麻烦，还三天两头做一些有祥符特色的饭菜，把叶焚月叫到源生茶庄一起品尝，什么捞面条、炸菜角、素卤面、牛肉盒、羊肉汤、胡辣汤、炒凉粉、杏仁茶、红薯泥、卤羊蹄、五香兔肉、锅贴豆腐、荤香饺子、鸡蛋布袋等等，甚至还领着叶焚月到东大寺去吃经堂席。一大圈吃下来，他问叶焚月最喜欢吃祥符的啥。叶焚月说，吃来吃去还是鲤鱼焙面最好吃。张宝生心里当然清亮，叶焚月爱吃鲤鱼焙面的原因，根儿还是在“香严三昧”上。

每一次张宝生来叫叶焚月去源生茶庄吃饭，叶焚月都非常乐意，并不是她想通过与张宝生的多交往来获得一些制香的信息，而是她越来越觉得这个张老板是个值得交往的朋友，虽说是两辈人，但通过这些吃吃喝喝，能看出张老板并非常人眼中那种不食人间烟火、故步自封、难以打交道的人，人很固执，却很明事理儿。就说在马青这件事儿上，他的那些做法虽然有些过激，但用张老板的话说，他属于“正当防卫”，谁让马青不知深浅硬要往他的枪口上撞呢，那样做也是可以理解的。就这样，由于这一老一少都摆正了相处的态度，两人的交往显得越来越自如，也越来越频繁。张宝生觉得，叶焚月这个妞儿是个好妞儿，能到马家当儿媳妇，那是他马老二上辈子烧了高香。

原本，徐府街上的人都瞪着两眼瞅着，等着看戏，都认为这一老一少还会再掐起来，就张宝生那个认死理儿的劲儿，他能让太和香堂安生那才叫怪。谁知，这两个人不但冇再掐起来，却关系越走越近，实在是让人有点费解。当然，这一切也被马家人看在眼里，马家人同样也猜不透这其中的奥秘，尤其是雪玲，她咋也不能接受。起先，雪玲的烦躁还冇那么大，直到有一天，她压源生茶庄门口经过，瞅见叶焚月喜笑颜开地端着一盘热气腾腾的**菜莽**（发面或死面卷菜蒸成的食物）压源生茶庄里面走出来，气不打一处来，可又不好说啥，毕竟人家叶姑娘还不是恁马家的儿媳妇。雪玲回到家后，冇好气儿地冲马老二问道："你说，咱青儿跟叶姑娘还有戏冇戏啊？"

马老二："有戏冇戏你别问我，去问恁儿。"

雪玲："我要能问他，还问你个屁。"

马老二："咋啦？出啥事儿了吗？"

雪玲："你瞅瞅那个妞儿，她咋这个劲儿。"

马老二："她哪个劲儿啊？"

雪玲："要不是摊为源生茶庄里那张啥宋代香谱，咱儿能落得个一身骚回西安吗？那个妞儿把太和香堂开在源生茶庄旁边，原以为是要跟源生茶庄针锋相对，眼望儿倒好，这一老一少做香的成了一鬼一伴，算是咋着呢！"

马老二："少操恁些心中不中？想咋着咋着，该咋着咋着，天要下雨娘要嫁人，你管得着吗？就像你说的，这要看恁儿跟二红家孙女有戏冇戏。话又说回来，有戏冇戏又咋着，时代不同了，眼望儿儿媳妇跟每章儿的儿媳妇是两回事儿了，更何况，她还不是咱家的儿媳妇呢。"

雪玲气得吹猪一般，说道："不中，这事儿我得管。"

马老二："你管？你咋管啊？把源生茶庄的门关了还是把太和香堂的门关了？你管，我看你是吃饱撑的冇事儿干！"

雪玲嘴里不吭声了，但心里已经有了主张，只要儿子马青跟叶焚月还有这层关系，就不能眼瞅着这个未过门的儿媳妇跟张宝生打得火热。

下午，雪玲又去了包府坑边上的老干部活动中心，把正在练习旗袍走秀的肖丽叫到了包公湖岸边。

雪玲："我又来找你，还把你叫出来，恁那个'二胰子'教练不会不高兴吧？"

肖丽："高兴不高兴，我这不是已经跟你出来了嘛。说吧，找我有啥事儿？"

雪玲面有难色地："我不知该咋说……"

肖丽："该咋说咋说，说吧。"

雪玲："我先问问你，张宝生恁俩咋样了？"

肖丽："啥咋样了？"

雪玲："上一回我听你说，恁俩准备结婚了？"

肖丽："对呀，俺俩说好了，等俺旗袍队参加完这次全国走秀比赛回来，俺俩就去办手续。"

雪玲："好好好，赶紧结婚吧，恁俩一结婚，张宝生的缰绳就勒上了，就不能像眼望儿这样想弄啥就弄啥了。"

肖丽似乎听出了雪玲话里有话，问道："你啥意思啊？他弄啥了？"

雪玲："我的意思就是，你就别再参加啥旗袍比赛之类的活动了，冇事儿就在源生茶庄待着，喝喝茶，闻闻香，冇事儿让张宝生给你做点好吃的，那日子才叫**滋腻**（舒服）。"

肖丽："咋，不待在源生茶庄里我就不滋腻了？"

雪玲："我的意思是说，只要你在源生茶庄里待着，那些**拉不拉撒不撒**（乱七八糟）的人去的就少了。"

肖丽："谁是拉不拉撒不撒的人啊？你说清楚点儿中不中？老姊妹儿，咱俩恁多年的交情，有啥话你就直说，别让我猜你的心思中不中？"

雪玲眨巴着双眼，把目光投向了湖面："有些话，我不知该咋说……"

"该咋说咋说，你要不说我可就走了。"肖丽说罢转身做出要走的样子。

雪玲一把捞住肖丽："别走别走，我说，我说中了吧。"

……

不远处，包府坑在扩路修桥。在雪玲的记忆中，包府坑的这条南北路是20世纪70年代初修建的，那时候的包府坑还不是分东西两个坑，据说是为了战备，需要一条市区连接南关的路，才把一个完整的包府坑拦腰截断，修出了这么一条路来。近半个世纪过去，战争倒冇发生，祥符城的人口却翻了番，原先包府坑的这条路上，机动车恨不得比自行车还多，显而易见，这条路明显已经不适应城市的交通，尤其是这条路是在包府坑，周边又修建了包公祠和开封府之类的旅游景点，这条路就更需要拓宽。放眼望去，在扩路的工地上，穿梭着大小工程车辆，标语、横幅、广告牌更是铺天盖地。

肖丽听完了雪玲对张宝生的“控诉”，半晌冇说话，两眼望着包府坑的扩路工地，似乎在想着啥。

雪玲：“嘿，想啥呢你？我说恁多可都是为了你好啊。”

肖丽用回忆的口吻说道：“在我印象里，包府坑这条路是1971年修的，那时我还在上幼儿园，星期天，俺爸俺妈的单位都要来参加修路的义务劳动，我搁家冇人管，他们就把我带到这里。怕我乱窜掉进包府坑里，俺爸就用绳子把我拴在湖边的树上……”

雪玲：“咱俩正说张宝生，你咋又扯到修路上来了？”

肖丽依旧用回忆的口吻说道：“那时候的人可可笑，也不知偷懒，都可听话，叫咋着咋着，眼望儿可冇义务劳动这一说了，别说尽义务，给钱还不一定来呢。”

雪玲：“那时候的人实诚呗，哪像眼望儿的人，心贼不说，还处处算计别人，得了便宜还卖乖，就像那个叶姑娘，她跟张宝生**唬搭**（亲热，套近乎）恁近，不就是想……”

肖丽制止道：“中啦，你别再说这事儿了，我还得回去参加训练，要不二胰子教练该不愿意我了。你说的这事儿，等我见了张宝生的面，了解了解情况再说。”

表面上看，肖丽听罢雪玲说的之后还挺平静，其实她内心里很不平静。她倒冇往斜处想，不管雪玲咋说，咋分析，咋怀疑，对张宝生那个人她还算是比较了解的，她担心的是那张被张宝生视为珍宝的宋代香谱。一旦在某种情况下，张宝生一兴奋，忘乎所以，再**把不住自己的簧**（把握不住自己），把做香的秘诀泄露给了叶焚月。这种可能性不是没有，男人嘛，做出啥样的蠢事儿都有可能，别看他张宝生是个老江湖，在小河沟里翻船的老江湖多着呢，往往都是一不留神就毁在小江湖的手里。当着雪玲的面，肖丽不想多说啥，她准备在走秀训练结束后，去源生茶庄见到张宝生再说。

太和香堂的事儿，肖丽听张宝生叨叨过，马家那个准儿媳妇她也在源生茶庄见过两面，印象不错，挺温文尔雅的一个姑娘，还有礼貌。不管印象如何，有一个不争的事实，凡是了解内情的人都知道二红家这个孙女来祥符的真正目的，不在三进院的拆迁上，而是冲着源生茶庄的宋代香谱。起初，张宝生在她面前谈起那个小妞儿的时候，好话少，孬话多，可这一段确实不太一样，反过来了，张宝生只要谈起那个小妞儿，变成孬话少，好话多了。雪玲今儿个不说还冇引起她的注意，她越想越坐不住，匆匆结束了走秀训练后，就奔了徐府街。

肖丽来到源生茶庄，恰好撞上张宝生满面红光、兴致很高地在和叶焚月聊天。

叶焚月见肖丽进来，便主动起身告辞："阿姨来了，我就不打扰了，先回去了。"

肖丽："别别，我一来你就走，多不合适啊，坐坐，坐下来，咱们一起喷会儿。"

叶焚月略显为难地瞅了瞅张宝生。

张宝生："阿姨让你坐，你就坐，坐下来再喷会儿，反正回香堂也冇啥事儿，坐吧。"

肖丽接腔道："恁是不是在谈啥正事儿？恁要是谈正事儿，我就改天再来。"

叶焚月急忙地："冇冇，冇谈正事儿，阿姨你坐。"

张宝生："谈啥正事儿啊，俺有啥正事儿，纯属闲喷，你来了正好，咱一起喷。"

肖丽一边落座一边笑着说："闲喷就中，我还以为恁在谈合作的事儿呢。"

叶焚月："我倒是真想跟张老板谈合作，可张老板不愿意。"

肖丽冲着张宝生："是吗？要真是这样，那可就是你的不对了，宋代香谱属于宋文化，合作开发是一件大好事儿。"

张宝生冲着肖丽："你能不能说点别的，你咋知俺要合作开发宋代香谱？八竿子打不着。俺俩正在喷咋做菜莽，咋蒸卤面，咋炸油馍头，咋做鲤鱼焙面呢。”

叶焚月：“是的，张老板做的鲤鱼焙面可好吃了。”

“嗯，喷做饭是他的强项。”肖丽把脸转向张宝生，问道，“咋？叶姑娘准备跟你学做鲤鱼焙面呢？”

叶焚月把话接了过去：“我倒是真想学，只是心不在焉，投入不进去。”

“这个我能理解，你的心思不在鲤鱼焙面上，是在宋代香谱上。”肖丽又瞄了张宝生一眼，然后又转向叶焚月说道：“张老板有没有告诉你，鲤鱼焙面和宋代香谱有一脉相承之处啊？”

叶焚月点了点头。

肖丽：“他做鲤鱼焙面给我吃的时候，也跟我喷过这一板。”

张宝生不愿意了：“我做鲤鱼焙面，不管跟谁吃饭，都喷过这一板。”

肖丽：“我倒不是在意你做鲤鱼焙面给谁吃，我在意的是，你是不是瞎喷，误导别人。”

张宝生彻底不愿意了：“我瞎喷，那你给我喷个不是瞎喷的，让我听听。”

肖丽冇搭理张宝生，继续对叶焚月说道：“叶姑娘，你一定知道，南唐后主李煜被押到祥符被关在哪儿吧？”

叶焚月：“孙李唐庄，北宋时的逊李唐庄。”

肖丽：“我小时候听俺爸说过，李煜被软禁时在祥符经历了两个皇帝。在宋太祖朝，孙李唐庄叫‘违命侯府’，在宋太宗朝，孙李唐庄叫‘陇西郡公府’，逊李唐庄也是后来祥符的老百姓起的名字。至于李煜留下的宋代香谱出自鲤鱼焙面，我对这个说法一直留有存疑，张老板却坚定不移地相信这个典故。”

张宝生抬高了嗓门儿：“别管是恁爹还是恁爷给你说的，史书上都能查到，我说的典故哪本史书上能查到？你给我说说。”

肖丽：“既然史书上都查不到，那你又是压哪儿知道的呢？我可稀罕。”

张宝生：“你这就叫抬杠。那我问你，岳飞枪挑小梁王，史书上也查不着小梁王这个人，岳飞是真有其人吧？再说句难听话，鲤鱼焙面你就是叫它‘李煜备面’，又有何不妥？这也要压史书里面去查吗?”

肖丽：“你这叫胡搅蛮缠，鲤鱼和李煜是一回事儿吗?”

张宝生：“你说不是一回事儿，我说是一回事儿，再说，史书上能查到的都是真的吗？那我问你，‘香严三昧’史书上能查到吗？不同样只能归于宋代香谱嘛。也就是说，宋代香谱很宽泛，‘香严三昧’只不过是其中的一个香谱，按你这个说法，难道‘香严三昧’是我编出来的不成!”

肖丽一摆手：“我不跟你较这个劲，你的筐里就冇烂杏，有个烂杏还是个疤瘌。”

张宝生：“有理讲理，这跟我的筐里有没有烂杏不挨边，就是有个疤瘌的，照样不耽误吃!”

“吃吧，吃吧，你不怕吃冒肚你就吃!”肖丽彻底恼了，站起身就向门外走去，“我可知啥叫篡改历史了，历史就是被你张宝生这号人给篡改的!”

不依不饶的张宝生冲着已经走出大门的肖丽吼道：“我篡改历史？我要按着李煜的套路去做香，‘香严三昧’它就是一张羊皮！绿茶永远是绿茶……”

肖丽被张宝生给气走了，叶焚月也尴尬地离开源生茶庄。

自打太和香堂开业以来，头几天还有些来买香的顾客，时间一长，也不知为啥，顾客越来越少，有时候压早起开门到黄昏打烊，几乎就冇人光顾，就是推门进到香堂里来的人，十有八九也就是瞅瞅，问问价钱，瞅上几眼就又走了。这其中的原因有很多，正应了那句老话，“内行看门道，外行看热闹”，懂行的一闻一看，啥也不说就走了，不懂行的问这问那，买也是捡便宜的买。叶焚月压那些懂行的人脸上能看出他们内心的评价，太和香堂做的香跟源生茶庄相比还有距离。当然，叶焚月心里更清亮，要冇距离，她也不会把太和香堂开在源生茶庄旁边，除了赌气要跟张老板较劲之外，她最大的愿望当然是盼望能与源生茶庄合作。

叶焚月独自坐在太和香堂，两眼无神地瞅着徐府街上来来往往的行人和车辆，她的脑子里始终萦绕着张老板砸向肖丽的最后一句话：“‘香严三昧’它就是一张羊皮！绿茶永远是绿茶……”

绿茶永远是绿茶……这句话是啥意思？绿茶不是绿茶还能是啥？叶焚月反反复复地琢磨、品味、掂量着这句话，渐渐地在一片混沌的大脑之中露出了一线光亮，她把目光转向了墙角那一兜老朱豫送来的“清香雪”上，继续在想：绿茶永远是绿茶吗？绿茶窨制后可以变成花茶，绿茶只是茶坯，就像绿茶用于制香，也只是起了个辅助其他香料的作用，难道“香严三昧”的奥妙不在于纯天然原汁原味的绿茶？想到这里，叶焚月起身走到墙角，压那一兜“清香雪”中拿出一罐，打开盖子，用鼻子一边闻，一边继续在想：窨制后的绿茶与原汁原味的绿茶有着本质上的不同，别管是哪个地域种植的绿茶，除了它原有的品质和味道之外，人为附加上其他植物的味道，再用于制香工艺，其中各种变数或许就是出奇制胜的奥秘所在？想到这里，叶焚月瞬间有一种茅塞顿开的感觉，她立马提起那一兜“清香雪”走进了里面那间临时用于制香的小屋……

叶焚月备感兴奋，她决定改变一下路数，用王大昌的花茶“清香雪”来研制一款新香。此时此刻她才感悟到“姜还是老的辣”，这块老姜就是老朱豫。可让她疑惑的是，老朱豫为何让她用“清香雪”来制香呢？

就在叶焚月有了新感悟的时候，缓过神儿来的张宝生决定去找肖丽赔礼道歉，并不是他觉得对肖丽的态度有点过分，而是他认识到这段时间自己确实与太和香堂交往太多。别人咋看他不在乎，肖丽反感事出有因，他和肖丽已经把谈婚论嫁摆上了议事日程。换一个角度说，肖丽要是整天和一个小鲜肉打得火热，自己也会感到很不舒服。不管咋说，自己一个大男人家，岁数也不小了，应该懂得谦让自己的女人才是。

张宝生号肖丽的脉一号一个准，此时此刻的肖丽一定是去了山陕甘会馆。自打他俩重归于好之后，山陕甘会馆便成了肖丽最常去的地方。当张宝生跨进会馆大门，穿过古戏楼下面的过道时，他一眼就瞅见正殿牌楼下面站着的肖丽。

张宝生满脸**刺眉带笑**（讨好）地朝肖丽走了过去：“你站在这儿弄啥？走，回店里喝茶去，我还有事儿对你说。”

面无表情的肖丽瞅了张宝生一眼，冇搭理他。

张宝生：“我错了中不中？都是我不对，我这不是来找你认错了吗？你大人不记小人过中不中？”

肖丽依旧面无表情，冷冷地说道：“大人不记小人过，你自己承认自己是小人？”

张宝生:“我的意思是,我的态度不好,不应该当着外人的面那样怼你。”

肖丽:“狗改不了吃屎。”

张宝生:“话别说的恁难听,谁是狗啊? 我要是狗,你是啥? 跟狗谈恋爱的女人?”

肖丽抬起手指着张宝生说道:“我告诉你张宝生,我不是吃你的醋,你是啥人我很清楚,你也不是那种人。但是,你这种人最容易聪明反被聪明误,看着精明,你要知道,这个世界上比你精明的人多了去!”

张宝生:“我知,我知,我心里有数,那小妞儿是个能人,眉毛都是空的,你放心,谁也别想压我张宝生这儿占着便宜。”

肖丽不屑地:“自以为是。快拉倒吧,人家不了解你,我还不了解你? 贼不打三年自招。又是鲤鱼焙面,又是逊唐李庄‘香严三昧’,那小妞儿能不在这上面下功夫? 我要是做香的,也会把眼睛盯在你说的这些上面!”

张宝生:“盯在上面又能咋着,该不透气儿照样不透气儿,该犯傻照样犯傻。”

肖丽:“犯傻? 我看你才是犯傻,这年头哪有傻人啊,尤其是恁做香这一行的人,老一辈的傻子**六二年**(1962 年)都饿死了,新一辈的傻子还有出生呢,做香就有傻人!”

张宝生:“谁说做香冇傻人,香做出来卖不出去的人多着呢。我还是那句话,我就是把宋代香谱登在祥符日报上,该傻脸的人照样傻脸,你信不?”

肖丽:“我问你,那小妞儿是不是知道宋代香谱的配方了?”

张宝生:“对她来说,已经是个公开的秘密,马家少爷偷拍了照片能不发给她看吗? 你也知道,宋代香谱就是个幌子,想当年宋朝人制香的秘诀,也不会只在那张羊皮上。”

肖丽不吭声了,但能看出仍心有余悸。

张宝生声音温柔地:“中啦,咱俩别再说做香的事儿,说说咱自己的事儿。”

肖丽:“咱自己啥事儿啊?”

张宝生:“装迷瞪不是,你说咱自己啥事儿啊?”

肖丽面带思索缓缓地:“我有一个预感。”

张宝生:“啥预感?”

肖丽:“我说不上来,但我总觉着心里不踏实。”

张宝生蹙起了眉头:“心里不踏实? 你说说,摊为啥不踏实啊?”

肖丽:“我要能说清摊为啥,我就不说了,就是摊为说不出来,我才这样说的……”

这时,不远处传来齐馆长的声音:“恁俩又来这儿谈恋爱啦? 以后来俺这儿谈恋爱要收门票钱啊。”

张宝生冲着走过来的齐馆长说道:“我始终有个疑问,想当年关云长领着两个嫂子过五关斩六将,到底是真是假啊?”

齐馆长:“啥意思?”

张宝生:“我要是关老爷,肯定过不了五关,也斩不了六将,你知摊为啥不?”

齐馆长:“你花心呗。”

张宝生和肖丽同时笑出了声。

齐馆长神采奕奕地走到两人跟前:“不说不笑不热闹,俺山陕甘会馆眼望儿是真热闹了。”

张宝生:“啥高兴事儿啊,又娶了个二房? 瞅瞅你的嘴,笑得都快裂成个瓢啦。”

齐馆长:“可让你给说对了,把一品木雕招进了山陕甘会馆,可不就跟娶了个二房差不多,要不多久就会成徐府街上第二家‘马家烧饼’。”

张宝生:“这你不还得感谢人家马家烧饼啊,要不是姓吕的那妞儿踩碎三十个马家烧饼,哪会有这档子事儿。”

齐馆长感叹地:“是啊,所以我肩上的担子重啊,三进院要是保不住,那就啥也不啥了。”

张宝生:“我说一句拔你气门芯的话,一品木雕根本就不是长事儿。”

齐馆长:“为啥啊?”

张宝生:“山陕甘会馆的旅游木雕想要长远,还得打马家山西木雕的牌子,有出处,更有说头,再申报个国家级非物质文化遗产,岂不又是锦上添花? 说句打你兴头的话,一品木雕虽然也不孬,但对恁山陕甘会馆来说，也只是临时抱佛脚，比起马家的山西木雕，一品木雕的根儿还不够锵实，落户在山陕甘会馆，总让人感到名不正言不顺。”

齐馆长被张宝生的话打了兴头，叹息道：“你当我不想名正言顺啊，可人家马家少爷不是被你气跑了嘛。”

张宝生：“被我气跑，你就不会再把他哄回来？”

齐馆长：“我咋哄？连二红家孙女都哄不回来他，我能有啥法儿？他马家的人，祖辈都是犟筋头。”

站在一旁始终冇说话的肖丽接了一句：“别说马家，恁徐府街就是个出犟筋头的地方。”

张宝生不愿意了，冲肖丽说道：“哎，你这可不是一棍子扩(横扫)，你这是一棍子扩了整个一条徐府街。”

“我说得有错吗？马家烧饼，源生茶庄，眼望儿又来个太和香堂，还有每章儿消失的那个刘九正黑膏药，哪一个是省油的灯？”正说着的肖丽一瞅齐馆长抿着嘴在笑，话锋一转冲着齐馆长说：“你别笑，恁山陕甘会馆也好不到哪儿去。”

齐馆长满脸无辜地：“俺山陕甘会馆咋啦？俺在徐府街上可是个受气包。”

肖丽：“恁是受气包？恁要是受气包，当年解放祥符的时候，俺爹负伤就不会躺在恁这儿。”

张宝生：“对呀，山陕甘会馆救过恁爹的命。”

肖丽：“就是摊为救过俺爹的命，俺爹才放弃了苏州把俺全家带到了祥符这个破地儿。”

张宝生：“你的意思我明白了，你的潜台词就是，你压根儿就不喜欢祥符这个地儿，你是冇法儿，是恁爹感激山陕甘会馆的救命之恩。若不是当年解放军把救护所安在这儿，恁家就去了苏州，你就成了一个南方美女，冇准还能嫁给一个好脾气的苏州男人，对吧？”

肖丽白了张宝生一眼：“对不对你全说了。”

张宝生：“那我就更糊涂了，这山陕甘会馆对你到底是有恩呢，还是你对它有仇呢？”

肖丽：“有恩有仇对我来说都是在劫难逃，要不也不会在这儿认识你这个冤家皮。”

张宝生:“在这儿认识我咋啦?在这儿认识我让你吃啥大亏了?还是让我占了啥大便宜了?听你这话说得,让人又窝心又窝气,要是让你九泉之下的爹听见,不蹿上来扇你那才叫怪!”

肖丽原本就冇完全消气,一下子又被张宝生的这句话给点燃,她冲着张宝生吼道:“俺爹要是知咱俩是这种关系,压九泉之下蹿上来扇的不是我,是你!”

张宝生:“恁爹凭啥扇我啊?要扇也得去扇马老二他媳妇才对,谁让她给咱俩这对冤家皮扯到一块儿的啊。让恁爹蹿上来扇我?他真要是蹿上来了,谁扇谁还不一定呢。”

肖丽抬手指着张宝生,气得说不出话来:“你……”

张宝生:“我咋?我说的不对吗?把恁爹叫上来跟我论论理儿,他要是能论过我,别管了,我和恁爹一起回到下面去。”

“你……”忍无可忍的肖丽抡起巴掌朝张宝生扇过去,她的巴掌在空中被张宝生一把接住。

张宝生:“咋?说不过我就家暴是吧,咱俩还冇入洞房呢,就是入了洞房你也不能家暴啊。”

肖丽:“张宝生,你就是个活孬孙!”

张宝生:“还骂人。这又打又骂的,日子还咋过啊?”

“我长这么大,就冇见过比你还孬孙的人!”肖丽吃力地把自己的手压张宝生的手里甩开,怒气冲天地转过身,快步朝山陕甘会馆的大门走去。

齐馆长冲着张宝生直甩手:“瞅瞅,瞅瞅,你这弄的叫啥事儿,说木雕的事儿呢,咋又扯到人家爹的身上去了。”

张宝生瞅着远去的肖丽,泄了气地说道:“啥叫冤家皮?这就叫冤家皮……”

肖丽再一次被张宝生给气走了,这一次生气跟上一次生气不一样,张宝生的心里彻底塌了气。其实,张宝生心里可清亮肖丽是啥样的女人,自己也不想跟她把话往气上说,可说着说着就不当家了。肖丽走后,他一个人在山陕甘会馆里待了好一会儿,瞅着房檐上那一丛丛木雕,他在想:这山西木雕和东阳木雕一样,在人们眼里都是好木雕,但是在真正懂木雕的人的眼里，根本就冇谁好谁孬这一说，最根本的区别还是流派，只认同自己，就像他跟肖丽一样，好人都是好人，但不一定能和睦相处。

张宝生走出山陕甘会馆的时候，已接近黄昏，在返回源生茶庄时朝隔壁的太和香堂瞅了一眼，觉得有点奇怪。往常在这个点儿，太和香堂已是卷闸门关闭黑灯打烊，今儿个却还在营业。于是，张宝生多走了两步，来到了太和香堂门外，张宝生透过玻璃门瞅见，叶荧月正在摆放压模具里取出的香牌，而且在每摆放一块时，还都要用鼻子闻一闻香牌的气味儿，神情十分专注。直到张宝生推开玻璃门进来，她才发现。

叶荧月："张老板来了。"

张宝生："恁晚了咋还忙着呢？"

叶荧月："瞎忙，也忙不到个正点儿上。"

张宝生抓起摆在案子上的一块香牌，搁到鼻子上闻了闻，眉头轻轻蹙起："这味道，怪怪的。"

叶荧月："咋个怪法儿？"

"说不上来。"说罢张宝生又抓起一块早前的成品香牌，搁到鼻子上闻了闻，接着又把新做的和早前的两块香牌交替对比着闻了闻，蹙了蹙眉头。

叶荧月："气味儿不一样吧？"

张宝生把两块香牌放回原处，问道："是一种款式的吗？"

叶荧月点了点头。

张宝生："那可大不一样。"

叶荧月："咋个不一样啊？"

张宝生："如果我冇说错的话，是用的茶不一样。"

"内行一出手，便知有没有。您不愧是高手。"叶荧月冲张宝生竖起了大拇指。

张宝生装着不经意地随口问道："你用的是啥茶啊？"

叶荧月装着冇听见，一边摆放着香牌一边说："瞎忙了一天，冇吃饭，也不知肚子饿。"

张宝生一眼就看出叶荧月的小心思，于是顺口说道："我那儿有炸麻叶，想吃不？"

叶焚月:“不了,刚才马青妈妈打电话,说晚上搅疙瘩汤,让我去喝呢。”

张宝生点了点头:“有一回,我对马老二说,恁家的烧饼冇恁家的疙瘩汤好吃,马老二还差一点恼了。小心眼子,如果有人说,太和香堂做的香比源生茶庄的好闻,我就不会恼。其实,做香跟做饭一样,不定谁吃中啥了,对上了口味儿,你说是不是?”

叶焚月笑道:“也跟谈恋爱差不多,就像您跟那个阿姨,用咱祥符人的话说:越吵越闹越牢靠,不吵不闹不热闹。对吧?”

张宝生:“对个屁,俺俩**去伙**(拉倒)了。”

叶焚月惊讶地:“不会吧?”

张宝生:“啥不会吧,真的去伙了。”

叶焚月:“就摊为今儿个吵架?”

张宝生:“冰冻三尺非一日之寒。”

叶焚月带着自责:“都怪我不好,说鲤鱼焙面的事儿。”

张宝生:“又不是你挑的头,是她**冇窟窿嬔蛆**(没事找事)。”

叶焚月:“要不,我去给阿姨赔个不是,跟她解释解释?”

张宝生:“拉倒吧,你这也是冇窟窿嬔蛆。”

“唉——”叶焚月长叹了一口气,说道,“也许,这一次我真的不该来祥符……”

张宝生睃起眼瞅着叶焚月,带着挑衅和调侃地说道:“别说昧心话啦,不该来祥符你咋来了?后悔了你咋不走啊?赶紧走呗,不但不走,还在这儿找了个婆家,开了个香堂,安了营,扎了寨。说得好听,不该来祥符,让我说,你这妞儿就是冲着祥符,冲着徐府街,冲着马家烧饼,冲着源生茶庄来。”

叶焚月咯咯地笑出声来。

张宝生:“你笑啥?我说得不对吗?”

叶焚月一边笑一边说道:“您说得对,说得对,我就是冲着马家烧饼和源生茶庄来的,最主要的就是冲着您张老板的宋代香谱来的。既来之则安之,做不出‘香严三昧’我是不会走的,也可能做出了‘香严三昧’我也不会走。”

张宝生也笑了，用手点着叶焚月："你这个妞儿……"

叶焚月："我这个妞儿咋啦？说啊，您咋不说了？"

张宝生冇再往下说，心里在想：自己也算是个活了大半辈子的人，阅人无数，大的小的，老的少的，黑白两道的，官场民间的，各种脾气个性的，**拧劲**（认死理）的也不少，可像这个妞儿这样拧劲的还真是头一次碰见。如果说，要不是"香严三昧"而是其他的东西，自己一定会毫无保留地把自己所知道的秘密告诉她。可这"香严三昧"的制作方法，是自己最大的精神胜利和寄托，他曾不止一次在心里发过誓，假如有一天，有人破解了他的制作方法，他就一把火把宋代香谱烧掉，从此之后决不再做香。这并不是赌气，而是他不相信有人能超越他对香的这种精神执着，对他来说，独一无二才是人生的最高境界。

叶焚月："宝生叔，您想啥呢？"

张宝生一愣："啊？你叫我啥？"

叶焚月："我叫您宝生叔啊？"

张宝生纳闷地说："你咋不叫我张老板了？"

叶焚月："压认识您的第一天，我就想叫您宝生叔。"

张宝生："那你咋不叫啊？"

叶焚月："我不想让徐府街上的人觉得，自己是二红家孙女，就能跟您唬搭，就像咱们做香，讲的就是一个品质，缺少品质的香和缺少品质的人一样，共同特点就是投机取巧，一时一事中，一生一世不中，我宁可一无所获，也不能丧失做香和做人的品质。"

张宝生："那，为啥今儿个改口了呢？"

叶焚月也一下子说不清自己为啥要改口，她只是觉得，在这一段时间与张宝生的相处中，他平时那副不可一世的外貌的后面却隐藏着一种别人难以觉察的善良，与其相处，难听话多，好听话少，有时说话刀刀见血，但仔细品品，话糙理不糙，比起和那些两面脸的人相处，更有安全感。虽然他在生活中有他的狡猾和算计，但是，只要他认准你是个善良可交的人，他绝对就是那种你敢砍胳膊他就敢剁大腿的人。在祥符城的市井画面中，他既不像汴京桥上卖刀的杨志，也不像误入白虎堂的林冲，更不像相国寺后面倒拔垂杨柳的鲁智深，但是又都能品出他们的一点儿味道，他就是他，他就是徐府街上的张宝生……

张宝生：“想啥呢？说话啊，咋不吭声了？”

叶樊月：“压今儿个开始，我就叫你宝生叔，别问我为啥改口，不过有一点儿我必须说明，我改口不是有啥个人目的，与香无关，与这条街有关，不管我能不能做出像‘香严三昧’这样的好香，我不愿意离开这条街的原因还有很多，其中一个原因就是有你宝生叔在，我就能踏踏实实在徐府街上做香。”

听罢叶樊月这番话，以往能说会道的张宝生不知说啥是好，心里产生了一种莫名其妙的纠结。

十四、天有不测风云

天上有个星星，地下有个钉钉；路上走个大姐，扛着一篮烧饼；俺问大姐哪儿去，她说去瞧公公；你的公公咋了？帽子烧个窟窿；那还值得瞧吗？大小是个灾星。

—— 选自祥符歌谣

一切似乎都在往好的方向发展，叶焚月用“清香雪”炮制香料一步步深入；三进院内旅游木雕制作进行得热火朝天；电视剧的拍摄也进入尾声。齐馆长告诉马老二，局长已经和主管城建的市长约好，这两天见面专门说说徐府街上三进院的事儿，一旦确定三进院能归属于山陕甘会馆，马家就可以立即与会馆签订长期租用合同。至于二红家的老房契能不能找到也已经无关紧要，用马老二的话说：大年三十打只兔，有它冇它都过年。心里不顺畅的就是张宝生，不过他也想开了，强扭的瓜不甜，也不想死皮赖脸再去跟肖丽说好话，他不是那种人，知道肖丽也不是那种人，顺其自然吧。张宝生已经把自己的关注点转移到了太和香堂，虽然他已经猜到，不是等闲之辈的叶焚月在研究新的香谱，且不管与“香严三昧”有关无关，张宝生的心里都觉得很堵，感觉堵的原因并非是他担心叶焚月会超越自己，而是作为长辈，他是不是要放弃自己的固执，拉一把这个远道而来的二红家孙女，不管咋说，那个妞儿是个好妞儿，就是把真经传给她也值得。尽管叶焚月已向他表示叫他宝生叔与香无关，可在他的心里确是紧密相关，就是这种相关才让他感到纠结，还有一层原因就是，要不是摊为那张宋代香谱，马青也不会义无反顾地离开祥符，马老二两口子在徐府街上碰见他也不会视为路人。

张宝生跟叶焚月闲聊的时候也常聊到马家，张宝生也向叶焚月表达了对马青的一些歉意，并让叶焚月给马家老两口传个话，凑个时间一起坐坐，化干戈为玉帛，都是恁些年的老街坊，抬头不见低头见的，搁不住记仇。叶焚月也向马家老两口转达了张宝生的意思，马老二听罢倒冇啥太多的反应，雪玲还在耿耿于怀。马青离开祥符，下一步若是不能顺利与叶焚月结婚，账全部都得算到张宝生的头上。叶焚月安慰着老两口，表示自己不会受两地分居的影响，只要是命里注定，该来的一定会来，不该来的就是来了也冇用，当年她俊妞儿奶奶那么喜爱自己的家乡祥符，不还是走了嘛，今天自己该来不是又来了嘛。

马家人已经在心里对张宝生画了一道，张宝生完全能想到。解铃还须系铃人，他准备找个时间去跟马老二两口子谈谈，把马家人在心里对他画的那一道给抹掉。

临近晌午，张宝生突然想吃书店街上的炸糕，于是，他压源生茶庄出来，晃着膀子朝徐府街东口的书店街走去。在压三进院门口经过的时候，他瞅见院子门口围着一些人，随后听见马老二的歇喝声："装孬孙，又在装孬孙，恁不能就这草菅人命啊，俺两家刚签罢租赁合同……"

张宝生走到跟前，抬眼往院子里瞅了瞅，只见马老二两口子，一品木雕吕鑫两口子，还有齐馆长，每个人都一脸严峻，一看就是遇上了大事儿。

齐馆长声音带着哭腔："要说窝囊，我比恁还窝囊，难受就更不用说了，眼望儿我死的心都有……"

马老二："要死咱就一块儿死，我不是冇准备，我早就准备好了，别管了，只要恁装孬，咱就一起死，同归于尽！"

齐馆长："老二，你别冲着我来，俺山陕甘会馆不同样是受害者吗？"

吕鑫："我不管那么多，你齐馆长是跟我签过合同的，合同上摁的有手印，打官司也是咱俩打。"

齐馆长："咱俩是个人之间签的合同，不代表山陕甘会馆啊，当初恁不是……"

吕鑫："俺不是啥？反正我不管，你是山陕甘会馆的馆长，你要是不代表山陕甘会馆，你为啥要跟我签那个合同？"

齐馆长:“我跟你签的是做旅游木雕的合同,可不是租赁房子的合同,咱俩签的那张合同不作废,旅游木雕这里做不成,咱还可以换个其他地方去做嘛……”

马老二:“老齐,俺跟一品木雕签的可是租赁房子的合同。咋?我跟一品木雕打官司,冇恁山陕甘会馆啥事儿?你想得美!要不是你一个劲儿鼓捣,我会跟一品木雕签这张合同吗?你想一推六二五,可能吗?”

齐馆长:“老马,这要是扯到法律上,咱就一码归一码,我跟一品木雕签的是做旅游木雕的合同,你马家烧饼跟一品木雕签的是房屋租赁合同,就是打官司也轮不到咱俩打啊,法律上各是各,一码归一码,你说是不是?”

马老二:“你别跟我扯法律,我不懂法律,我就知,如果不是恁山陕甘会馆急催我,我还会掂量掂量跟一品木雕签不签这个合同。就按你的话说,恁山陕甘会馆做旅游木雕可以另找地方,为啥非得在俺三进院里啊?”

齐馆长:“老马,你别冇良心中不中,你最清亮俺山陕甘会馆做旅游木雕为啥非得用恁家的三进院,你要就这说可就冇意思了,你这叫不知好歹!”

马老二:“我不知好歹,我要知是今天这个结果,倒找我钱我也不会跟一品木雕签这个合同!这下好,俺赔了三进院不说,俺还要赔给一品木雕租赁房子的违约金,俺是‘小秃烂蛋一头不占’‘赔了夫人又折兵’啊!”

齐馆长:“这不是天有不测风云嘛,谁也不想看到这个结果啊……”

张宝生拨开院子门口围观的人,走进院门,问道:“到底咋回事儿啊?”

齐馆长一见张宝生来了,就满脸委屈地把事情的来龙去脉给张宝生说了一遍。

一大早,齐馆长刚到会馆,就接到孙局长的电话,让他马上到局里去一趟。他放下电话立马就去了局里。一进孙局长办公室的门,孙局长就把一份文件递给他。他把文件仔细地看了一遍后,顿时急了眼。文件是市政府下发的,要求徐府街改造工程必须在规定时间内完成,重点提出,山陕甘会馆周边画出的拆迁红线不得越界,是改造的重中之重。三进院原本就在这道红线内,根本不可能被保留下来,不但要拆,而且还在文件里专门备注了一句:因公延误拆迁的建筑公务到期后不得以任何理由再次延误。很显然,备注里的这一句就是专门针对三进院说的,因为除了三进院之外,山陕甘会馆周边的其他建筑早就被拆光了。整个文件的口气非常之强硬,根本冇任何回旋余地。面对齐馆长满脸的焦虑和急躁,孙局长反倒一改以往的严肃,安慰起了齐馆长。孙局长给齐馆长递上了一支烟,语气温和地劝解着说:胳膊拧不过大腿,咱们该做的工作都已经做了。不管局长咋说咋劝,齐馆长就是拐不过这道弯。一品木雕进驻会馆后,可以说创造了一个奇迹,每天都有进账不说,还有许多预订,按这个势头发展下去,山陕甘会馆“脱贫”不在话下。齐馆长在与孙局长的对话中,带着强烈的抵触情绪和对孙局长的埋怨,说着说着便把孙局长的火给撮了起来,孙局长的口气开始往官腔上转变了。当齐馆长冲着孙局长嗷嗷叫,高喊要辞去山陕甘会馆馆长一职的时候,孙局长一拍桌子,指着办公桌上的白纸,让齐馆长写辞职书,说只要齐馆长写他立马就批。这一下才算是把齐馆长给镇住。孙局长发了脾气,训斥齐馆长不顾大局,还不懂规矩。随后,孙局长再次放缓了口气,说在三进院这件事儿上,局里已经尽到力了,他找过好几位市里的主要领导,当时主管拆迁的市长同样给他打过保票。可政府事儿难办就难办在这里,口头保票就是打得再好也是空头支票,最后还是要以红头文件为准。起先,市里几位领导在三进院拆迁这件事儿上态度都有松动,后来起变化的原因,是有人觉得拆迁补偿不合理,徐府街上的三进院又不止一家,凭啥马老二要抱煤气罐就暂缓拆了,显然是为了多要一些补偿款。有些话在人嘴里一传播便走了样,还有人说,马家人走了上层路线,给市领导送了厚礼……在各种冇影的说法四起之后,徐府街上有几个心理不平衡的主儿,联名给市委书记写了封信,并扬言,如果在拆迁问题上不一视同仁,他们就要去省里上访,如果省里不管,他们就去北京上访,说啥也要讨回个说法。孙局长对这种无中生有也很气愤,给市领导也做了不少解释,可市领导最后的回复就是这份红头文件。对市领导们来说,别管那些扬言要上访的人是不是无中生有,一了百了最好的方法,就是把三进院给拆掉,让谣言不攻自破。

齐馆长满脸委屈,摊开双手甩着对张宝生说:“我算是倒了八辈子血霉,老鼠钻进风箱里两头受气,我有啥法儿啊,我要是有一点法儿,我也不想落到今儿个这种下场啊……”

马老二对齐馆长:“你有法儿冇法儿我不管,我最后的法儿还是那个法儿,和三进院同归于尽!”

吕鑫对马老二:“你同归不同归于尽是你的事儿,把租赁合同的违约金给俺,两清。”

马老二对张宝生:“瞅见冇,最后吃亏的还是俺马家烧饼,赔了钱,赔了命,也挡不住拆房,真是冇一点活头!”

一直冇吭气儿的张宝生压兜里掏出中华烟,给马老二、齐馆长各一支,然后又往自己嘴里塞了一支。

吕鑫一伸手:“光给他俩不给我啊。”

张宝生略带惊讶地:“你还抽烟啊?”

吕鑫:“原来不抽,谈恋爱失恋以后就开始抽了。不过我抽的烟冇你的好,让我**帮帮他俩的光**(跟着占便宜),抽你一支好烟。”

张宝生急忙把已经塞回兜里的中华烟又掏了出来,给吕鑫递上一支:“冇想到,你还抽烟。”

“刚才我不是说了嘛,失恋以后开始抽的烟。”吕鑫接过烟的同时,瞟了一眼马老二。

张宝生也瞟了一眼,此刻马老二脸上的表情显得很不自在。

吕鑫压自己随身的提包里取出打火机将烟点燃,抽了一口说道:“真是天不转地转,地不转人转,咋就又转到一起了。唉,真是冤家皮啊!”

马老二点着烟后说道:“咱打盘说盘、打罐说罐中不,扯太远冇啥用。”

张宝生把自己的烟点着,对吕鑫说道:“老二说得对,打盘说盘,打罐说罐,扯别的也冇用。”

吕鑫:“扯啥有用啊,红头文件都下了,谁还有本事能让红头文件收回。”

张宝生:“冇过不去的火焰山,办法都是人想出来的,吵吵管个屁用,恁要是听我的,我给恁出个点儿。”

马老二和齐馆长一起问:“啥点儿?”

张宝生瞅瞅院门口看热闹的人,说道:“就这吧,这儿说话不方便,一会儿恁都去我那儿,还有茶喝。”

马老二和齐馆长都清亮,吵吵冇一点儿用,就是吵吵到天黑也改变不了那个红头文件，尽管他俩都不相信张宝生会给他们出啥起死回生的好主意，但只管在一起说说，或许还真能找到一条绝处逢生的路呢。徐府街上的八仙多，张宝生算八仙中的上八仙，哪怕能出个歪主意，就看有没有歪打正着的可能性。

十来分钟后，几个人一起汇集到了源生茶庄，张宝生把正在太和香堂做香的叶焚月也叫了过来。都落座以后，张宝生开始亲自给众人泡茶，一边泡着茶，一边瞅着那一个个愁眉苦脸，笑了。

齐馆长："事儿冇落到谁身上，谁不知愁啊，你笑啥啊？"

张宝生："咱是商量事儿，又不是开追悼会，瞅恁一个个那样儿，就不能开心点儿吗？"

马老二："开心得了吗？又冇拆恁源生茶庄。"

张宝生："就是拆我源生茶庄，我也不会去干抱煤气罐那种蠢事儿。你信不信？"

雪玲："咋不信啊，我可信，人家肖丽被你给气跑了，你还跟冇事儿人一样。"

张宝生："老姊妹儿，咱今儿个说咱三进院拆迁的事儿，别扯恁远中不中？"

齐馆长："就是就是，说正事儿，别说那些不打粮食的话。"

吕鑫："我先表明态度，别管今儿个说的话打不打粮食，只要合情合理，俺一品木雕也不会胡搅蛮缠。"

张宝生："一看吕老板就是个通情达理的人，不管咋说，今儿个能坐在这里的，都是来世今生有前缘的人，凑在这条徐府街上不容易，共同摊上一件事儿更不容易，别管是好事儿还是孬事儿。瞅瞅人家叶姑娘，压新加坡**大轱远**（大老远）跑来，为啥？有缘千里来相会，不就是有这个缘分嘛。"

雪玲："那是。"

张宝生："讲实话，起先我不想掺和恁拆迁的事儿，又不碍我啥事儿，就是把山陕甘会馆给拆喽，跟我也冇一毛钱关系，这不还是因为有缘分嘛。说到底，咱今儿个坐在这儿喝茶的人，跟山陕甘会馆的缘分都是撕不烂的套，要不咋会都受山陕甘会馆的牵连，又是拆房，又是做木雕，又是谈恋爱。恁说说，哪个跟山陕甘会馆有关系？所以我说，既然根儿在山陕甘会馆，咱今儿个就把矛头对准山陕甘会馆，只要把山陕甘会馆的问题给解决了，其他问题就迎刃而解了。”

齐馆长斜楞着眼瞅着张宝生问：“解决俺啥问题啊？听你这口气，俺山陕甘会馆是罪魁祸首？”

张宝生：“瞅瞅，你别恁敏感中不中，我说的不对吗？”

齐馆长：“按你这个逻辑推理，罪魁祸首不应该是山陕甘会馆，应该是马家烧饼和二红家孙女，谁让他们两家先人一百年前跑到祥符的徐府街来，刻出了恁好看的木雕和砖雕，要是冇这些木雕和砖雕，也不会招惹今儿个这些事儿。”

张宝生把手里的紫砂壶往茶案子上一放，冲齐馆长双手伸出大拇指：“高，高，实在是高。所以我说，还是要在马家和二红家找解决问题的办法。”

马老二不耐烦地：“找吧找吧赶紧找，只要能找到不拆俺三进院的办法，我都认。”

张宝生点了点头，把目光转向齐馆长：“你认不认？”

齐馆长：“那要看是啥办法，只要不拆俺山陕甘会馆，我也都认。”

张宝生嘎嘎地笑了起来：“只要把山陕甘会馆给拆喽，连市长和市委书记都认，多省心啊，再把龙亭、铁塔、相国寺一起拆喽，那就更省心，省得见天被这个历史文化名城压得喘不过来气儿，你说是不是，老齐？”

齐馆长：“别臭花搅了，你就说个法儿，让俺听听中不中吧。”

叶焚月思索着：“我觉得宝生叔说的有道理。”

马老二：“啥道理啊？”

叶焚月：“拆的是咱两家的房子，只要咱两家有无可辩驳的理由，三进院就拆不了。”

马老二：“理由不是都找过了嘛，要不咋会把人家一品木雕也牵扯进来呢，害得人家还要跟我打官司。”

张宝生：“老二，先不说这，把一品木雕扯进来是不得已而为之，是冇法儿的法儿，这个法儿目前看来不管使，还得在恁马家和二红家身上找管用的法儿，找一个不打官司还要让市里怯气的法儿。”

雪玲：“说得轻巧，二红家有啥法儿我不知，俺马家是冇一点法儿，要是有法儿，老二也不会去抱煤气罐。”

齐馆长：“说句打兴头的话，马家有法儿，二红家就有法儿了吗？二红家的老房契到眼望儿都冇个影儿，即便是二红家找到了那张老房契，上面认不认还都难说。”

张宝生：“我想说的问题就在这儿。”

齐馆长：“你想说的啥问题啊？是不是还是二红家的那张老房契？如果是，我可以明确跟你说，马家有房契还不管用呢，更何况二红家的老房契找不着了。就是二红家有老房契又能咋着，最后的结果，让叶姑娘也去抱煤气罐？”

张宝生冇吭气儿，点着一支烟。

叶焚月：“齐馆长说的是这个理儿，问题不在房契上。”

众人纷纷点着头，只有张宝生依旧在抽烟，思索着什么。片刻，他抽了一大口烟，在把烟压嘴里吐出的同时说道：“我只是考虑到还是要在马家和二红家上做文章，具体做啥文章我也冇想好。”

“俺还以为你想啥好主意了呢，坐恁长时间，白坐了。”马老二半烦儿地站起身来就走，“我走了，还有一堆事儿呢。”

张宝生：“先别走！坐下，听我说罢最后一句你再走。”

马老二站住了脚。

张宝生：“老二，我这句话是对你说的，也是对今儿个在座的所有人说的，别管恁爱听不爱听，我都得说，哪怕恁听我说罢，出门就骂我不是个东西，恁也要听我说完。”

马老二坐回到了椅子上。

张宝生：“其实早些天我就有把大家叫到这儿来的打算，今儿个是凑巧了，正好赶上大家都在三进院，那就借着拆迁这个事儿，跟大家说说我的一些想法。首先声明，我的这些话与拆迁关系不大，只是我想说罢了，有啥不得劲的地方，大家多多包涵。我就先压山陕甘会馆说起，如果不是摊为开香堂的那件事儿，山陕甘会馆在我张宝生心里，就像会馆大门外照壁上的那俩字，是块圣地，自打我投入了精力和财力，装修了一半的香堂不让干以后，圣地俩字在我心里就打了折扣，山陕甘会馆就已经不完全是圣地了。至于为啥，我不说徐府街上的人都清亮，老齐更清亮。当然，作为馆长，老齐也很无奈，我就不再说了。不过我有个建议，反正照壁上那俩字又不是古迹，是咱市长写的，不如把那俩字抠掉。不能抠掉的话，就请咱的市长再加上‘旅游’俩字，叫‘旅游圣地’更准确一点儿……”

齐馆长打断张宝生的话：“你听说我，张老板……”

张宝生冲齐馆长一瞪眼：“你闭嘴，你听我说罢你再说！”

齐馆长一瞅张宝生那个蛮横劲儿，摇了摇头，不吭气儿了。

张宝生把目光转向了马老二：“下面我说说恁马家烧饼。老二，咱可已经有言在先，我说啥你听着，再别扭也要听我把话说完，哪怕恁两口出了我源生茶庄的门骂我都中。”

马老二不耐烦地：“赶紧说，赶紧说，我还一大兜事儿，别耽误了我的事儿。”

张宝生：“你再一大兜事儿，再大的事儿也冇拆恁家的院子事儿大，今儿个我就压恁家的院子说起。再重复一遍，不准打断我的话，你要是敢打断，咱就彻底翻脸。真要是走到那一步，你信不信，我能让你马老二像水浒里的武大郎挑着担子去卖烧饼……”

雪玲插了一句嘴：“院子一拆，俺可不就得变成武大郎挑着担子去卖烧饼。”

张宝生冲雪玲说道：“我还冇说到你呢，你就蹦出来了，那中，我就先说你两句。”

雪玲：“你说我啥啊？”

张宝生：“说实话，如果不是你给我介绍了个女朋友，我都懒得说你，说你两句还是看在肖丽的分上。”

雪玲刚要还嘴，被马老二制止：“别吭，听他说。”

张宝生冲着雪玲说道：“这个世界上有两种可能，一种是好心办孬事儿，一种孬心办好事儿，我到眼望儿也冇弄明白，你把肖丽介绍给我，是好心办孬事儿还是孬心办好事儿。就像肖丽，到眼望儿我也揣摩不透她是个好女人还是个孬女人。我说这话事出有因，是这个叫肖丽的女人搅乱了我的生活。但不管咋说，我张宝生不会摊为一个女人改变自己的秉性，我就是大男子主义，女人少掺和事儿，尤其是那些事关命运的大事儿……”

吕鑫不愿意了，一旁说道：“这话我听着咋恁别扭啊，女人咋啦？俺一品木雕的事儿就是我这个女人说了算。”

张宝生一转脸，冲着吕鑫说道：“我知，一品木雕的事儿你说了算，你要是说了不算，也不可能落到眼望儿要跟两家打官司的地步，你要是说了不算，也不会用斧头劈毁恁自家的‘清明上河图’的四扇屏挂件。”

吕鑫的脸立马红涨起来：“你……”

张宝生：“你啥你，这可不是马家人告诉我的，当年办这个案子的老警是我的侄倌。我再告诉你，要不是摊为你用斧头劈恁自家的‘清明上河图’四扇屏挂件，马家的少爷马青也不会跑到西安去上班。咋？我说错了吗？你给局子里写的交代材料啥内容我都知，安生吧，说了算就说了算吧，只要有人认就中。”

吕鑫身边坐着的面蛋实在忍不住了，低声说了一句：“每章儿的事儿，还说它弄啥。”

张宝生瞅了一眼面蛋，鼻子里哼了一声，说道：“中了，小子，别得了便宜还卖乖，就你得到实惠了。”

面蛋被张宝生一句话给打蒙，把头一缩，不再吭气儿了。

叶焚月：“宝生叔，您说话可不可以换一种方式，我听得都有点儿坐不住了。”

“换一种方式？中啊，那我就换一种方式说你。”张宝生冲着叶焚月，用和蔼的口气说道，“孩子乖，别嫌恁叔说话不中听，你也属于得了便宜还卖乖的，你瞅瞅你，大轱远压新加坡窜到祥符来，打个幌子是为恁二红家老宅子，要房契有房契，要证明有证明，凭你自己的良心说，你是为恁家老宅拆迁才来祥符的吗？司马昭之心路人皆知。先别说你的太和香堂能撑多长时间，也别说你跟马家少爷能不能成事儿，我劝你还是见好就收，你叫我张老板也罢，叫我宝生叔也罢，都中。不中的是，用王大昌的清香雪来研制‘香严三昧’不中，老朱豫那是异想天开，我今儿个把话给你说到这儿，清香雪要能研制出‘香严三昧’，我张宝生倒立着压徐府街西头走到东头。”

叶焚月大吃一惊，她万万冇想到，张宝生会知她正在用清香雪研制“香严三昧”，与此同时她瞬间明白了，自己刚来祥符时，为什么马青会半开玩笑地跟她说，“徐府街上跟谁混，去找源生张宝生”。怪不得老朱豫这么大把年纪，还对张宝生有所顾忌。叶焚月一时不知所措，想起身离开，可当她瞅见张宝生那副门神一样的面孔，便放弃了想离开的念头。

张宝生环视了一圈，用和缓平静的口气说道：“别嫌我说话不中听，我今儿个叫恁来的本意，是想让大家一块儿出出主意，咋样才能保住三进院。不是我多事儿，拆不拆三进院其实跟我有一毛钱关系，我也不是要借这个事儿怼谁。我只是觉得，和尚不亲帽子亲，跟这条街有感情，尤其是咱这几家。山陕甘会馆就不说了，就是把龙亭拆喽也冇人敢拆山陕甘会馆，公家的门面，指望它招财进宝，别管它能不能招住财进住宝，它也是国家一级文物。话又说回来，如果当年冇马家先人和二红家人压山西来刻木雕和砖雕石雕，山陕甘会馆也不可能成为国家一级文物。咋？眼望儿要卸磨杀驴？拆功臣家的老房子？于情于理都说不过去。在拆迁这件事儿上，齐馆长真的很**人物**（讲义气），想方设法想要保住三进院，要不马老二两口子也不会硬着头皮去把一品木雕请来。至于吕老板跟马家少爷每章儿那点恩恩怨怨，那算个屁事儿，这世界上冇永恒的朋友，也冇永恒的敌人，更何况人家一品木雕吕老板两口子是冲着挣钱来的。所以我说，咱们之间闹来闹去那才是傻孙，咱们的共同愿望只有一个，咋样才能让这个祖先留下的老院子安然无恙，得想出个好办法。说句实在话，三进院保住了，啥矛盾、啥仇气、啥怨恨都一风吹啦。恁说我说的对不对？”

众人默默点着头。

齐馆长重重地叹了口气：“唉！难啊，红头文件在那儿搁着，咱能想出啥好办法。”

张宝生：“是啊，咱这不是在找最后的希望嘛。虽然咱都知难度很大，一时半会儿也很难想出个出奇制胜的办法来，但只要有一线希望，咱都要努力争取，团结起来，拧成一股绳，三进院绝不是马家和二红家的，是咱徐府街所有人的！”

尽管冇想出个解决问题的好办法，在场的所有人都被张宝生这番话感动了。也确实是这样，相互指责、埋怨、吵闹、打官司，伤感情不说，狗屁问题也解决不了，都是在这条徐府街上讨生活的人，即便是冇法保住三进院，啥事儿也好说好商量，冇必要闹得反贴门神不对脸。

化解了矛盾、统一了思想之后，几人相继离开了源生茶庄，各自回去想各自的办法，好在离红头文件上规定的拆迁时间还有些日子，不管能不能想出出奇制胜的办法来，起码大家之间的矛盾得到了一定化解，不会再出现谁瞅着谁都不顺眼了，即便是心里还有那么一道，大面上都会说得过去。马老二两口子在临出源生茶庄门的时候，张宝生还对他俩说，在马青这件事儿上，作为长辈自己做的有点过分，好在叶姑娘冇走，马青还会回来，等马青回来他会给孩子赔个不是。一听这话，马老二两口子又被感动，连连摆手说用不着，都是马青的错，不该偷拍那张宋代香谱，就是赔不是也应该是马青来赔，哪有晚辈给长辈赔不是这一说。在张宝生把一包信阳毛尖硬塞进马老二手里之后，两人彻底化干戈为玉帛了。

众人走罢之后，张宝生刚坐下点燃一支烟，叶焚月二返头又回来了。

张宝生："咋？这么快就想出啥好点儿了？"

叶焚月冇吭声，重新坐了下来，双眼紧紧盯着张宝生。

张宝生："孩子乖，眼神儿不对啊，有啥话你就直接说，别冲我下死眼，怪瘆人的。"

叶焚月开口说道："宝生叔，您瞒得了别人瞒不了我。"

张宝生："啥我瞒得了别人瞒不了你，我瞒啥啦？"

叶焚月："我要是说了，您别不承认。"

张宝生："你说吧，只要你说的对，我保证承认。"

叶焚月单刀直入地说道："您已经想到能保住三进院的办法来了。"

张宝生眨巴着眼睛："我已经想好保住三进院的办法来了？啥办法？我咋不知？"

叶焚月："别装糊涂中不中，我可是坦诚相见。"

张宝生："我也冇背背藏藏，我不明白，你咋就知我已经想好办法了呢？"

叶焚月："您必须先告诉我，您是咋知道我用清香雪煮香料的，我就告诉您。"

张宝生："还有交换条件啊？"

叶焚月："不是交换条件，是我觉得，咱爷儿俩在许多方面有相似之处。"

张宝生："哪些方面有相似之处啊？"

叶焚月："只能意会不能言传。"

张宝生："嗬，还挺神秘。"

叶焚月："不是神秘，用祥符话说是'可贼'，难道您冇发现吗？尤其是对自己喜欢的东西心可贼，一个动作，一个眼神，一句话，就能觉察到是不是与自己有关联。"

张宝生："小妞儿家，别可贼可贼地说话，用普通话说可贼就是聪明嘛。那好，我就直截了当地告诉你，我知你用'清香雪'煮香料，就是瞅见那天朱豫老头提溜着个大布包压我门口经过。我瞅着那个布包可眼熟，后来一想，去年我有个朋友压外地来，指名道姓要买王大昌的'清香雪'，我这儿又冇，只有领着我那个朋友去了王大昌。那个布包就是王大昌的专用包，我就是压那个布包上猜想到的。不是心贼，是眼贼，孩子乖。"

叶焚月停顿了片刻，说道："那您告诉我，您咋知'清香雪'就研制不出来'香严三昧'？我要是能研制出来呢？"

张宝生："我不是已经说罢了嘛，你只要能用'清香雪'研制出'香严三昧'，我张宝生倒立着压徐府街西头走到东头。咋？你要觉得不过瘾，别管了，孩子乖，你要觉得不过瘾，那我就学恁未来的老公公，抱着煤气罐跟源生茶庄同归于尽，这还不中？"

叶焚月不说话了，眼睛里那股子锐气慢慢退去。

张宝生："想说啥就说，我知你有话要说，刚才人多你冇法儿说，眼望儿只有咱爷儿俩，你就痛痛快快地说，不用顾忌，想说啥就说啥，说啥都中，说到哪儿都刚好。"

叶焚月："我已经无话可说了，就想听您说。"

张宝生："想听我说啥？"

叶焚月："想听您说我想听的，我知您有话想对我说。"

张宝生沉默了一小会儿，起身说道："你跟我来。"

叶焚月跟着张宝生走进了后面那间做香的房间，她似乎已经压张宝生的神情举止里感觉到，这一次进到这间神秘小屋的意义不同寻常。

张宝生揭开一个像熬制中药的砂锅，他把砂锅端起来说道："你先闻闻这个。"

砂锅里盛着已经煮好的茶汤，她把鼻子凑上去闻了闻，蹙了蹙眉头。

张宝生："闻出这是啥茶了吗？"

叶焚月摇了摇头："闻不出来，味道有点怪。"

张宝生："制出'香严三昧'的秘密全在这里面，我不是说了吗？就是把那张羊皮宋代香谱挂到鼓楼上展览，也有人能制出宋代香谱的'香严三昧'来。"

叶焚月："您这是要告诉我吗？"

张宝生："我想跟你做一笔交易。"

叶焚月："做啥交易？"

张宝生："你不是已经知道了吗？"

叶焚月眨巴着眼睛："我知道啥了？我啥也不知道啊？"

张宝生："你不是说已经看出来我有主意了吗？"

叶焚月："对啊，我说的是看出您已经有对付上面红头文件的主意，跟咱做香有啥关系。"

张宝生："我说的交易是咱俩之间的私下交易，不能让第三个人听见。"

叶焚月："跟做香有关系吗？"

张宝生："当然有关系。只不过刚才有想好，这个交易做是不做。如果这个交易做成了，三进院就不会被拆，做不成，三进院必拆无疑。但是，不管是做成做不成，天知地知你知我知，绝对不能让第三个人知道。"

叶焚月又有点蒙，眨巴着俩眼："我被您说糊涂了。"

张宝生："别管糊涂还是清亮，你就说这交易做不做吧。做，你就听我往下说，不做，你就别想知道制作'香严三昧'秘密，何去何从你可以选择。不过，还有一点我要强调在前头，那就是，交易成败与否，决定于三进院能不能保住，如果三进院保住了，交易成功，我就把制作'香严三昧'的全部秘密毫无保留地告诉你；如果保不住，还是被拆掉，那咱俩的交易就是失败，我就把'香严三昧'的制作秘密带进火葬场。"

叶焚月："啥交易啊？这么残酷。"

张宝生把砂锅罐搁回到原处，在这间充满"香严三昧"气味儿的制香小屋里，给叶焚月掏出了心窝里的话：说白了，做不做这个交易其实也不碍他啥事儿，他也不想把自己说得那么高尚，他是为了这条徐府街，马家也好二红家也罢，源生茶庄也罢，都算是徐府街上的老门老户。用朱豫老头的话说，从古到今，自打这座山陕甘会馆落户到这条徐府街上，这条街就冇安生过，说句不中听的话，瞅瞅这座会馆修建的这个位置，就有问题。明代中山王徐达后裔府邸的旧址，虽然是在乾隆年修建的，可那乾隆年也不是个啥好年份，别听电视里吹牛。啥乾隆王朝，自古以来只要吹嘘王朝的都冇啥好下场，那个蒋家王朝不就是最好的例子吗？再瞅瞅压清代到民国，再到眼望儿，山陕甘会馆安生过冇？不是特务机关，就是战地医院，要不就是扒戏楼子，要不就是拆三进院。用老一辈人的话说，每章儿的山陕甘会馆比眼望儿的山陕甘会馆，面积大一倍也不拉倒，为啥会越来越小？就是摊为一次次的拆迁。他告诉叶焚月，前一泛儿，有个风水仙儿来我这儿喝茶买香的时候说，这条徐府街，成也山陕甘会馆，败也山陕甘会馆。就目前来看，三进院被拆之后，政府还不会拉倒，还会有其他建筑被拆，假如再这样拆下去，被拆的范围会越来越大，完全有可能拆到源生茶庄这儿。当然，拆就意味着建，虽然重建了一条新的徐府街，但这条街的风水已经遭到彻底破坏。把山陕甘会馆先搁一边不说，源生茶庄的茶再好、香再棒，也是白搭，气场冇了，建再多的仿古建筑也聚不了气。听罢风水仙儿的这番话以后，张宝生心情沉重，心里就盘算，山陕甘会馆的利益就是徐府街的利益，也就是每一个生活在这条街上人的利益。他首先想到的是，咋样才能配合马家阻止政府拆掉三进院，就像风水仙儿说的那样，只要保住了三进院，其余的拆迁也就煞戏（结束）了。于是，张宝生左思右想，保住三进院还是要在二红家的那张老房契上生点儿。二红家那张老房契谁也冇见过，做文章的空间很大，只要能把这个文章做到极致，就完全有可能让政府那个红头文件变成一张废纸。

张宝生把该表述的都表述完了，叶焚月也听明白了，小屋里出现了短暂的静谧。在这种静谧之中，一老一少都在思考着接下来的决定，尤其是叶焚月。她十分清楚，她家那张老房契将是这场谈话能不能继续下去的关键。

叶焚月开口说话了："宝生叔，您刚才说，三进院保住我才能得到'香严三昧'制作的秘密，保不住等于咱俩之间的交易白做，是这样的吗？"

张宝生默默地点了点头。

叶焚月缄默。

张宝生:“我再强调一遍,做交易虽然是双方的,做不做却由一方说了算。”

叶焚月:“您给我半天时间,让我想一想,中不?”

张宝生:“当然中。”

叶焚月:“那好吧,我就先回去想一想。”

张宝生把叶焚月送到源生茶庄门之前,嘱咐道:“今儿个咱爷儿俩说的话,事关重要。我还是那句话,天知地知你知我知,一旦被第三个人知道,交易成败咱先不说,该进局子里的人,这回一定是我。”

叶焚月停住脚步,扭脸说道:“二红家那张老房契不露脸,咱谁也进不到局子里。”

回到太和香堂,叶焚月还在回味刚才在源生茶庄那个砂锅罐里闻到的茶水味儿。用眼睛去辨别,根本辨别不出那是什么茶煮出的茶汤,用鼻子闻就更闻不出来,因为那茶汤里混有一种外加植物,也就是这外加植物形成了“香严三昧”的制作配方,那是什么植物呢?她不得而知。有一点她很明白,弄不清那是什么茶和什么植物,就不可能做出“香严三昧”,要想让张宝生把制作配方泄露给她,唯一条件就是用她家那张老房契去把政府的红头文件变成一张废纸。可是,那张老房契在哪儿呢?新加坡的家人明确地告诉她已经找不着了,张宝生向她暗示的意思则是,不在于老房契能不能找着,而在于政府部门能不能见到老房契,尤其是那张老房契里面有着多大的、能让政府红头文件变成废纸的信息量。

叶焚月陷入了一种难以自拔的矛盾和痛苦之中。只要她同意造出一张假的老房契来,就有可能阻止三进院被拆,她就能获取“香严三昧”的制作秘诀,如果她不同意造出一张假的老房契来,可不止要承受一种打击和一种痛苦。三进院被拆,有可能整条徐府街都会继续拆迁,无形之中她就成了“罪魁祸首”,别说实现自己的做出“香严三昧”愿望,就是想在徐府街继续把太和香堂开下去都不太可能了,更别提自己对马青的承诺。叶焚月接着想,如果自己同意与张宝生合伙,用一张造出来的假老房契搞定这一切,可以说是皆大欢喜、名利双收,不仅在徐府街上有自己的一席之地,即便以后不回新加坡，太和香堂的招牌也将金光四射，成为业内乃至中外响当当的香堂。思来想去，唯一让她纠结的，就是所有她想要的东西，全来自她这一次前所未有的造假，一旦泄露，进不进局子那倒是小事儿，她的人格品德和信誉将毁于一旦，这些不复存在之后，香的品质也会受到牵连，就是造出品质再好的“香严三昧”，都会遭人鄙视……有一点她心里更明白，何去何从，是走是留，取决于她答复张宝生的一句话。

万分纠结之中，叶焚月的手机响了。雪玲催她去马家吃饭，还说今儿个马老二跟张宝生和解之后情绪不错，做了羊肉蒸饺，他做的羊肉蒸饺可比新生饭庄的好吃。

华灯初上，叶焚月走出太和香堂去往马家。在经过山陕甘会馆门前时，她停住了脚步，站在那里用眼睛环视着白色的大照壁，每天经过此地，却不知为何，今儿个却像头一次看见：那照壁台基是青石须弥座，壁体由青砖砌成，辅以精美的砖雕装饰，壁顶为覆绿色琉璃瓦的庑殿顶。大照壁临街一面正中壁心“圣地”两个鎏金大字，据说是由祥符某任市长书写，笔力不凡，颇有气势。但不知为何，今儿个叶焚月觉得“圣地”这俩鎏金大字镶嵌在一面古老的照壁之上，让她觉得十分突兀，很不舒服，就像在一个穿着传统长衫上面别上了一枚金色胸针，显得不伦不类。叶焚月突然产生了一种感觉，她觉得自己就像这枚胸针，在这条街上待了这么些日子，说祥符话，吃祥符饭，已经有人把她当成外来户，可今儿个她突然觉得自己跟这条街是那么的格格不入，哪儿哪儿都觉着别扭。她不由得朝两边瞅了瞅，瞅见那些行色匆匆的路人，有一个人留意她驻足在照壁前，甚至有人看她一眼。她稳了稳神儿，慢慢向马家走去。

马老二今天的情绪突然变化是有原因的，一个原因是张宝生主动与其化解矛盾，不但送了他茶叶，还给他赔礼道歉，这是张宝生在徐府街上前所未有的，都知张宝生秉性壮，难缠，三句话不入耳就可能翻脸，这条街上凡是跟张宝生有过不得劲的人，都离源生茶庄远远的，从未有过让张宝生主动表示歉意的先例，这是马老二情绪变化的原因之一。再一个原因就是，很少主动给他打电话的马青，今儿个突然给他打来了电话，在电话里劝说他，不要再为拆迁的事儿拼命，为拆迁搭一条命划不来，马家烧饼的好日子在后头呢。西安的回民街那边已经答应马青，只要马老二愿意，可以去西安回民街开马家烧饼的分店。这个消息让马老二很兴奋，西安回民街那是啥地儿，西北地区回族食品的老窝，他爹马小旺虽然不是打烧饼的，但马小旺在世的时候曾对马老二说过，西安的烧饼天下第一。为了他爹这句话，马老二去西安看儿子的时候，专门让马青领着去了西安的回民街，买了个烧饼一吃，不服，撂出了一句话，说祥符的马家烧饼才是天下第一。摊为这句话，马老二在回民街上遭到西安人的围攻，差点冇跟人家打起来。马青在电话里告诉马老二，也就是摊为他在回民街上跟人家吵架，人家西安打烧饼的人偷摸来了一趟祥符，在徐府街上买了一个马家烧饼，吃罢后彻底服气，才有了今儿个邀请马家烧饼去西安开分店这回事儿。

马老二站在热气腾腾的蒸笼旁，用手压蒸笼里把蒸饺一个个往盘子里捏，一边捏一边对叶焚月说："马青这孩儿是个有心的孩儿，他跑到西安的回民街去吃烧饼，咋跟人家又喷起那一板，可把回民街那家打烧饼的人高兴坏了，非得让俺马家烧饼去西安回民街上开个分店。啥分店啊，不就是支个炉子嘛。"

雪玲在一旁敲着边鼓说道："西安回民街那是啥地儿，能让你随随便便支个炉子吗？这就不是支不支个炉子的问题，这是西安人承认咱马家打的烧饼比他们好。"

马老二更加自信地："打烧饼能在祥符当老大，就能在全世界当老大。"

雪玲："服，服，谁敢不服恁马家啊，恁爹恁爷刻木雕当老大，你打烧饼当老大，蒸羊肉蒸饺你还能当老大。"

马老二咧开嘴笑了。

叶焚月被马老二的羊肉蒸饺折服了，真的很好吃，虽说她是在新加坡长大，那里华人的食品极为丰富，同样也有中国穆斯林开的饭店，蒸饺她也不是头一次吃，可她俊妞儿奶奶做的蒸饺与她在祥符吃的蒸饺，可谓天壤之别。今儿个在马家吃的蒸饺，用祥符人的话说，把她的嗉子都快吃歪了。来到祥符以后叶焚月得出了个结论，祥符城里那些家喻户晓有口皆碑的食物，基本上都来自祥符城里穆斯林，就连张宝生那么隔赖挑剔的人，嘴里赞美声最多的就是回族食品。

雪玲瞅着神情愉悦的叶焚月，问道："好吃吧？"

叶焚月连连点头称赞："好吃，好吃……"

雪玲神情满足地："好吃就多吃点儿。"

叶焚月："吃不动了。"

雪玲一旁鼓动着："再吃俩，再吃俩。"

叶焚月："真的吃不动了，不能再吃了，夜儿个我称了称体重，比我来祥符之前重了将近两公斤，照这样吃下去，马青该瞅着我不顺眼了。"

雪玲："他瞅不顺眼白搭，俺俩瞅着顺眼就中。"

马老二："你正好说反，咱俩瞅着顺眼白搭，那个小崽子瞅着顺眼才中。"

叶焚月笑着说："应该是都瞅着顺眼才中。"

雪玲急忙地："都瞅着顺眼，都瞅着顺眼，压俺俩知了你跟俺儿谈恋爱，俺俩瞅着你就可顺眼。"

马老二冲着雪玲："咱俩瞅着人家顺眼，关键是人家要瞅着咱俩顺眼才中，不能漫野地烤火一面热。"

"就是就是。"雪玲把目光转向叶焚月问道，"妞儿，你瞅着俺俩顺不顺眼啊？"

叶焚月陷入了沉默，脸上的表情随之慢慢地平静了下来，能看出，她在思考着什么。叶焚月脸上呈现出来的这种平静，影响到了情绪一直处于喜悦中的老两口，他俩脸上的喜悦也随之平静了下来。可是他俩等了老半天，叶焚月始终冇回答，就在他俩觉得有些纳闷的时候，瞅见坐在那里的叶焚月俩眼里啪嗒啪嗒落下眼泪。老两口一下子慌了神儿。

雪玲："乖，你这是咋了？碰到啥不得劲的事儿了。"

马老二："是不是有人欺负你了？谁欺负你跟我说。"

叶焚月摇着头。

雪玲："妞儿，别管你眼望儿是不是马家的儿媳妇，来到祥符城就不能有人欺负你，不管你遇见啥作难事儿，马青不在，有啥你就跟俺俩说。马家跟二红家是啥关系啊，老一辈少一辈都有交情，要不咱两家的老房子也不会在一个三进院里，你说是不是？妞儿，别哭，有俺马家在，冇事儿，乖，你跟俺说说，到底遇见啥不得劲的事儿了。"

马老二:“对,你说说,在祥符城,再大的事儿,就是天塌下来,也是先砸在俺马家人的头上。”

叶焚月用餐巾纸搌了搌脸颊上的眼泪,脸上带着一丝微笑说道:“有事儿,我是高兴。不知咋的,我越来越觉得,在祥符,在徐府街,就像在自己家里一样,一点也不陌生,一点也不外气,尤其是恁二老,朴实,真诚,待我就像亲闺女,我是被感动才掉眼泪的,我是真心喜欢这个地方才掉眼泪的,这更加能说明我喜欢这里,爱这里,也离不开这里……”

马老二两口子长舒了一口气,如释重负。他们相信叶焚月说的话,叶焚月的眼泪像是给他们吃了颗定心丸。或许正是这颗定心丸,又触动了雪玲脆弱的情感神经,啪嗒啪嗒也掉起了眼泪。

马老二急忙冲雪玲安慰道:“弄啥嘞,你咋也哭上了,别管俩孩儿能不能成事儿,二红家的妞儿,就是咱马家的妞儿,亲妞儿,咱应该高兴才是。瞅瞅,多好一个妞儿啊,高兴还高兴不过来,哭啥,好日子还在后头呢!”

雪玲抽出一张餐巾纸,一边擦着脸一边说:“好日子在后头呢,谁不想好日子在后头啊,可你见天为了个老破房子,要抱煤气罐去跟人家拼命,后头还会有啥好日子,我才不信好日子还在后头。就是咱儿子把叶姑娘娶进门,你死了,后头还会有啥好日子,孙子见不着爷爷,爷爷见不着孙子,那能叫好日子吗?”

马老二被雪玲这几句话给打闷,点着根烟,不吭气儿了。

叶焚月安慰着雪玲说道:“别难受,姨,拆迁的事儿宝生叔正在想法儿,只要有一线希望,我们都不会放弃。即便是一点儿希望也冇,我们也不能为了一个拆迁的老房子放弃我们今后的好日子。”

雪玲听了叶焚月的话更加伤心起来,捂住脸呜呜地痛哭,抽泣着说道:“谁不想过好日子谁是孬孙,可,咱这个老房子不让咱去过好日子啊……”

马老二猛地压椅子上站起身,把手里刚点着的烟往地上狠狠一摔:“别管了,我今儿个把话给撂这儿,只要咱青儿能把叶姑娘娶进咱的门,只要能让我抱上孙子,别管了,就是保不住三进院,我也不去抱煤气罐!中了吧!”

雪玲也不用餐巾纸擦眼泪了,用俩手一抹脸,严肃大声地问道:“你说这话真的假的？”

马老二：“真的！”

雪玲：“当着叶姑娘的面，你赌个咒！”

马老二：“赌个咒就赌个咒，谁要说话不算数，天打五雷轰，出门让汽车撞死。”

雪玲：“不中，不准说死不死的话，重新赌！”

马老二想了想，大声赌咒道：“谁要是说话不算数，就把马家烧饼的烧饼炉给砸喽，在整条徐府街上铺满马家烧饼，让人狠狠地在上面踩！”

叶焚月万万冇想到，吃这顿羊肉蒸饺竟然吃出了这么一个意外结果，马老二不再为拆迁认死理儿的回心转意，简直太出乎人的意料。马老二放弃抱煤气罐固然是件好事儿，但并不代表要放弃三进院。叶焚月不会透露张宝生跟她说的那些话，也不会透露自己的焦虑和担心，但是，今儿个在马家吃了这顿羊肉蒸饺之后，不知为何，反而让她丢去了犹豫和彷徨，坚定了要保住三进院的决心。有些事儿就是这么奇怪，虽说谈不上是柳暗花明和茅塞顿开，但，心里闪现出的那一线希望会渐渐变大、变亮……

第二天早上，张宝生按往常那个点儿来到源生茶庄开卷闸门，大远就瞅见叶焚月在源生茶庄的门口站着。

张宝生走到跟前：“来得怪早啊。”

叶焚月开门见山地：“宝生叔，我已经想好了，就按您说的办。”

张宝生故意用一种将信将疑的口气问道：“真的想好了？”

叶焚月从容地点了点头。

张宝生：“中，只要你答应这么办，其他的事儿就不用你操心，你配合就是，咱得把这个故事给编圆。”

叶焚月：“故事您随便编吧，不要太离谱就中。”

张宝生：“我不会编故事，这样的故事我也编不了，得请个高手来编，不能掉底儿。不过，你尽管可以放心的是，徐府街从古到今留下了多少故事，咱就是再编一个故事，对这条街来说，多一个不嫌多，少一个不嫌少，刚好。”

叶焚月：“中啊，有啥需要沟通您随时叫我。”

叶焚月走后，张宝生拿出钥匙，弯腰打开卷闸门。进到店里不一会儿，他手里掂着一包茶叶又走了出来，将卷闸门拉下锁好，离开了源生茶庄。

十五、有福同享，有难同当

你打我，我不怕，我上北京找老大，老大给我一把枪，照你屁股开三枪。

——选自祥符歌谣

“哒哒哒！哒哒哒！”

鼻梁上架着老花镜的老朱豫听见了敲门声，放下手里那本破烂不堪的书，走过去将房门打开。

老朱豫冲着门外站着的张宝生说道：“恁大动静弄啥，我耳朵又不聋。”

张宝生笑道：“你耳朵不聋，我耳朵有点聋，不是怕你听不见，我是怕我自己听不见。”

老朱豫：“大早起，你个小蛋罩无事不登三宝殿，说吧，啥事儿？”

张宝生：“这事儿，事关国家机密，总不能站在门口说吧？”

老朱豫侧身让张宝生进了屋门。

张宝生习以为常地瞅了瞅堆满废品的屋里，说道：“老头，最近又收啥好东西冇？”

老朱豫：“坐吧，坐下来说你的事儿，我就是收了啥好东西，也不能对你说。你先说说，你给我送来的啥好茶叶吧。”

张宝生把手里那包茶叶往老朱豫手里一塞：“自己瞅。”

老朱豫仔细瞅着手里那包茶叶：“乖乖嘞，王大昌的梅香雪，还是老包装。中，我不嫌孬，只要是王大昌的茶叶，别管是清香雪还是梅香雪，我都喜欢喝。”

张宝生:“那可不,上一回您老去王大昌买了恁大一兜清香雪,喝不完都送人了吧?”

老朱豫:“我啥时候去王大昌买了一大兜清香雪,送谁了?”

张宝生往老朱豫脏兮兮的床上一坐:“中了,老头,不是跟你吹,徐府街上就是跑过一只猫,压谁家跑出来的,又跑到谁家了,我都知,你信不信?”

老朱豫:“我咋不信啊,你啥时候尿得都比人家高。”

张宝生嘎嘎地笑起来,随后收起了笑容,正经地说道:“老头,别嫌我说话不中听,我也跟二红家孙女说罢了,别瞎搭工夫,根本就不是那回事儿,清香雪要是能研制出她想象中的宋代香谱上的香,我张宝生倒立着压徐府街西头走到东头。你老头也别嫌我说话难听,你这是戳死猫上树。”

老朱豫瞅着张宝生,鼻梁上的老花镜都快滑落下鼻梁,张嘴说不出话来。

张宝生站起身,伸出俩手,把老朱豫鼻梁上的老花镜扶到原来的位置上,语重心长地说道:“老爷子,我心里可清亮,你是好意,想帮二红家孙女一把,可是你想过冇,制香是那么简单的事儿吗?我就是把用啥茶叶制香的秘诀告诉二红家孙女,她也做不出宋代的香来。不过你放心,我张宝生不是那种针扎不透水泼不进,只重利益不讲情义的人,为了咱的徐府街,为了马家和二红家的三进院,也为了咱自己,我会把制作宋代香谱上的香的方法交给叶姑娘,我说话算数,但是有个前提,你老人家必须配合我。”

老朱豫有点蒙:“啥前提……咋配合你啊……”

“别着急,老爷子,你坐下慢慢听我说。”张宝生把老朱豫搀扶到床边和自己一起坐下,说道,“我今儿个来,要跟你说一件非常重要的事儿,这件事儿不光关系到马家和二红家三进院的拆迁,还关系到二红家孙女能不能长期待在咱这儿做香,更重要的是关系到咱整个徐府街。”

老朱豫压张宝生脸上的表情看到了和话语里听出了事关重大,他木呆呆地瞅着张宝生问道:“你说得怪吓人,到底是啥事儿啊?”

张宝生:“您老别着急,听我慢慢说……”

老朱豫住的这座楼周围白天很乱,不停地传来孩子们的英语朗读声、嬉闹声、歌声、笑声、老师的讲课声、小贩的叫卖声、家长接送孩子时的呼唤声和训斥声，就是在这一片嘈杂声中，老朱豫听完了整个老房契造假的计划。听完后的老朱豫一言不发，紧紧闭着眼睛，像是在思考，又不像是在思考，像是在打盹，又不像是在打盹。

时间一秒一秒地在走，屋外的那些喧嚣依旧，屋内却显得格外宁静。

张宝生观察着身边的老朱豫，做不出自己的判断，于是，他用手轻轻拍了拍老朱豫的胳膊："哎，老头，哎，睡着了……"

老朱豫打了个激灵，颤抖了一下身子，把眼睛睁开。

张宝生："瞌睡了，老头？"

老朱豫："冇，冇瞌睡。"

张宝生："我说的啥你听清冇？"

老朱豫："我咋冇听清啊，听得清亮亮的。"

张宝生："那你说，我跟你说的啥？"

老朱豫推了一把又快滑落下鼻梁的老花镜："你跟我说，要造一张假的二红家的老房契，事关重大，不管让谁看，都要让人可信，要经得起推敲，经得起验证，就是拿到中央电视台的鉴宝节目，也不能让鉴出是假的，更重要的是，要把故事给编圆，不能露出一丝破绽。这都是你刚才对我说的，对吧？"

张宝生点头："我还以为你睡着了呢。"

老朱豫："发你的迷，你睡着了，我也不会睡着。"

张宝生："你就跟我说，刚才我说的这些中不中吧？"

老朱豫："中不中你都说了。"

张宝生："啥意思？啥叫中不中我都说了？"

老朱豫一直处于迷迷瞪瞪的脸，此时此刻那些迷瞪一扫而光，两只老眼里还射出了一股尖锐，说道："小子，我不知你这是要办好事儿还是要办孬事儿？"

张宝生："当然要办好事儿啊……"

老朱豫："你先别吭，听我把要说的话说完，你再吭。"

张宝生："中，我不吭了，但是，你一定要给我个明确答复，这事儿干不干，你说了算，我说了不算，不管算不算，天知地知你知我知。"

老朱豫："不对吧，二红家孙女不知这事儿谁也干不成。"

张宝生："中了，你老头别咬着屎橛打提溜，你也不想想，二红家孙女不同意我能来找你吗？"

老朱豫："那你还天知地知你知我知个啥，我说的意思，说话要严谨，说话不严谨，做事儿就不可能严谨，特别是干你要干的这种事儿，要是有一丝不严谨，出一点岔纰，就是掉不了脑袋，判你个十年八年松松的。"

张宝生："你的意思我明白了，你也别咬着屎橛打提溜了，中不中？"

老朱豫："中，那你就听我说！"

这老头，都九十高龄，一点儿也不糊涂，甚至某些方面比张宝生还清亮，用他的话说：造假，哪儿不造假啊，啥不造假啊，满世界都在造假，但要看造啥假，咋样造，谁来造，会造的得得劲劲**酒肉豆腐汤**（吃香的喝辣的），不会造的罚款丢人下大狱，就是掉脑袋也不稀罕，这种例子不胜枚举。今儿个张宝生找上门来要与老朱豫联合造假，撇开年轻时候的"梦中情人"俊妞儿不说，就凭张宝生为徐府街而战这份勇气，老朱豫在心里也竖起了大拇指。他压年轻的时候就拾圪囊，身体好，拾圪囊有问题，有了岁数以后，拉着架子车走街串巷体力就跟不上了，拾圪囊的收入也越发不能维持生计。虽说他喜欢画画，可他画的那些画在行家们眼里根本就不入流，最多被外行三文不值两文买走几张，画画根本就不可能成为一门他赖以生存的手艺。随着年龄越来越大，为了生存，他不得不学会了另外一门手艺，那就是造假。别看他拾圪囊不遭人待见，但他骨子里却是个有文化情怀的人，虽然有良好的居住环境，有健康的一日三餐，有亲朋，有女人，就像祥符人爱说的那句"小秃烂蛋，一头不占"的歇后语一样，他要啥冇啥一头不占，但他有的和占的却是一般人冇的和占不了的，那就是他压那些破书烂报纸堆里扒出来的文化和知识。古今中外，前三皇后五帝，上知天文下知地理，东西南北中，可以说就冇他不知的。有一年，一个拾圪囊的同行告诉他，鬼市里书摊上卖的那些旧书，只要对买家的眼，一本旧书能卖到翻出好几倍的价钱，如果是稀有书籍，卖家就可以狮子大张口，要啥价买家就会给啥价。起初，他对那个拾圪囊同行的话将信将疑，凑了个星期天，他跑到鬼市一瞅，妈呀，旧书摊上买家跟卖家再讨价还价，卖家至少也能卖出个原价。于是，他每个星期天都用架子车拉上一些旧书去鬼市摆摊儿，不但提高了收入，还学到不少精细儿，最让他惊诧的是，鬼市上的一些老旧文档和地契房契，一张破纸就能卖到上千元。于是，他从中受到了启发，在拾圪囊收废品的时候，他特别留意那些老旧文档和地契房契，只要发现，他就拿到鬼市去卖，不光卖，他跟着那些善于造假的贩子还学会了造假，利用一些空白的旧信笺纸张，在上面模仿名人字迹。这种假物件只要一摆在地摊上，围观询问和讨价还价的人最多。他最成功的“战例”，就是曾经仿造了一个名叫孙至诚、字思昉的人的信笺，此人是民国时期章太炎的关门弟子，后投笔从戎，官至张学良的鄂豫皖剿匪总司令部的秘书长，与民国首要们的私交甚密。之所以要伪造此人的信笺，是因为孙至诚是祥符人，他的信笺在祥符的鬼市好卖。可不是吗，当这张伪造信签刚摆在地摊上，就被河南大学历史系的一位爱逛鬼市的程姓教授捧到了手里。那位戴着高度近视眼镜的程教授，仔细看罢之后非常惊讶，他不仅知道孙至诚这个人，还看过他的著作。接着程教授如数家珍地说出了孙至诚所著的《老子政治思想轮》《孔北海集评注》等一系列影响较大的著作，还说孙至诚是一位造诣很深的国学家和收藏家。最后，经过一番讨价还价，那张伪造的孙至诚信笺，以两千五百元成交，可把收圪囊的老朱豫给高兴毁了，一张假信笺顶他收俩月的圪囊。由此，他一发而不可收，只要他认为合适，风险又小，隔上一段时间，他就会造出一张摆到鬼市的地摊上，基本上是弹无虚发，一打一个准。谁知道好景不长，大约时隔有两年时间，又逢星期天，他来到鬼市刚把摊儿摆上，河南大学那位程教授手里掂着孙至诚的假信笺，领着文物市场的工作人员和两名公安站在了他的地摊儿前。他心里顿时清亮，毁了，他造假的把戏被程教授识破，在程教授有理有据有历史渊源的揭露之下，他只有按鬼市那不成文的规矩强词夺理，“有眼冇眼自己对，交钱离摊不能退”，可人家文物市场的工作人员和公安可不管啥鬼市成文不成文的规矩，程教授是全国著名的教授，论眼望儿的名气不比每章儿的孙至诚小。文物市场的工作人员和公安就更不管那一套，把两条路摆在他面前，要不被拘留，要不赔偿程教授的损失后再交一千元罚款。无奈之下，他只有选择后一条路，赔偿了程教授的损失又交了罚款。那一回可让他吃了个大苦头，压那以后，他就再也冇去过鬼市，再也不敢造假了。

老朱豫把这一板原原本本地告诉了张宝生。

张宝生："老头，你以为我不知你有这一板吗？"

老朱豫："你啥不知啊，用你自己的话说，徐府街上跑一只猫，你都知是公是母。"

张宝生："中了，老头，我可不是跟你打哩戏，你这一板我早就知了，要不我也不会来找你。今儿个你既然说到这一板，那我就说两句，仅供你参考。"

老朱豫："我知你想说啥。"

张宝生："我想说啥？你说说。"

老朱豫："你想说，事儿不大，看着办。对吧？"

张宝生："你说错了，不是事儿不大，是事儿很大。你老头要明白，这事儿可不比程教授那事儿，孙至诚可比不了咱徐府街，那是每章儿的一个人，这是眼望儿的一条街，更何况这条街上有山陕甘会馆，这要是出了岔纰，受连累的可就不是一个人，而是一大堆人……"

老朱豫："中了中了，你别再跟我说了中不中，何轻何重我比你更清亮，出了岔纰，第一个坐班房的人就是我，对吧？"

张宝生："第一个坐班房的人不是你，是二红家孙女。"

老朱豫点了点头，深深地出了一口气，说道："啥也别再说了，既然二红家孙女都愿意这么干，我这个土已经埋到脖子上的老朽还怕个啥！"

张宝生被老朱豫这句话给打动，伸出手搭在老朱豫的肩膀头上，说道："爷们儿，有你这句话，我啥也不再说了。二红家的情况你比我更了解，至于这个老房契如何来造假，你爷们儿比我更清亮，我就不画蛇添足了。"说到这里，张宝生站起身来，压衣服兜里掏出钱包，压钱包里取出一沓子钱，"老头，这是先付给你的定金，别嫌少，你先拿着。"

老朱豫有去接这一沓钱，说道："看不起人不是？"

张宝生："这不存在看起人看不起人，对我来说这是风险共担，你老头要是怯气不想干了，或者是有意无意把我给出卖了，我不是也有个说头嘛。放心，不用打条。"说罢，面带微笑地将手里那沓钱往床上一搁。

老朱豫一把捞起搁在身边的拐杖，就往张宝生身上打，嘴里还骂道："小兔崽子，你把我当成啥人了！"

张宝生一边往门外逃，一边笑着说道："我把你当成二红家俊妞儿奶奶的情人了……"

老朱豫再次惊讶地："小兔崽子，你连这都知啊……"他把手里的拐杖扔向了龇牙咧嘴笑着跑到门口的张宝生。

跑出了老朱豫家门的张宝生，长舒了一口气，心满意足地哼着小曲儿，晃着膀子回源生茶庄了。

张宝生走后，老朱豫慢慢站起身，走过去弯腰把自己扔出去的拐杖捡起来，两只手搦住拐杖把来回转着，那拐杖把已经被他搦得明光锃亮，此时此刻显得更亮。他将拐杖拎起，狠狠地在地上蹾了两下，眼睛里放出一股坚韧自信的光芒……

整个一上午，老朱豫在堆满杂物的屋里翻箱倒柜，终于找出了一些许久不见的毛边纸信笺，这些毛边纸信笺已被他收藏多年，具体多少年他也记不清，只记得是在"文革"刚开始，徐府街东口一段姓人家被红卫兵抄家之后，他去帮着段姓人家清理屋内的一片狼藉时，这一小摞毛边纸信笺被清理进了他装废纸的麻袋。回家后他才发现，那一小摞毛边纸信笺可有了年头，在毛边纸信笺的下方，印有祥符行政公署的字样。他听徐府街上的人说过那段姓人家的主人段先生，民国时期曾在祥符行政公署就职。

这一小摞毛边纸信笺一直被老朱豫保留的原因很简单，它是老物件不说，关键是旧时毛边纸已经成了稀有物品，尤其是纸张的质量，是眼望儿不可能再有的。那张孙至诚的信札就是用这老毛边纸写的，也就是用了这种老毛边纸，才骗过了河南大学程教授的眼睛。纸是冇一点问题，仿造一张老房契也不是问题，问题是编一个什么样有历史和政治深度的故事。

老朱豫屋里宝贝真是太多太多，为了编好老房契背后的故事，他压那一堆堆一摞摞的旧书籍报纸里，又翻出了几本祥符地方志，虽说都是20世纪八九十年代写的，但，里面有不少祥符历史人物的记载。老朱豫认真地一本本翻阅着，寻找着他所需要的内容。

那天夜里，徐府街安静得出奇，在家家户户的灯光全部熄灭后，在老朱豫这座住宅楼里，只有他屋里还亮着灯光……

两天过去，在第三天的头上，老朱豫擒着他的布包，慢慢腾腾地来到了源生茶庄，坐在了大茶案子前。

老朱豫压进源生茶庄的门，坐在了张宝生的对面，始终冇开口说一句话。起初，张宝生也冇说啥，忙着给老朱豫沏茶，当他把一杯浓香的清香雪搁在老朱豫面前的时候，貌似无意，话音却带着严肃问了一句："完事儿了？"

老朱豫："冇完事儿。"

张宝生："哦，不急，冇完事儿就慢慢来，时间还有。"

老朱豫："去，你去把二红家孙女给我叫过来。"

张宝生："叫她弄啥？"

老朱豫："叫你去叫你就去叫，哪恁多废话。"

张宝生搁下手里的茶壶，一弯腰，右手伸向地面，给老朱豫行了个清朝宫廷的礼："喳，小的这就去叫二红家孙女。"

张宝生迈着小快步去到了隔壁的太和香堂，当他神秘地告诉叶焚月，老朱豫已经把任务完成，叶焚月似乎有点不太相信，张宝生胸有成竹地说："啥叫把底？他不说我一看就知他吃几个馍喝几碗汤，这就叫把底。"叶焚月相信张宝生的话，急忙跟着张宝生去了源生茶庄。

这老中青三辈人，进到源生茶庄后面的香房，开始说他们的共谋。张宝生和叶焚月两人的眼睛，始终盯在老朱豫手里拎着的布包上面。老朱豫待不紧不慢地坐稳下来之后，才小心翼翼从布包里取出了他俩急于想看到的物件。

张宝生是个老江湖，虽说他不精通文物造假此道，但他跟这条道上的**老黄角**（老手）们混过，也算得上见多识广。他压老朱豫手里接过"老房契"，看得十分仔细，一直冇说话，凑在他身边和他一起看的叶焚月却一脸蒙圈。再看坐在那里的老朱豫，从容不迫，表情依旧，似乎并不像想要得到一个什么样的结论。

叶焚月轻声问道："咋样啊，宝生叔？"

张宝生依旧冇吭气儿。

叶焚月又问了一遍："咋样啊，中不中啊？"

张宝生："妞儿，恁新加坡写中文，是繁体字还是简体字？"

叶焚月："当然是繁体字啊。"

“嗯，民国也是繁体字。”张宝生把“老房契”递给叶焚月，“妞儿，繁体字我看着吃力，你给读读。”

叶焚月压张宝生手里接过“老房契”，轻声读道：“买卖房田草契，立卖契人马大旺，今将房地壹所段，坐落祥符徐府街三进院内二进院正房东西厢房凭鉴证人说合，情愿卖于蒋二红名下永远为业，言明卖价洋八十二圆整，笔下交清并无短少，日后如有别项纠葛情事，俱有说合人一面承当，与买主无干，空口无凭立据为证。中保人魏贵廷押沙玉山恶，鉴证人张悦然押，立卖契人马大旺押，代笔人白宝钧押，中华民国一十一年二月二十七日。”

叶焚月读完后，把老房契交回到张宝生手里，张宝生紧蹙着眉头又一字一句、磕磕巴巴地念了一遍后，不解地问道：“这个中保人魏贵廷押沙玉山恶，是个啥意思？”

老朱豫：“中保人魏贵廷押，就是押在他那儿一份，沙玉山恶，就是一旦有人违约，这个沙玉山就可以翻脸充当恶人，比如你张老板就非常适合充当恶人。”

张宝生咧开嘴笑道：“搞蛋去，我才不当恶人，我适合当鉴证人。”

叶焚月又压张宝生手里接过老房契，一边看一边说道：“也就是说，立卖人马大旺是马青他爸爸的爷爷，蒋二红是我的爷爷，是这样吧？”

老朱豫：“冇错，你爷爷蒋二红比马大旺小一辈儿，这房子是马老二他爷爷卖给恁爷爷的。”

张宝生：“我还有一点不太清亮。”

老朱豫：“还有啥不清亮，问。”

张宝生：“别的我觉得都冇啥，一看就是一张民国的房屋买卖合同，别管是范本的书写模式和纸张，我认为都冇问题。如果要出岔纰的话，我觉得，有可能会出现在这几个名字后面写押的人身上。”

老朱豫：“此话咋讲？会出啥岔纰啊？”

张宝生又压叶焚月手里接过老房契：“你瞅瞅，这好几个人的名字后面都写着押，也就是说，真正的那张老房契不止一张，谁敢保证，万一冒出一张真的老房契，和咱这张不一样，那不是就出大岔纰了吗？当然，咱这张老房契上面除了买卖双方是真名真姓，可后头写押的这些中保人、鉴证人、代笔人都是假的，他们那一代人肯定也死完，可人死了，老房契不一定就有了啊，万一哪天……”

老朱豫：“万一哪天真的老房契冒了出来是吧？”

张宝生：“对呀，谁敢保证？我的意思是咱要严谨，不能留下任何一点儿破绽。”

老朱豫：“小子，你说的可对，但是你想过冇，万一哪天真的老房契是压哪儿冒出来吗？”

张宝生：“就是真的老房契上，那几个名字后头写押的人，万一在他们的后人里面有喜欢玩收藏的人，或是在鬼市的地摊上，或是在互联网上出现一张真的老房契啊。”

叶焚月默默地点头：“我觉得宝生叔这个担心有道理，这个世界说大大，说小小，一切都很难说。”

老朱豫：“难说啥？可好说。”

张宝生：“可好说你说说啊，咱今儿个就是要把各种可能性全部排除，不留下一点儿隐患才中。”

叶焚月：“对，朱爷爷，您说说。”

老朱豫胸有成竹地瞅着叶焚月，问道：“妞儿，我问你，这房子是谁家买的？”

叶焚月：“俺家买的啊。”

老朱豫：“谁家卖的？”

叶焚月：“马家卖给俺家的啊。”

老朱豫：“我再问你，马家还有没有真的卖房文书和凭证了？”

叶焚月：“据我所知是没有了。”

老朱豫把脸转向张宝生：“据你所知呢？”

张宝生：“据我所知也冇了。”

老朱豫又把脸转向叶焚月：“我再问你，恁家还有没有真的卖房文书和凭证了？”

张宝生：“你这都是问废话，她家要是有，咱还用着费这个事儿，劳您老的大驾？”

老朱豫口气坚定地说：“不，这事儿一定要弄清亮！”

叶焚月:“俺家那张老房契确实是找不着了,我能肯定。”

张宝生:“对呀,要能找着咱吃饱了撑的,费这个劲。”

老朱豫把手伸向张宝生:“给我一根烟。”

张宝生面带惊讶地:“哟,老头,今儿个这是咋啦? 你不是断烟都好些年了吗?”

老朱豫:“少废话,今儿个老子想抽,提提劲儿,要不我说话恁听着费力儿。”

张宝生急忙掏出烟递上一根:“给让老头提提劲儿,省得把祥符话说成杞县话了。”

老朱豫接过烟,张宝生将烟给他点着,在他抽第一口的时候,就被呛得剧烈咳嗽了起来“咳咳咳咳咳……”

张宝生:“瞅瞅,瞅瞅,不让你抽你非得抽,呛住了吧……”

叶焚月:“别抽了,朱爷爷,要不您说话我们听着才费劲呢。”

老朱豫冲叶焚月摆了摆手,止住咳嗽,稳定了一下情绪,说道:“妞儿啊,我想对你说的是,之所以我答应张老板干这件事儿,说到底,不是为了马家,也不是为了徐府街,更不是为了山陕甘会馆,说白了,我活到今天才明白,我在这条街上活着,谁都跟我冇啥关系,我明儿个就是死了,也冇一个人会擁为我掉一滴眼泪。我这一辈子也冇啥念想了,只是想再为你做这么一件事儿,我不说你也知,我这是为啥。”

叶焚月感动地:“我知,朱爷爷,我啥都知。”

老朱豫点了点头,把手里的烟还给张宝生。

张宝生:“咋? 才抽了两口就不抽了?”

老朱豫:“不抽了,妞儿不让我抽我就不抽了,我听妞儿的。”

张宝生:“这就对了。”

老朱豫:“啥这就对了,我说话啥时候不对吗?”

张宝生:“对对,说的都对,您老接着往下说。”

老朱豫:“恁俩都给我听好喽,我给恁俩说个更对的。”

张宝生和叶焚月都不再吭气儿了,认真地在听老朱豫说。

老朱豫告诉他俩,别管真的假的,谁说了都不算,只有二红家的人说了算,即便是真的老房契压哪个渠道冒了出来,那也冇用。原因很简单,拿着这张假老房契去找政府论理的人是二红家孙女。就凭这一条，真的老房契在别人手里就成了假的，假的在二红家人手里就是真的。真的假的要看在谁手里，而不是谁来鉴定谁说了算，这就像国家每逢大事儿，都会有各种消息，无论消息来源是大道还是小道，最终认定消息真假的是官媒，是官方说了算。在这张老房契的问题上谁说了算呢？民国早已不复存在，民国政府说了算吗？那是笑话，现任政府说了算吗？凭什么说了算？现任政府当然要以老房契后人说的为准，这张伪造的二红家老房契在二红家孙女手里，假的不就变成真的吗，真的不就变成假的了吗？

张宝生默默地点头："嗯，好像是这个道理。"

叶焚月："逻辑上是能讲通，可我还是有些担心和疑虑。"

老朱豫："担心啥？你说。"

叶焚月冇吭气儿，认真在思考着什么。

张宝生："你是不是担心，政府不认这壶酒钱？"

叶焚月点头："是的，我咋觉得有这种可能。他们会说，时过境迁，这是一张无效的民国房契，咋办？"

老朱豫："这也是我担心的地方，据我所知，祥符城里有很多被拆掉的民国老房子，老房契在现行政策面前就是一张废纸。"

张宝生："恁说的冇错，有老房契远远不够，还需要一个能让这张老房契牛起来的故事才中。这个故事得让所有人听了都要重新评估三进院的价值。"

老朱豫："这我就无能为力了，我不会编故事，只会听故事，恁俩把故事编好讲给我听听就中了。"

张宝生："这恐怕不中，老头，你得配合，咱们一起来编这个故事才中。"

老朱豫："需要我咋配合，说吧。反正我也已经上了恁这条贼船，那咱就一贼到底吧。"

叶焚月瞅着老房契问道："朱爷爷，我想问问，文书上除了立卖人马大旺是真人，其他这几位中保人、鉴证人、代笔人，是不是确有其人啊？"

老朱豫："当然是确有其人，只不过这些人统统已经不在了，最后一个不在的，就是中保人的那个后头有恶字的沙玉山。这老哥哥活到快一百岁，据我对他的了解，民国期间他经常给别人当中保人，俩中保人，一个押，一个恶，一个唱白脸，一个唱红脸，沙玉山就是那个唱红脸的。”说到这儿，老朱豫突然想起了什么，接着说道，“对了，那个鉴证人张悦然，我觉得可以做点文章。”

张宝生：“做点啥文章啊？”

老朱豫：“编故事的文章。”

张宝生迫不及待：“快说说。”

老朱豫说，那个鉴证人张悦然本不是祥符人，是河北霸州人，民国初年跟着王泽田来到祥符。王泽田创办了王大昌茶庄，后与时任河南省主席的韩复榘联姻成了儿女亲家，茶叶生意越做越大。张悦然来到祥符后冇从商，在一所中学里当国文教师，此人很书卷气，为人厚道、实诚，深得社会各阶层和朋友们信任。据传，当年冯玉祥因缺乏军费，装孬要把铁塔卖给祥符城的头面富商，就是请张悦然去做的鉴证人。祥符解放以后，张悦然在地区师专教书，再后来，听说远离红尘出家去少林寺，从此杳无音讯。老朱豫心里有点犯膈应的是，张悦然那种性格的人在深山老林修行能活大岁数，他扳着指头算了算，如果张悦然还健在的话，应该是一百二十来岁。

张宝生：“一百二十来岁？早死罢了。一个和尚能编出个啥故事来呀？跟咱这张老房契不挨边。”

老朱豫冇搭理张宝生，继续着自己的思路，说张悦然在出家当和尚之前已经结罢婚，娶了一个比自己小快三十岁的姑娘，这个姑娘就是痴迷张悦然的学识和性格，非他不嫁，张悦然迫于压力才答应成婚。所谓迫于压力，是那个姑娘有相当的背景，省里的大领导，如果不是有那么大的名头，张悦然也不至于后来远离尘嚣窜到少林寺去当和尚。在出家当和尚之前，他媳妇已经给他生了一个儿子。说到这儿，老朱豫不再往下说了，像是在捋顺自己的思路。

张宝生催促着：“说呀，他生了个儿子又咋啦？”

老朱豫：“恁知不知，他生的那个儿子是谁？”

张宝生：“你不说俺知是谁呀。”

老朱豫慢慢站起身来，朝着墙边那一大摞收购来的废报纸走了过去，随手在废报纸中翻看了几张，然后抽出其中一张递给了张宝生，说道："看吧，报纸上经常有他的名儿。"

张宝生接过废报纸瞅了瞅，问道："哪个名儿是他儿子的名儿啊？"

老朱豫："我不是说了，三天两头出现的那个名儿。"

张宝生继续瞅着废报纸："这报纸上的领导里面冇姓张的啊？"

老朱豫："儿子就非得跟爹姓吗？就不兴跟妈姓了吗？往右上角看。"

张宝生把眼睛抬向了废报纸的右上角，念着右上角一条报道的标题。他刚把标题念完，嘴巴就像被什么东西给堵住了，他冇再接着往下念，而是把惊讶的俩眼转向了老朱豫。

老朱豫："知了吧？他儿是谁你知了吧？"

张宝生："真的假的？"

老朱豫："真的假不了，假的真不了。这谁还敢胡说八道。"

张宝生："你咋会知他是张悦然儿子呢？"

老朱豫："他妈冇死之前，我收废品时去过他家，一眼我就认出来了。20世纪70年代，他妈曾经当过咱市里的妇联主席，那个时候，谁不知她丈夫走了以后，她领着儿子就冇再结婚？祥符城就这么屁大一点儿，南关放个屁恨不得北关都能闻见。祥符人最大的特点你知是啥吗？"

张宝生："祥符人最大的特点是啥啊？"

老朱豫："有句话是北宋人留下来的，我觉得最能代表咱祥符人的特点，再冇那么准确了。"

张宝生："别卖关子，快说。"

老朱豫："这句话就是，咱祥符人'不操心自家的面缸，只操心宰相的饭碗'。"

张宝生似乎冇听清："啥？你再说一遍。"

老朱豫大声说道："不操心自家的面缸，只操心宰相的饭碗！"

张宝生一琢磨，随即向老朱豫伸出大拇指："高，这句话实在是高，不操心自家的面缸，只操心宰相的饭碗。"

叶焚月："我听明白了，是不是说咱祥符人爱关心国家大事儿啊？"

张宝生："对呀，咱祥符人压北宋开始就关心国家大事儿，眼望儿一个样，自己家里有吃冇吃**不碍着**（没关系）、不操心，衙门里谁是弄啥的，谁是压哪儿调来，下一任市委书记是谁，门儿清，好像市委书记就住他家隔壁一样。”

老朱豫：“你是说我呢不是，一个拾圪囊的，还能知衙门里的事儿。”

张宝生：“爷们儿，我再问你一句，只要你能确定报纸上这位市主要领导他爹就是那个去少林寺当了和尚的张悦然，剩下来要编的故事就交给我了。”

老朱豫：“我可不是编故事，这是真事儿。”

“嗯，爷们儿，我相信你说的是真事儿，百分之百的真事儿。”张宝生把脸转向叶焚月，“妞儿，知不知，接下来的故事咱应该咋编了吧?”

叶焚月：“不操心自家的面缸，只操心宰相的饭碗。接下来的故事，就是把面缸和饭碗编到一起。”

张宝生：“能妞儿。”

……

十六、该吃吃，该喝喝，啥事儿别往心里搁

月亮走，俺也走，俺给月亮打烧酒；烧酒辣，买黄蜡，黄蜡太苦买豆腐；豆腐薄，买菜角；菜角两头尖上天；天又高，买把刀，一戳戳到你的包。

——选自祥符歌谣

做了一晚上“功课”的叶焚月，已经把那个去少林寺当和尚的张悦然摸了个门儿清，网上有资料显示，法号一然的和尚张悦然，已于20世纪60年代初在云游布道的路途上归西，享年还不到七十岁。可网上却冇一丁点有关一然和尚的背景资料，也找不到报纸上那位市委主要领导任何一点有关他父亲的情况资料，只有他母亲的一些情况介绍，什么妇联主任之类的，也看不到一点与张悦然有关的文字。叶焚月把了解到的这些情况告诉了张宝生后，同样也冇闲着的张宝生把他打探到的一些新情况也转告给了叶焚月。张宝生催促着叶焚月，说这事儿要抓紧，听说那位市主要领导马上要退休。叶焚月算了算，可不是嘛，这位是1955年出生的，按实际年龄正好就是退休的年龄，人走茶凉对国人来说太正常不过。张宝生还嘱咐叶焚月，去见主要领导的时候，一定要穿展样一点儿，去到那里要说恁新加坡的普通话。

第二天一大早起来，吃罢早饭，叶焚月穿戴齐整，化了淡妆，带着二红家的“老房契”，打车去到了位于开发区的市委大院。市委的新办公地点，早几年就压老城区搬迁到了开发区，确实有一种鸟枪换炮的感觉，路宽、楼高、绿化好，哪儿哪儿看着都可展样，有了大城市的感觉。叶焚月来的

正是时候，市委大院刚开始上班，市委机关的工作人员鱼贯而入。门卫听罢了她简单的陈述，看罢了她的个人证件，让她在大门口等着。值班门卫抓起电话打罢之后，告诉她让她去一号楼三楼的秘书科，待秘书科请示罢主要领导以后，才能知她今儿个能否见到主要领导。

叶焚月来到了一号楼三楼的秘书科，讲明自己的祖上与主要领导的父亲是朋友关系，她来此见主要领导是为了父辈的友谊，并特别强调感恩，若不是父辈的这份友谊，她也不会压新加坡来到祥符。秘书科负责接待她的同志听罢后让她稍等，起身离开。不一会儿，那位负责接待她的同志返回，引领她去了主要领导的办公室。

主要领导个头不高，穿戴也不太讲究，身着西装却冇打领带，看上去不像是一个城市的主要领导，倒像是一个机关普通科室里的科级干部。

主要领导热情地主动迎上前，向叶焚月伸出了手，一边握手一边说道："欢迎叶女士来到俺祥符，快请坐，都是同根生的祥符人，不要外气。"

叶焚月："按辈分，我应该叫您叔叔。"

主要领导笑道："叫啥都中，叫叔、叫哥都中，按咱祥符人的说法，街坊辈儿，胡叫乱答应。"

令叶焚月冇想到的是，主要领导这么亲切、和蔼、家常，冇一点官架子，让她顿时感到了轻松，不由自主说了一句："中，哥。"

主要领导瞪大俩眼瞅着叶焚月："你会说祥符话？"

叶焚月换成了普通话："虽然我是新加坡人，可我的祥符话说得比新加坡话和英语还好。"

主要领导："说祥符话吧，听着顺当。"

叶焚月："中。"

主要领导看了一眼手表："一会儿我还有个会要参加，找我有啥事儿抓紧说，祥符话'拣稠的捞'。我知你大远压新加坡窜来，不会是那么简单。说吧，妹子，啥事儿？"

主要领导这么坦诚地开门见山，让叶焚月感觉自己可以轻松地表达。她压随身的提包里取出了那张"老房契"，递到主要领导手中，还说了山陕甘会馆想把这张"老房契"上的三进院变成发展旅游木雕生产基地的事儿。

在叶焚月述说时，主要领导把“老房契”铺在了茶几上，戴上老花镜，仔细认真地看着，他脸上的表情丝毫没有变化，似乎对老房契上醒目的“张悦然”三个字不是那么在意。

叶焚月用手指着老房契上“张悦然”三个字提示道：“这是您的父亲。”

主要领导脸上表情依旧，看完了老房契后，摘下老花镜摆在茶几上，沉思了片刻，说道：“这样吧，叶女士，我了解一下情况，再给你个回话。”

主要领导这样的回答是叶焚月早已想到的。她知道，不管在国内还是在国外，主事儿的人都不可能在冇做出调查之前就给一个答复。可让她心里犯嘀咕的是，一开始叫的还是“妹妹”，在他看完老房契后改口叫了“叶女士”，这不得不让她在一丝不安中浮想联翩。

在短短的十来分钟的交谈中，总的来说，这位主要领导给叶焚月的印象不错，平易近人，冇一点官架子，即使没有表态，应该也属于意料之中。临走之前，主要领导让秘书把“老房契”印了复印件，又让叶焚月留下联系电话，并且告诉她，无论是个什么样的结果，都会尽快给她一个消息。

压市委大院出来，叶焚月返回徐府街，直接去了源生茶庄。张宝生正在后面屋里和面，满手沾着面粉，一边和面一边听叶焚月把她与主要领导见面的情况说了一遍。张宝生听罢之后，说道：“谋事在人成事在天，听天由命吧。”

叶焚月忧心忡忡地问：“事情已经干了，我只是担心，咱们编的这个故事不会有啥破绽吧？”

张宝生：“放心吧，妞儿，主谋是我，一旦出了岔纰，水里火里恁叔先去。”

叶焚月：“话是这么说，还是不出岔纰的好。”

张宝生：“该吃吃，该喝喝，啥事儿别往心里搁。中午，你来吃我包的茴香馅饺子，不外气地说，我包的茴香馅饺子比我做的香好。”

尽管张宝生表面上是一副若无其事的样子，但内心的焦虑却不比叶焚月少。他当然清亮造假败露的后果，一旦败露，即便是自己主动承担主要的法律后果，叶焚月和老朱豫也难逃，说句实在话，就是各打五十大板，他挨得也比别人重。会出现什么样的后果，他也已经全部想过了，老朱豫无所谓，一个拾圪囊九十多岁的老头，谁也不能把他咋着，自己受到处罚也冇啥大不了的，顶多进去蹲上两天，受点处罚，最让他感到不安的就是叶焚月，人家一个大姑娘，为了做出好香压大老远跑到祥符来，好香冇做出来，落上一身腌臜，恶心不恶心。不过张宝生也拿定了主意，不管那张伪造的老房契能不能起到决定性的作用，事情结束之后，他也会把“香严三昧”的秘诀告诉叶焚月。

时间一天一天过去，转眼就是一个星期。这一个星期对张宝生来说，是度日如年，眼看离红头文件上的限期越来越近，叶焚月冇接到一点消息，各种不祥的念头在张宝生脑海里越闪现越多，令他坐卧不安。

这天上午，源生茶庄开门冇一会儿，齐馆长就大步流星地推门进来。他告诉张宝生，夜儿个临下班之前孙局长给他打了个电话，孙局长在电话里详细询问了他旅游木雕的情况，并让他做好旅游木雕扩大生产的准备，不用担心现有场地将被拆迁的不稳定因素。电话里孙局长并冇直说三进院的事儿，只是让他做好旅游木雕扩大生产的准备。最后孙局长在电话里说了一句，好事多磨，山陕甘会馆的前景会一片光明。

张宝生：“恁局长真的就冇提一句三进院的事儿？”

齐馆长：“冇。”

张宝生：“你就冇问恁局长一句？”

齐馆长：“那还用问吗？听话听音，锣鼓听声，俺局长的潜台词是啥我又不傻。”

张宝生琢磨着说道：“旅游木雕扩大生产就是需要生产场地，即使是不拆三进院，也扩大不到哪儿去啊？”

齐馆长：“这话我也对俺局长说了。”

张宝生：“恁局长咋说？”

齐馆长：“俺局长的潜台词是说，三进院不可能是扩大生产的唯一选择，局里还会替俺考虑的。俺需要考虑的是，木雕品种不能太单一，除了现有的东阳木雕，再考虑其他流派，局长特别提到了山西木雕，说要想正宗，山陕甘会馆不能没有山西木雕。”

张宝生：“扩大生产别管扩大啥木雕，冇场地也白搭，恁局长的潜台词应该是，三进院不足以是扩大生产的保证，对吧？”

齐馆长：“冇错，就是这个意思。”

张宝生一拍大腿："齐！那张限期拆迁的红头文件成废纸了。"

齐馆长不解地瞅着张宝生说："这个恐怕不会吧，不能两个红头文件都作废吧……"

张宝生自信满满地，高抬起腔调："我说作废就一定会作废，不信咱走着瞧。"

齐馆长："作废总得有个作废的理由吧，政府的红头文件总不能说作废就作废，这么儿戏？"

张宝生："这不是儿戏，是政府的形象。"

齐馆长："那就更不应该了，我不明白你说的政府形象具体指的是啥？是拆三进院还是不拆三进院啊？"

张宝生："拆不拆三进院你不应该问我，应该去问恁局长。"

齐馆长："我这不是让你帮着分析分析嘛，听你的口气，三进院能保住，总该有原因的吧？"

张宝生心里清亮，老齐这货可贼，似乎已经觉察到了红头文件若是作废，其中必有缘由，这缘由他张宝生至少会了解一些，想套套话。于是，张宝生笑着对齐馆长说道："别操那闲心，管他啥原因，恁局长说得对，你老齐做好扩大生产的准备就中了。红头文件作废不作废，恁局长说了又不算，对恁山陕甘会馆来说，管他娘嫁给谁，跟着喝喜酒呗。"

就在齐馆长来源生茶庄的同时，叶焚月接到了市房产局的电话，让她带着老房契去一趟市房产局。叶焚月顿时明白，这是要对那张老房契验明正身。于是，她揣着一颗忐忑不安的心，带着二红家的"老房契"去了市房产局。

当她走进市房产局的局长办公室时，眼前的景象把她给镇住了，只见里面坐着几位面目严肃的人。房产局的局长一一作了介绍，原来他们都是不同领域里的大角色，有市博物馆文物鉴定专家，有河南大学历史研究院的教授，有市文史馆的馆员，还有市地方志的研究员，还有一位满头银发的银行退休行长。压叶焚月走进房产局长这间办公室，这些人都齐刷刷地瞅着叶焚月，像是在看一个稀有动物。

做完介绍之后，房产局长对叶焚月问道："东西带来了吗？"

叶焚月压提包里取出装"老房契"的纸袋递到房产局长手里，房产局长小心翼翼地压纸袋里取出“老房契”，然后又小心翼翼地把“老房契”铺在了自己的大办公桌上。原本安稳坐在那里的几位，哗啦一下全压座位上站起，拥到了大办公桌前，眼睛齐刷刷地盯在了“老房契”上面。在他们的目光中，叶焚月感到很紧张，她十分明白，今天在座的这些人绝不是等闲之辈，估计都是有备而来的，就是要压这张“老房契”上发现什么破绽。

房产局长的办公室里突然显得非常安静，叶焚月仿佛都能听见自己的心跳声，她在心里为这张“老房契”祈祷，但愿它能逃过这帮专家一丝不苟的检验。

围着大办公桌的这一帮人将“老房契”拿起，又在他们手里一个个传阅着，压他们的脸上似乎看不出什么他们内心的认同或否定。“老房契”最后传到了那位满头银发的银行行长手中，银行行长一边看一边思考着。

房产局长说道：“大家有啥只管说，咱的主要领导发罢话了，畅所欲言，不要有顾虑，有啥疑问就直接说出来，恁都是专家，恁的判断和结论是为咱祥符负责。”

市博物馆那位文物鉴定专家说道：“民国时期，咱的造纸技术就已经很发达了，尤其是宣纸，以安徽亳州最出名，还有亳州的毛笔，都是驰名中外的，凡是重要的契约文档，基本上都是用亳州的宣纸和毛笔书写记录。早在民国时期，也已经有机器制造的宣纸了，但由于宣纸的材质特殊，好的宣纸还多以手工为主。看罢这张民国老房契，我可以肯定地说，这是亳州的手工宣纸，就压这一点来说，我认为它是有可信度的。”

众人纷纷点头。

市文史馆的官员接着说道：“从行文和书写格式上看，也很规矩，我冇啥异议。”

市地方志的研究员与河南大学的历史教授也都点头赞成，表示冇啥异议。只有那个满头银发、手里还捧着“老房契”的银行退休行长，始终紧蹙着俩眉头一声不吭。

这时，所有人的目光都聚集在了银发退休行长的脸上。

房产局长对银发行长说道：“您老是咱祥符金融行里的老大，你不表态，别人说的都白搭。”

众人随即纷纷冲银发行长表示，他们都赞同房产局长的说法。

银发行长的目光慢慢压“老房契”上转向了房产局长，问道：“咱主要领导说的，就是这个代笔人白宝钧，是吧？”

房产局长连连点头：“对对，就是这个代笔人白宝钧，冇错，说的就这个人。”

叶焚月心里咯噔一下子，心想，坏事儿，咋会扯到代笔人头上了？要出岔纰。

银发行长脸上的表情起了变化，冒出了一些兴奋，说道：“那好，诸位，我就说说这个叫白宝钧的代笔人。”

房产局长：“说说，说说这个白宝钧，这是咱主要领导最关心的，这个白宝钧至关重要。”

银发行长：“这份房契文书，是民国一十一年二月二十七日签写的，也就是公元1922年，这位叫白宝钧的代写人，是祥符信昌银号的襄理。”

房产局长：“襄理？啥叫襄理？”

银发行长：“襄理就是接近经理的职位，级别比较高，但不是经理，可以理解为副经理，属于管理人员，这种职位一般在香港、台湾比较多，在民国时期的金融行业是一种比较常见的称呼。”

河南大学历史研究院教授补充道：“民国时期规模较大的银行或企业，襄理的地位次于协理。襄的意思就是协助、帮助。”

房产局长：“哦，明白了，就是跟银行的副经理差不多。”

银发行长：“可以这么理解。”

房产局长：“您老接着说。”

银发行长：“那我就先压咱主要领导关心的那个‘信昌银号’说起。”

叶焚月一头雾水，她万万也想不到，“老房契”上的这个代写人白宝钧成了主要话题，而且又被主要领导扯到什么“信昌银号”上面了。她知道信昌银号，不就是山陕甘会馆东边不远的那座孤零零的民国小破楼吗？也属于这次徐府街的拆迁范围。叶焚月还纳闷，三进院是存在争议暂缓拆迁，一圈基本上都拆完了，唯独那座小破楼还留在那里。徐府街上的人都说那小破楼地底下有一个银库，冇被拆迁的原因，就要等政府把那个银库里的金银财宝挖出来后再拆。到底有没有银库谁也不知，可小破楼冇拆是不争的事实。咋就扯到这张假造的老房契上来了呢，而且还是受命于市主要领导？叶焚月决定沉下心来认真地听听到底是咋回事儿。

祥符城的信昌银号筹建于民国八年（1919年），正式开业是在民国九年（1920年），地址就在山陕甘会馆东面偏北，紧挨着黑墨胡同。信昌银号当时开业的资本总额为五万银圆，总经理是一个叫秦坤生的祥符人，经理也是祥符人叫田少农，副经理叫赵超凡，襄理就是这位被主要领导点名了解的白宝钧。信昌银号下设营业、会计、储蓄、文书、庶务五个部门，又有存放、往来、出纳三股，机构完整，业务齐全，还全是祥符人。这个白宝钧是银钱业学徒出身，金融业务娴熟，还写了一手好毛笔字。信昌银号在创立那个时期，正值军阀混战，祥符地处中原，为历代兵家必争之地，政权迭更，社会动荡，不论是官办银行还是像信昌这样的私人银号都受到战事影响，金融业无形之中就成了当权者的敛财工具，客户存入银行的银子时遭停付，手中的钞票也很难兑换成现金。在这种情况下，信昌银号采取利率高于其他银行的办法，还专门揽存祥符城里那些官僚阶层，特别是那些在政府机关任职的官员夫人的私房钱。另外，信昌银号是祥符城里唯一有节假日还延长营业时间的银号，具有灵活方便的特点，储户都愿意把银子存在信昌银号，尽管中原战乱不止，信昌银号在那个时期的存款总额近二百万，储户高达一千五百户之多。

由于信昌银号在那个战乱年代还具有诚信，祥符城里许多买卖双方都愿意把签订各种契约的事宜都放在那里，尤其是房屋买卖，有银号担保，岂不更加放心？马小旺与蒋二红三进院正院买卖交易的签订，也就放在了信昌银号，白宝钧自然也就成了这张房契的代写人。说白了，就是因为这张“老房契”上的代写人是信昌银号的襄理白宝钧，这张“老房契”才毋庸置疑地让今儿个坐在房产局长办公室里的这一帮专家教授信服。

银发行长讲完了白宝钧的来龙去脉以后，叶焚月一颗悬着的心放了下来，这下好了，只要“老房契”变成了真的，接下来的事儿也就变得顺理成章。叶焚月在想，老朱豫真是个了不起的老头，幸亏他懂得多，要不咋会造出白宝钧这个人物。叶焚月正在暗自庆幸之时，房产局长微笑着对她说：“请叶女士稍候，一会儿我要给你转达咱主要领导的话。”

送走了各路专家，房产局长回到办公室，才对叶焚月讲出了主要领导让房产局来鉴定这张“老房契”的实情。

那天叶焚月去市委找主要领导，是想用鉴证人张悦然来打动主要领导，却适得其反。主要领导当然明白她的用意，可这人世间的事情并不是按逻辑和人性情感去推理的。主要领导最不愿意被人提及的就是他的父亲，他从小就知道，在他那个革命家庭里，就冇人愿意说他的父亲，尤其是他的母亲。主要领导上小学、中学、大学以及参加工作以后，所填写的各类表格涉及父亲那一栏的时候，都是“逝世”俩字。直到他中年的时候，母亲才流着眼泪把父亲的真实情况告诉了他。当他得知父亲撇下母亲和他出家到少林寺并死在那里时，非常气愤地劝说母亲，根本不值得为这样一个对家庭不负责任的男人流泪。所以，当他看见叶焚月拿出的那张“老房契”上赫然写着他父亲的名字时，他不但显得很麻木，甚至对叶焚月的这种做法也产生了抵触，对待叶焚月的态度也从和蔼家常变成严肃的公事公办。也就是说，他根本就不打算把“老房契”的事儿再当回事儿，直到秘书拿着复印完的“老房契”向他汇报，提醒他这张“老房契”上有一个重要的名字，有可能牵扯到一个城市的荣誉时，他才重视起来，认真听完了秘书的汇报。

听取汇报时，有一个关键词一下子让他竖起了耳朵，这个关键词就是“信昌银号”。在徐府街拆迁之前，他听取过市拆迁办的汇报，任何一个城市拆迁最要紧的就是对文物古迹的保护，尤其是那些能提高城市文化形象的文物古迹。信昌银号属于可拆可不拆的，在祥符城里类似信昌银号这样的民国建筑太多太多，被拆掉的也太多太多，只要不属于名人故居或是能见证重要历史的民国建筑，基本上都在拆迁范围之内。就像徐府街上那些三进院，民国时期都是些官僚和富商的宅院，新中国成立以后，那些官僚富商该跑的跑，该打倒的打倒，大多数宅院充公以后住进了平民百姓，部分有房契的老门老户，对待拆迁的态度也并不那么抵触，只要条件合适，拆也就拆了，就是不拆也冇能力去修缮，还不如去住现代化城市的高楼大厦。

信昌银号旧址在徐府街拆迁之前，是祥符市百货公司的批发部，属于公有财产，之所以还冇被拆，是因为在认定是否要拆的决定上存在一些争议，有人说它除了是民国老建筑还是民国时期中原地区私有银行的一个标志，毕竟那时祥符是省会，也是中原金融中心。虽说类似的银号不止信昌银号一家，可眼望儿还能眼见为实的老银号建筑只剩下信昌银号这座小破楼了，若是把它拆掉，再说到民国中原的老银号时就空口无凭，没有实证；可另有人说，那座小破楼虽然有一点说道，但缺少人文上的支持，说白了就是信昌银号无足轻重，与这座城市丰富的人文历史相比太微不足道，留下这座小破楼的用途不大。远的不说，就说与此相邻的山陕甘会馆，政府虽然那么重视，但也很难产生经济效益，还有张钫故居，刘青霞故居，陈蔚儒故居，这故居那故居，祥符城的旧居遗址还少吗？除了费钱费神地维修保护，有几个所谓故居能给祥符带来经济效益？拆掉也就拆掉了，省得又变成市财政的负担。正因为如此，才忍痛割爱，拆去了一些说重要又冇人打理的故居老宅。当时相关部门在向主要领导做徐府街拆迁汇报的时候，信昌银号也作为一个重要问题特意做了说明。听完汇报后，主要领导也举棋不定。这时有人向他提了一个建议，小破楼暂时不拆，待考察考察再说，如果确实有价值就留着，如果不像说的那么玄乎，再拆不迟。这个建议被采纳了。

秘书说完“信昌银号”这个关键词后，又指着代写人白宝钧这个名字说出的一番话，让主要领导俩眼放出了光。秘书说，据党史办的人说，这个白宝钧有可能是中共地下党员，祥符解放前夕被国民党杀害，在党史办民国期间牺牲的中共地下党员名单中有白宝钧这个名字。经党史办的研究论证，白宝钧是为了给大别山区的游击队筹集经费，被捕后遭到国民党枪毙。秘书的这一番话仿佛一下子敲到了主要领导的麻骨上。这些日子，他正在为祥符的经济发展犯愁，目前祥符的经济发展低迷。在经济发展不畅的时候，政治思想工作至关重要，而政治思想工作又不能走以往那种喊喊口号的老路。一个身为共产党员的老银号襄理，为大别山游击队筹集经费，为中国人民的解放事业而牺牲，这是多生动的例子啊！这样的英雄事迹，尤其是对从事金融企业的干部职工绝对能起到教育作用。想到这儿，主要领导对秘书说，信昌银号那座小破楼不但不能拆，还要加以保护和修缮，争取把信昌银号的旧址打造成中原地区金融行业党员干部的教育基地。

歪打正着，那座可拆可不拆的信昌银号的小破楼，就因为出现了个白宝钧的名字，不但不拆，还要重点修复，成为中原地区金融行业党员干部的教育基地。用主要领导的话说，要让信昌银号旧址，成为徐府街上除了山陕甘会馆之外的另一道风景线。脑洞大开的主要领导随即就给房产局长打了电话，让房产局挑头召集方方面面的专家学者，对叶焚月提供的这张“老房契”进行鉴定。这才有了今天的这一档子事儿。

叶焚月听罢房产局长讲罢事情的缘由，问道：“主要领导说冇说老房契上的鉴证人张悦然啊？”

房产局长：“冇。”

叶焚月又问：“说冇说俺家的三进院拆不拆啊？”

房产局长：“冇。”

叶焚月：“说冇说山陕甘会馆想把俺家的三进院，变成发展旅游木雕的生产场地？”

房产局长：“也冇。”

叶焚月有点沉不住气了：“我就想问问，俺家的三进院到底拆还是不拆啊？”

房产局长：“上面的领导不发话，俺也冇这个权力说不拆，只能按红头文件上的要求去执行。”

叶焚月沮丧地瞅着手里的老房契说：“费了恁大的劲，给别人做了盘菜……”

房产局长想了想，说道：“这样吧，叶女士，我再请示一下主要领导，听听他的意见，你看咋样？不管怎么说，你也算为咱祥符做了件好事儿，又保护下了一座民国的老建筑，祥符人民会感谢你的。如果冇你这张老房契，信昌银号有可能彻底不复存在了。”

……

叶焚月情绪低落地回到了徐府街，她刚走进源生茶庄，张宝生急忙迎上前问道：“咋样啊？”

叶焚月：“不咋样。”

张宝生瞅着叶焚月无精打采的样子，猜测地问道：“老房契出岔纰了？”

叶焚月摇了摇头。

张宝生：“房产局不认这壶酒钱？”

叶焚月："不认这壶酒钱，却认了那壶酒钱。"

张宝生："认了哪壶酒钱啊？"

叶焚月坐了下来，把去到房产局的前前后后给张宝生说了一遍，并猜测三进院可能是有戏了。

听罢了叶焚月的讲述，张宝生半晌冇吭气儿，他一时也摸不着头绪，心里同样窝囊，费了恁大的劲儿，给别人做了一盘菜。

叶焚月："咋办，宝生叔？"

张宝生还是缓不过神来，坐在那里抽着烟，疑问着："这个朱老头压哪儿扒出个白宝钧，写谁不好，随便编个名字也中啊，这下可好，正撞到人家的枪口上。"

叶焚月："这事儿怨不得朱爷爷，他很谨慎，做了功课的，要不也不会随随便便把白宝钧的名字写上。"

张宝生："要不我说撞到人家枪口上了。"

叶焚月："下面该咋办啊？三进院拆不拆，房产局长说再探探主要领导的口气，目前还是以红头文件为准。"

张宝生不依不饶地骂道："这个主要领导也真够气蛋的，对自己亲爹不感兴趣，那白宝钧又不是他亲爹。"

叶焚月："别骂了，骂又不管用，关键是下面该咋办，离红头文件上限定的拆迁时间剩不几天了。"

张宝生："再想想吧，咱是小老百姓，真要是想不出好办法，也只能听天由命。"

叶焚月忽闪俩眼似乎想到了什么，说道："一百条路堵死了九十九条，只剩下一条可以试试。"

张宝生："一条啥路？"

叶焚月："打官司，走法律程序。"

张宝生："快拉倒吧，你以为这是在恁新加坡？打官司走法律程序可以，拆迁最多再延缓几天，你信不信，法院最后的判决还得听红头文件的。"

叶焚月："这个我当然明白，我的意思是，能拖一天是一天，咱可以再想想别的办法。"

张宝生:“我不是冇想过走打官司这条路,我担心的还是咱这张假的老房契,一旦司法鉴定出来是假的,那可比害眼还厉害,老天爷都救不了咱。”

叶焚月:“事到如今也只有这一条路可以走。”

张宝生:“你可想好了,你坚持要走这条路的后果是啥。”

叶焚月:“放心吧,宝生叔,我不会牵扯别人的,老房契是俺家的,只要鉴定不出来真伪,起码也要赔偿俺一笔拆迁损失费吧。”

张宝生:“就怕是人财两空,赔了夫人又折兵。”

叶焚月坚定地说:“别管老房契是真是假,三进院里有俺家的房子这是不争的事实,冇物证也有人证,只要鉴别不出这张老房契是假的,那咱就是既有人证又有物证,得一笔拆迁费我可以在祥符城里开上一家更大的太和香堂,和宝生叔你一起弘扬咱的宋代制香文化,岂不是乐哉?”

张宝生:“中了,我的妞儿,你那叫铤而走险,不怕一万就怕万一,你要知,司法鉴定可不是今儿个房产局请的那些人来鉴定,一旦被鉴定出来是假的,是要蹲大狱的!”

叶焚月:“蹲大狱也是我去蹲,但是,作为二红家的后人,我决不能眼睁睁瞅着俺家的房子就这样被拆掉!”

瞅着叶焚月那副坚定不移的神情,张宝生顿时肃然起敬。令他冇想到的是,一个小女子有这般不服输的气势,她说得很对,别管老房契是真是假,三进院里有二红家的房子是不争的事实,捍卫自家的利益是她应有的权利,更让张宝生感动的是,面前这个二红家的孙女,回到祥符来的初衷并不是为了自家的房产和寻找自己的爱情,而是为了追寻宋代香谱中的“香严三昧”。这小妞儿是那么执着,那么奋不顾身,对制香的热爱具有一种难以想象的宗教精神。张宝生是个有阅历和吃过大盘荆芥的人,但像叶焚月这样敢于担当的女孩儿他还是头一次碰到。平时那么能说会道的张宝生,此时此刻两眼发呆,面对叶焚月已经不知道该说啥是好。

叶焚月:“宝生叔,你咋啦?”

张宝生癔症了一下,定了定神儿,冲叶焚月一字一顿地说道:“别管了,妞儿,叔和你一起奉陪到底!”

十七、活人总不能让尿憋死

城里老冤去赶集，买个木瓜当沙梨，咬一口，木顿顿，气死你这个老鳖孙。

——选自祥符歌谣

叶焚月把要跟房产局打官司的决定告诉了马家。马老二两口子虽然不知叶焚月手里那张老房契的真伪，只听叶焚月说她家的老房契找着了，拿到房产局人家却不认，就是因为不认才要打官司。这段时间，叶焚月跟张宝生走得很近大家都看在眼里，尤其是雪玲，已经在马老二跟前叨叨了好几次。张宝生那可是出了名的老黄角，叶焚月就是有一百个心眼也别想玩过张宝生，老两口担心的是，叶焚月被张宝生利用，掉进坑里还不知爬出来，或是根本就爬不出来。

马老二两口子决定跟叶焚月谈谈。

端午节到了，祥符人按老习俗，家家户户包粽子、炸麻叶、炸菜角，马家人喜欢吃炸肉饺，羊肉或牛肉再加上粉条，炸出的肉饺那真叫一个好吃。

雪玲瞅着正吃得香的叶焚月，问道："律师找到了吗？"

叶焚月："找到了，宝生叔帮着找的。"

雪玲："律师的水平咋样啊？"

叶焚月："一个女律师，很不错，听说在祥符还挺有名的。"

雪玲："有名冇名都是次要，主要的是，恁二红家的那张老房契能不能管用。"

马老二附和道:“就是啊,俺马家的老房契都成了一张废纸,恁家的就管用了吗?”

叶焚月:“我也不知管不管用,试试呗。”

雪玲:“恁家的老房契不是找不着了吗?啥时候又压新加坡寄过来了?”

叶焚月:“这不是又找着了嘛。”

雪玲与马老二互看了一眼,俩人似乎对叶焚月的话存疑。

马老二:“妞儿,别嫌我多说,你要不是跟俺家马青有这层关系,我也搁不住说,我说啥你也别介意。”

叶焚月:“您想啥您就说,我不介意。”

马老二:“妞儿啊,依我看打官司这事儿还是拉倒吧、算了吧,我都冇脾气了,你咋反而又上了劲,打官司又费神又耗力,花钱是小事儿,官司要是打输,窝一肚子气,净给自己弄不得劲。为啥要放着好日子不去过呢?人争一口气佛受一炷香,佛受一炷香佛能给你带来平安,人争一口气可不一定,多少人为争这一口气最后死在这口气上了。所以我说,拉倒吧,妞儿,何必放着好日子不去过,去较这个劲,真的搁不住。”

雪玲接上话茬:“打官司这事儿,我不知你跟青儿沟通了冇,反正青儿这段时间冷静了许多,不像原来那么固执了。夜儿个我给他打电话说到一品木雕要跟俺打官司的事儿。青儿说,打官司就让他们打,就是他们打赢了,也让他们滚蛋,做木雕,咱马家是正宗,山陕甘会馆巴不得让咱家去做呢。青儿说,真不中他就把西安的工作辞了,回来跟山陕甘会馆合作,做正宗的山西木雕。”

马老二:“青儿回来这事儿我也想通了,孩儿大不由爹,他要回来就回来,刻木雕也罢,打烧饼也罢,我都不反对。咱到新区买两套房,恁俩把婚一结,用咱祥符的老话说,天天‘酒肉豆腐汤’,日子美着呢。”

雪玲:“乖,咱不差那几个钱,官司打赢打不赢咱都不差那几个拆迁费,对咱老百姓来说,平安是福,平平安安比啥都强。”

马家老两口的良苦用心叶焚月当然明白,可这些劝说都冇切中她的要害。她的要害是,她要用自己的付出和努力,获取一炷精神上的香,让张宝生心甘情愿地把“香严三昧”的制作方法告诉她,让自己成为名副其实宋代香谱的继承者。

叶焚月:“您二老不用为我担心,不管这官司能不能打赢,即便是打输了,只要您二老不嫌弃,二红家的这个孙女,就一定是马家的儿媳妇……”说完又抓起一个肉饺吃了起来。

瞅着叶焚月那副津津有味的吃相,马老二两口子又互相看了一眼,他们已经压叶焚月那副吃相上得到了一个结论,那就是,不用再劝说,这场官司非打不可,打赢打输,都认。

晚上,叶焚月躺在床上与马青视频,发现马青好像突然瘦了许多,便问为什么。马青摸着自己的脸颊告诉她,这两天失眠,整夜睡不着觉,满脑子里想的全是木雕,尤其是一品木雕要和马家打官司的事儿,很让人虐心。本是同根生,相煎何太急,别管是山西木雕还是东阳木雕,受伤害的并不是木雕本身,而是与此相关人之间的感情。虽然他与吕鑫之间有过那么一段不愉快的经历,其根源还是在木雕上面。起初,当他得知一品木雕与自家签订了租用三进院的合约之后,从内心来说他还是挺欣慰的,冤家宜解不宜结,木雕让他们不计前嫌,对两边来说都应该是件好事儿。冇想到的是,坏事儿变成好事儿冇几天,好事儿又要变成坏事儿。这下可好,一波未平一波又起,叶焚月又要去和政府打官司,把他焦虑得一夜冇睡,所以才让叶焚月在视频时感到马青好像一下子瘦了许多。

马青在视频中同样问起了“老房契”的事儿,他也感到有些奇怪,不是说找不到了吗?咋就又冒了出来?叶焚月肯定不会把其中的奥秘告诉马青,敷衍了几句马青也就相信了她的话。尽管马青接到过张宝生对他道歉的电话,这一老一少也达成了和解,但马青和他爹妈一样,还是提醒叶焚月要多长个心眼,张宝生支持她打官司是福是祸很难说,别只听张宝生的,真到了关键时刻,他就压西安回来,陪她一起打这个官司,虽然他俩还不是夫妻,有福同享有难同当是不能含糊。叶焚月很感动,让马青先不用着急,即便是决定辞去西安的工作,也要把善后事宜做好。她告诉马青,她已经越来越像个祥符人了,并不是因为爱情,而是在她的身上就有一种与生俱来的祥符文化细胞,而且越来越适应祥符的生活。今儿个的炸肉饺吃多了,撑得她睡不着觉,俩人一直视频到了天色发亮……

由于睡得太晚,叶焚月一觉醒来已是晌午,她一瞅手机,上面有好几个张宝生的未接电话，于是回了过去。电话那端，张宝生让她去源生茶庄，说给她找的那个女律师已经在那儿等了她一上午，要跟她说说打官司的一些细节问题。

叶焚月急忙起床，简单梳洗了一番后就去了源生茶庄。

张宝生给叶焚月找的这位女律师姓时，与叶焚月见面后，便单刀直入地直奔“要害”，说的每句话都让叶焚月心惊肉跳。

穿着职业装的时律师个子不高，很精干，说起话来速度很快，面无表情。

时律师接过叶焚月递给她的“老房契”，认真仔细地看了好几遍，问道：“这张房契鉴定过了冇？”

叶焚月：“鉴定过了。”

时律师：“哪个部门鉴定的？”

叶焚月：“房产局请的几个专家鉴定的。”

时律师：“有鉴定证明冇？”

叶焚月：“啥鉴定证明啊？”

时律师：“就是文字证明。”

叶焚月：“冇，当时情况是这样的……”

时律师：“你别跟我说当时是啥样的情况，我只问你有没有鉴定的文字和参与鉴定专家们的签字。”

叶焚月摇头。

时律师：“那可不中，专家们说得再好，法律上只认有签名的文字，要不你这个老房契就是废纸一张。”

叶焚月指着“老房契”上白宝钧的名字：“专家们就是从这个名字上认定是真的啊。”

时律师：“伪造签名的还少吗？去古玩市场瞅瞅，宋徽宗、蒋介石、毛泽东，谁的签名没有，谁敢说那都是真的？我的意思是，这张老房契必须要有雷打不动的专家认证的签名，否则根本就不能拿到法庭上去。”

叶焚月不知该说啥了。

一旁的张宝生对时律师说道：“眼望儿再去找那些专家，估计他们当中也不会有一个人愿意签这个名。你看这样中不中？换个角度，咱先不提这张老房契的事儿。”

时律师:“打房子的官司不提房契的事儿,提啥事儿啊? 换个啥角度啊?”

张宝生:“老房契算是物证吧?”

时律师:“不是算物证,就是物证。”

张宝生:“既然物证不够锵实,咱就说人证,二红家的房子是压马家手上买的,马家的人就是人证,咱又不是非得讹拆迁费,赔马家多少钱,就赔二红家多少钱,咱把重点放在马家,一旦法庭不认这张老房契,咱就让马家人出来证明这房子是二红家的,这个总可以吧?”

时律师:“这个是必需的,想要打赢官司,人证、物证俱全最好,一条腿走路总冇两条腿走路稳当。”

张宝生:“缺一条腿就缺一条腿吧,缺一条腿也要走到目的地啊,活人总不能让尿憋死。”

时律师思考片刻,又问:“当年马家把房子卖给二红家,应该有文书之类的物件,二红家的物证不够充分,马家的物证总能说明问题吧。”

叶焚月:“我问过马家,他们家那张卖给俺家房子的老房契,在‘文革’‘破四旧’时被烧掉了,包括他们马家自己的老房契。”

时律师:“马家有没有老房契无所谓,有新房本就中。有一点儿我倒觉得可以成为这场官司法律上的主打方向,那就是把马家人作为主要人证来证明二红家这张老房契的真实性,从而取代那些冇签字的专家。”

“我看中。”张宝生把脸转向叶焚月,“你看呢?”

叶焚月冇吭气儿。

时律师:“有啥说啥,把一切有利和不利的因素都说出来,咱都得考虑到,知己知彼方能百战百胜。”

叶焚月沉默了一会儿,说道:“能不能再换个思路? 我不想把马家人牵扯进来。”

时律师:“换个啥思路? 房子是马家卖给恁家的,在物证不锵实的情况下,马家人才是最有力的人证。”

叶焚月:“这一点我明白,可我就是不想把马家人牵扯进来。”

时律师:“为啥?”

叶焚月又沉默了。

张宝生当然明白叶焚月为啥不想把马家人牵扯进这场官司，于是他对时律师说道："这样吧，咱今儿个先说到这儿，叶姑娘作为诉讼人，让她考虑考虑再说。"

时律师："起诉书写还是不写？"

张宝生："起诉书该写还写，律师合同该签还签，不耽误。"

时律师："那中，咱就先把律师合同签了吧。"

在源生茶庄签完了律师合同，时律师临走前直截了当地对叶焚月强调，如果不让马家人介入进来，这场官司可以说就冇胜诉的可能，即便是马家人同意充当证人，这场官司胜诉的可能性也不大，因为被告是发红头文件的政府。

时律师的实话实说，叶焚月倒冇感到沮丧，让她忧心的还是马家。叶焚月心里可清亮，马青虽然人在西安，但他的心却始终在祥符，尤其是这些日子，很多以前想不通的事情他已经想通，并且他已经表态，在叶焚月打官司这件事情上，绝不会袖手旁观。越是这样，叶焚月越不想把马家牵扯进来。官司是二红家跟政府的官司，把马家牵扯进来，一旦发生个什么意外，很难说会不会出现法律上的问题。尽管诉讼方不把那张伪造的老房契作为主攻的方向，可谁也说不准法庭上会不会发生意料之外的事情，一旦伪造老房契的事情败露，即便是牵扯不到马家，也同样会给马家造成伤害。

张宝生非常清亮叶焚月的担心和顾虑，时律师走罢后，他也有点想打退堂鼓。一旦那张老房契出了岔纰，即便叶焚月不会出卖他这个主谋，叶焚月有个啥三长两短，他良心上也迈不过那道坎。可谁又能保证，在打这场官司的过程中不会发生意外呢？风险实在太大，还是明哲保身的好。

张宝生语重心长地说："律师不介入，还感觉不到有多少危险和惧怕。虽然已经签罢了律师合同，只要不到开庭那一天，就一切还来得及。再认真想想吧，说句不该说的话，我就是把'香严三昧'的制香方法告诉你，也不想让你去打这场官司。"

叶焚月低头不语。

张宝生瞅了瞅沉默中的叶焚月，继续打着退堂鼓，而且更加诚恳："妞儿，你刚压新加坡过来的时候，咱俩一照头我就知你是冲着宋代香谱来的，说句实在话，我想一脚把你踢回新加坡的心都有。再后来，我逐渐发现，你这个妞儿跟别人不太一样，你是个不动声色却又认死理儿的妞儿，太执着，就是你的执着，才让马青那个小崽子在我这儿翻了船，就是你的执着，才让我对你另眼相看。妞儿，咱啥也不说了，官司咱不打中不中？只要你同意不打这个官司，我今儿个就把制作'香严三昧'的秘诀告诉你。说一千道一万，事情发展到今天这一步，根儿在我这儿，在'香严三昧'这儿。话又说回来，'香严三昧'又不是我张宝生发明的，只不过是我下了点功夫，找到了一个别人很难找到的制作方法，生不带来，死不带去，我就是把这种制作方法带进火葬场又能咋着？就像山陕甘会馆里面不让烧香，你不让烧香别人可以去相国寺烧香，去龙亭烧香，去天波杨府烧香，去包公祠烧香，让烧香的地儿多着呢。别管香好香孬，只管烧，谁管烧香的地儿是真是假，山陕甘会馆是真的，不照样要靠旅游木雕去找生路吗？所以，这段时间发生的这些事儿也让我想明白了，啥都不是真的，好好活着，明白活着才是真的。妞儿，听恁宝生叔一句话，官司咱不打了，我今儿个就把'香严三昧'的制作方法告诉你，中不中……"

叶焚月听着张宝生的话语慢慢抬起了头，脸上的表情很平静，心里却是波涛汹涌。此时此刻，她想的不是"香严三昧"，也不是三进院的官司，她在想，当年她俊妞儿奶奶要是不离开祥符如今会是个什么样儿？徐府街上那些老房子若不拆迁会是个什么样？再过一百年、一千年，如果有一天，山陕甘会馆不复存在了，这条徐府街会是个什么样……

张宝生："想啥呢？我说的话你听见冇？"

叶焚月终止了自己的胡思乱想，说道："宝生叔，我想问你一个问题。"

张宝生："问。"

叶焚月："你为啥喜欢做香？就是因为你手里有宋代香谱吗？"

张宝生："也是，也不是。"

叶焚月："啥叫也是也不是？"

张宝生："那我先问问你，你为啥喜欢做香？"

叶焚月："在我小的时候，俺奶奶喜欢烧香，或许是她对我说过的一句话，决定了我的人生。俺奶奶说，经常烧香的人身上散发着一股香味，走到哪里,不用说话,人们都能知道他是个啥样的人,他身上散发出来的香味已经说明了一切。”

“恁奶奶这句话说得好。”张宝生向叶焚月伸出了大拇指,随后说道,“我喜欢香,实话实说,就是在我挖出了宋代香谱以后,觉得这就是宋代文化。祥符人都是啃老族,从上到下都在啃老,谁让咱有老可啃呢,说句不外气的话,就是再过一千年,祥符人啃老祖宗宋朝照样啃不完。宋代香谱是啥?‘香严三昧’是啥?实打实的宋文化,就凭这一点,别管这张香谱落在谁手里,儿子,孙子,孙子的孙子,吃喝不愁。我喜欢香就是这么简单。”

叶焚月点点头:“说得很实在。可是不知为啥,您越这样说我越诚惶诚恐,越不敢接受‘香严三昧’这种货真价实的宋文化。我要是您的女儿或是儿子,就不会有这种内疚感,而且会欢天喜地来接受这种传承,会给您磕头,会去孙李唐庄烧香,会在心里赞美感激南唐后主李煜,会……”

张宝生:“中了中了,我既不让你内疚,也不让你磕头,去不去孙李唐庄烧香是你的事儿,废话少说,我眼望儿就把制作‘香严三昧’的秘诀告诉你……”

叶焚月抬手制止张宝生再往下说:“宝生叔,你别说,我不想知道。”

张宝生睁大了眼睛,似乎不相信自己的耳朵,追问了一句:“啥?你说啥?”

叶焚月十分平静地又重复了一遍:“我不想知道‘香严三昧’的制作方法。”

张宝生大惑不解地忽闪着俩眼,问道:“咱俩,是你吃错了药还是我吃错了药?”

叶焚月:“咱俩谁都冇吃错药。”

张宝生:“你大轱远压新加坡窜到祥符来,目的不就是为了得到宋代香谱吗?咋?又**改章儿**(变)了?”

叶焚月:“冇改章儿,我只是在遵守咱俩之间的约定,三进院若保住了,您把‘香严三昧’制作教给我,我心安理得,三进院若保不住,我拒绝不劳而获。”

张宝生:“你这个妞儿啊,我算是服了,我张宝生活了这大半辈子,还头一次碰见像你这样的人。”

叶焚月："宝生叔，你别见怪，我不是犟筋头，也不是个不知好歹的妞儿。孟郊有一首诗，其中两句叫'镜破不改光，兰死不改香'，这两句是说，镜子虽破，其光不改，兰草虽死，其香不改。咱们做香的人岂不是一样，并不是我要表达什么高洁自持、矢志不改的情操，我只是认为，一个真正的做香人，可以为五斗米折腰，可以随波逐流，可以明哲保身，但绝不可以违背诺言。"

被叶焚月这番话给打动了的张宝生，低沉着沙哑的声音说道："孩子乖，镜破不改光也罢，兰死不改香也罢，恁宝生叔今儿个把话说这儿，如果你执意要打这场官司，别管输赢，还是那句话，恁宝生叔奉陪到底，谁要是孬了，谁就不是祥符人造出来的！"

话说到这个份上，已经冇啥再好说的了。叶焚月认识到面前的这位张老板，给徐府街上人们的只是个错觉，就像那些外地游客来到祥符，他们眼中的祥符并不是真正的祥符，他们看到地面上的那些名胜古迹只是个表象而已，真正的祥符被埋在一摞摞城池的下面，其真面目就像人心，不是你用眼睛能看见的，而是靠挖掘和探索。

雪玲给叶焚月打电话，催她去马家吃晌午饭。今儿个中午又换了花样，马老二心血来潮，自制了筒子鸡，要让这个未过门的儿媳妇尝尝，是老字号马义兴的筒子鸡好吃还是他们做得好吃。叶焚月一看手机上的时间，起身告别，在她走出源生茶庄的时候，张宝生再次劝说她，还是要走让马家人充当证人的路子，虽说都已经估计到这场官司不好打，但至少不会为那张伪造的老房契担惊受怕，至少能为叶焚月待在祥符成家立业打下基础。不用张宝生**点细**（提醒），这个道理叶焚月当然明白，她铁下心来要打这场官司，就是要让祥符人看看，徐府街仅幸存的这座三进院里，不只是马家后人，还有二红家后人，这两家要争的并不是房产，而是尊严。

在去马家吃饭的路上，叶焚月一直在想张宝生说的话，尽管她本意不想让马家人介入她挑头打起来的这场官司，但从某些方面来说，她面临的这场官司和马老二当初要抱煤气罐拼命本质上冇啥大的差别，只是形式不同罢了，让马家人再次参与进来，是不是又跟让马老二抱起了煤气罐差不多？想到这里，叶焚月还是决定这场官司不能让马家人出庭当证人，水里火里自己去。

叶焚月走进马家的时候，发现有点不对劲，马家老两口的脸色很难看，坐在那儿一言不发，餐桌上摆放着还冇动筷子的晌午饭，像是发生了什么不愉快的事儿。

叶焚月："出啥事儿了？"

雪玲朝餐桌上努了努嘴。这时叶焚月才发现，餐桌上除了摆放好的吃食儿之外，还有一张纸。叶焚月走到餐桌旁将那张纸拿起一看，是一张龙亭区法院的传票。

雪玲："瞅见冇，真把俺给告了，又不是俺把他们撵走的，不论理了这是。"

马老二重重地叹了一口气："唉！早知今日何必当初，他一品木雕凭点良心不凭，这下好，把毒气撒在俺身上了。又不是俺想把他撵走，不论一点理儿！"

雪玲："论啥理儿啊，论理他们也不会告咱。说句不该说的话，挣钱了啥都好说，赔钱了啥都不认，船在哪儿弯着我知，根本就不在赔那几个钱上，他一品木雕咋不去告山陕甘会馆啊，吕鑫跟齐馆长不是也订合同了吗？故意装孬。"

马老二："故意装孬咱也冇法儿，当初谁让咱儿子愣不中她呢。"

雪玲："所以我才说她这是故意装孬。"

马老二："装孬就让她装孬吧，随她的便，有本事别买烧饼搁在当街踩，把俺马家的烧饼炉给砸喽。打官司又咋了，俺的房子一拆，俺马家烧饼拍屁股走人，打官司老子也不会赔他一品木雕钱！不信走着瞧！"

雪玲埋怨道："当初我就不想让他们来，你还不愿意，非得让他们来……"

马老二瞪眼："谁也冇长前后眼，我知事情会发展到这一步吗？再说，当初我让他们来，还不是为了能保住咱的院子！"

雪玲："咱是冇长前后眼，可他们来我心里就一直在膈应，冇事儿啥都好说，一旦有事儿就是个碍噎，咋样，全在我的意料之中。"

马老二眼瞪得更大："就你能蛋，你不是也同意他们来了吗？又不是我用枪逼着你去找他们的！"

雪玲："你说这话就是装孬孙，我要是不去，你能让我安生吗？吊着的那张脸比驴脸还长，会有我的好日子过吗？”

马老二怒吼道：“嫌我的脸不好看早说呀，咱可以离婚！”

雪玲毫不示弱：“离婚就离婚，你当我多稀罕跟你过啊，早就过得够够的了！”

马老二：“咦，别屈得跟豆沫一样，离婚就离婚，谁不离婚谁是孬孙！”

雪玲：“离，离，赶紧离！谁不离谁是孬孙！”

马老二：“中，中，谁不离谁是孬孙！”

一瞅这个架势，一直保持沉默的叶焚月坐不住了，急忙劝说道：“二老都冷静冷静，吵架不是个事儿，就像二老说的那样，谁也冇长前后眼，问题既然已经发生，咱就想法儿解决问题，没有过不去的火焰山。打官司咱就打官司，法院就是讲理儿的地方，我倒是觉得，对簿公堂不见得是一件坏事儿。一品木雕不起诉山陕甘会馆，是他们还想跟山陕甘会馆继续合作，依我看，真要是这样，咱把山陕甘会馆也给扯进来，只要把山陕甘会馆扯进这桩官司里，一品木雕就会有顾忌。为啥打这场官司？起因还在山陕甘会馆要做旅游木雕上，各自都有各自的利益，才形成了眼下这个局面。以我的判断，只要能把山陕甘会馆扯进来，一品木雕就煞戏了。”

雪玲：“咋才能把山陕甘会馆扯进来啊？”

马老二：“就是啊，咱又冇跟山陕甘会馆签合同，咱只跟一品木雕签合同了。”

叶焚月：“咱是冇跟山陕甘会馆签合同，可一品木雕跟会馆签过合同了。”

雪玲：“一品木雕是跟会馆签了合同，可一品木雕告的是咱不是会馆啊？”

马老二：“就是啊，不挨咱的边儿。”

叶焚月：“不挨咱的边儿，那咱就不会想法儿让他挨咱的边儿吗？”

雪玲：“咋挨咱的边儿啊？”

叶焚月：“一品木雕不告山陕甘会馆，咱就不会想法儿让山陕甘会馆去告一品木雕？”

马老二和雪玲对视了一下，俩人琢磨着叶焚月说的话。

叶焚月：“恁想想，是不是这个理儿。”

马老二:“理儿是这么个理儿,可会馆就显得不仗义了,又不是一品木雕不愿意做这个活儿,就是不能在咱的三进院里做,也可以回北门外他们的木雕馆里做,也搁不住打官司啊?”

叶焚月:“错,当初山陕甘会馆就是愣中了咱的三进院,才同意一品木雕过来,就是让游客们能参与到旅游木雕的制作过程中去,有一种体验制作的快乐,回到北门外的木雕馆里当然可以做,难道还要让游客们去北门外体验不成?”

雪玲恍然大悟:“哦,我明白了,咱的三进院跟北门外是两回事儿。游客不去北门外,旅游木雕的生意就不会好,山陕甘会馆就会赔钱,就会跟一品木雕解除合同,那一品木雕肯定不干,那么山陕甘会馆就可以起诉一品木雕,对吧?”

叶焚月微笑着点点头。

马老二蹙起了眉头:“这有点不太厚道吧?又不是人家山陕甘会馆和一品木雕想回到北门外,这不是政府下了红头文件,限令咱搬迁要拆三进院嘛。”

叶焚月:“既然是这样,那一品木雕为啥还要起诉咱呢?又不是咱要撵他们走。”

雪玲:“根儿还是在政府那儿,说到底咱这三方都是受害者。”

叶焚月:“既然三方都是受害者,一品木雕为啥还要起诉咱,这不是不近人情,故意装孬吗?所以,打蛇打七寸,故意装孬咱也故意装孬,**戳哄**(挑唆煽动)山陕甘会馆去起诉一品木雕,只要会馆一出头,一品木雕立马就老实。”

马老二:“理儿是这么个理儿,可人家山陕甘会馆也不会听咱的啊,咱戳哄他起诉他就起诉了?”

雪玲附和道:“就是,山陕甘会馆又不是咱家开的。”

叶焚月带着神秘的微笑说道:“我咋觉得山陕甘会馆就是咱家开的呀。”

雪玲:“中了,妞儿,也不瞅瞅都是啥时候了,还有心思开玩笑,我都快愁死了。”

“别愁别愁,我还有吃筒子鸡呢,瞅瞅这一桌好吃的,不是愁死,是馋死。”叶焚月说罢伸出手，压那一盘切好的筒子鸡里捏起一片塞进自己的嘴里，一边嚼着一边说：“嗯，可香，真的比马义兴做的好吃……”

雪玲瞅着叶焚月，依然忧心忡忡地问：“妞儿，瞅你这个样儿，你是不是想出啥办法来了？”

叶焚月冇接腔，她伸手又捏起一片筒子鸡塞进嘴里，津津有味地嚼着……

马家吃罢晌午饭，已经到了下午该上班的时间，叶焚月压三进院出来后，直接就去了山陕甘会馆。

进到山陕甘会馆院子里，叶焚月就瞅见齐馆长独自站在正殿牌楼西侧的房廊下，木呆呆地瞅着挂在树干上的鸟笼子，那只会说祥符话的鹩哥，在鸟笼子里上下跳跃着，时不时还说着：“弄啥嘞，吃罢冇，恭喜发财……”

齐馆长瞅见了走进院子里的叶焚月，大声招呼道：“叶姑娘，我正说要去找你呢。”

叶焚月朝齐馆长走了过来：“咋啦？找我有事儿？”

齐馆长迎上前说道：“我想了好大一会儿，觉得有些话你说比我说合适。”

叶焚月：“啥话啊，你说。”

齐馆长：“吕经理刚才给我打电话，说一品木雕已经起诉马家了。”

叶焚月：“我也听说了。”

齐馆长：“你瞅瞅这事儿弄的，多不得劲。我想让你跟马家人说说，这可不关俺山陕甘会馆的事儿，虽然一品木雕是马家介绍过来的，起诉打官司可不碍俺山陕甘会馆的事儿，咱们之间可不要造成啥误会。”

叶焚月：“就这事儿？”

齐馆长：“就这事儿。”

叶焚月：“这事儿您可以直接去跟马家做个解释，根本用不着让我去传话。”

齐馆长：“马家眼望儿都快恼死俺山陕甘会馆了，要不是俺，也不会有三进院拆迁这档子事儿。这可好，一品木雕也冇干两天，三进院还是冇保住不说，一品木雕又把马家给告了，让赔偿损失。马家新仇旧恨集于一身，我要是去找马老二说这事儿，那不是自找冇趣，听两句难听话倒是冇啥，马老二那个劲儿你又不是不知，徐府街上的第一难缠是张宝生，第二难缠就是马老二。我去找他说这事儿，他根本不认我这一壶。你说是不是？”

叶焚月笑道：“您的意思是他认我这一壶？”

齐馆长：“那当然，你是他马家未来的儿媳妇，用张宝生的话说，马老二上辈子烧了啥高香，天上给他掉下来恁好个儿媳妇。所以说，你在他跟前说句话，比谁去说都管用。”

叶焚月：“那可不一定，要是我说了不管用呢？”

齐馆长：“管用不管用，总比我说了强吧，至少马老二不会骂你吧。”

叶焚月：“不管骂谁，我觉得都不是解决矛盾的办法，应该找到一个不骂人也能解决问题的办法才中。”

齐馆长：“我不是冇想过，冇瞅见我正站在这儿苦思冥想吗？关老爷我都拜过了，也冇想出一个解决问题的办法来。谁都有理儿，就是俺山陕甘会馆冇理儿，冇法儿，一切矛盾的根源都来自俺山陕甘会馆。说句难听话，还不如把山陕甘会馆给一起拆迁了，保准啥矛盾都冇了。”

叶焚月：“您也别说气话，牢骚太多防肠断，我来找您，也是为这事儿。我倒是有一个解决问题的办法。”

齐馆长：“啥办法？”

叶焚月：“这个解决问题的办法在于您，只要您能做到，一品木雕和马家这个官司就打不起来。”

齐馆长用质疑的目光瞅着叶焚月：“你说给我听听。”

树干上鸟笼子里的鹩哥依旧不停地在上下雀跃着，说着它熟悉的那几句祥符话。齐馆长听完叶焚月想出的办法后，连连摆手，表示强烈的不同意。

“不中不中不中……”齐馆长嘴里一连串不中说罢后，对叶焚月说道，“我说不中，是你只是从马家的角度考虑这事儿，冇从俺山陕甘会馆的角度去考虑。我问你，咱先不说这个起诉的理由顺不顺，讲理不讲理，俺不管用啥理由起诉一品木雕，是不是就把一品木雕给得罪了？把一品木雕一得罪，俺旅游木雕这活儿还干不干了？别管官司打赢打输，一品木雕拍屁股一走人，旅游木雕这个项目是不是就彻底黄了？这个项目要是黄了，我这个馆长也就跟着一起黄了，搞不好俺的孙局长也会跟着一起黄了。开啥国际玩笑，让俺起诉一品木雕，这不是照死里榷俺吗？咋想的你这是！”

叶焚月：“那好，我就跟你说说我这是咋想的。”

此时，齐馆长的脸上带着半烦儿，斜着眼还是那句：“你说给我听听吧。”

叶焚月：“我先问您，得罪了一品木雕，旅游木雕这个项目是不是就彻底黄了？”

齐馆长更加半烦地：“这还用问吗，我不是已经说罢了，不黄难道还会红啊？”

叶焚月：“会不会红我说不准，但是，我可以明确地告诉，不会黄。不但不会黄，还有可能会红。”

齐馆长脸上的半烦儿消失了，大为不解地瞅着叶焚月问：“此话咋讲啊？”

叶焚月：“旧的不去新的不来，好的不去更好的不来。”

齐馆长：“好的不去更好的不来？更好的是谁啊？”

叶焚月：“马家的山西木雕。”

齐馆长睁大了俩眼：“马家的山西木雕？你的意思是……”

叶焚月：“还不明白我的意思吗？”

齐馆长忽闪着俩眼，他的脸随之也展样了起来：“你可别榷我啊？”

叶焚月：“我像是要榷你的样子吗？”

齐馆长猛一跺脚，一拍手说道：“太好啦！马青要是真愿意来接旅游木雕这个活儿，不光是能变红，还能大红，红得发紫。那才是正宗的山西木雕，那才是俺山陕甘会馆需要的旅游木雕……”说到这儿他的兴奋突然又低落下来，问道：“这是你的一厢情愿，还是马青已经同意了？”

叶焚月微笑着说道：“牢骚太多防肠断，操心太多也防肠断啊，齐馆长。”

齐馆长连连说道：“对对对，你说得对，操心太多也防肠断。唉，冇法儿啊，不操心咋办，馆长这个饭碗不好端呀……”

这时，树干上鸟笼子里的鹩哥用祥符话说道：“吃罢冇，弄啥嘞，恭喜发财。”

随着鹩哥的祥符话，叶焚月和齐馆长同时笑了起来。

十八、祥符城里妖怪多

吃罢饭，冇事干，一走走到理发店；理发店，技术高，不用剪子不用刀，一根一根往下薅，一薅薅成电灯泡。

——选自祥符歌谣

叶焚月给出的这个办法，并不是真要让山陕甘会馆去起诉一品木雕，而是摆个架子，吓唬吓唬而已。别说，这一招儿还真管用，当齐馆长把吕鑫叫到会馆，严正地告诉她，只要一品木雕不撤回对马家的起诉，山陕甘会馆就起诉一品木雕。吕鑫听齐馆长这么一说，大为不解，一品木雕起诉马家碍山陕甘会馆啥事儿？用祥符话说，山陕甘会馆这不是冇窟窿嬔蛆吗？可她又冇法儿，按合同，旅游木雕的生产必须要与游客互动，不能远离山陕甘会馆，可这三进院被拆之后，去哪儿再找这么一个符合合同要求的地方啊？会馆周边该拆的都已经拆掉，就是冇被拆掉的几处地方，根本也不能成为旅游木雕的生产基地。残酷的现实摆在了吕鑫面前，更残酷的现实她还不知，她的前男友马青就要回来，还要名正言顺地把旅游木雕这活儿压她手里夺走。被蒙在鼓里的吕鑫压齐馆长那张不动声色的脸上感觉到了事情并冇那么简单，即便是一品木雕以无奈的方式离开了，旅游木雕的下场只有一个，那就是鸣锣收兵，这是秃子头上的跳蚤——明摆着的。可是，她咋就压齐馆长的脸上看不到一点儿准备鸣锣收兵的样子呢？

即将发生的现实，对尚一无所知的吕鑫来说，真的是太残酷了。

此时，马青在西安已经做好了辞职的准备，只要山陕甘会馆跟一品木雕解约，他立马就办辞职手续压西安回来。齐馆长虽然觉得这样做有点对不住一品木雕，但也是不得已而为之，毕竟马青才是当之无愧的山西木雕传人，而且还是响当当的马家山西木雕。齐馆长一高兴，决定在新生饭庄摆上一桌，表达对马家人和叶焚月的谢意，由张宝生作陪，还请来了老朱豫。

酒桌上的主要话题，就是制作旅游木雕的场地安置在哪里。说一千道一万，找不到合适的场地，游客们就参与不了互动，少了游客们的互动就直接影响到经济效益，这个场地还必须在山陕甘会馆附近，稍远一点都不中，可去哪儿找这么一个合适的地方呢？真让人挠头。

齐馆长对大家说道："都帮俺想想办法，只要有合适的场地，咱立马就可以叫马青回来。"

张宝生说道："俺源生茶庄倒是合适，离会馆百十米远，但那是我的风水宝地，别说租赁给恁会馆，就是拿山陕甘会馆跟俺做交换我也不干。"

马老二："哪儿合适也冇俺三进院合适，可政府非得拆，谁也冇法儿。"

齐馆长："中了，二哥，咱别再说三进院了中不？"

马老二："中中，俺不再说了，说了也白说，还浪费俺的唾沫星子。"

叶焚月："我觉得，还是要在山陕甘会馆里面想办法，最合适的场地，还是在会馆的院子里面。"

齐馆长："我的小姑奶奶，这还用你说嘛，会馆就恁大点地儿，蛋壳篓一样，前院咳嗽一声后院听得清清亮亮的，腾一间房子还可以，做旅游木雕，还要做到一定的规模，冇三进院大小的地儿根本就不中。再说了，上级部门也不允许啊，要不，张老板的香坊早就开在会馆里了。"

张宝生："别说我的事儿中不中，恁说赔我钱，到眼望儿我还冇见一分呢。"

齐馆长："放心吧，少不了你一分钱，旅游木雕是个啥势头你又不是冇瞅见。别管了，只要找到合适的场地，赚来的第一笔钱就把你的损失补给你，我说话算话！"

此时，坐在那儿一直冇吭气儿的老朱豫开口说道："有一个地儿，我觉着挺合适。"

众人异口同声问道："啥地儿？"

老朱豫："信昌银号那座小破楼。"

众人都愣在那儿，一琢磨，一回味儿，然后一起点头。

齐馆长点罢头说道："确实合适，出了会馆大门走两步路就到，可是，据我所知，那座小破楼已经被市里定为金融系统的爱国主义教育基地了。"

张宝生："可不是，这个功劳还要归功于二红家的那张老房契，要不是这，那座小破楼就被拆掉了。"说到这儿，张宝生、叶荧月和老朱豫心领神会地交换了一下眼神儿。

马老二："那个地儿中，不近不远的，拾掇一下，当旅游木雕的制作场地绰绰有余。"

老朱豫："有没有可能争取一下呢？"

雪玲："对呀，那个小破楼眼望儿不是还有拾掇吗？找市里说说，搞啥爱国主义教育基地，赔钱不挣钱，给山陕甘会馆不就妥了嘛。"

马老二："就是啊，反正那座小破楼也是公家的，公对公，恁山陕甘会馆伸头去跟市里拆洗拆洗，信昌银号那座小破楼要是给了恁山陕甘会馆，一切就万事大吉了。"

众人你一嘴我一嘴在说，齐馆长始终冇吭声，他心里在盘算，信昌银号那座小破楼有没有可能归山陕甘会馆，要说合适，真的是哪儿也冇那儿合适了，他心里巴不得。可是他已经听说，主要领导已经对那座小破楼作了具体指示，把旅游木雕跟爱国主义教育基地搁到一块儿一比，当然是爱国主义教育基地重要。但是，他又感觉到，这事儿不是不能拆洗，就看咋拆洗，谁去拆洗，只要拆洗的方法对了，也不是冇这种可能，都是公家的事儿嘛，又不是徐府街拆迁，遇到钉子户不好办，这是公对公，在领导们眼里只不过何轻何重而已，再说了，发展经济是硬道理，山陕甘会馆是公家的生意，又不是为自己。想到这儿，齐馆长把心里的目标也对准了信昌银号那座小破楼，于是，他把自己面前的酒杯倒满了酒，然后端起酒杯冲众人说道："来，诸位，咱再喝一个！"

这场酒喝得有成效，老朱豫这个点细真是点细到了正点儿上，最起码给齐馆长指出了一条可走的路，至于能不能走通，则要看山陕甘会馆在市领导们眼中的分量。齐馆长压酒摊上下来以后，直接就奔了局里，先把局长拆洗了再说。

酒摊散罢之后，叶焚月搀扶着老朱豫一起来到源生茶庄喝茶。张宝生花搅老朱豫说，买了恁多王大昌的清香雪，不喝咋弄，总不能再用它来煮香料吧，真要喝不完就掂到源生茶庄来，可以帮着代卖。老朱豫故作轻松地说，他就是用清香雪煮米饭，也不会掂到源生茶庄来，怕张宝生卖罢不给他钱。

老中青三辈人坐在大茶案子前，张宝生一边泡着茶一边问老朱豫："爷们儿，有一个事儿我始终冇弄明白，想问问您老。"

老朱豫："你要是还问清香雪咋煮香料的事儿，我立马就走。"

张宝生："你这老头就是个犟筋头，你咋知我要问用清香雪煮香料的事儿？放心吧，我绝对不会问您老走麦城的事儿。再说，我也已经敲明亮响地说罢了，只要叶姑娘愿意，'香严三昧'的制作方法我就告诉她，说到做到。"

老朱豫："那你还要问我啥事儿啊？"

张宝生把泡好的茶倒进俩人的杯子里，说道："我想问的是，咱假造的那张老房契上，你老头咋就能编出个白宝钧的名字来，那个主要领导要不是瞅见这个名字，信昌银号那座小破楼冇准已经被拆罢了呢。我就想知这个事儿。"

叶焚月同样不解地问："就是啊，朱爷爷，您咋就想到白宝钧这个人的呢？"

老朱豫端起茶杯，喝了口茶，说道："小孩儿冇娘，说来话长。今儿个我就跟恁俩说说这个白宝钧。"

张宝生和叶焚月像听说书一样，开始听老朱豫喷他是咋想到在那张老房契上写出了白宝钧这个代写人的。老朱豫说，这是他蒙上的，他并不知白宝钧这个人的生平和来龙去脉，他是压一本祥符地方志出的资料里看到了一篇文章。这篇文章讲的是，明清之际，祥符书坛风云际会、群星璀璨，涌现出了周亮工、李鹤年、靳志、李铁麟、仓景愉、萧亮飞、朱祖谋、纯阳子、徐炳麟、丁一敬、黎孔等一大群书法名家，可谓名重一时。这些书法家对老朱豫来说似乎都听着耳熟，却不熟知，不过这其中有一个名字他听到和见到的次数最多，这个人就是靳志。

靳志是祥符人，字仲云，是清代光绪年间的进士，毕业于北京京师大学堂译学馆，后被北洋政府派往欧洲留学，在法国加入了孙中山领导的同盟会。民国成立后，靳志回国在北京大总统府任礼官，后来又被派到欧洲，担任过荷兰和比利时大使馆的秘书。辛亥革命之后在南京、河南等地一些政府部门任职。抗日战争结束后，靳志在民国外交部挂职，正是因为他在诗词、书法方面的造诣和成就，以及他在社会上的名望与资历，才得到民国政府重用。1949年南京解放前夕，民国政府撤离南京，靳志不愿意去台湾，要求留在南京的留守处，解放军渡江战役打响之后，靳志忠于职守，一直到南京解放后，留守处向人民政府进行了交接，受到了人民政府的表彰，之后他决定回故乡祥符定居。除此之外，靳志还带出了一大批学生，其中学书法的学生最多，尤其是当今祥符城那些德高望重的书法家和一些喜爱书法的政府要员皆拜过他的门下，这其中就有在政府机关任职的白宝钧。老朱豫就是在地方志那篇文章里标出的一大堆祥符书法名家中，挑出白宝钧这个名字，是因为这个名字比起那些如雷贯耳的张本逊、桑凡、牛光普、武慕姚等人显得陌生。于是，老朱豫就怀着一种侥幸心理把白宝钧这个名字写在了老房契上，谁料想却误打误撞上了。当老朱豫讲出实情之后，张宝生和叶焚月都长舒了一口气。

张宝生："爷们儿，你这一辈子，亏死。"

老朱豫："你的意思是，我不该拾一辈子圪囊是吧？"

叶焚月："对，您应该是大学教授。"

老朱豫："快拉倒吧，我要真成了文史馆员和大学教授，咱今儿个还能坐在这儿闲喷吗？"

张宝生："为啥不能？文史馆员和大学教授去寺门喝汤的还少吗？他们能去寺门喝汤，你就能去讲台上讲学和做报告。"

叶焚月："我们只是觉得，命运对您太不公平，您的学问不在那个靳志先生之下。"

张宝生："就是，**污霉**（可惜）了。"

老朱豫："我污霉了？靳志先生污霉不污霉？看这事儿咋说呢，靳志先生恁大的排气量，最后不照样回到祥符，无声无息死在他那间小屋里。污霉？最起码我这一辈子能安安生生待在自己那间小破屋里，看看书，画画画，造造假。"

张宝生依旧感叹:“爷们儿,你这一辈子真的可亏,你绝对应该是个省文史馆的馆员。说句难听话,咱新建的鼓楼顶上,‘声震天中’那四个大字不应该让官员写,应该让你写。”

叶焚月附和道:“就是。”

张宝生:“虽然鼓楼上那四个字儿写的还中,不过在我看来也是照本宣科,比葫芦画瓢,把四个字儿写出来就是了。眼望儿的官员比古代的官员差远了去,你看人家古代的官员,就能写出‘声震天中’这四个字儿来,多震撼,多有气魄,多有内涵,多……”

“错!”老朱豫大声打断了张宝生,说道,“恁知不知,早在清朝康熙年间,鼓楼上‘声震天中’那四个大字,就是由一个压外地要饭流落到祥符,后来在鼓楼上负责击鼓报时的司鼓所写。”

张宝生:“不会吧?”

老朱豫:“孩子乖,老头今儿个就再说点儿稀罕让你听听。”

张宝生急忙端起茶壶:“中,我给您老换新茶。”

老朱豫说:康熙年间坐镇祥符的河南巡抚叫阎兴邦,他见鼓楼年久失修,于是到处募捐,花了三年时间才将鼓楼翻修一新。一天,阎巡抚在焕然一新的鼓楼上大宴宾客,全城的头面人物、文人才子、书坛名宿几乎到齐。阎兴邦对众人说道,重建的鼓楼缺少能画龙点睛的一方巨匾,今儿个请诸位来就是要为鼓楼题写此匾,以流芳百世。阎兴邦说罢此话,众人才思泉涌,很快就说出几十个题词内容,阎兴邦觉得不是离题太远就是气势不足,冇一个让他满意的。阎兴邦不由长叹道,偌大一座祥符城,文人荟萃,竟然起不出一个让他满意的牌匾题词来。就在此时,蹲在墙角的那个老司鼓斗胆请求献丑,遭到众人谴责,阎兴邦却说不妨让他一试。老司鼓便说出了“声震天中”四个字儿,阎兴邦听罢大悦,兴致高昂地大声说“就是他了”。从此鼓楼檐端就悬挂上了一方“声震天中”的巨匾,谁会想到这流芳百世的四个大字是出自一个名不见经传的敲鼓人。

张宝生斜着眼问:“真的假的?”

老朱豫瞪着眼说:“真的假的你全说了。”

张宝生:“啥意思?”

老朱豫:“咱这祥符城,有啥真的假的?真的也是真的,假的也是真的，就是一锅胡辣汤，味道好就中，喝一口就知这是祥符的胡辣汤就中，你说这是真的假的？”

叶焚月：“我明白您说的意思了。您是在说祥符文化就像我们做香，是不是宋代香谱无所谓，关键是我们对做香的理解，‘香严三昧’不管是用什么茶水煮出来的，只要它源自祥符，就能得到天下焚香人的信任。”

老朱豫大幅度地点着头：“哎，是这个理儿。”

张宝生：“还是那句老话，祥符这地儿妖怪多，就像您这个老头，不光是个妖怪，还是个老妖怪精。”

老朱豫：“我是老妖怪精，恁俩就是小妖怪精，要不咋会想到‘老房契’这个点儿，把所有人都榷里了。”

听到这句话，张宝生和叶焚月都笑了起来，老朱豫自己也笑了。

就在这老中青三辈人在源生茶庄喷空的时候，吕鑫来到了马家。自打齐馆长敲明亮响地告诉她，只要一品木雕把马家推上法庭，山陕甘会馆绝对会把一品木雕推上法庭。吕鑫思来想去，齐馆长执意要这么做，肯定是马家在背后作怪，如果马家不戳哄，山陕甘会馆凭啥要这么做？旅游木雕搞不成又不是一品木雕的原因，是政府要拆三进院，根源在政府那里。吕鑫想，一品木雕起诉虽然说是名正言顺，但背后还有历史原因；山陕甘会馆要起诉一品木雕，就有点蛮不讲理了，又不是一品木雕主观上要违约，明明是干不成了。吕鑫咽不下这口气，于是便找上马家的门来，即便是一品木雕撤诉不跟马家打这个官司，她也要把这口恶气出到马家的头上：恁不让我好过，恁也别想痛快！

吕鑫来到马家寻事儿，似乎并冇让马老二两口感到意外。起初，老两口还是好言相劝，可是冇说上两句话，双方的火药味儿就压不住了。

吕鑫一脸鄙视地说道：“恁还戳哄山陕甘会馆去起诉我，这不是装孬是啥？我起诉恁马家，是摊为俺一品木雕受到了经济损失，恁必须赔偿。山陕甘会馆是公家，俺是私家，公家告私家，不是明装孬是啥？不是恁马家在背后装孬是啥？”

马老二：“谁告恁恁告谁，俺马家又冇告恁，你说俺背后装孬，你拿出证据来，拿不出证据你才是装孬，跑到俺这儿来歇喝个啥，不论理了是吧？”

吕鑫:“是我不论理还是恁不论理?恁要是论理就不会去戳哄山陕甘会馆来告俺!”

雪玲:“妞儿,你有啥证据说是俺戳哄山陕甘会馆去告恁的?你把证据拿出来!”

吕鑫:“这还要证据吗?傻瓜都能想到是恁做的活儿!”

雪玲:“你拿不出证据,俺就可以告你诬告!”

吕鑫:“恁去告啊,恁要不告恁是狗!”

雪玲:“你骂谁是狗?把你的嘴放干净点儿。”

马老二冲雪玲说道:“别搭理她,随她的便,谁是狗谁知,咱不能像她一样不文明。不中再卖给她三十个烧饼,让她搁到徐府街上去踩,只要她不嫌脚疼。”

吕鑫:“恁文明,瞅瞅恁有多文明,徐府街上的拆迁户都搬走了,就恁是钉子户赖着不走,不但不走,还把俺给榷过来,让俺受恁大的损失不说,还戳哄人家山陕甘会馆来告俺,恁可真文明,文明到了榷死人不偿命!”

雪玲:“谁榷你啦?你又不是傻子,愿打愿挨,俺可冇榷你。”

马老二:“就是,戳死猫上树,你又不是死猫。俺去找恁的不假,恁可以不来啊,又不是俺八抬大轿把恁抬到徐府街来的。”

雪玲附和道:“就是,又不是俺八抬大轿抬恁来的。”

吕鑫:“我要说恁俩为老不尊吧,那都是客气的,还好意思说八抬大轿抬我来,要不是恁这两个为老不尊的爹妈,恁儿还真敢用八抬大轿把我抬进恁家!”

雪玲撇着嘴:“啧啧啧,俺儿用八抬大轿抬你来俺家,俺儿咋恁有眼光呢,多亏俺儿的眼冇瞎,要不还麻烦了。”

吕鑫:“恁儿就是个骗子!骗罢我不拉倒,眼望儿又在骗人家新加坡来的那个小妞儿!”

马老二:“你别在这儿胡溜八扯啊,俺儿啥时候骗人家新加坡来的小妞儿了?他俩是自由恋爱,对把,跟你可不一样,你是想赖着俺儿,俺儿不想要你!”

雪玲附和着:“就是,俺儿根本就愣不中你。”

吕鑫:“看恁儿长得有多鲜,骗罢这个骗那个,恁儿就是个大骗子!”

雪玲:“俺儿是大骗子,那你说,俺儿骗你啥啦?”

吕鑫:“他眼望儿是骗不着我了,他眼望儿正在骗新加坡来的那个小妞儿呢!”

马老二:“一码归一码,你别瞎胡扯啊,你给我说说,俺儿咋骗人家新加坡来的小妞儿了?人家新加坡来的小妞儿跟你有啥关系啊?吃你的了?还是喝你的了?”

吕鑫:“别以为我不知,我啥都知!”

雪玲:“你知啥?你说给俺听听呀,你知啥?”

吕鑫:“我不想说!”

马老二:“有本事你说啊?你不想说是你冇啥说!”

吕鑫:“眼望儿不是我说的时候,到了该说的时候我一定会说!”

吕鑫的这一句话让马家老两口心里犯起了膈应,他们不知自己的儿子有啥短处搿在了吕鑫手里,她要说啥?她会说啥?啥时候是她该说的时候?吕鑫这句话让他俩抱了个大枕头,尤其是在这个节骨眼上。他俩知道,只要山陕甘会馆与一品木雕解除了合同,马青立马三刻就会压西安回来,对老两口来说,马青与山陕甘会馆合作不合作是次要,婚姻大事儿是主要。儿子对婚姻的要求高,找了恁些年,好不容易碰见了压新加坡回来的二红家孙女,两个人情投意合,再让吕鑫这个妞儿使坏给拆散了,那麻烦可就大了……老两口不敢往下再想。

吕鑫是个极聪明的人,她已经压马家老两口的脸上感觉到了他们的担忧。其实,她是在说气话,目的就是为了吓唬一下这老两口,就是要让老两口心里不得劲,不能让他们觉得,一品木雕撤了诉他们就能安生地过日子,谁知撂下的这句话,还真把老两口给吓唬住了。当吕鑫觉察到老两口脸上的变化之后,决定再做一下试探,她想知马家老两口的心里到底犯的是啥膈应。

吕鑫:“我犯不着跟恁再说啥,等住吧,还是那句话,恁不让我得劲,恁也别想得劲,等恁儿回来咱再说,好戏还在后头!”说罢扭脸就走。

马老二:“等等,先别走!”

吕鑫:“咋啦?我不走恁还准备管我的晚饭啊?”

马老二:“话还冇说完,走啥走。”

吕鑫:“还有啥话冇说完啊？跟恁我冇啥可说的了,等恁儿回来咱再说!”

马老二:“你先坐下中不中?”

吕鑫装出奇怪的模样:“压进到恁这个屋,恁也冇给我让个座,还有啥话恁说吧,我站着听。”

马老二与雪玲对视了一眼后,对吕鑫说道:“有些话,我真不知该咋说。”

吕鑫:“该咋说咋说。”

马老二:“山陕甘会馆让你撤诉,你不撤诉就要告你,这事儿真的跟俺冇一点儿关系。”

吕鑫:“跟恁冇关系？跟谁有关系啊?”

马老二:“不是说跟俺冇关系,是这事儿不能怨俺。”

吕鑫:“不怨恁怨谁？怨我?”

马老二:“当然怨你,谁让你起诉俺呢,你要不起诉俺,山陕甘会馆也不会起诉你。”

吕鑫:“呵呵,这事儿就奇了怪,我不起诉恁,他就不会起诉我,我倒想听听,这玩的是啥连环套把戏。”

马老二沉默了一会儿,把心一横,说道:“我也不瞒你,山陕甘会馆想用俺马家的山西木雕取代恁的东阳木雕,他们是有他们的想法,你也不能说他们的想法错……”

吕鑫沉默着,脸色发白,此时此刻能感觉到她的身躯里聚集着一股力量,这股力量让她感到憋屈,最终还是忍无可忍压嘴里狠狠地喷出了俩字:“小人!”

马老二:“你也别骂,反正又不是我让他们起诉恁的,小人不小人,你不是也起诉俺了吗?”

吕鑫瞬间像火山一样爆发了,她冲着马老二怒吼道:“恁都是腌臜菜!合伙儿欺负俺是吧？不让我好过,恁也别想好过,不信咱就走着瞧!”吼罢之后站起身,带着冲天的怒气离开了马家。

雪玲瞅着吕鑫走罢以后,忧心忡忡地对坐在那里的马老二埋怨道:“你跟她说这弄啥,她再去找老齐兴师问罪,咱还落个里外不是人。人家老齐是在帮咱,你瞅瞅这事儿弄的……"

此时的马老二已经冇了脾气,**反定**(稳定)了好大一会儿,才有气无力地说道:"总不能让咱背这个黑锅吧。"

雪玲:"这妞儿那二百五劲儿,她再去寻老齐的事儿,老齐还不把咱给恨死。"

马老二苦苦一笑,说道:"放心吧,这妞儿就是去寻老齐的事儿,老齐也拿咱冇法,山陕甘会馆已经冇退路,跟一品木雕闹掰了,谁还能胜任旅游木雕这个活儿?只有咱儿子。"

雪玲一想是这个理儿,也不再说啥。但是,把这个连环套把戏透露给吕鑫,总让马家这两口子感觉做了一件不光彩的事儿,出卖了自己的同志……

再说吕鑫,她带着满身怒气压马家出来之后,就直奔山陕甘会馆而去,她要把这满身的怒气撒在那个充当"小人"的齐馆长身上。可不知怎么,她的脚步由快变慢,身上的温度也随着脚步由高变低。当她走到山陕甘会馆门口大照壁前的时候,停住了脚步,站在大照壁前思量了许久。她偶尔一抬眼,无意间瞅见源生茶庄门口叶焚月送老朱豫出门后返回茶庄。

吕鑫稳了稳神儿,离开了山陕甘会馆门前的大照壁,朝源生茶庄走去。她临时改变主意,不去找齐馆长撒气,是她觉得还冇到跟山陕甘会馆翻脸的时候,真要跟齐馆长撕破脸,两家对簿公堂,私家还是挺不过公家。于是,她决定把进攻的目标先对准叶焚月。

走进源生茶庄的吕鑫让张宝生感到有些意外,张宝生也能压吕鑫的脸上看出一些来者不善的情绪。

张宝生面带笑容地:"呦,吕经理大驾光临,我得好茶伺候……"

"我可不是来喝茶的。"吕鑫把目光投向了坐在那里的叶焚月,说道,"叶姑娘很雅兴啊,太和香堂紧挨着源生茶庄,香做得好孬无所谓,只要有好茶喝就中,对吧?"

叶焚月冲吕鑫一笑,她听出了吕鑫话里有话,却无意去搭理。

张宝生接过吕鑫的话茬:"太和香堂做的香已经不亚于俺源生茶庄做的香了,一起喝口好茶不应该吗?"

吕鑫:"当然应该,在徐府街上有张老板罩着的人,都能吃香的喝辣的。俺可冇这个福气啊，本来还以为，傍上了山陕甘会馆就能发个小财，谁知，小财发不上了，把本赔进去不说，山陕甘会馆还要拉着俺去爬堂，俺要是像叶姑娘这样有张老板罩着，山陕甘会馆也不至于见异思迁，抛弃俺东阳木雕，恭请山西木雕入赘。唉，俺真是比窦娥还冤啊。”

张宝生和叶焚月不由同时一怔，他俩不明白，吕鑫咋会知道山陕甘会馆要弃用东阳木雕，是谁把这个“高度机密”透露给了吕鑫？

叶焚月和张宝生还冇反应过来，吕鑫接着又说：“很奇怪是吧？其实不必奇怪，天底下冇不透风的墙，祥符城就这么大，徐府街就这么长，一抬眼到处是熟人，一张嘴啥都能问到，大宋朝的秦桧孬孙不孬孙，秦桧不是还有俩朋友吗？我吕鑫在祥符城混得再不咋着，想知道点事儿，还不至于闭塞到冇人告诉我吧。”

此时此刻的张宝生，飞快地转着脑子，冇转两圈，就把嫌疑人定位在了马家人身上，知道这件事儿的人屈指可数。齐馆长和一品木雕冇交情，也不会损害山陕甘会馆的利益，不可能把底儿泄给吕鑫，一品木雕也得罪不起山陕甘会馆，只有马家人出于自身考虑，不愿意背这口黑锅，在某种迫不得已的情况下把机密泄露给了吕鑫，冇别人，只有马家的人。

张宝生不紧不慢地问了一句：“吕经理这是压马家来的吧？”

吕鑫：“我压哪儿来重要吗？”

张宝生：“重要，太重要了，你要不是压马家来，咋会知道恁多的事儿啊，这说明吕经理在马家人心里还是有位置的啊。”

吕鑫：“你也别花搅我，在马家人心里有位置的人可不是我。”

叶焚月：“吕经理，过去的事儿已经过去，谁在马家人心里有位置，对你来说重要吗？”

吕鑫：“对我来说当然不重要，可对你来说那就太重要了。马青也算是山西木雕的传承人，他能压西安回来，那可是一举两得，山陕甘会馆的旅游木雕正本归宗，更锵实，最重要的是能和你叶姑娘喜结良缘拜天地入洞房。”

叶焚月：“入不入洞房是我和马青之间的事儿，与他人无关。至于谁来做旅游木雕，是山陕甘会馆的事儿，与我就更冇关系了。你说对吗，吕经理？”

吕鑫:“理儿是这么个理儿,就是有点儿不顺。”

叶焚月:“咋不顺了?”

吕鑫:“我说句难听话你不会介意吧,叶姑娘?”

叶焚月:“我不介意,您说。”

吕鑫:“旅游木雕也好,谈恋爱也好,咱就不说谁先谁后,这上厕所还有个先来后到,你说是吧,叶姑娘?”

张宝生板起了脸:“吕经理,说话放尊重一点儿,啥先来后到,你内急需要上厕所的话,你先上,在那儿!”他抬手指向后屋。

吕鑫:“张老板,你也别太锵实了,我知你是个除了皇帝谁也不怕的人,可你大概还不知,我和你一样,别以为我是个女流之辈就冇一点脾气,就会任人宰割。实话告诉你,本姑娘就不吃这一套!”

张宝生:“你不吃这一套,你吃哪一套啊?这么跟你说吧,别管你吃哪一套,我源生茶庄都有,吃啥给啥,中不?”

吕鑫彻底绷不住了:“别以为我啥都不知,我啥都知!”

张宝生:“你知啥啊?”

吕鑫:“我知恁是合伙欺负人!”

张宝生:“谁合伙儿欺负你了,是你一纸诉状把马家给告了,还说人家欺负你?山陕甘会馆把你告了,你去找山陕甘会馆,跑到我这儿来闹啥?又不是源生茶庄把你告了,你这不是无理取闹吗?”

吕鑫:“我无理取闹?真正无理取闹的人不是我!”

“不是你是谁啊?是我?”张宝生指着自己的鼻子。

“是她!”吕鑫抬手指向叶焚月。

叶焚月神态平静地反问道:“我咋无理取闹了?”

吕鑫:“别装得跟冇事儿人一样,你以为我不知你是个啥人啊!”

叶焚月依然平静地:“我是个啥人啊?”

吕鑫:“要不是摊为你,马青会被抓进局子里?眼望儿恁又尿到一个壶里了,合着伙儿欺负我,那我今儿个就给你交个底儿,你不让我安生,你也别想安生!”

叶焚月还想说什么,被张宝生抬手制止住,随后张宝生对吕鑫说道:“别把毒气撒到人家外来户身上。既然你给她交个底儿,那我也给你交个底儿，山陕甘会馆要告你，是我出的点儿，是我让他们去告你的，谁要说瞎话，谁是孬孙！俗话说，好男不和女斗，今儿个碰到你这号恶女，不斗还真不中。你说咋喽吧，就是我戳哄山陕甘会馆去告你的，不中你买我三十包茶叶扔到徐府街上去踩，三十包不够就买六十包，让你踩过瘾为止！”

吕鑫气得嘴唇颤动，她指了指张宝生和叶焚月，声音颤抖着说道：“恁这是欺人太甚，咱走着瞧，俺一品木雕就是不在山陕甘会馆干了，我也不会跟恁拉倒！”说罢她含着两眼泪离开了源生茶庄。

叶焚月看着抹着眼泪走了的吕鑫，不知为何也抹起了眼泪。

张宝生问道：“你这又是咋啦？哭啥啊，别听她吓唬，借她八个胆，她也不能把你咋喽。”

叶焚月使劲地摇着头，抽泣得更厉害了。

张宝生：“那你这是摊为啥啊？”

叶焚月抽泣着说道：“我是觉得挺对不住她的……”

张宝生：“中了，别菩萨心肠了，谁也不想这样，可这个社会就是这样，适者生存，就是比谁锵实，啥叫弱肉强食？这就叫弱肉强食。徐府街为啥叫徐府街啊，不就是徐达家族锵实吗？一品木雕锵实不过山陕甘会馆，就跑到源生茶庄来锵实一番，见锵实不住我，哭一鼻子可以理解，你哭一鼻子我也能理解，你是不是觉得，每章儿马青把她甩了，眼望儿山陕甘会馆又把她甩了，挺同情她的，是吧？”

叶焚月点了点头，说道：“调换个个儿，我大概也会这样。”

张宝生：“调换八个个儿你也不会这样，你跟她压根儿就不是一路人。你是做香的人，品位比她高，修养比她高，境界也比她高。你要是像她一样，敢去买三十个烧饼搁在徐府街上踩，你就不是做香的人了。”

叶焚月：“宝生叔，你是做香的啊，你可比她厉害多了。”

张宝生嘎嘎嘎地笑了起来，说道：“鬼怕恶人，天底下做香的恶人只有我一个。”

叶焚月扑哧笑出了声。

十九、好人与好人不见得能和睦相处

高级点心高级糖，高级老婆上茅房；茅房冇点灯，高级老婆掉茅坑。

——选自祥符歌谣

吕鑫迫于压力不得不在开庭的前一天撤诉，马家人松了一口气，但心里清亮，吕鑫绝不是个瓤茬，一定不会善罢甘休的，至于还会发生什么，谁也猜不透。张宝生却不以为然，对马老二两口子说：冇事儿，还能咋着，她就是掂着铁锤来砸烧饼炉，那就让她砸，反正三进院马上就拆，她砸了也白砸。马老二两口子说，不是担心她来砸烧饼炉，三进院是要拆，可源生茶庄拆不了啊。张宝生大包大揽对吕鑫说是他戳哄的山陕甘会馆，马家人担心吕鑫会报复张宝生，哪天再把源生茶庄给砸了，那事儿可就大了。张宝生笑着回说，她要真有这个胆儿，那她真比水浒里的孙二娘厉害。别管了，吕鑫只要敢砸源生茶庄，他保证敲着锣打着鼓去给一品木雕送一块匾。

吕鑫和马家的官司不打了，叶焚月跟政府的官司却在进行中。时律师把写好的诉状让叶焚月过罢目之后，叶焚月对时律师说，把主要领导提白宝钧那一板写进起诉书里，会显得力度更大。时律师却说最好不要，会有仗势欺人的感觉，只要这张老房契不是伪造的就中，如果有人怀疑是伪造的，就让怀疑的人去鉴定。理儿是这么个理儿，但叶焚月心里还是有点怯气，真要是请高手鉴定，会不会露出破绽就很难说了。张宝生则安慰她说，请啥高手来鉴定啊，最高的手就是老朱豫，全中国独此一人。尽管张宝生嘴里这么说，心里也是有点打鼓，于是他就把叶焚月的担心告诉了老朱豫。听罢此话的老朱豫比张宝生还口满：全中国能鉴定出这张老房契真假的人，三年困难时期都死完了，还冇死的只有一个人，就是他老朱豫。啥也不说了，就等着开庭吧。

齐馆长那边也传来不错的消息。孙局长拿着山陕甘会馆写的报告亲自递到了主要领导手里，主要领导看罢后做出了重要批示。虽然这个重要批示里冇明确信昌银号那座小破楼能不能两用，但有一句话对山陕甘会馆十分有利，主要领导引用了毛泽东说过的一句话“抓革命，促生产”，意思就是，在继承革命传统的同时，不要忘记发展经济。

齐馆长已经开始展望未来了，他对叶焚月说，等到信昌银号的小破楼一半归了山陕甘会馆，马青的山西木雕正式启动，他就想法儿跟金融系统再**隔磨**（蹭）出一间房，把宋代香谱的开发研制搁到里面，让小破楼在发扬革命传统的同时，还能继承传统文化。如果隔磨成功，恁小两口一个刻木雕一个做香，一举两得，一起上下班。除此之外，齐馆长又请相国寺里的和尚给小破楼看了风水，那个和尚说，最好把木雕和制香都搁在楼下，这座历经百年的小破楼地基相当结实，楼下要比楼上牢稳不说，也便于游客出入。

可事情并冇齐馆长想得那么简单，也出乎了人们的意料，在所有人都认为，有了主要领导的批示，山陕甘会馆拿下信昌银号那座小破楼几乎十拿九稳。

大早，张宝生刚坐到源生茶庄，还冇泡上一壶茶，齐馆长就匆匆走了进来。

张宝生：“怪早啊。”

齐馆长：“出事儿啦。”

张宝生：“出啥事儿啦？”

齐馆长：“主要领导被省纪委带走了。”

张宝生：“啥？”

齐馆长重复了一句：“主要领导被省纪委双规了。”

张宝生：“啥时候的事儿啊？”

齐馆长神情严峻地：“夜儿个下午我去局里听说的，俺孙局长也蒙了，一个劲儿地摇头。”

张宝生:“摊为啥事儿啊?”

齐馆长:“那还能是啥事儿,银子上的事儿呗。据说数额还不小,搞不好……”他把手比画成手枪对准自己的太阳穴。

张宝生:“有恁严重吗?”

齐馆长:“难说。”

张宝生:“他的口碑不是还不错吗?”

齐馆长:“谁知咋回事儿,具体情况不清楚。”

张宝生:“主要领导被抓,信昌银号那事儿是不是也煞戏了?”

齐馆长:“说的就是这。咱中国的事儿,这一届领导上台不认上一届领导的事儿,我看是煞戏了。”

张宝生:“这咋办?”

“咋办,凉拌。”齐馆长沮丧地说,“俺的命咋恁不好呢,等信昌银号的事儿弄成你再被抓啊,唉!”

此刻,张宝生想到了那张伪造的老房契,他担心的是,主要领导被抓,先别说信昌银号那座小破楼会是个啥结果,那张老房契会不会节外生枝再出点啥岔纰,那可就恶心了。想到这儿,张宝生心里打起了退堂鼓。

张宝生:“我看,信昌银号那事儿算了吧,做旅游木雕再想别的地儿,总不能在一棵树上吊死。”

齐馆长:“眼望儿一切还很难说,不到最后一刻,我还是不想放弃。”

张宝生:“你相信我,肯定黄了,抓紧时间再找合适的地儿吧。”

齐馆长哭丧个脸:“再找啥地儿啊,哪儿还有合适的地儿啊?合适的地儿只剩下恁源生茶庄了。”

张宝生不作声了。确实如齐馆长所说,有啥合适的地儿,山陕甘会馆周边都快拆完了,根本就不可能再有合适的地儿了。

齐馆长抬手瞅了一眼手表:“中了,我还有事儿,你去跟叶姑娘说一声,先不要把这事儿告诉马青,一旦马青那边再有个啥闪失,旅游木雕再一黄,俺可就真的就是‘小秃烂蛋一头不占’了。”

待齐馆长走罢以后,张宝生立刻就去了太和香堂。

正在做香的叶焚月瞅见张宝生走进来,立马起身,把手里的香模伸到张宝生的鼻子前:“宝生叔你闻闻,这是我换了一款新茶煮成的香料,您闻闻。”

张宝生推开鼻子前的香模:“别闻了,我不是说罢了嘛,等马青回来,旅游木雕开业的时候,我就把‘香严三昧’制作的秘诀告诉你。”

叶焚月再次把香模伸到张宝生的鼻子前:“不,您一定要闻闻,我觉得越来越接近您做的‘香严三昧’了。”

张宝生不得不认真地闻了闻,蹙了蹙眉头,问道:“你用的是啥绿茶?”

叶焚月笑着说:“暂时保密,等马青回来我再告诉你。”

张宝生微微叹道:“马青暂时不能回来了。”

叶焚月脸上的笑容消失,问道:“咋啦?”

张宝生:“发生点意外。你先别急,慢慢听我说。”

叶焚月手里攥着香模,听着张宝生讲完之后,陷入了沉思。

张宝生:“妞儿,让马青暂时先别回来问题不是太大,我想提醒你的是,官司最好不要打了,坚持要打的话会给咱带来很多危险。如果主要领导冇出事儿,还在位置上,说句难听话,那张老房契就是真的,谁在那上面做文章都要掂量,主要领导被抓以后那就难说了,包括那些当初被主要领导请去做鉴定的专家都有可能反水,一旦再请国内其他高手来鉴定,结果都很难想象。”

叶焚月沉默思索着。

张宝生继续说道:“官司不打有利有弊,有利的就是大家都安全,有弊的就是,恁二红家得不到赔偿或是少得到赔偿,但总而言之是弊大于利,就是要破点财,正所谓破财免灾嘛。”

叶焚月低沉着声音:“您让我想想。”

张宝生:“有啥可想的,妞儿,听恁叔的冇错,平安是福,因财破福划不来。说句不该说的话,你是新加坡人,属于外籍,就是犯事儿也会从轻发落。我和老朱豫可不中啊,俺是中国人,中国的法律对中国人向来都不客气。老朱豫九十多岁了,就是从轻发落,他那个身板也蹲不起大牢,最倒霉的一定是我,再给我来个数罪并罚,恁叔这辈子可就没戏了……”

叶焚月:“您别说了中不中,宝生叔。”

张宝生:“不说能中?丑话必须得说到头里,我这是……”

“您还是不要说了！”叶焚月再次打断张宝生的话，说道，“您说的和我说的就不是一回事儿，您是担心打官司有可能引火烧身，而我是在想，山陕甘会馆失去了信昌银号，再找不到合适的地方，马青回来还有什么意义？马青若是回不来，或是回来了又得不到一个好的发展，他就是改行跟着我一起做香，不是太委屈了他吗？”

张宝生眨巴眨巴眼睛，恍然大悟：“哦，我明白了，你的意思是说，爱情和事业比打官司重要……”

叶焚月：“那当然，这才是马青压西安回来的前提，拆不拆三进院和马青能不能去山陕甘会馆做山西木雕，压根儿就是两回事儿，我来祥符做香跟我的爱情也是两回事儿。祥符那句话咋说的？钱是啥来着……”

张宝生一字一顿地说道：“钱是个孬孙。”

叶焚月：“对呀，钱是个孬孙，冇了还可以再挣，爱情和事业可不是那么好挣的啊。”

张宝生冲着叶焚月竖起大拇指：“中，妞儿，你让恁宝生叔再次刮目相看，恁宝生叔要向你学习，恁宝生叔是事业找到了，钱也找到了，就是冇找到爱情。”

……

叶焚月和张宝生达成了一致，随即就给时律师打过去电话，官司不打了，撤诉。时律师不愿意了，在电话里说的话很难听：恁说撤诉就撤诉了，恁以为这是在小孩儿过家家，恁要不给相应的补偿，就起诉恁，张宝生和叶焚月在电话里一起向时律师保证，绝不会让她白付出劳动，时律师这才善罢甘休。

张宝生回到源生茶庄，关掉手机，独自坐在里面的小香坊里发愣。他嘱咐服务员，谁来找都说他不在，他要在这间充满着香气的小屋里，一边做香一边认真反省自己的爱情与事业。正如他自己所说，事业有了，钱也有了，就是冇爱情……他做着做着，想着想着，香也做不下去了，想也想不下去了。他抓起手机打开，给已经在微信里把他拉黑的肖丽发过去一条长长的短信，内容是：由于他贪得无厌，炒股赔了个精光，准备转让源生茶庄之后离家出走，浪迹天涯，走哪儿算哪儿，永远不再回祥符。在祥符生活了一辈子，最对不起的人就是肖丽，不管今后自己会落个什么下场，希望肖丽能够原谅他,今朝成不了夫妻,那就来世再见……给肖丽发罢了短信,张宝生躺在香坊小屋里呼呼大睡,直到被一阵响亮的敲门声震醒。

张宝生半烦地怒吼道:“谁呀?使恁大的劲儿砸门,这门不是恁家的是吧!”

门外冇动静。张宝生起身去把小屋的门打开,只见肖丽阴沉着脸站在那里。

张宝生:“你,你咋来了?”

肖丽也不说话,用手拨拉开张宝生走进了香坊。

张宝生:“你……”

肖丽:“我啥我?”

张宝生:“我问你咋来了?”

肖丽:“我怕你流浪到一个荒无人烟的地儿,有个啥三长两短,我和祥符人民就再也见不着你了。”

张宝生嘎嘎嘎地笑了起来。

肖丽仍然一脸严肃地说道:“说实话,我可不是被你骗来的,你也骗不住我了,接到你发给我的短信,犹豫了再三,我才决定来的,我来的目的是还有话对你说。”

张宝生:“你来的目的是还有话对我说,啥意思?好像不那么心甘情愿似的。”

肖丽:“也可以这么理解吧。”

张宝生:“那你就先别说,听我先说中不?”

肖丽:“你想说啥你就说吧,你说完了我再说也不迟,反正早说晚说都一样。”

张宝生:“听你这口气,你是有备而来啊。”

肖丽:“也可以这么说吧,不过我也可以不来,后来想想,还是来吧,因为我觉得你算不上是个坏人。”

张宝生:“也算不上是个好人吧?”

肖丽:“好人跟好人不见得能和睦相处,好人跟坏人也许能处得很好。”

张宝生琢磨了一下,点头说道:“嗯,这话有哲理。”

肖丽:“你先说吧,我洗耳恭听。”

张宝生:“那好,我就开门见山,开诚布公,把心里想说的话都说给你听。”

安静的香坊小屋里充溢着浓浓的香气,充满着美好,飘荡着诗情画意,使人感觉如置身于仙境。此时此刻,张宝生在肖丽眼里像是变了一个人,以往生活里那种散淡和随意一扫而光,平日里沙哑的嗓门儿像是被过滤,显得干净柔和。不知为何,肖丽突然觉得眼前的张宝生和以往的那个张宝生判若两人。

张宝生对肖丽说的话,在充满芳香的这间小屋里,句句沁人心肺。他先是诚恳地向肖丽检讨了自己性格上的缺陷,不应该把一些江湖习气带到了他俩的关系之中,尤其是那种貌似男女平等、却是居高临下让人难以接受的陋习。然后他又向肖丽真诚地表白,他非常喜欢肖丽这种类型的女性,对肖丽的喜欢是发自内心。如果肖丽能原谅他身上的缺点,对他以前的过错既往不咎,他保证以后有话好好说,绝不会重蹈覆辙,希望肖丽能给他最后一次机会,他会用实际行动来证明自己的誓言。

张宝生每一句话都实实在在,确实很让肖丽感动,在肖丽眼里,像张宝生这种“吃过大盘荆芥”的男人,能发自内心说出这样的话来,在以往是难以想象的。这也说明,经过这一段时间的反思和沉淀,张宝生确实也认识到自身的不足,也确实想要改变自己与肖丽重归于好。就肖丽而言,她始终对张宝生也不反感,甚至说在某些时候她还是挺喜欢张宝生这种类型的男人的,敢作敢当,遇事不慌,重朋友,讲义气,你敢剁胳膊,他就敢砍大腿,总而言之,在眼下这个社会里,这种类型的男人已经很稀缺了……或许是因为张宝生说出的这些话击中了肖丽的要害,听着听着她就把自己的眼泪给听出来了。

肖丽接过张宝生递给她的纸巾,轻轻地揠着脸上的眼泪:“你别说了……”

张宝生把手搭在肖丽的肩膀头上,说道:“是我不好,让你伤心了,我向你保证,从今往后,包括我在内,谁也不能伤害你,只要你给我这个机会。”

肖丽抽泣得更厉害了,甚至到了难以控制自己的程度。

张宝生有点慌了手脚，张开双臂想要抱住肖丽，却被肖丽一把推开，并狠狠地冲着他吼道：“你离我远点儿！”

“我不离你远点儿。”张宝生说罢伸出手臂又要去抱肖丽。

肖丽再次推开张宝生的手臂，忽地站起身来，说道：“咱俩已经冇这种可能了！”

张宝生：“你就不能再原谅我一次？最后一次？”

肖丽冇说话，她拉开自己随身的提包，压里面取出一个红本本递给了张宝生。

张宝生接过红本本一瞅，傻眼了，半晌说不出话来。

肖丽：“啥也别再说了，说啥都晚了。你要是早两天给我发这个短信，也许就不会有这个结婚证了。”

张宝生沮丧地说道：“这才几天啊，你就恁着急……”

肖丽：“人生就两万来天，女人的天数更少，我能这样无休无止地等下去吗……”

张宝生把红本本递还给肖丽，重重地叹了一口气，说道：“啥也别说了，祥符话，赶得早不如赶得巧，我是早也冇赶上，巧也冇赶上，抓了一手好牌，却让人家和了。”

肖丽抹干脸上的眼泪，走上前一把抱住了张宝生，说道：“如果有缘，咱们下辈子吧……”

张宝生一把推开肖丽，吼道：“下哪一辈子？下辈子我就是变成牛马，也不会去给你拉犁拉耙！”

肖丽：“你……”

张宝生：“我啥我，我这辈子还冇过好，说啥下一辈子？谁知下一辈子你会嫁给哪个孬孙呢！”

肖丽被张宝生这句话给气得瞬间又翻了脸，冲着张宝生大吼了一句：“下辈子我嫁给哪个孬孙也不嫁给你个孬孙！”吼罢带着满身怒气走出了香坊小屋。

张宝生瞅着小屋的门反定了好一会儿，转过身，双手合十，瞅着佛龛上那尊铜佛像，说道：“她说下辈子就下辈子吧，不管下辈子还是这辈子，都保佑她吧……”

离开源生茶庄的肖丽，在山陕甘会馆的大照壁前停住了脚，她仔细地瞅着照壁上那一丛丛精美的砖雕，瞅着瞅着泪如雨下，她并不是伤心与张宝生的彻底分手，而是她又想起了自己的父亲。咋就把一家人带到了祥符，把自己的命运就这样交给了这座城市。命运是啥？命运或许就是人生这张纵横交错的坐标图上，在劫难逃的那个交错点……

张宝生和肖丽的这场戏落幕了，另一场戏又拉开了大幕。

一直让齐馆长寝食不安的那座小破楼终于有了消息。下午快下班的时候，齐馆长接到孙局长的电话，接任主要领导的代理市长给了明确的说法，前任制定的一些决策性方针政策，只要是正确的，都不会推翻，尤其是那些涉及城市规划和有益于经济发展的项目，不能因为前任倒台而随意推翻，劳民伤财的事儿不能干，这其中就包括信昌银号那座小破楼的归属。当然，这个结果也是孙局长争取来的。用孙局长本人的话说，找领导汇报工作也要看准时机，时间地点场合都很重要。听说新来的代理市长喜欢喝汤，孙局长一大早就窜到代理市长的住处，领着这位代理市长去了寺门。俩人在寺门一边喝着汤一边聊着工作，就这，孙局长才压代理市长嘴里得到了一个准信儿，同意把信昌银号小破楼的一半给山陕甘会馆，具体是楼上还是楼下，让孙局长去跟金融系统商量。于是孙局长马不停蹄地又去跟金融系统沟通，并给人家金融系统做出承诺，只要把小破楼的楼下给山陕甘会馆，免费送给各个银行的门厅里一尊财神木雕。拿下小破楼孙局长功不可没，也把齐馆长感动了一把，拍着胸脯向孙局长保证，今年的菊花花会开幕之日，就是旅游木雕重新开业之时。

信昌银号的小破楼已经有问题了，接下来就是要明确马青回来的时间。齐馆长去到太和香堂，叶焚月非常爽快地说，马青回祥符之日，就是旅游木雕重新开业之时。叶焚月与齐馆长说定后，两人便去了马家，刚进三进院的大门，就瞅见马老二两口子正指挥着人在搬烧饼炉子。两口子一再提醒搬炉子的人要小心，这烧饼炉子可是非常主贵，能不能烤出好烧饼全指望这个炉子，它是马家烧饼的功臣。

叶焚月："不是说这炉子不要了吗？"

马老二："谁跟你说这炉子不要了？"

雪玲："我说的，前两天你不是说以后不再打烧饼了吗？我就顺嘴说了一句，反正也不打烧饼了，咱搬新家的时候这炉子就不要了，你这不是又反悔了吧？”

马老二叹道：“唉，不打烧饼我干啥？那还不得急死我。”

雪玲：“新搬去的那个小区可漂亮了，人家物业让不让咱在小区里头打烧饼还两说呢。”

马老二：“小区里头不让打，我就去小区外头打，反正我还是要打烧饼，只有打烧饼我的身体才能健康，打烧饼就是我的命。”

雪玲：“打不打烧饼对我来说无所谓，徐府街我住得够够的，赶紧离开，省得那个妞儿三天两头来找俺的事儿，像肚子里吃了个苍蝇，恶心得慌。”

叶焚月：“夜儿个晚上我跟马青视频，他还说等他回来以后再搬家呢。”

雪玲用嘴一努马老二：“他日急慌忙要搬，谁也**打不过他的别**（犟不过他），搬就搬吧，总比他抱个煤气罐去跟人家拼命强。”

马老二：“抱煤气罐跟人家拼命不丢人，让人家再买走三十个烧饼铺在当街踩，那才叫丢不起那个人。”

叶焚月心里非常理解这老两口说的话，心里也可清亮，吕鑫那个妞儿绝不会就这么轻而易举善罢甘休，不定哪天又想出个啥点儿再跑到马家来寻事儿，马家急着压徐府街上搬走，也有这个因素在里面。

雪玲语重心长地对叶焚月说：“俺老两口有事儿，打不打烧饼都不碍着，马青恁俩要好好的，你做香也好，他刻木雕也好，结婚以后把日子过好，别让俺操心就中。”

叶焚月使劲点了点头，说道：“俺俩已经说好了，一定好好干，靠自己的手艺吃饭。”

马老二感慨地说道：“别管改啥朝换啥代，手艺最重要，只要手艺好，哪朝哪代都能吃饭。想当年，女真族攻破祥符城，把皇上爷俩掳走了不说，还掳走了上千的手艺人，摊为啥？不就是摊为他们那儿冇咱这儿好吗？不就是摊为咱这儿手艺人的手艺全世界第一吗？”

雪玲：“中了中了，别说了，赶紧把烧饼炉先搬走吧，搬家可不是件容易事儿，咱在这个院子里住了几代人，这也舍不得扔，那也舍不得扔，老话说，破家值万贯，要搬走的东西还多着呢。”

马老二：“走，眼望儿就走……”

叶焚月：“先别走。”

雪玲：“咋？妞儿，你还有啥事儿？”

叶焚月：“这个院子马上就要拆了，不管咋说，这是咱两家先人留下的院子。每章儿，咱们两家的先人在咱这个院子门前合过影，眼望儿，咱也在这院子门口合个影吧！”

马老二恍然大悟地：“对啊！”

……

马家人搬走了，三进院如期被拆，为了表示公平公正，政府还是按政策规定给二红家赔偿了拆迁费，不管咋说，二红家那张“老房契”冇露底，赔一个就算赚一个。叶焚月远在新加坡的家人说，这笔拆迁赔偿费归叶焚月使用，如果不是她，三进院拆了也就拆了，还是祥符那句话：大年三十打只兔，有它冇它都过年。这笔钱归了叶焚月，她想咋花咋花，在祥符开香坊也好，回新加坡或去其他地方做生意也好，都中，随她。叶焚月懂礼数，拿到这笔钱之后，把老朱豫搀扶到源生茶庄，对张宝生和老朱豫开诚布公地说出了自己的想法……

听罢叶焚月说出的想法之后，张宝生说道：“给恁朱爷爷五万块钱我非常认可，老头恁大年纪，也该享享福了，用这五万块钱在祥符找个老伴儿伺候他应该不在话下。至于说，还要给我五万块钱，那是扯淡，我不是怕这五万块钱拿着烧手，我是觉得你这个妞儿是看不起人，咋？我就缺这五万块钱娶媳妇？还是缺这五万块钱做生意？不外气说，恁宝生叔‘压小卖蒸馍啥事冇经过’，你给我五万块钱，那就是打我张宝生的脸！”

叶焚月：“宝生叔，我不是这个意思……”

张宝生：“你是啥意思啊？”

叶焚月：“我的意思是，咱得按规矩来，老房契这事儿是咱仨联手干的，就是应该有福同享有难同当，咋，我把这钱独吞了，我的良心还不把我给折磨死啊！”

张宝生：“那你就把给我的这五万块钱一起给恁朱爷爷，让恁朱爷爷娶漂亮的小媳妇。”

老朱豫冲着张宝生把眼睛一瞪："搞蛋吧你，那你才是嫌我死得慢！"

叶焚月和张宝生都笑了起来。

张宝生："爷们儿，我可冇别的意思，娶个小媳妇才能长命百岁，懂吧？"

老朱豫："我不懂，你懂，你懂你咋不娶个小媳妇啊，到眼望儿还是个孤闲张。"

张宝生："咋啦？老头，你的意思是说，我冇娶媳妇是冇娘儿们要我是吧？只要我张宝生真想找媳妇，在网上发个消息，源生茶庄门口都得排大队。你信不信，比马家烧饼的生意还好。"

叶焚月："这个我相信，就凭俺宝生叔的个人魅力，娶个好媳妇分分钟的事儿。"

张宝生："哎，这话我爱听。"

叶焚月："宝生叔，您娶不娶媳妇是您的事儿，我给您这五万块钱，您必须拿着。您要是不拿着，那我可就被您推到不仁不义的位置，尽管这五万块的事儿咱不可能让别人知道，但是，只要我在这个世界上活一天，我就会被这件事儿折磨得不得安宁，您是要看着我不得安宁您心里才好受吗？"

张宝生："妞儿，你别说恁些，反正这钱我不能要。"

老朱豫："我想要，但我也不能要。"

张宝生："老头，别瞎掺和，有你啥事儿。"

老朱豫："咋冇我啥事儿啊，你不要，我咋要？活儿是咱仨一起干的，我拿了这个钱，你不拿，你这不是也把我推到不仁不义的位置上吗？你不要这钱，我说啥也不能要，坚决不要！"

叶焚月坚定地说道："恁俩都不要，今儿个我就坐在源生茶庄不走了，说到做到。"

张宝生被搞得冇脾气，点上了一支烟，坐在那儿闷头抽着，他在想用啥法儿才能化解目前这样的僵局。时间一分一秒地过去，仨人脸上都渐渐趋于平静，各自都在想着各自的心事儿。最后，还是张宝生想出来了一个情理之中意料之外的解决办法。

张宝生把手里的烟头摁灭在烟灰缸里，说道："这样吧，我说一个法儿，然后咱仨举手表决，少数服从多数，恁看中不中？”

叶焚月：“那要看你说的这个法儿，是不是对咱仨都有利。”

张宝生：“当然都有利。”

叶焚月转向老朱豫：“您说呢，朱爷爷？”

老朱豫：“只要对咱仨都有利，我就同意举手表决。”

张宝生转向叶焚月：“老头同意举手表决了，你呢？”

叶焚月想了想：“中吧，也只能如此了。”

“那好，下面我就说说我的想法。”张宝生端正了一下自己的坐姿，清了清嗓子眼儿，郑重其事地说道，“老头拿这个钱是理所应当，压某些方面说，这也算是个买卖关系，老头付出了劳动，收取报酬天经地义。我也想把收取报酬变成无可非议，把这五万块钱变成一种健康良好的买卖关系。”

老朱豫催促着：“说吧说吧，别跟领导做报告似的，净说些儿官话、套话、不打粮食的话，直说，中不？”

“中，那我就直说。”张宝生把脸转向叶焚月，说道，“既然咱俩是买卖关系，那就是你买了我的东西，我才能接受你这五万块钱，是这个理儿吧？”

叶焚月：“理儿是这个理儿，我买了您啥东西呢？”

老朱豫：“他还能卖啥东西，茶叶呗。”

张宝生：“错，不是茶叶。”

叶焚月恍然大悟，一下子捂住了自己的嘴，压她捂住的嘴里挤出了一句话：“我知您要把啥东西卖给我了……”

老朱豫冇听清，追问着：“啥，你说啥，啥卖给你？”

叶焚月冇再往下说，俩眼直勾勾地瞅着张宝生。

此时的张宝生显得格外从容，对着已经心领神会的叶焚月说道：“冇啥比这桩买卖更合理了吧？也只有这桩买卖才能被称为是大买卖。中，咱俩就成交，不中，你也别再回太和香堂做香了，你不是坐着不走了吗？那你就在源生茶庄做个服务员，替我卖茶叶吧。”

听到这里，老朱豫也已经明白张宝生说的是啥买卖了。他脸上带着兴奋，用手里的拐杖使劲戳着地，大声说道：“中！中！我看中！再好不过……”

缄默。张宝生和老朱豫的目光都停留在了叶焚月的脸上，慢慢地，叶焚月脸上所有情绪都汇聚成她眼眶里的两汪泪水，从她颤抖着的嘴里说出了一个坚定有力的字：“中！”

张宝生起身去后面的香坊小屋，去取写在羊皮上的“香严三昧”宋代香谱……

二十、别打哩戏，这可不是闹着玩儿的

两个老伙计，兑钱买个老母鸡，嬔蛋嬔恁家，屙屎屙俺家，俺到恁家吃鸡蛋，恁到俺家吃鸡屎。

——选自祥符歌谣

信昌银号那座小破楼的修复与装修，在山陕甘会馆和金融系统的合作之下变得耳目一新，在整个修复过程中，齐馆长功不可没。就在竣工的当天，办完了辞职手续的马青压西安回来了，他赶回来是要参加第二天举行的旅游木雕在信昌银号旧址的开业仪式。为了这个开业仪式，孙局长和齐馆长做了充分准备，邀请了一大串市级领导和有关方面人士，还有各个新闻单位，齐馆长还请来了祥符最好的盘鼓队，用局长的话说，这场开工仪式一定要搞得轰轰烈烈，让全祥符的人都知道，山陕甘会馆这棵老树要开出新花了。

说来凑巧，旅游木雕在信昌银号旧址开业的当天，正好和三进院被拆是同一个日子，这一天似乎就变成了徐府街最热闹的一天，围观的人非常多，尤其是在这条街上居住的那些老门老户，全都前来围观。用围观群众的话说，新建的包公祠、樊楼、鼓楼、天波杨府、七盛角的剪彩也不过如此。内行看门道，外行看热闹，也有懂历史的人在说风凉话：反正都是假的，瞎胡编呗，樊楼开业的时候，媒体不是还宣传一千年前宋徽宗二半夜压皇宫里窜出来，就是在樊楼上跟李师师偷情的吗？咋就不能再编出来个，当年的信昌银号就是祥符地下党的党支部呢。咱这座祥符城，缺啥也不缺历史故事，编到哪儿都刚好，无从考证也穿帮不了。

马家人和叶焚月今儿个穿得都很展样，站在信昌银号旧址能把不远处正在拆迁的三进院看得清清亮亮，虽然他们心里不太是滋味，但不管咋说，山陕甘会馆让马家先人留下的山西木雕这门手艺在今天再次放射出了光芒。就凭这一点儿，多多少少也能安抚一下马家人那颗受伤害的心灵。

张宝生对还在向三进院张望的马老二说："别瞅了，啥叫过眼烟云，这就叫过眼烟云，再等个十年八年，咱这条徐府街还不定成个啥模样呢。谁让恁家的三进院里冇故事呢，要是也有像信昌银号这样的故事，今天这个剪彩签约仪式就在那儿，而不是在这儿。"

马老二狠狠地骂了一句："管他个孬孙在哪儿，随便！"

张宝生："哎，这就对了，活到这个岁数，就冇啥想不开的事儿，要不我咋会把做香的秘诀告诉恁家的准儿媳妇。"

叶焚月一旁说道："宝生叔，您可冇告诉我啊。"

张宝生："我啥冇告诉你啊？"

叶焚月："王大昌的清香雪到底能不能制作'香严三昧'？"

张宝生嘎嘎嘎地大笑起来，反问道："你说能不能啊？你说能就能，你说不能就不能，你说了算。"

叶焚月也咯咯地笑出了声。

就在剪彩签约仪式马上就要开始的时候，不知谁高喊了一声："快看那儿！"

随着这一大声叫喊，众人瞅见信昌银号新小楼的楼顶，突然出现了一个巨大的白色条幅，上面醒目地写着一溜大黑字儿：马家木雕滚出山陕甘会馆。

就在众人一头雾水还冇反应过来的时候，小楼顶上站起来一个女人，这女人不是别人，正是吕鑫。瞬间，剪彩签约仪式的现场骚动了起来，所有来看热闹的人们都意识到，今儿个可有大热闹看了。

齐馆长指着楼顶上高声喊道："你这是弄啥，赶紧下来，有啥话下来再说！下来！"

站在楼顶的吕鑫大声说道："你说下来就下来啦，今儿个我上来就冇打算活着下去！"

齐馆长万分焦急地:“赶紧下来,领导们马上就到,下来以后咱啥都好说!”

吕鑫冲着齐馆长大声说道:“咱俩冇啥好说的,山陕甘会馆俺惹不起俺就不惹,你不让俺干,俺就不干。我今儿个来到这儿,是要当着徐府街老少爷们儿的面,跟马家山西木雕那个传人马青论论理儿,让大家给评评理儿,看到底是谁抢了谁的生意,又是谁给俺使绊子,把俺一品木雕压山陕甘会馆里撵走的!”

齐馆长:“这跟人家马家冇关系!你先下来,啥事儿都好说好商量,赶紧下来,下来咱好好谈谈!”

吕鑫索性不再理睬齐馆长,冲着看热闹的人群大声呼唤着:“马青,我知你回来了,露个头啊你,躲过初一躲不过十五,我今儿个就是来找你论这个理儿的,马青!马青……”

“我在这儿!”

随着这一声喊,众人在人堆里瞅见了身穿西装的马青。

吕鑫:“穿西装打领带,我差点冇认出来你。”

马青:“吕鑫,有啥事儿你下来说好吗?”

吕鑫:“不好,我就在这儿说,当着大家的面说。”

马青:“多危险啊,还是下来说吧,只要你下来,说啥都中,说啥都可以商量,我说话算话……”

吕鑫:“我下来可以,你先回答完我几个问题,我再下来。”

马青:“你说,啥问题?”

吕鑫:“你凭良心说,俺的东阳木雕是不是比恁家的山西木雕好?”

马青:“这没有可比性,两个都好。”

吕鑫:“你说冇可比性就冇可比性了,我今儿个就是要你说出可比性!”

马老二早就憋不住了,冲着吕鑫歇喝道:“恁的东阳木雕好中了吧,恁最牛,天下第一中了吧!”

马青一旁劝说道:“爸,你别吭,我跟她说。”

马老二:“你跟她说啥,她今儿个就是来装孬,来砸场子的!”

吕鑫:“我就是来砸场子的,冤有头债有主,我装孬还是恁装孬,要不是恁装孬,哪会有今儿个这事儿!”

雪玲憋不住了,冲着吕鑫也歇喝起来:“你还好意思说谁装孬,装孬是你的小名儿,徐府街上的人谁不知你呀,把俺家的烧饼扔在地上踩,这不是装孬是啥!”

吕鑫:“你还好意思说踩恁家的烧饼,为啥要踩恁家的烧饼,你别问我,问问恁儿!”

雪玲:“那是俺儿冇愣中你! 也幸亏俺儿冇愣中你,要是愣中你了还……”

马青一把将母亲推开,冲吕鑫说道:“翻那个老皇历有意思吗? 咱就事论事中不中?”

吕鑫:“就事论事? 你还好意思说就事论事! 你要是就事论事的话,你就待在西安别回来,事情也不会到今天这个地步!”

马青:“我回来是山陕甘会馆邀请我回来的,这有错吗?”

齐馆长不失时机地:“对! 是俺邀请他回来的!”

吕鑫:“可他一回来俺就得搞蛋,俺不搞蛋恁还要去起诉俺,说俺违约,还要让俺赔钱!”

齐馆长:“对呀,就事论事的根儿也在俺山陕甘会馆这儿,跟马青有啥关系,你冲着俺来,别怨人家马青。”

吕鑫:“我不是说了吗? 山陕甘会馆俺惹不起,马家烧饼扔在地上踩踩冇事儿,我要是掂一把斧子,去把山陕甘会馆的木雕砍砍,那就是破坏文物的重罪,轻则要判我的刑,重则还会打我的头,你还好意思说根儿在恁那儿。他马青要是跟他爹一样也是个打烧饼的,根儿还在不在恁那儿了? 他还会压西安回来吗? 你还好意思说根儿在恁那儿,一边儿去吧,我懒得搭理你!”

齐馆长彻底恼了:“你懒得搭理我,我不懒得搭理你,眼望儿我就打110,让他们来搭理你!”

吕鑫呵呵笑了两声:“你打110吧,你不打你是个孬孙,我实话告诉你,有这个金刚钻不揽这个瓷器活儿,今儿个我之所以敢来砸恁的场子,就已经做了最坏的准备。你信不信,只要你把110给喊来,我就一头压这楼上栽下去,死在恁面前,让山陕甘会馆再背上一条人命,我说到做到!”

齐馆长手里攥着压兜里掏出来的手机，有点儿犯傻了。

一直冇吭气儿的张宝生开口说话了："你不愿意下来是吧？中，那你就在上面待着吧。吕经理，我本来不想说话，也不想掺和恁做木雕的事儿，可是我听了半天实在是听不下去了。别怪我说话难听，就你这脾气，也就是吓唬吓唬马家烧饼了，要真是像你说的那样，根本用不着爬到这小楼上，我要是你，就直接去山陕甘会馆里面，爬到大殿顶上，一头栽下来多省事儿，朗朗利利。如果你要是觉得太亏，觉得动静太小，那你也可以掂住汽油桶坐到古戏楼上面自焚，保证影响可大，别管了，我再去给你拍个小视频发到网上，乖乖嘞，你要不在全世界出名那才叫见鬼。废话少说，也别打啥 110、120 了，眼望儿你就压上面栽下来，保准冇人拦着你。这年头，就是看笑话的人多，恁好一出戏，不看白不看，看了也白看。你栽下来吧，快点儿！"说罢点着一支烟，神态悠然地抽了起来。

吕鑫不吭声了，傻呆呆地坐在楼顶上。

张宝生不慌不忙地压兜里掏出手机，拨通："110 吗……"

马青一把压张宝生的手里夺下手机："宝生叔！"

张宝生："咋啦，为啥不让我打啊？"

马青："我不想把事情闹大。"

张宝生："不是你不想闹大，是她想把事情闹大，闹大不闹大不在你，在她。"

马青向前走了两步，冲楼顶上的吕鑫说道："你听我说，木雕跟人一样，有好有孬，东阳木雕和山西木雕都是好木雕，就像你跟我一样也都不是孬人，我知你的船在哪儿弯着，表面看是跟山陕甘会馆做旅游木雕有关，但你我心里都清亮，真正的根源与旅游木雕无关。表面上看时过境迁，各自都有了各自的生活，可我知，你肚子里对我的那口毒气冇撒出来。你看这样中不中？我今儿个当着徐府街老少爷们儿的面，向你保证，山陕甘会馆旅游木雕这个活儿我退出，不干了，还由你接着干，中不中？"

听到马青这话，在场的马家人、张宝生和叶焚月还有齐馆长都十分震惊。

齐馆长一把捞住马青的胳膊，说道："别**打哩戏**（开玩笑），这可不是闹着玩儿的！"

马青:“齐馆长,我当然知道这不是闹着玩的,可面对良心,我必须这么做。”

马老二:“一码归一码,这事儿跟良心不良心冇一毛钱关系,你又冇坏良心,又冇装孬,凭啥要不干啊?”

雪玲:“就是,凭啥啊?”

马青:“爸,妈,我是冇坏良心,也冇装孬,但是,我要不接旅游木雕这个活儿,也不会出现今儿个这事儿。”

张宝生:“冇错,你要是不接旅游木雕这个活儿,是不会发生今儿个这事儿。但你想过冇,只要你干旅游木雕这个活儿,不出现这事儿就会出现那事儿,只要你喜欢木雕,只要山陕甘会馆在这条徐府街上,只要祥符城里有一品木雕的存在,你就会不得安生,同行是冤家,更何况她这个冤家跟你是冤上加冤,早晚还会有事儿。咋?手艺就不干了?日子就不过了?天就塌下来了?我看不会吧?”

马青:“当然不会。宝生叔,可你想过冇,只要山陕甘会馆还在这条徐府街上,只要祥符城里还有一品木雕的存在,就会有势不两立。祥符城里靠木雕吃饭的手艺人本来就不容易,别管哪个门类和流派,相互拆台和互相残杀都不是件好事儿,正如宝生叔你说的那样,同行是冤家,更何况还有这么个冤上加冤的前尘旧事,不是你想回避矛盾冲突就能回避了的。刚才你说的那句话我非常赞成,这年头就是看笑话的人多,别管是山西木雕还是东阳木雕,我不想让人家看木雕的笑话。”

齐馆长:“你啥意思啊?咱可是已经签罢约了,你不能说不算就不算了啊?”

马老二:“就是啊,夜儿个你回来的头一件事儿,就是跟山陕甘会馆签约,总不能合同签罢就违约吧?”

雪玲:“就是,人家叶姑娘还专门上街给你买了这身新西装。”

“爸,妈,恁别再说了,我主意已定,旅游木雕这活儿我不干了,打官司败诉,我认!”马青又把脸转向楼顶上的吕鑫,大声说道,“你下不下来我不管,我要告诉你的是,山陕甘会馆旅游木雕这活儿我决定退出!”说罢他转身拨开看热闹的人群,走出了信昌银号旧址。

齐馆长大声吼道:“兴这不兴啊,你这样干,不是要砸我的饭碗和山陕甘会馆的牌子吗……”

马青头也不回地走远了。

是谁给110打的电话不知，警察赶到的时候，恰巧市领导们也来到了，那场面可真叫一个**白撒**（难看），在看热闹人们的热烈鼓掌之中，警察爬到楼顶上把吕鑫抱了下来……

在这个热闹的过程中，叶焚月显得有点出奇的平静。在马青甩手离开的时候，她并冇跟着马青一起走，她就像一个局外人和旁观者一样，审视着眼前发生的事儿，同时在嘈杂和喧闹中审视着自己，审视着所有人，审视着周围的一切……

马青的手机关机，谁打也打不通，人去哪儿了谁也不知。剪彩仪式流产之后，叶焚月去找马青了。马家两口子和齐馆长灰头土脸地跟着张宝生坐进了源生茶庄，谁也无心喝茶，个个唉声叹气。

张宝生：“这妞儿也是，找啥找，他既然关机就别去找，恁信不信，找也是白找。”

马老二重叹了一口气：“唉！孽子啊……”

雪玲抹起了眼泪：“咋办啊，不会出啥事儿吧？”

张宝生安慰道：“不会不会，这离出事儿还远着呢，胡想啥呢你。”

齐馆长垂头丧气地：“他会不会出事儿我管不了，我会不会出事儿可冇准。”

张宝生：“瞅瞅你这样，多大个事儿啊，大不了这个馆长不当了，还省多少心。”

齐馆长摇了摇头：“不是当不当馆长的问题。”

张宝生：“那是啥问题？”

齐馆长：“是起诉不起诉的问题。”

马老二：“咋？你还真的要起诉俺儿啊？”

齐馆长：“起诉不起诉恁儿我又当不了家，合同也签罢了，事情却弄成这个鳖孙样儿，就是我不起诉恁儿，新换个馆长，公事公办，照样会起诉恁儿。”

雪玲哭出了声：“俺儿咋恁倒霉，西安的工作也辞罢了，山陕甘会馆的活儿又干不成，这不是不让人活了吗？”

马老二："哭啥哭，哭管啥用，天无绝人之路，非得刻木雕吗？不中就让他接我的班，打烧饼。"

马老二话音未落，只见叶焚月走进了源生茶庄的门，几个人带着询问的目光看向她。叶焚月冇说话，她坐到了大茶台前，端起张宝生刚给她倒上的一杯茶，一口喝完，示意还要喝，一连喝了三杯茶后，神情平稳了一下，然后把目光落在了齐馆长身上。

叶焚月："咱先别管马青，我想问问齐馆长，马青不干了，一品木雕还能接着干吗？"

齐馆长闷头不语。

张宝生："这话我来替齐馆长回答，一品木雕接着干，那就是救了齐馆长一命，啥山西木雕东阳木雕，啥胡辣汤羊肉汤，好看好喝有钱赚就中，齐馆长和他们孙局长能不明白这个道理？"

叶焚月点了点头："理儿是这个理儿，只要山陕甘会馆放下架子去跟一品木雕认个错，还让他们接着干，就像宝生叔说的那样，别管是胡辣汤还是羊肉汤，好喝就中。"

张宝生继续敲边鼓："就是啊，人家一品木雕给恁山陕甘会馆干了冇几天，效益多好啊，啥山西木雕东阳木雕，邓小平说的那句话最经典，别管白猫黑猫，捉住老鼠就是好猫。"

齐馆长摆了摆手，依旧垂头丧气地说道："别白猫黑猫了，花猫跟我都冇关系了，这事儿我说了不算。"

张宝生："我知，恁孙局长说了算，放心吧，恁孙局长又不傻，何轻何重他拎得清。"

马老二重重叹道："俺儿算是栽到恁山陕甘会馆手里了，唉……"

雪玲问叶焚月："妞儿，见着青儿冇啊？"

叶焚月点了点头。

雪玲："他去哪儿了？"

叶焚月："放心吧，他冇事儿。"

虽然叶焚月冇直接说出马青去了哪儿，但几个人已经压叶焚月的脸上获得了马青安然无恙的信息。叶焚月在马青关了手机后还能找到他当然绝非偶然，她对马青去向何处的定位来自爱情，就是那个叫"在梁君宿"

的民宿，因为那里是他们两人萌发爱情的地方。叶焚月离开信昌银号旧址剪彩现场之后，打不通马青的电话，稍加思索后，就直奔“在梁君宿”。她判断，遭受了重创的马青会离开祥符，或是回西安，或是去其他地方，走之前去“在梁君宿”住上一夜作为过渡，然后义无反顾地离开祥符这个伤心之地。

马青也有心灵感应，他就知叶焚月会来“在梁君宿”，俩人不约而同在四楼那个一起赏过月的平台碰了面。还有等马青开口说话，叶焚月就先说出了自己的决定：不反对他离开祥符，但她不会走，并相信总有一天马青还会回来，是不是为了爱情回来她不得而知，但一定会回来……

无论马老二两口子再咋询问儿子的动向，叶焚月守口如瓶。张宝生劝马老二两口子别再问了。他说：年轻人的事儿还是少管，恁也管不了，跟着净生气。就咱这条徐府街上，你知有多少像恁这样的爹妈在为自家的孩儿操心？操心也是瞎操心，还是顺其自然吧，就像这座山陕甘会馆一样，这上百年要经过多少事儿，经的事儿越多越主贵，人也一个球样……

马青走了，回西安了，还回不回来要看叶焚月与他的缘分，两个人似乎都有着顺其自然的心态，尤其是叶焚月，不管她与马青今后是个什么结果，对她来说已经不那么重要。她的念想只有一个，让全世界都能闻到太和香堂飘散出来的宋代香味儿。

……

第二天，叶焚月在轻轨站送走了去机场的马青后，回到了徐府街，大老远就瞅见站在山陕甘会馆大照壁前的齐馆长和张宝生，与此同时，俩人也瞅见了叶焚月。张宝生一边朝叶焚月招手一边高喊：“妞儿，你过来一下，有事儿商量！”

叶焚月走到了大照壁跟前，齐馆长对她说，一大早，他们孙局长就给他打电话，说旅游木雕的事儿不能掉底儿，局里同意让一品木雕接着干。于是，齐馆长就拉着张宝生到了北门外去找一品木雕的吕经理，谁知，那个吕经理记仇，说啥也不愿意跟山陕甘会馆合作，非让齐馆长坐这个萝卜不可。冇法，齐馆长就跟张宝生商量该咋办，张宝生给齐馆长出了个主意，说旅游木雕做不成就不做，改章儿做香，宋代香谱“香严三昧”在叶焚月手里，让山陕甘会馆与叶焚月合作做香，信昌银号旧址不属于国家级文物，不存在安全隐患，只要亮出宋代制香的招牌，同样能吸引游客，互惠互利，一举两得，何乐不为？

听罢张宝生和齐馆长俩人的话，叶焚月有接腔。

张宝生问叶焚月："妞儿，中不中你说句话啊。"

叶焚月还是有说话，她把目光转向了山陕甘会馆门前大照壁上的"圣地"俩字。这时，一架飞机压头顶的天空飞过，仨人不约而同地把头抬向了天空……

2021 年 4 月写于王大昌茶庄金瓦刀工作室

后　记

我始终认为徐府街是开封最有文化的一条街，因为它货真价实。眼下的开封城已被虚头巴脑的宋文化覆盖。城穷，为了靠旅游发展经济，打宋文化的牌无可厚非，演义一些历史也没啥，用老开封人的话说，这叫“沾住毛尾四两腥”“剜进篮里都是菜”，什么岳飞枪挑小梁王、包龙图的三口铡刀、佘老太君的龙头拐杖、秦香莲与陈世美、鲁智深倒拔垂杨柳，还有宋徽宗二半夜压宫里地道爬出来去樊楼与李师师喝花酒……演绎编造，吹牛皮不上税。总而言之，老百姓知道的宋朝那些事儿，基本上都在传统戏曲的舞台上和评书演员们的嘴里。确实，戏曲舞台上和评书演员嘴里那些事儿在宋史里连一根毛都找不到，但是，也正因为在宋史里连根毛都找不到的那些事儿让开封城变成了“啃老族”，牛气冲天，这样的老本再啃上一千年，照样啃不完，其原因就是，这座城的名字叫开封，是大宋王朝的国都。

北宋的开封城确实很牛，且不说这座城里曾经居住过王安石、苏东坡、李清照等一大帮历史文化名人，就凭张择端的一幅《清明上河图》就能让一千年后的世界汗颜。大宋王朝曾经的辉煌是一个不争的事实，可仔细想想，那些曾经的辉煌又与我们现在的开封城有什么关系？北宋九个皇帝都不是开封人，王安石、李清照、苏东坡、张择端哪一个又是开封籍？在我看来，现在我们宣扬的宋文化并不是开封文化，真正的宋文化是世界文化遗产，属于全世界。只不过我们躺在开封这块土地上当“啃老族”更方便一点，就像现如今那些热衷于书写秦皇汉武、唐宗宋祖的写家儿一样，全凭臆想也能被人青睐。而我不中，我的汴味小说只能把宋文化和其他历史文化当作挂现实创作的墙壁……

一晃，我来到开封整整半个世纪，在小说创作这条路上折腾来折腾去，写这座城已经成为我的既定目标。历史上不乏许多写这座城的小说作品，郑州大学文学院的张宏森教授曾经说过，写开封这座城的小说无非有两种写法，一种是国家性叙述，一种是地方性叙述。在我眼里，写宋代名头大的，如岳飞、包公、杨家将之类的创作都属于国家性叙述，而我属于地方性叙述的写家。开封城宏大的历史对我来说，只是一面挂故事的墙壁，我挂在这面墙壁上的故事，主角基本上都是这座城里的手艺人：画门神的、扎灯笼的、做盘鼓的、卖牛肉的、唱豫剧的、做小笼包子的……那些国家性叙述的故事和人物激发不起我的感同身受，而那些地方性叙述的人物和故事，却能让我活生生地看见这座城的历史文化生活在一代代地延续。总而言之，国家性叙述离我太远，地方性叙述就在我眼前，有一种同呼吸共命运的感觉。或许正是因为这种感觉，决定了我的地方性市井文化创作。

徐府街是在我写开封的小说中出现频率最高的一条街，不单单是这条街上有一座吸引人眼球、货真价实的山陕甘会馆，还在于它与我的个人经历有着密切关系。《宋门》里那位当过陆海空三军的唐雪，早年就生活在徐府街上，她在徐府街小学上五年级的时候离开了这条街，开始了她的传奇人生。还有我的老岳父，20 世纪 50 年代末他从这条街上去了新疆生产建设兵团，在新疆待了一辈子。退休回到开封后的头一件事，就是让我领着他去看徐府街。无论是唐雪还是我老岳父，他们对徐府街最深刻的印象，就是这座镌刻在记忆里的山陕甘会馆。我老岳父说：“俺小时候，随便在山陕甘会馆跑着玩儿，现在咋还要买门票呢……”我说：“恁小时候，吃饭要粮票，穿衣要布票，现在啥票都不要，只要钞票……”

自打开始致力于开封地方性叙述写作，徐府街就像个鬼一样在跟着我，一直没有把它作为一个主题性创作的原因，并不是编不出一个传奇性故事，而是还缺少一个文化上的抓手。这个抓手不能只限于山陕甘会馆里的木雕、砖雕、石雕，还需要一个情理之中意料之外又恰如其分的文化抓手，这个文化抓手又要与山陕甘会馆里的木雕、砖雕、石雕相辅相成，并融合进所要塑造的人物之中。年复一年，我在等待这个抓手出现……

2019 年，电视剧《一代洪商》杀青，我从湘西回到开封。一日，歌唱家刘倩领我去到五倾四(开封地名)一个制香的作坊,结识了一个沉稳、朴实又漂亮的湖南小妞儿。哦,湖南不叫小妞儿,叫妹子。这个远嫁到开封的湖南妹子是一个做香的手艺人,她嫁到开封除了是因为爱情,另一个原因是她喜欢开封这座城市。从小她就被那些妇孺皆知的宋朝故事所吸引,开封对她的吸引就像湘西对我的吸引那样,既神秘又亲切。而这个湖南妹子对我的吸引来自她赖以为生的制香手艺。我喜欢手艺人。

说实话,我对制香这门手艺一无所知,只知道焚香很大众,制香很小众,正是因为这种大众与小众,湖南妹子的这座香坊引起了我绝对的好奇心。特别是,当我从湖南妹子口中头一次听说,一千年前的南唐后主李煜喜欢做香,被押解到开封后,除了吟作诗词之外还研制出了宋代最好的香。也就是在湖南妹子貌似无意的一番话中,我心里突然产生了一层厚重,这种厚重一下子让我联想到了徐府街。如果湖南妹子的这座太和香堂不是坐落在五倾四,而是开在徐府街那该有多好,太和香堂又会给那条老街带去多少新奇和神秘,而且是一千年前充满古意的神秘……

无论是喜欢一座城还是喜欢一条街,我觉得都不是抽象的,而是具象的。城市和街道只是建筑,当有人赋予它情感故事,才会让城市和街道的历史文化富有生命力。我曾不止一次在不同场合对“爱开封”一词做过自己的注解,爱开封到底爱什么,龙亭、铁塔、相国寺还是岳飞、包公、杨家将? 当然不是,就像那个在太和香堂里做香的湖南妹子,她爱开封和来到开封的真正原因,还是因为她爱上了开封的人。就像我一样,爱寺门还是因为爱那条清平南北街上的老少爷们儿,所以才促使我写出了《寺门》。

每当闲暇,徐府街山陕甘会馆斜对面的源生茶庄是我最爱去的地方,我写的开封故事里有许多生活素材都来自那个不起眼的茶庄。源生茶庄的老板是我多年的好朋友,有人称他是开封城里绝对的老炮,他的阅历以及江湖特色奠定了他在我心目中的位置。可以这样说,《老街会馆》里让我最满意的一个男人物就是这位坐不更名立不改姓、硬气了一辈子的张老板。我对他太熟悉了,他能让我写着笑着。在这个栩栩如生、满身开封文化的当代人身上,我仿佛看到了一千年前的北宋开封人。张老板的这个源生茶庄跟《宋门》里那个源生茶庄有着一脉相承的关系,包括故事中的一些事件也有承上启下的必然关联。虽说都属于虚构,但是,由于对这位男主人公的熟悉，那些虚构在我心里越发变得真实，真实到了每一次我去源生茶庄，都不由自主去瞅两眼那尊摆在门后的铜香炉……我问张老板："你就不怕我把你的隐私写出来？"张老板笑着用沙哑却很洪亮的嗓门儿说："随便，能让你知道的都不是我的隐私，除了你瞎编。"

没错，《老街会馆》这个故事里，新加坡妹子和张老板这俩关键人物的原型来自现实生活，而在这两个人物身上发生的故事纯属虚构。但我要说的是，正因为虚构完这两个人物的故事，我更爱真实生活里的这俩人了……

庚子年，我犯太岁。果不其然，在春夏交替的5月，一场车祸差一点要了我这条老命，整整在家歇息了八个月，一直到了辛丑年春节过后，我才拖着尚未痊愈的身躯，回到了被高人誉为是我的风水宝地的王大昌茶庄。金瓦刀工作室搬进这座负有盛名的老字号茶庄已有四个多年头，在这里，举办了《宋门》首发式，写出了长篇电视剧《一代洪商》，长篇小说《王大昌》和《人是衣裳马是鞍》，还有这部以生命为代价换来的《老街会馆》。这个世界上，有些事真的是说不清道不明，起先，我认为即便是在家休养了八个月，回到风水宝地，这部长篇一时半会儿也不可能继续往下写，因为这八个月里我已经是一脑瓜子糨糊，故事里的人物、事件以及发展逻辑混乱不堪，我严重地开始怀疑自己是否还能继续往下写。我在身体的逐渐恢复中调整自己，在寻找故事发展的新线索。饭一口一口吃，故事一个字一个字敲，日子一天一天过，痛苦并快乐着……

我终于又回到了自己的生活节奏。每天早上，大掌柜开车带我去喝一碗奇永胡辣汤，然后把我送到作坊，敲字儿敲到晌午头，叫个外卖随便吃吃，下午办些人来过往的杂事儿，或与来访者喝茶喷空。日子看上去挺悠闲，其实并不是那样，我是在竭力摆脱大脑中的混乱，全力在寻找让故事发展下去的新线索。为了调节身体，每天下午离开作坊，我都要徒步走上一段路程再打出租车回家。我选择徒步的路线途经正在拆迁中的徐府街。现如今的徐府街与三四十年前的徐府街大不一样，经纬没变，街道两旁却已经面目全非。除了山陕甘会馆之外，其余老房屋统统被夷为平地。也不知是我眼拙，还是被拆迁护栏挡住了视线，忽一日我瞅见，在拆迁护栏里面那一片平地之中，尚有一座破旧的民国小楼屹立，它让我非常好奇。一天,我终于忍不住,在一位女粉丝陪伴下,绕了一圈围栏后去到那座民国小破楼跟前。我有些激动,第六感觉告诉自己,这座饱经沧桑的民国小破楼有故事。尤其当我了解到这座小破楼是民国初年开封城里最有声誉的信昌银号时,我的秃脑袋里顿时灵光四射,一下子理清了故事的发展逻辑以及人物之间的矛盾关系。正是这座在拆迁中被保留下来的信昌银号,促使我在身体尚未全部恢复的状况下,一鼓作气敲完了《老街会馆》。

最后,我需要做一点落俗套的友情提示:老街是真的,会馆是真的,地域文化是真的,男女主角也是真的,故事是编的。

最后,我再做一个不落俗套的真诚提示:开封真是一个有厚重文化的城市,它的厚重绝不限于那个一千年前的大宋王朝。

辛丑初夏于开封王大昌茶庄金瓦刀作坊